Eschyle

Tragédies

Les Suppliantes, Les Perses,
Les Sept contre Thèbes,
Prométhée enchaîné,
Orestie

Préface
de Pierre Vidal-Naquet
Présentation,
traduction et notes
de Paul Mazon

Gallimard

Cette traduction a été publiée par la Société d'édition Les Belles Lettres dans la collection des Universités de France, sous le patronage de l'Association Guillaume Budé.

l'époque hellénistique, à

ESCHYLE,
LE PASSÉ ET LE PRÉSENT.

À la mémoire de Kostas Papaioannou.

I. Les ensembles

*En 405 avant Jésus-Christ, peu après la mort d'Euripide
et celle de Sophocle, Aristophane représenta Dionysos se
rendant aux Enfers, accompagné d'un chœur de grenouilles
pour y ramener le premier des poètes tragiques. Le débat,
l'agôn, s'instaure entre Eschyle et Euripide, Sophocle restant
à l'arrière-plan, mais obtenant la seconde place. Débat plus
complexe qu'il n'y paraît : Aristophane donne la victoire à
Eschyle et outrage copieusement Euripide, mais c'est ce dernier
poète qui est présent presque dans chacun de ses vers, et ce goût
littéraire d'Aristophane sera aussi celui du IV*e* siècle et de
l'époque hellénistico-romaine.*

*Eschyle, Sophocle, Euripide. Cet ordre canonique, celui de
l'âge : les Anciens aimaient à dire, en forçant un peu les
dates, qu'au moment de Salamine (480), Eschyle (né vers
525) combattait, que Sophocle (né en 496 ou 495) chantait
le péan et qu'Euripide (né vers 485) naissait, cet ordre
canonique n'est donc pas une création des Modernes et*

Aristophane a été entendu. Au siècle suivant Lycurgue fit voter une loi qui « ordonnait d'exécuter en bronze des effigies des poètes Eschyle, Sophocle et Euripide et de transcrire leurs tragédies pour en conserver aux archives la copie dont le secrétaire de la cité devait donner lecture aux acteurs avec défense d'en modifier le texte à la représentation [1] ». C'est là un type d'honneurs comparable à ceux que la cité accorde, à la fin de l'époque classique et à l'époque bellénistique, à ses bienfaiteurs (évergètes). Il ne s'ensuit pas obligatoirement que la triade ainsi constituée se retrouve partout. On constate avec surprise, par exemple, qu'elle n'existe pas, à proprement parler, dans La Poétique d'Aristote dont l'influence se fit sentir pendant des siècles. Le seul chapitre où les trois tragiques soient cités ensemble mentionne aussi Agathon (fin du Ve siècle), bien connu par le rôle qu'il joue dans Le Banquet de Platon. Euripide est de loin l'auteur le plus cité, tandis qu'Eschyle ne l'est pas plus qu'Agathon et qu'Aristote mentionne encore de nombreux tragiques dont il ne reste rien.

En 264 avant Jésus-Christ, dans la cité de Paros dans les Cyclades, on fit graver sur marbre une chronique de l'histoire grecque, essentiellement athénienne, depuis l'avènement de Cécrops, placé en 1581, jusqu'à l'archontat de Diognète à Athènes (264). Les dates que nous dirions « culturelles » y sont nombreuses. Si l'on excepte Thespis, créateur de la tragédie, les seuls tragiques mentionnés sont les trois poètes majeurs. La première victoire d'Euripide au concours tragique

---

1. Pseudo-Plutarque, *Vie de Lycurgue*, 15.

*(442) est mentionnée immédiatement après la mort d'Eschyle
(456) et celle de Sophocle (405), tout de suite après celle
d'Euripide (406), ce qui est évidemment moins surprenant.
Sur le terrain de la diffusion culturelle, la statistique des
papyrus littéraires montre que, si Euripide l'emporte et de
loin, ce sont bien les trois grands tragiques qui restent à peu
près les seuls à être vraiment répandus.*

*Cet ensemble nous a donc été imposé. Dans quelle mesure
est-il naturel ? Sophocle a rivalisé avec Eschyle et Euripide
avec Sophocle, mais ils n'étaient pas seuls en cause. L'imitation, la mimésis de poète en poète, est une des lois de la
littérature grecque. Impossible, par exemple, de lire l'Électre
d'Euripide et celle de Sophocle, sans les référer l'une à l'autre
et les rapprocher des* Choéphores *d'Eschyle. Les Phéniciennes d'Euripide constituent la première « lecture », comme on
dit, des* Sept contre Thèbes. *Mais Eschyle lui-même n'est
pas un commencement absolu, et je ne fais pas seulement
allusion à un personnage plus ou moins légendaire comme
Thespis. Le premier vers des* Perses *(472) renvoie au premier
vers des* Phéniciennes *de Phrynichos (476) dont nous ne
connaissons guère que ce début, mais dont « les vieux airs
sidoniens, doux comme le miel* [2] *», sont demeurés célèbres —
c'est encore Aristophane qui nous l'apprend — tout au long
du* V^e *siècle. Un ensemble à quatre termes, non à trois,
n'aurait pas été inconcevable.*

Quoi qu'il en soit, et par des chemins variés, ces trois

2. Aristophane, *Les Guêpes*, 219-220.

tragiques sont devenus des classiques, s'il est vrai que le classicisme, c'est la possibilité, voire l'obligation de la répétition. La transformation est accomplie pour les trois poètes à la fin de leur siècle. Elle a pu, dans le cas d'Eschyle, débuter très tôt. L'auteur, anonyme, de la Vie d'Eschyle, œuvre médiocre qui nous est parvenue avec une partie de la tradition manuscrite, nous apprend que les Athéniens « ont tant aimé Eschyle qu'après sa mort ils décidèrent que quiconque voudrait représenter les œuvres d'Eschyle obtiendrait de la cité un chœur ». C'était là faire concourir un mort et lui donner une indiscutable prime. Nous savons aussi que Les Perses, un an après la représentation d'Athènes (472), ont été rejoués en Sicile.

Cet ensemble à trois, la postérité plus lointaine l'a, le plus souvent respecté, bien que chaque époque ait eu sa préférence[3], et il faut bien admettre qu'il s'adapte merveilleusement à toute sorte de constructions, à la dialectique hégélienne, par exemple, qui fait évoluer les arts du « symbolique » avec « excès du fond sur la forme » au « romantique » avec « excès de la forme sur le fond », en passant par l'équilibre classique. Quels écrivains mieux qu'Eschyle, Sophocle et Euripide, pouvaient illustrer ce schéma ? Hegel oublia, du reste, de s'en apercevoir.

3. Voir l'étude récente de Thomas G. Rosenmeyer, dans le livre dirigé par Moses I. Finley, *The Legacy of Greece*, Oxford University Press, 1981, pp. 120-154. On aura une idée de l'immensité et de la complexité de la tradition eschyléenne en feuilletant la *Bibliographie historique et critique d'Eschyle et de la tragédie grecque, 1518-1974*, établie par André Wartelle, Les Belles Lettres, 1978.

Mais devons-nous, nous, maintenir les tragiques entre eux ? Introduisons donc, tout en demeurant dans la sphère du théâtre, le comique. Aristophane n'est pas seulement le lecteur et le commentateur ironique des trois poètes, il nous oblige aussi à nous rappeler que leurs « trilogies » — une seule a subsisté, l'Orestie d'Eschyle — se terminaient par un « drame satyrique », genre intermédiaire assez proche de la comédie, et qu'Eschyle maniait aussi bien que lui — nous le savons par de rares fragments — la plaisanterie phallique.

Mais on peut aussi refuser cet ensemble et en constituer d'autres, en restant dans l'Antiquité, ou en en sortant. Eschyle peut être lu, comme il l'a probablement voulu, dans son rapport à Homère et à Hésiode. Il peut être lu en confrontation avec les lyriques ses contemporains, Pindare et Bacchylide, avec les philosophes du ve siècle, Héraclide, Empédocle, Parménide. On peut lire aussi les tragiques en les associant aux historiens : le parallèle Eschyle-Hérodote s'impose à tout lecteur des Perses et l'on a parfois tenté d'expliquer Thucydide à l'aide d'Eschyle.

Veut-on un exemple de ces lectures croisées ? Dans Les Grenouilles, *Dionysos consulte Eschyle et Euripide sur l'opportunité de rappeler à Athènes Alcibiade, le célèbre et parfois populaire aventurier. Euripide se prononce contre. « Et toi, quel est ton avis ? » demande le dieu à Eschyle : « Surtout de n'aller pas nourrir un lion dans une cité, sinon, une fois élevé, il faut se prêter à ses façons ! » Allusion évidente à un chœur célèbre de l'Agamemnon : « C'est ainsi qu'un homme a, dans sa maison, nourri un lionceau, tout jeune privé du lait de sa mère, et dans ses premiers jours l'a vu, plein de douceur, caresser les enfants, amuser les vieillards, plus d'une fois même rester dans ses bras, comme un nouveau-né, joyeux et flattant la main à laquelle sa faim le fait obéir. Mais, avec le temps, il révèle l'âme qu'il doit à sa naissance...* » Quand, au début de ce siècle, dans un livre célèbre[4], F. M. Cornford voulut montrer que l'histoire selon Thucydide restait prisonnière d'un schéma tragique, il mit l'accent sur le personnage d'Alcibiade et intitula le chapitre qu'il lui consacra « le petit du lion ». Cette analyse, dira-t-on, à supposer qu'elle soit correcte, ne jette aucune lumière sur Eschyle. Est-ce absolument sûr ? Aristophane était un meilleur lecteur d'Eschyle que bien des critiques contemporains. Quel est le sens de la métaphore du lionceau ? Qui est ce « *prêtre d'Até* [divinité de la vengeance]*, envoyé par le Ciel, qu'a nourri la maison* » ? La strophe est placée entre une évocation de « *Pâris aux funèbres amours* », qui avait été accueilli à Sparte et viola l'hospitalité de Ménélas, et une autre d'Hélène, « *fleur de désir qui enivre les cœurs* ». Tous deux engendrent le malheur à Troie. Mais le lion, la démonstration en a été faite de façon écrasante[5], est aussi le personnage grandi au sein de la cité et devenu non un roi mais un tyran, c'est-à-dire Agamemnon lui-même. Et par là est posé tout le problème du statut du héros tragique face à la cité

4. *Thucydides Mythistoricus*, Londres, 1907, réimpr., Greenwood, New York, 1969.

5. Bernard M. W. Knox, « The Lion in the House », *Classical Philology*, 47 (1957), pp. 17-25.

qui le projette et le rejette. Est-il sûr qu'Aristophane et Thucydide ne nous aient pas aidé à comprendre cela ?

Quitterons-nous les arts de la parole et de l'écrit ? C'est là s'aventurer sur un terrain difficile. Il y a des peintres de vases, par exemple, qui ont pu être influencés par la représentation de l'Orestie, mais cela ne nous autorise pas à transposer dans la peinture le langage de la tragédie. Les rythmes d'évolution ne sont pas les mêmes. D'instinct on rapprocherait le premier des tragiques du plus grand des peintres de vases à figures noires, Exékias, mais le peintre est antérieur, d'un bon demi-siècle, au poète. Reste à nous souvenir, parfois, de contemporanéités qui pourraient avoir un sens. Rapprocher la scène centrale des Sept contre Thèbes et un fronton sculpté, est-ce fatalement absurde[6] ? Eschyle lui-même dans cette scène et, ailleurs, se réfère au répertoire des artisans, sculpteurs et bronziers.

Mais devons-nous même rester dans le monde grec ?

En 1864 Victor Hugo présente dans un livre tout entier une nouvelle traduction de Shakespeare, œuvre de son fils François-Victor. Il y dresse une courte liste de génies qui précèdent et annoncent Shakespeare, étant sous-entendu que Shakespeare précède et annonce Victor Hugo. Ce sont : Homère, Job, Eschyle, Isaïe, Ézéchiel, Lucrèce, Juvénal, Tacite, saint Jean, saint Paul, Dante, Rabelais et

6. Cf. Pierre Vidal-Naquet, « Les boucliers des héros », *Annali del seminario di studi del mondo classico* (Naples), 1979, pp. 95-118.

*Cervantès : le monde hébraïque (encore que Job soit pris pour
un Arabe), le monde grec et, mieux représentés, les Latins, les
débuts du christianisme, l'Occident médiéval et renaissant. A
l'échelle du monde, le secteur représenté est limité. Victor
Hugo s'en explique. Il existe, par exemple en Extrême-Orient
ou dans les pays germaniques, de « vastes œuvres collectives »
qui ne sont pas le legs de génies individuels : « Les poèmes de
l'Inde en particulier ont l'ampleur sinistre du possible rêvé
par la démence ou raconté par le songe. » Eschyle est mis en
parallèle et en opposition avec Job : « Eschyle, illuminé par
la divination inconsciente du génie, sans se douter qu'il a
derrière lui, dans l'Orient, la résignation de Job, la complète
à son insu par la révolte de Prométhée ; de sorte que la leçon
sera entière, et que le genre humain, à qui Job n'enseignait que
le devoir, sentira dans Prométhée poindre le droit*[7]*. »
Pure absurdité écrite à un moment où les orientalistes eux-mêmes
ignoraient qu'effectivement le livre de Job, qui date d'après
l'exil, est grossièrement contemporain de l'œuvre d'Eschyle.
Voici pourtant ce qu'écrivait récemment un grand historien
contemporain : « Confucius, le Bouddha, Zoroastre, Isaïe,
Héraclite — ou Eschyle. Cette liste aurait probablement
intrigué mon grand-père et les hommes de sa génération.
Aujourd'hui elle a un sens et ce fait symbolise le changement
de nos perspectives historiques... Ces hommes ne se sont pas
connus les uns les autres... Cependant nous sentons que nous
avons découvert maintenant un dénominateur commun qui*

7. Victor Hugo, *William Shakespeare*, in *Œuvres*, éd. Jean Massin, XII,
Club Français du Livre, 1969, pp. 189 et 174.

fait que tous, ils nous concernent [8]... » *Ce quelque chose qui nous concerne est une même réflexion sur les rapports entre la justice des hommes et celle des dieux. Insérer Eschyle dans cet ensemble dépasse l'ambition de cette présentation, il fallait tout de même rappeler qu'il existe.*

II. Démocratie tragique

Eschyle né vers 525 a environ dix-huit ans lors de la grande réforme de Clisthène qui déboucha sur la démocratie. Présent à Marathon (490), à Salamine (480), il est contemporain des conflits qui opposent après les guerres médiques les démocrates guidés par Éphialte, assassiné en 461, puis Périclès à leurs adversaires dont le chef le plus représentatif fut Cimon fils de Miltiade. Quand Eschyle meurt, à Géla en Sicile, en 456, Cimon qui a été ostracisé en 461 vient peut-être d'être autorisé à regagner Athènes en guerre contre Lacédémone, mais il s'en faut que le conflit fondamental soit réglé. Une étape importante a été la réforme d'Éphialte (462) qui a privé l'Aréopage de son rôle de conseil, « gardien des lois », pour le limiter dans ses attributs judiciaires. C'est la Boulè, conseil tiré au sort, qui est désormais, à côté de l'assemblée populaire, le seul organe délibératif à fonction politique.

Comment Eschyle vécut-il cette transformation, comment

---

8. Arnaldo Momigliano, *Essays in Ancient and Modern Historiography*, Oxford, Blackwell, 1977, p. 9.

*vota-t-il à l'assemblée, dans quel camp se situa-t-il ? Nous
ne le savons pas. Plus exactement nous n'avons que deux
indications extérieures à son théâtre. En 472, son « chorège », c'est-à-dire le riche Athénien qui finance la tétralogie
dont la seconde pièce, seule conservée, est* Les Perses, *est
Périclès alors âgé d'environ vingt ans. De même en 476,
Thémistocle avait été le chorège de Phrynichos. Ce choix peut
indiquer que le poète est alors dans le camp démocrate. Mais,
inversement, selon Pausanias (I, 14, 5), « Eschyle, lorsqu'il
sentit l'approche de la fin, lui qui avait gagné tant de gloire
par sa poésie et qui avait combattu sur mer à l'Artémision et
à Salamine, oublia tout cela et écrivit simplement son nom,
son patronyme et le nom de sa cité, ajoutant qu'il attestait
comme témoins de sa valeur la baie de Marathon et les Mèdes
qui y avaient débarqué ». Nous possédons effectivement le
texte d'une épitaphe qui est peut-être celui qu'avait dicté
Eschyle, alors en Sicile, et que les gens de Géla firent graver
sur sa tombe : « Ce mémorial renferme Eschyle fils d'Eupho-
rion, athénien, mort dans Géla riche en froment. Le Mède à
longue chevelure et la baie célèbre de Marathon savent ce que
fut sa valeur. » Mentionner Marathon, ignorer Salamine
peut être considéré comme un choix idéologique, celui de la
république des hoplites contre celle, beaucoup plus nombreuse,
des marins. Mais en admettant que tel fut le choix individuel
d'Eschyle à la fin de sa vie, cela ne nous donne que peu
d'information sur ce que disent ses œuvres, décalées du reste
par rapport aux choix quotidiens. Le final de l'*Orestie* qui
glorifie le rôle judiciaire de l'Aréopage a pu être interprété et*

comme une apologie d'Éphialte et comme une critique d'Éphialte.

On peut suivre presque année après année les choix politiques d'Euripide. Sophocle fut stratège aux côtés de Périclès et siégea à la fin de sa vie dans une commission qui joua un rôle préparatoire dans le coup d'État de 411, mais la cité dont il parle n'est ni celle des démocrates, ni celle des oligarques. Ses œuvres conservées se dispersent sur plusieurs dizaines d'années. Il n'en est pas de même pour Eschyle : on a cru jadis que Les Suppliantes étaient presque contemporaines de l'avènement de la démocratie, on sait aujourd'hui, par la découverte d'un papyrus, qu'elles doivent être datées de 464. De fait les sept tragédies qui subsistent d'une œuvre immense : quatre-vingt-dix tragédies, une vingtaine de drames satyriques, sont groupées en un très court espace de temps : 472 Les Perses, 467 les Sept, 458 la trilogie de l'Orestie. Seul le Prométhée n'est pas daté mais est tenu pour postérieur aux Sept, quelques-uns disent même à l'Orestie, certains contestant, à tort, son authenticité.

Impossible donc d'oublier qu'à l'arrière-plan se situait l'action de ce personnage largement occulté : le réformateur Éphialte, à coup sûr un des créateurs de la démocratie athénienne. Mais rien ne nous permet de dire si Eschyle se plaça dans son camp. Le problème, à vrai dire, se pose autrement.

La tragédie est une des formes d'identification de la cité nouvelle, démocratique ; opposant l'acteur au chœur — c'est Eschyle qui introduit un deuxième acteur —, elle va

*chercher, dans le lointain du mythe, le prince devenu tyran,
elle le projette et le met en question, représente ses fautes, ses
choix erronés qui le conduisent à la catastrophe. Dans* Les
Perses, *le héros n'est pas un prince grec disparu depuis
longtemps, mais un roi perse toujours de ce monde. Mais les
autres pièces de la trilogie mettent également en scène
l'aveuglement royal. L'espace barbare tient la même fonction
que le temps grec. Racine saura s'en souvenir quand il
préfacera* Bajazet.

J'ai dit une des formes ; *il en est d'autres, fort différentes :
l'oraison funèbre par exemple qui montre au contraire une cité
exemplairement unifiée*[9].

*Mais, si le prince, sans être le tyran, est parent du
tyran*[10], *le chœur n'est pas le peuple, et notamment pas le
peuple en arme. Composé de déesses* (Prométhée), *de Furies*
(Les Euménides), *de femmes, voire de captives* (les Sept,
Les Suppliantes, Les Choéphores), *de vieillards* (Les
Perses, Agamemnon), *le chœur n'est pas qualifié pour
incarner la cité combattante ou pacifique. Impossible dialogue
politique que celui d'Étéocle, chef unique et souverain, et des
femmes de Thèbes. «* Va, écoute des femmes, si dur qu'il te
soit de le faire *», disent celles-ci au héros qui a choisi la
septième porte et par conséquent l'affrontement fratricide.
Dans une cité démocratique le conseil propose, l'assemblée
décide par un vote, les magistrats exécutent les décisions. Et*

9. Voir Nicole Loraux, *L'Invention d'Athènes*, La Haye, Berlin, Paris,
Mouton, 1981.
10. Voir Diego Lanza, *Il Tiranno e il suo pubblico*, Turin, Einaudi, 1977.

les magistrats et les conseillers font partie de l'assemblée. La décision tragique est prise par le héros, répétition d'une décision antérieure qui s'inscrit elle-même dans la longue durée : celle des Atrides ou celle des Labdacides. La faute d'Agamemnon date-t-elle de sa décision de fouler le tapis, réservé aux dieux, que lui tend Clytemnestre, du sacrifice d'Iphigénie, du crime d'Atrée, ou de la destruction sanglante de Troie ? La faute d'Étéocle répète celle d'Œdipe, celle de Laïos [11]. Leurs choix s'inscrivent donc dans un temps qui n'est pas celui de la cité. Mais le chœur ne décide pas. Seul celui des *Suppliantes* est en quelque sorte partie à l'action. Il a pris, avant le début de la pièce, la décision collective de refuser le mariage. Les femmes de ce chœur sont dans la tragédie. Dans l'*Agamemnon*, le chœur des vieillards exerce bien la fonction de conseil, mais, au moment du meurtre, il montre de façon presque caricaturale son impuissance. Chaque choreute opine tour à tour et, lorsque le coryphée conclut, c'est pour dire : « Ma voix donne du moins le nombre [plus exactement la majorité] à cet avis : savoir exactement le sort fait à l'Atride. » Quand à la fin des *Sept*, qui n'est peut-être pas tout entière d'Eschyle, la cité se divise en deux camps opposés, ce sont des femmes, Antigone et Ismène, qui sont à la tête des deux factions.

---

11. On comparera cette cascade de crimes avec ce que dit Richard Marienstras du monde de Shakespeare : « La violence sociale poursuit mécaniquement son cours dévastateur : à un premier meurtre (à une première infraction) succède un second meurtre qui doit venger le premier, un troisième qui doit venger le second. La spirale va s'élargissant... », *Le Proche et le Lointain*, Éditions de Minuit, 1981, p. 15.

Le peuple n'est pas présent sur la scène. Sa place est sur les gradins du théâtre. Est-il représenté ? Il l'est par des figurants muets au début des Sept *et c'est à ces figurants qu'Étéocle lance son apostrophe initiale : « Peuple de Cadmos [plus exactement : Citoyens de la cité de Cadmos], il doit dire ce que l'heure exige, le chef qui, tout à sa besogne, au gouvernail de la cité, tient la barre en main... »* Les Danaïdes, *qui forment le chœur des* Suppliantes, *exigent du roi d'Argos qu'il prenne tout seul la décision de les accueillir. Démocrate, Pélasgos refuse et s'en réfère à l'assemblée du peuple. Celle-ci vote un décret qui accorde aux jeunes filles le statut de métèque. C'est même à l'occasion de ce vote que pour la première fois, dans les textes que nous possédons, le mot* démos *(peuple) a été rapproché du verbe* kratein *(commander). Mais l'assemblée est racontée, elle n'est pas représentée sur la scène ou sur l'orchestra.*

Dans Les Euménides, *les juges qui décideront du sort d'Oreste et qui votent effectivement sont, eux aussi, des figurants muets. Seule Athéna parle et vote tout à la fois. Son suffrage entraîne l'absolution d'Oreste. La cité est ici représentée par sa déesse éponyme. Tels sont les déplacements qui marquent la démocratie tragique.*

III. Les dieux et les hommes

Dans une tragédie comme Les Bacchantes *d'Euripide (406), l'insertion dans le monde des hommes d'un dieu déguisé comme Dionysos, son inquiétante proximité est le moteur du tragique. Dans les pièces de Sophocle, temps des dieux et temps des hommes sont séparés, mais c'est le premier qui rend compte, en dernière analyse, du second. Le sens des oracles se modifie peu à peu pour aboutir à la transparence finale. Les apparitions des dieux sont rares : Athéna au début de l'Ajax, Héraclès divinisé à la fin du Philoctète.*

Chez Eschyle, l'interférence entre monde divin et monde humain est permanente. Les deux univers se reflètent l'un l'autre. Il n'y a pas de conflit humain qui ne traduise un conflit entre les forces divines. Il n'y a pas de tragédie humaine qui ne soit aussi une tragédie divine.

Il ne s'agit pas d'un « pas encore ». Il ne s'agit pas de croire qu'Eschyle vit dans on ne sait quel monde primitif qui ne parviendrait pas à conceptualiser le rapport de l'homme aux dieux, de l'homme à la nature. La domination de Zeus, la transcendance de Zeus, le triomphe final de Zeus, sont à l'horizon de toute l'œuvre d'Eschyle, de même qu'ils seront à l'horizon de l'œuvre de Sophocle. Mais le Zeus de Sophocle est hors de l'histoire, le Zeus d'Eschyle a une histoire, comme celui d'Hésiode, une histoire à laquelle il met un terme.

« Un dieu fut grand jadis, débordant d'une audace prête à tous les combats : quelque jour on ne dira plus qu'il a seulement existé. Un autre vint ensuite qui trouva son vainqueur et sa fin. Mais l'homme qui, de toute son âme, célébrera le nom triomphant de Zeus aura la sagesse suprême. » Telle est la lignée des Ouranides : Ouranos, Cronos, Zeus dans l'Agamemnon. Mais une autre histoire

aurait été possible. Le Prométhée *est une tragédie dans le
monde des dieux. Zeus est tyran et Prométhée esclave, mais un
esclave maître du temps, capable d'imposer à Zeus cette
répétition dans le crime qui caractérise les Atrides et les
Labdacides : hier Cronos contre Ouranos, puis Zeus contre
Cronos ; demain le fils de Zeus contre son père. Dans cette
étonnante tragédie, Kratos, la Domination, le Pouvoir,
apparaît sur scène aux côtés de Bia, la Violence, la Force.*

*Dans l'*Orestie *le conflit des jeunes dieux politiques contre
les vieilles divinités du sang scande la trilogie au même titre
que l'affrontement entre la lignée d'Agamemnon et Clytemnestre.
Bien des modernes ont été sur ce plan victimes de l'illusion
historique que leur a dispensée Eschyle. Ils ont cru, vraiment,
que cette opposition exprimait une mutation, qu'Eschyle
dramatisait le passage d'une religion tellurique et naturaliste
à une religion civique, du matriarcat au patriarcat, du clan
à la cité*[12]. *Il ne s'agit pas d'histoire mais d'une dramatisation
du présent.*

*Les hommes sont à la recherche des signes. L'univers relatif
qui est le leur est celui de la Persuasion, Peithô. Mais
s'agit-il de la « Persuasion sainte », qu'évoque Athéna dans
le final des* Euménides *« qui donne à [sa] parole sa magique
douceur » et qui transforme les Érinyes en Euménides, ou
s'agit-il de cette « Persuasion traîtresse » qu'invoque le
Coryphée dans* Les Choéphores *et qui conduit Clytemnestre
à la mort, comme elle avait aidé à tuer Agamemnon ? Ce sont*

---

12. Cf. George Thomson, *Aeschylus and Athens*, Londres, Lawrence et
Wishart, 1941, nombreuses rééditions.

encore des signes que s'efforce de déchiffrer et de renverser
Étéocle en écoutant le messager décrire l'un après l'autre les
boucliers des Sept contre Thèbes, ces signes qui constituent
peu à peu pour nous un ensemble que nous pouvons déchiffrer, plus complètement que ne le fait Étéocle, ces signes qui
expriment en fin de compte le triomphe de Zeus, le salut de la
cité, la mort des deux rois-frères.

Signes encore : les rêves, jamais tout à fait transparents.
Signes aussi, enfin, les présages. Ainsi, au début de
l'Agamemnon, le rappel de celui qui marqua le départ
pour la Troade :

« Deux rois des oiseaux apparus aux rois des nefs, l'un
tout noir, l'autre au dos blanc. Ils apparurent près du
palais, du côté du bras qui brandit la lance, perchés bien en
vue, en train de dévorer, avec toute sa portée, une hase pleine,
frustrée des chances d'une dernière course. » Calchas le devin
donne un début d'explication : les deux aigles sont les Atrides
et ils s'empareront de Troie, mais en violant les règles de la
chasse, en tuant des animaux innocents contrairement aux
règles fixées par Artémis maîtresse de la nature sauvage, ils
vont déchaîner la tempête. Qui est la hase pleine ? A la fois
Troie et Iphigénie, sacrifiée par son père, les enfants innocents
du festin offert à Thyeste par Atrée. Cette polysémie, cette
surdétermination des présages est caractéristique d'Eschyle.
Mais le réseau des images, des métaphores s'ajoute au réseau
des présages. Les Atrides sont « représentés » par des aigles,
animaux des hauteurs, ils sont comparés à des vautours,
oiseaux d'en bas, rapaces dévoreurs de cadavres : « Terribles,

ils criaient la guerre du fond de leur cœur irrité, semblables aux vautours qui, éperdus du deuil de leur couvée, tournaient au-dessus de l'aire, battant l'espace à grands battements d'ailes, frustrés de la peine prise à garder leurs petits au nid. » Ne cherchons pas dans l'œuvre d'Eschyle à séparer la poésie du sens tragique. Ils sont une seule et même dimension du texte. Entre la métaphore et le présage, l'image et le signe venus des dieux, il y a continuité, comme si les lions ou les aigles des apparitions ou des comparaisons bondissaient tout d'un coup sur la scène. Cette continuité est peut-être l'aspect le plus étonnant de l'art d'Eschyle.

Entre l'obscurité humaine et le monde divin qui n'est pas celui de la transparence, il n'y a pas que le rêve, le présage et l'image, il y a un intermédiaire que sont les devins et les prophètes. Ici encore, entre l'interprète du songe métaphorique et le personnage à statut de devin, il n'y a pas de solution de continuité. Au début des Choéphores c'est le souvenir du crime de Clytemnestre, ou, si l'on veut, le remords qui est appelé « prophète » (plus exactement interprète des rêves) : « En un trop clair langage, auquel se dressent les cheveux, le prophète qui, dans cette demeure, parle par la voix des songes, soufflant la vengeance du fond du sommeil, en pleine nuit, au cœur du palais, proclamant son oracle en un cri d'épouvante, lourdement vient de s'abattre sur les chambres des femmes. Et, interprétant ces songes, des hommes dont la voix a les dieux pour garants ont proclamé que, sous terre, les morts âprement se plaignent et s'irritent contre leurs meurtriers. » Il est, dans les tragédies d'Eschyle, bien des figures *du devin et de son art la mantique. Le personnage de Calchas, par exemple, s'épuise dans l'interprétation du présage de la base pleine. Amphiaraos, c'est-à-dire « l'homme à la double malédiction », comme Polynice est « l'homme aux mille querelles » — ces jeux sur les mots sont constants chez Eschyle et jouent leur rôle dans la surdétermination du texte —, Amphiaraos est un personnage nommé, non un personnage représenté, figurant sur la scène. Il est un des « Sept » contre Thèbes et à ce titre il est destiné à mourir, mais il est devin et connaît son destin. Dans la scène centrale des Sept il maudit tout à la fois Tydée, le premier des héros, et Polynice, le dernier. De tous les boucliers longuement décrits, le sien est le seul à ne revêtir aucun emblème, « car il ne veut pas paraître un héros, il veut l'être ». Du coup, le devin, c'est-à-dire le donneur de sens, renvoie les boucliers de ses compagnons du monde de l'être à celui du paraître et nous invite à les interpréter en tant que faux-semblants.*

Les devins de Sophocle : Tirésias, par exemple, dans l'Antigone et l'Œdipe-roi, ne sont que des devins. Ils anticipent la tragédie mais sont en marge de la tragédie comme le sont, chez Sophocle et chez Eschyle lui-même, les messagers, les hérauts ou les serviteurs.

La Pythie de Delphes apparaît au début des Euménides, mais si elle dit le passé du lieu saint, un passé qui préfigure ce que sera Athènes à la fin de la trilogie, un lieu où les forces divines sont combinées, non affrontées, elle ne dit pas l'avenir et s'adresse à Apollon, médecin, guérisseur, interprète des prodiges.

Le seul intermédiaire entre le passé, le présent et l'avenir dont le destin ne se joue pas dans la tragédie est le fantôme de Darius, modèle mort du vieux roi lucide, c'est-à-dire du roi impossible, qui n'apparaît sur scène que pour condamner le jeune roi fou.

Apollon est à la fois dieu oraculaire et dieu exégète. Son oracle a conduit Oreste au meurtre de sa mère. Mais, dans le procès qui s'engage à Athènes et qui doit dire un droit qui n'existe pas encore, il est à la fois témoin et partie, au même titre que les Érinyes. Chez deux des personnages d'Eschyle, cette fusion entre la qualité de devin et celle de personnage tragique est réalisée d'une façon totale, chez une femme, Cassandre, chez un dieu, Prométhée.

Dieu-devin, dieu-médecin (mais incapable de se guérir), intermédiaire entre les immortels et les hommes auxquels il a enseigné les techniques et la vie en société, annonçant dans la tragédie au seul personnage humain, Io, ce que sera son destin, Prométhée est à la fois la victime et le maître du secret dont dépend l'avenir de Zeus. L'homme est son passé, le salut de Zeus son avenir, c'est sa souffrance présente, sa déchirure entre le passé et le présent qui en fait un personnage tragique. Cassandre, victime d'Apollon et bénéficiaire de ses dons, pénètre dans le palais en maîtrisant tout à la fois le passé, celui du meurtre des enfants de Thyeste, et l'avenir : celui du meurtre d'Agamemnon et le sien propre : « Et voici qu'aujourd'hui le prophète qui m'a fait prophétesse m'a lui-même conduite à ce destin de mort », sans parler de l'avenir plus lointain, celui de la vengeance d'Oreste. Discours « sans énigme » ; *l'obscurité n'est pas cette fois dans les mots, elle est dans le personnage.*

Entre les dieux et les hommes, le mode normal de communication est le sacrifice, cette invention de Prométhée. Mais, précisément, dans le monde tragique d'Eschyle, il n'y a pas de sacrifice régulier, tout sacrifice est « corrompu[13] » et cela est vrai de l'*Orestie* comme des *Sept contre Thèbes*, tout sacrifice tenté doit s'interrompre comme celui qu'adresse aux dieux la reine des Perses. Inversement tout meurtre, celui d'un frère, celui d'une fille, d'un époux, d'un père, tout meurtre est dépeint sous les espèces d'un sacrifice. Le suicide projeté des *Suppliantes* prend lui aussi la forme d'une offrande aux dieux d'Argos. La norme n'est posée dans la tragédie grecque que pour être transgressée ou parce qu'elle est déjà transgressée ; c'est en cela que la tragédie grecque relève de Dionysos, dieu de la confusion, dieu de la transgression.

IV. Les hommes et la cité

La cité grecque est un espace sur la terre cultivée avec, à ses frontières, la montagne ou le « désert », où erre la bacchante, où chemine le berger, où s'entraîne l'éphèbe ; elle est un temps fondé sur la permanence des magistratures et le renouvellement des magistrats ; elle est un ordre sexuel reposant sur la

13. Cf. Froma I. Zeitlin, « The Motif of the Corrupted sacrifice in Aeschylus' *Oresteia* », *Transactions and Proceedings of the American Philological Association*, 96 (1965), pp. 463-508.

domination politique des mâles et l'exclusion provisoire des jeunes ; elle est un ordre politique dans lequel s'insère plus ou moins facilement l'ordre familial ; elle est un ordre grec excluant les barbares et limitant la présence des étrangers même grecs ; elle est un ordre militaire où les hoplites l'emportent sur les archers, les troupes légères et même la cavalerie ; elle est un ordre social fondé sur l'exploitation des esclaves et la mise sur les marges de l'artisanat sinon toujours des artisans. C'est la combinaison, l'action réciproque de ces inclusions et de ces exclusions qui est l'ordre civique.

Dans la tragédie il faut que la cité tout à la fois se reconnaisse et se mette en question. Autrement dit la tragédie est à la fois un ordre et un désordre. L'auteur tragique déplace, inverse, parfois supprime l'ordre politique. Ce sont les écarts qui créent la mise en évidence, ou, au sens étymologique du mot, la mise en scène. Seul le Prométhée voit son action se dérouler dans un lointain désert où le Pouvoir et la Violence s'exercent sans médiation ; le lieu ordinaire de l'action scénique est le devant du palais royal ou d'un temple : Delphes au début des Euménides. Cependant l'action des Suppliantes se situe devant un lieu sacré, mais à la frontière de la cité, près du rivage ; toute la question est de savoir si ces étrangères qui disent être des Argiennes seront admises au sein de la cité, thème qui sera repris, par exemple dans l'Œdipe à Colone de Sophocle, mais dont nous avons ici le premier exemple conservé. La nature sauvage sert de référence constante, avec son bestiaire : le lion, le loup, avec la chasse des animaux prédateurs et aux animaux prédateurs

qui *interfère tout à la fois avec le sacrifice et avec la guerre :
on ne doit pas tuer son ennemi comme on chasse une bête fauve ;
on ne doit pas sacrifier aux dieux des animaux chassés, mais
des animaux domestiques, compagnons de l'homme dans la
domination de la terre cultivée* [14]. *Entre le monde sauvage et
le monde barbare, il peut y avoir recoupement : c'est le cas de
l'Égypte dans* Les Suppliantes, *il n'y a pas obligatoirement
identité. C'est dans la mesure où l'hybris de Xerxès, sa folie
orgueilleuse l'ont conduit au-delà des mers, en Grèce, qu'il
représente lui la sauvagerie, et c'est la veuve de Darius,
femme pourtant, qui représente avec le chœur des vieillards,
les fidèles, le monde de la culture.*

Dans une seule tragédie, la deuxième partie des Euménides, *la scène se passe au cœur même de la cité, au « foyer
d'Athéna », sur l'acropole, devant un groupe de citoyens
appelé à se renouveler de génération en génération, non loin de
là, sur la colline d'Arès, l'Aréopage. Ces muets incarnent le
commencement du temps civique. Devant Athéna et les juges,
et les Érinyes et Oreste sont des étrangers dont les rapports
avec la cité doivent être définis. Oreste sera acquitté mais ne
deviendra pas citoyen. Les Euménides seront, comme les
Suppliantes à Argos, dotées d'un statut de métèques, mais de
métèques divines. Ce sont elles qui définiront le programme
politique de la jeune démocratie athénienne : « ni anarchie,
ni despotisme », programme repris par Athéna : « Vous*

14. Cf. Pierre Vidal-Naquet, « Chasse et sacrifice dans l'*Orestie*
d'Eschyle » in Jean-Pierre Vernant et Pierre Vidal-Naquet, *Mythe et tragédie
en Grèce ancienne*, Maspero, 1972, pp. 133-158.

vous montrerez au monde, tous ensemble, menant votre pays,
votre peuple, par les chemins de la droite justice. »

Agamemnon craint « *la colère de son peuple* », mais passe
outre et s'affirme ainsi comme tyran. Le seul personnage
explicitement démocrate de l'œuvre d'Eschyle est un roi : le
Pélasgos des Suppliantes. Les filles de Danaos s'adressent à
lui au nom des rapports familiaux. Il leur répond en
montrant que c'est le destin tout entier de la cité qui est en jeu.

Étéocle est à la fois un chef politique, qui semble affronter
avec lucidité la menace quasi barbare qui pèse sur la cité
grecque de Thèbes, et le représentant d'une lignée maudite,
celle des Labdacides. L'action tragique sépare ce qui paraît
inextricablement lié. Politiquement Polynice est l'ennemi de
Thèbes et un traître à Thèbes, sur le plan du lignage il est le
double d'Étéocle. La mort des deux frères sauve-t-elle la cité
sur les ruines du lignage ? Oui et non : le chœur se divise en
deux et les deux sœurs, Antigone et Ismène, prennent, si l'on
en croit nos manuscrits, la tête de deux factions qui, à leur
tour, vont s'entre-déchirer. La tragédie continue : droit contre
droit.

Ce paradoxe d'une prise en charge de la cité par les femmes
peut nous conduire à cette réflexion : la cité grecque n'est certes
pas la seule civilisation à exclure les femmes de la vie
politique, mais elle offre cette particularité très notable de
dramatiser cette exclusion, d'en faire un des moteurs de
l'action tragique. Ici encore, ce sont les écarts qui permettent
de définir la norme. Clytemnestre, cette femme qui parle
« *avec sens, autant qu'homme sage* », usurpe et le pouvoir

politique et la souveraineté familiale. Son crime est le meurtre d'un époux, mais, dans Les Choéphores, le chœur, qui dépeint ce que peut faire une femme criminelle, dresse la gamme des crimes concevables : meurtre du père, du fils, du mari, non de la fille. Étrange couple, du reste, que forment Clytemnestre et sa fille Électre (certains interprétaient : alektra, c'est-à-dire sans hymen), fille vierge d'une mère polyandre, virile pourtant comme elle, mais aussi attachée à venger son père Agamemnon que sa mère l'a été à le détruire [15].

Si le « rêve d'une hérédité purement paternelle n'a jamais cessé de hanter l'imagination grecque », il en a été de même du rêve d'un monde sans femme. Le premier est exprimé par Apollon dans son témoignage au procès intenté à Oreste, le second par Étéocle au début des Sept. A quoi l'on ajoutera que, personnages créés ou plutôt recréés par Eschyle, les Danaïdes rêvent, elles, d'un monde sans hommes [16]. *Ce dernier rêve n'a évidemment pas le même statut que les premiers qui trouvent de quoi s'alimenter dans la réalité politique et sociale. Dans certaines limites pourtant : Apollon n'est pas la tragédie et ce que dit un personnage tragique comme Étéocle témoigne de l'hybris du personnage, de*

15. Voir Jean-Pierre Vernant, *Mythe et pensée chez les Grecs*, 2ᵉ éd., Maspero, 1971, I, pp. 133-137, à qui j'emprunte aussi la formule mise ci-dessous, entre guillemets.

16. Sur ces questions voir les travaux de Nicole Loraux, et surtout *Les Enfants d'Athéna*, Maspero, 1981, et de Froma I. Zeitlin, notamment « The Dynamics of Misogyny : Myth and Mythmaking in the *Oresteia* », *Arethusa*, 11, 1-2, (1978), pp. 149-189.

son passage à la limite. Dans l'Orestie, Athéna, c'est-à-
dire la cité, proclame, en acquittant Oreste : « *Mon cœur
toujours — jusqu'à l'hymen du moins — est tout acquis
à l'homme : sans réserve je suis pour le père.* » Reste qu'elle
s'efforce avec succès de convaincre les Érinyes, divinités
féminines, vengeresses du sang versé, de s'installer à Athènes
et de politiser en quelque sorte les valeurs dont elles ont la
garde : « *Vous n'êtes pas des vaincues : un arrêt indécis,
seul, est sorti de l'urne, pour satisfaire la vérité, non pour
vous humilier.* » Les valeurs féminines relèvent elles aussi de
la *timè*, de l'honneur civique[17].

   Homme-femme, adulte-jeune, le rapprochement n'est pas
artificiel. Un jeune homme est féminin avant que l'épreuve de
l'initiation n'en fasse un adulte. Entre Oreste et sa sœur, il y
a, au début des Choéphores, une quasi-gémellité. Les classes
d'âge dans la tragédie grecque, voilà malheureusement un
sujet encore non traité. L'Oreste d'Eschyle est peut-être le seul
personnage de la tragédie grecque que l'on puisse suivre, à
travers une mort fictive, de l'enfance à l'âge adulte :
nourrisson dans le récit de la nourrice des Choéphores,
lorsqu'il est cru mort, adulte et transformé, positivement, par
le temps lors du procès d'Athènes : « *Il y a longtemps déjà
que j'ai usé ma souillure au contact d'autres foyers et sur tous
les chemins de la terre et des mers.* » Entre les deux, le
personnage des Choéphores : il est double, masculin et
féminin, vaillant et rusé, combattant du jour et de la nuit,

---

   17. Voir Nicole Loraux, « Le lit, la guerre », *L'Homme*, XXI, 1 (1981),
pp. 37-67.

hoplite et archer [18] ; *il est un éphèbe tragique. Étéocle, lui, se qualifie d'hoplite, mais un hoplite isolé est une contradiction dans les termes — l'hoplite n'existe que dans la ligne de bataille — et cette contradiction est précisément un aspect de la césure qui traverse le personnage.*

Étrange destin que celui des valeurs hoplitiques, celles de la discipline collective de la phalange, dans la tragédie eschyléenne. Elles sont constamment proclamées, elles triomphent même dans l'épilogue des Euménides, *et constamment niées, par les héros et même par les collectivités, dans les récits. Dans l'*Agamemnon, *c'est Clytemnestre qui explique ce que doit être le comportement d'une armée à la fois vaillante et respectueuse des dieux de l'ennemi. Pourtant la prise de Troie est l'œuvre, non des hoplites, mais du « monstre dévorant d'Argos », qui bondit et, « ainsi qu'un lion cruel, a tout son soûl léché le sang royal ». L'hoplite Étéocle mourra dans un combat singulier. Mais le problème le plus curieux est celui que pose la tragédie des* Perses. *Les personnages tragiques y sont les Perses, et plus spécifiquement le Roi Xerxès, et la pièce est évidemment écrite par un Athénien à la gloire des siens et des Grecs en général. Mais les techniques de récit mises en œuvre sont étonnantes. L'armée perse décrite au début de la pièce est une force où dominent les cavaliers, les archers, les combattants sur char. Quand le coryphée s'interroge sur l'aboutissement de la guerre, il pose ainsi le dilemme : « Est-ce l'arme de jet, l'arc, qui triomphe ? Est-ce la lance à la coiffe de fer dont la force a vaincu ? » La lance*

18. Cf. Pierre Vidal-Naquet in *Mythe et tragédie,* pp. 151-153.

est l'arme de l'hoplite, elle est liée aux valeurs du combat ouvert, la phalange affrontant la phalange, l'arc est l'arme de la ruse, l'arme de la nuit. Mais Grecs et Perses s'affrontent aussi symboliquement, toujours au début de la pièce, sous la forme du milan et de l'aigle. Tous deux sont des oiseaux de proie, mais, des deux, c'est l'aigle qui est lié aux valeurs de la souveraineté et des hauteurs. C'est l'aigle perse qui « fuit vers l'autel bas [eschara] de Phoibos » et c'est le milan qui fond sur lui venant du ciel. Quant à la guerre proprement dite, elle est représentée surtout par la bataille navale de Salamine engagée grâce à la ruse de Thémistocle et terminée par une image de madrague : les Grecs assomment les Perses comme les pêcheurs le font des thons, dans la « chambre de mort ». Du premier épisode hoplitique de la seconde guerre médique, des Thermopyles, il ne sera pas question. Tout au plus l'ombre de Darius annoncera-t-elle la grande bataille, hoplitique et largement lacédémonienne, de 479 : « Tant doit être abondante la libation de sang que fera couler sur le sol de Platée la lance dorienne ! » Faut-il rendre compte de ces singularités en faisant observer que les valeurs (hoplitiques) se heurtaient ici tout aussi bien aux faits connus des spectateurs (la ruse de guerre, la bataille navale) et au patriotisme athénien qui conduisait Eschyle à minimiser les exploits des hoplites de Sparte ?

Un épisode montre qu'il y a là, en réalité, une difficulté qui reste à lever. Selon Hérodote, qui écrit une quarantaine d'années après Eschyle, mais qui n'est pas un auteur tragique, Aristide — qui, dans l'historiographie athé-

nienne, est un modéré — aurait débarqué, pendant le cours
même de la bataille de Salamine, dans la petite île de
Psyttalie, avec un parti d'hoplites, et massacré les Perses qui
se trouvaient là (VIII, 95). Or Eschyle, à la fin du récit du
messager, place autrement l'épisode, qui est chez lui postérieur
à la victoire, et, s'il fait intervenir des soldats cuirassés, ce
sont bien des armes de jet qui inaugurent le massacre : « Et
d'abord des milliers de pierres parties de leurs mains
l'accablaient [le Perse], tandis que, jaillis de la corde de
l'arc, des traits portaient la mort dans ses rangs. » Ce n'est
qu'après l'intervention de ces armes que les Grecs achèvent
leurs ennemis à l'arme blanche. Vérité d'Eschyle contre
mensonge d'Hérodote ? Cette thèse a été soutenue [19] ainsi
d'ailleurs que l'inverse. Ou contrainte du récit tragique qui,
jusqu'au bout, fait anéantir les guerriers d'un empire par les
plus minces des combattants, héroïques, bien sûr, mais protégés et guidés par les dieux ? Au-dessus du messager rusé
de Thémistocle il y a « un génie vengeur, un dieu méchant,
surgi je ne sais d'où ». « C'est un dieu... qui nous a détruit
notre armée, en faisant de la chance des parts trop inégales
dans les plateaux de la balance. » Miltiade, dans le discours
que lui prête Hérodote (VI, 109), à la veille de Marathon, à
l'intention du polémarque Callimachos, disait au contraire
ceci : « Si nous engageons le combat sans attendre qu'il y ait

19. Charles W. Fornara, « The Hoplite Achievement at Psyttaleia »,
Journal of Hellenic Studies, 86 (1966), pp. 51-54 ; Georges Roux, « Eschyle,
Hérodote, Diodore, Plutarque racontent la bataille de Salamine », *Bulletin
de correspondance hellénique*, 98 (1974), pp. 51-94, interprète le texte
autrement ; les archers seraient les Perses (voir p. 91).

*chez certains Athéniens quelque chose de pourri, nous sommes
en état, pourvu que les dieux tiennent la balance égale,
d'avoir dans le combat l'avantage.* » *Récit historique contre
récit tragique ?*

La mention des archers, ces « *pauvres diables* » de la cité
classique, nous conduit à quitter le centre de la cité pour ses
marges et ses catégories inférieures. Dans quelle mesure les
esclaves et les artisans apparaissent-ils dans l'œuvre d'Eschyle
et quel sens a leur présence ?

Il y a dans les tragédies d'Eschyle des serviteurs et des
esclaves qui ne sont là que pour ce qu'ils disent, étant eux-
mêmes transparents, et leur condition n'intervenant en aucune
manière. Le messager des Perses, celui des Sept, sont-ils des
esclaves ? Ils représentent une fonction dramatique, tout
comme les hérauts, dans Les Suppliantes et dans l'Agamemnon. Dans le prologue du veilleur, au début de cette
dernière pièce, la condition servile est notée par une métaphore
animale : le veilleur, couché sur la terrasse en attendant le
signal de la prise de Troie, se compare à un chien, mais à un
chien qui a « *appris à connaître l'assemblée des étoiles
nocturnes* ». Il marque sa double dépendance, en droit il
appartient à Agamemnon, en fait au tyran féminin
Clytemnestre. Dans Les Choéphores, le serviteur d'Égisthe
a un cri de désespoir quand son maître est assassiné.

Il y a, au vrai, deux sortes d'esclaves dans l'œuvre
d'Eschyle : esclaves par destination, esclaves par capture, ces
derniers étant des Grecs ou des enfants des dieux et des rois,
victimes du droit de la guerre. Les premiers sont anonymes, à

une seule exception près : la nourrice d'Oreste dans Les
Choéphores. *Comme tant d'esclaves en Grèce, elle porte le
nom de son pays d'origine : Kilissa, la Cilicienne. Étonnante
et célèbre scène. On vient d'annoncer la mort d'Oreste, mais,
contrairement à Euryclée dans l'*Odyssée, *Kilissa n'a pas
reconnu son nourrisson. La scène a un accent comique et il est
de fait, non seulement chez Eschyle, mais dans l'ensemble de
la tragédie grecque, que les scènes comiques font intervenir les
esclaves, les gens de peu et parlent du corps, vivant ou mort.
Pensons au garde de l'*Antigone *et à son propos « réaliste ».
Le comique est un des moyens par lesquels la tragédie est en
prise sur le présent.*

*Kilissa a élevé Oreste, non pour le compte de sa mère,
« pour son père[20] », ce qui permet d'intégrer sa tirade à
l'action tragique. Ce que dit ici le texte est caractéristique de
la représentation de ce type d'esclave. De son nourrisson
Kilissa ne connaît que le corps, ne mentionne que le corps,
celui d'un animal, là derechef : « Ce qui n'a pas de
connaissance, il faut l'élever comme un petit chien, n'est-ce
pas ? se faire à ses façons. Dans les langes, l'enfant ne parle
pas, qu'il ait faim, soif, ou besoin pressant, et son petit
ventre se soulage seul. Il fallait être un peu devin, et, comme,
ma foi ! souvent j'y étais trompée, je devenais laveuse de
langes ; blanchisseuse et nourrice confondaient leurs besognes. »*

Le modèle même des esclaves par droit de conquête est

---

20. Cf. Nathalie Daladier, « Les mères aveugles », *Nouvelle Revue de
psychanalyse*, XIX (1979), pp. 229-244.

Cassandre : tout à la fois concubine d'Agamemnon, prophé-
tesse d'Apollon et esclave. Face à elle Clytemnestre dit la
norme grecque, mais s'arroge le pouvoir du tyran sur le corps
de celui qu'il réduit en esclavage. Toute l'apostrophe de
Clytemnestre à Cassandre serait à analyser, y compris sa
remarquable opposition entre le destin des esclaves chez les
nouveaux riches et chez les maîtres « riches de vieille date ».
« De nous, dit-elle, tu peux attendre les égards coutu-
miers. » Mais le jeu sur les mots est terrible : « Zeus
clément a voulu que, dans ce palais, tu eusses avec nous part à
l'eau lustrale... » C'est là annoncer le sacrifice humain qui
fera de Cassandre une victime, aux côtés d'Agamemnon.

Ce même rapport entre le tyran et l'esclave par accident,
nous le retrouvons, mais enrichi et rendu plus complexe, dans
le Prométhée. *Zeus-tyran et Prométhée-esclave, un esclave*
mis à la torture, comme seuls les esclaves peuvent l'être, le
couple se retrouve parmi les dieux. Mais il y a esclave et
esclave, et Prométhée oppose la servitude volontaire d'Hermès,
le serviteur du tyran, à sa propre condition : « Contre une
servitude pareille à la tienne, sache-le nettement, je n'échan-
gerais pas mon malheur. » Mais Hermès ne se reconnaît pas
esclave, et définit Zeus non comme son maître, mais comme son
père [21].

Une autre catégorie sociale intervient dans le Prométhée,
celle des artisans. Le cas est unique : il peut être question,
ailleurs, de l'œuvre des artisans, par exemple dans la

21. Cf. Katerina Synodinou, *On the Concept of Slavery in Euripides*, Jannina, 1977, p. 92.

description des boucliers des Sept, et la condition poétique, elle-même, à l'époque d'Eschyle, était celle d'un artisan[22], ce qui liait à sa façon le poète au monde de la fabrication et de l'échange, mais, en règle générale, l'artisan, qui n'est pas reconnu en tant que tel dans la cité, n'apparaît pas sur la scène tragique. L'artisan que l'on voit à l'œuvre dans le Prométhée, attachant un esclave à un rocher, avec l'aide de Pouvoir et de Force, est, il est vrai, un dieu, Héphaïstos, un dieu qui n'exécute pas son travail sans quelque réflexion. Pouvoir et Force... les valeurs politiques l'emportent sur les valeurs de la fabrication. Prométhée est le dieu de la fonction technique et Hermès celui de l'échange. Le Prométhée est peut-être la dernière pièce conservée d'Eschyle, et, certes, la vision que nous en avons est fatalement faussée parce que de la trilogie dont elle faisait partie nous ne possédons ni le milieu ni la fin qui racontait la délivrance du dieu enchaîné. Essayons d'imaginer une Orestie dont nous ne posséderions que l'Agamemnon. Il n'empêche : les problèmes qui affleurent dans cette pièce, ceux des rapports entre le pouvoir et le savoir, entre la fonction politique et la fonction technique, ces problèmes-là n'ont peut-être pas fini de nous tourmenter.

Pierre Vidal-Naquet.

---

22. Cf. Jesper Svenbro, *La Parole et le marbre, Aux origines de la poétique grecque*, Lund, 1976.

NOTRE TRADUCTION

La traduction qu'on va lire a été faite pour faciliter la lecture du texte grec. C'en était la seule excuse il y a vingt-cinq ans, et l'excuse n'existe plus aujourd'hui où elle se présente sans ce texte. L'auteur en sent mieux que personne les faiblesses, les duretés et les lourdeurs. Préoccupé avant tout de marquer nettement le sens, surtout dans les passages où il lui semblait avoir été méconnu, il a sacrifié plus d'une fois l'élégance à l'exactitude, et comme, d'autre part, une exactitude trop rigoureuse eût rendu la traduction illisible, il a dû le plus souvent user d'un compromis qui ne satisfera ni ceux qui liront cette traduction pour elle-même ni ceux qui voudront y trouver une explication minutieusement fidèle de l'original. Une traduction plus libre aurait pu, en fait, être plus exacte, si elle avait réussi à faire sentir la qualité poétique du texte. Mais il eût fallu un poète pour faire de cette tentative une réussite.

On sera peut-être surpris de trouver dans cette

traduction des archaïsmes, qui sembleront parfois y
détonner. Leur emploi est intentionnel. Ce n'est pas
qu'ils correspondent toujours exactement à des archaïsmes dans le modèle grec ; mais ils doivent à la longue
donner au lecteur l'impression d'une langue assez
conventionnelle, dont tous les éléments ne sont pas
complètement fondus, et tel est le cas de la langue
tragique.

La traduction des *parties chantées* de la tragédie a été
imprimée en italique. Il a paru bon de l'accompagner
de quelques indications musicales. Ces indications ne
sont pas entièrement arbitraires ; elles se fondent sur
l'observation de certains faits précis. La tragédie
attique use d'un très grand nombre de mètres. La
plupart avaient été employés déjà par d'autres genres ;
plusieurs lui venaient même d'autres régions, de la
Grèce dorienne, des îles de la mer Égée, des côtes
d'Asie Mineure. Les Athéniens étaient donc portés à
leur attribuer tel ou tel caractère suivant les thèmes
auxquels ils avaient été primitivement associés. Pour
nombre d'entre eux, les grammairiens anciens nous ont
laissé à ce sujet des témoignages qui ne sont pas dénués
de toute valeur. En outre, si les rythmes n'ont pas de
caractère expressif en eux-mêmes, ils peuvent en
prendre par la façon dont ils sont rapprochés les uns
des autres, et ces effets de gradation ou de contraste
sont encore faciles à saisir dans le texte, même
dépouillé de sa notation mélodique. Enfin la seule
construction métrique d'un morceau chanté permet
quelquefois de pénétrer l'intention du poète : une
strophe composée de quelques longs vers aux contours

indécis ne saurait être destinée à produire le même effet qu'une strophe formée d'éléments nombreux, courts et bien marqués. Du rapprochement de ces divers points de vue le lecteur éclairé peut retirer une impression d'ensemble qui n'est pas un simple jeu de l'imagination. Il convient, d'ailleurs, de s'en tenir, pour traduire cette impression, à des formules assez vagues : trop de précision ne serait pas de mise ici.

Nous avons de même pensé qu'il y aurait peut-être intérêt à donner pour la première fois au lecteur français une idée de la structure interne d'une strophe tragique. Il n'est pas rare que nous puissions saisir cette structure avec une suffisante précision. Nous avons donc, dans notre traduction, marqué par des alinéas la division en périodes des strophes du Chœur. Le procédé présente au moins deux avantages : il fait mieux sentir la valeur particulière que confère à certains mots leur place dans la phrase rythmique, et il permet parfois aussi de mieux faire voir comment s'équilibrent les différents thèmes d'un même morceau. Nous n'avons toutefois usé de cette méthode que pour les chants du Chœur placés en dehors de l'action. Nous y avons renoncé pour les autres parties lyriques. Ce n'est pas qu'elle n'y eût été aussi légitime ; mais elle aurait sans doute éparpillé alors l'attention du lecteur et l'aurait empêché d'embrasser d'un regard les grandes divisions, bien autrement importantes, des ensembles bâtis par Eschyle.

La traduction des *parties parlées* a été imprimée en romain. On a employé également le romain pour les morceaux *récités sur un accompagnement instrumental*;

mais, en ce cas, le lecteur est averti par un signe (✗) figurant deux flûtes entrecroisées. Les passages que l'on trouvera ici précédés de ce signe étaient l'objet d'une déclamation fortement rythmée, soutenue par le double chalumeau de l'aulète. Cette déclamation comportait-elle quelques inflexions mélodiques, tout au moins au début ou à la fin des périodes ? Nous l'ignorons. Nous ne savons même pas de façon sûre quels vers étaient soumis à ce mode de récitation. Il est probable qu'il n'y avait pas à ce sujet de règles invariables et que tel mètre était tantôt simplement parlé, tantôt récité sur un accompagnement musical. Nous n'avons de certitude que pour les *systèmes anapestiques*, où la netteté monotone du rythme est encore sensible à l'oreille d'un lecteur moderne. Ce sont donc uniquement les systèmes anapestiques que nous avons fait précéder et suivre du signe figurant la double flûte. Ils sont le plus souvent placés dans la bouche du Coryphée et correspondent à une entrée ou à une sortie, soit d'un personnage, soit du Chœur lui-même.

On trouvera enfin au cours de cette traduction quelques indications scéniques. La plupart sont tirées du texte ; les autres ne sont que des hypothèses vraisemblables. Nous n'avons à peu près aucun document sur la mise en scène des tragédies athéniennes au ve siècle. La seule chose certaine, c'est que les pièces étaient jouées tout entières dans l'orchestre et qu'aucune scène surélevée ne séparait les acteurs du Chœur, comme aux siècles suivants.

P. M.

LES SUPPLIANTES

NOTICE

La date des *Suppliantes* est inconnue. Il semble bien
pourtant qu'elles soient la plus ancienne des pièces conservées d'Eschyle. Elles apparaissent en effet comme le seul
exemplaire qui nous reste d'une forme vite disparue de la
tragédie, où le véritable protagoniste était le Chœur. Non
seulement c'est le sort des Danaïdes qui se joue dans les
Suppliantes, mais c'est leur volonté qui fait le sujet du
drame et mène l'action. De tous les personnages le Chœur
est le plus agissant, et le poète n'use même pas sans quelque gaucherie des deux acteurs dont il dispose en plus. La
composition trahit la raideur d'un art primitif : mainte
tirade notamment s'encadre entre deux formules, l'une
posant le thème, l'autre, en termes presque identiques, le
rappelant pour conclure. Le style offre un mélange de
verdeur naïve et de préciosité sèche, où se révèle un génie
jeune, qui n'est pas maître encore de toutes ses ressources.
Un indice extérieur permet enfin de proposer une date qui
s'accorde avec ces données. Un des morceaux les plus
importants de la pièce, le chant d'actions de grâces des
Danaïdes (p. 81-84), ne s'explique pleinement, dans sa
structure générale et dans ses détails les plus significatifs,
que si l'on admet qu'il a été écrit sous l'impression du
désastre infligé par Cléomène à Argos vers 493. Pareille
impression a dû s'affaiblir vite à Athènes devant le péril
médique. La composition des *Suppliantes* doit donc se
placer entre le désastre argien et la victoire de Marathon,
entre 493 et 490. Eschyle avait de trente-deux à
trente-cinq ans. Il n'obtint pas le prix, s'il faut en croire
le témoignage ancien qui date sa première victoire de 484.

Les Suppliantes commencent par de longs exposés de faits, elles se terminent par un conflit de sentiments et d'idées dont doit décider l'avenir : il est donc à peu près certain qu'elles forment la première pièce d'une trilogie. Il est probable que la seconde s'appelait *Les Égyptiens* et la troisième *Les Danaïdes*. Enfin, on est en droit de conjecturer que, comme le fait est attesté pour d'autres trilogies, celle-ci était suivie d'un drame satyrique, tiré de la même légende, *Amymone*, dont le titre figure aussi dans le catalogue des pièces d'Eschyle.

La légende dont s'est inspiré Eschyle était une des plus célèbres de la Grèce, parce qu'elle était devenue la charte mythique des dynasties doriennes. Elle s'était formée d'éléments très divers. Les premiers sont argiens : ce sont les traditions sacrées d'un grand sanctuaire d'Argos, l'Héraion, auxquelles étaient venues se joindre les légendes populaires, relatives au premier aménagement du pays et à d'anciennes guerres locales. Quand, au XIIᵉ et au VIᵉ siècle, les Grecs entrèrent en contact plus étroit avec l'Égypte, des légendes nouvelles naquirent du rapprochement des traditions helléniques et des mythes égyptiens. Les récits de l'Héraion arrivèrent sans doute en Égypte par les colons argiens établis à Rhodes; Io fut identifiée à Isis, Épaphos à Apis, et bientôt les marins du Delta durent connaître des chansons épiques sur ces vieux thèmes rajeunis. Mais il fallait la volonté réfléchie d'un poète pour grouper ces essais épars et leur donner une forme définitive. Ce fut l'œuvre du poète inconnu qui créa la *Danaïde*, épopée de 6.500 vers, qui peut se dater avec quelque vraisemblance de la première moitié du VIᵉ siècle. Son poème semble être la source où a surtout puisé Eschyle.

Ramenée à ses traits essentiels, la légende peut se résumer ainsi. — Io, prêtresse d'Héra à Argos, est aimée de Zeus. Héra, jalouse, la transforme en vache. Zeus continue à l'approcher sous la forme d'un taureau. Héra lance alors sur elle un taon qui l'affole et la poursuit, délirante, à travers l'Europe et l'Asie, sans trêve qui lui permette d'être délivrée de l'enfant conçu du dieu. Après de longues errances, elle atteint l'Égypte. Là, Zeus touche son front et souffle sur sa face. Son égarement aussitôt cesse, elle retrouve sa forme première et donne le jour à un fils, Épaphos, le « toucher » de Zeus. A cet ancêtre, issu du roi des dieux, remontent les rois de l'Égypte. — Les arrière-petits-fils d'Épaphos, Danaos et Égyptos, entrent un jour en conflit. Le premier est père de cinquante filles, le second de cinquante fils, et les Égyptiades veulent pour femmes les Danaïdes : ils prétendent sans doute s'assurer ainsi les droits royaux de Danaos. La guerre éclate; Danaos vaincu s'enfuit avec les Danaïdes sur une galère à cinquante rames et se dirige vers Argos. — Les Pélasges, qui occupent l'Argolide, acceptent de donner un asile aux fugitifs; mais, quand les Égyptiades, lancés à leur poursuite, débarquent à leur tour, Danaos feint de céder : il accorde ses filles à leurs cousins. Les noces sont à peine célébrées que, dans la même nuit, chaque fille de Danaos, sur l'ordre de son père, égorge son jeune mari. Une seule, Hypermestre, épargne le sien, Lyncée; c'est d'elle que descend la race royale d'Argos, et, de ce jour, les Pélasges sont devenus les Danaens.

Cet amalgame de traditions étrangères les unes aux autres manque d'intérêt humain. Les prêtresses de l'Héraion, les aventuriers grecs du Delta avaient de tout autres soucis, et il ne semble pas que l'auteur de la *Danaïde* eût introduit dans la légende beaucoup plus de vérité ou d'émotion : son poème, dans la mesure où nous pouvons en entrevoir les grandes lignes, n'était qu'une histoire de caprice amoureux et de vengeance jalouse chez les dieux, d'ambition, de ruse et de meurtre chez les hommes. Quel attrait y a donc trouvé Eschyle, pour qu'il en ait fait le sujet d'une trilogie? Il suffit, pour répondre à cette question, de constater comment il a usé des données de l'épopée.

Il a d'abord évoqué avec une insistance émue les malheurs d'Io. C'est une hérédité douloureuse qui pèse sur la race de Danaos et semble la vouer aux catastrophes les

plus étranges. Mais cette hérédité la place en même
temps sous la garde de Zeus. Le Ciel est ainsi intéressé
dans le drame. Les petites-filles d'Io souffriront des
maux que nul autre n'a connus; mais Zeus un jour les
sauvera, comme il a délivré et guéri leur aïeule. C'est là
un thème qui reparaît à chaque instant dans la pièce et
en fait un long frisson de terreur coupé d'actes de foi
ardents. Le souvenir d'Io est à la fois matière de confiance
et d'angoisse. Zeus jamais n'abandonna les siens; mais
Zeus aussi, parce qu'il est tout-puissant, se plaît à n'intervenir qu'au terme extrême de la souffrance : le long
martyre d'Io est peut-être aussi prophétique que sa délivrance.

D'autre part, l'arrivée des Danaïdes chez les Pélasges
pose une question de droit. Le secours qu'elles réclament
des Pélasges, au nom de leur origine argienne, Pélasgos
doit-il le leur prêter? Leur cause est-elle celle du Droit?
Et, le fût-elle, un roi doit-il, même pour défendre le Droit,
exposer son pays? Faire couler le sang des hommes est-il
le seul moyen d'interroger les dieux et de savoir où se
cache la justice? Dans l'ensemble de la trilogie, ce n'est là
qu'une question secondaire; dans la tragédie qui nous
reste, c'est celle qu'Eschyle a traitée avec le plus d'ampleur. La grande scène entre Pélasgos et le Chœur, qui
remplit presque toute la première partie de la pièce, a la
gravité naïve, l'application pieuse d'une peinture de primitif; c'est le lent examen de conscience d'un roi scrupu-
leux en face de responsabilités nouvelles.

Pélasgos se décide enfin à aider Danaos, pour épargner
une souillure à sa cité. Il n'obéit là qu'à une « contrainte »,
celle du rameau suppliant déposé sur l'autel des dieux
argiens : entre la guerre et le châtiment divin que l'imprécation des suppliants repoussés appellerait irrésisti-
blement sur sa ville, il choisit le moindre mal. Mais il ne
résout pas le problème qui reste la question essentielle du
drame : entre les Danaïdes et les Égyptiades, de quel
côté est le Droit? La réponse d'Eschyle se laisse pourtant
deviner et par les sentiments qu'il a prêtés aux filles de

Danaos dans *Les Suppliantes* et par ce que les témoignages anciens laissent entrevoir des deux autres pièces de la trilogie. Le Droit est d'abord du côté des Danaïdes, car un mariage est criminel qui est imposé par la force, sans l'aveu ni de l'épousée ni de son père; et le crime est plus grave encore, s'il est commis à l'égard d'une parente : il est alors semblable à l'impure violence de l'oiseau de proie, « qui se repaît de chair d'oiseau ». Mais les Danaïdes n'ont pas horreur seulement des prétendants brutaux qui veulent les prendre de force; elles ont horreur du mariage lui-même, elles écartent avec dégoût l'idée d'appartenir à des hommes, elles refusent de se soumettre à une loi naturelle, elles blasphèment l'œuvre de vie. Quand, à la fin de la pièce, elles renient les dieux de l'Égypte pour rendre hommage aux dieux grecs, dont elles deviennent les fidèles, elles n'invoquent, après les fleuves nourriciers de l'Argolide, qu'une des grandes divinités de l'Olympe, l'austère Artémis, protectrice de la chasteté; et, comme leurs suivantes, qui représentent la sagesse populaire, leur rappellent les noms d'Aphrodite et d'Héra, déesses de l'amour et du mariage, elles renouvellent avec une énergie farouche leur souhait de ne jamais connaître telle « épreuve »; elles somment le Ciel de les délivrer de cette épouvante. Elles ont dès lors dépassé leur droit, elles sont entrées à leur tour dans la voie de la démesure, elles sont prêtes au crime : quand leur père leur en donnera l'ordre, elles commettront le forfait inexpiable. Elles doivent donc être punies. Comment? quels châtiments leur réservait le dénouement de la trilogie? Plusieurs indices nous permettent de le conjecturer.

Hypermestre est d'abord l'objet de la colère de Danaos, car elle a trahi les siens, en laissant vivre un vengeur des Égyptiades. Mais Aphrodite intervient elle-même en sa faveur : Hypermestre a agi par désir d'être mère, elle a obéi à la loi divine qui perpétue la vie. Cette loi, Aphrodite la rappelle solennellement aux hommes et se glorifie de la faire régner dans la nature entière : « Le Ciel sacré sent le désir de pénétrer la Terre, un désir prend la Terre de jouir

de l'hymen : la pluie, du Ciel époux, descend comme un
baiser sur la Terre, et la voilà qui enfante aux mortels les
troupeaux qui vont paissant et le fruit de vie de Démé-
ter, cependant que la frondaison printanière s'achève sous
la rosée d'hymen — et, dans tout cela, j'ai mon rôle, moi. »
Hypermestre verra donc se réaliser son vœu : elle deviendra mère, elle fondera une dynastie royale, et d'elle des-
cendra Héraclès, le plus grand des héros de la race
dorienne. Quant à ses sœurs, subiront-elles le châtiment
sanglant qui leur est infligé dans une des formes les plus
anciennes de la légende, où Lyncée venge ses frères en
faisant mettre à mort Danaos et ses filles? Il répugnerait
à la tragédie attique; il s'accorderait mal surtout avec le
sentiment de stricte équité qu'Eschyle s'applique à
montrer partout : la démesure des Égyptiades a d'avance
atténué la responsabilité des Danaïdes. Le seul dénouement qui réponde à la logique du drame, c'est celui auquel
fait allusion Pindare : les filles de Danaos sont données à
qui s'offre à les conquérir à la course; les vainqueurs choi-
siront leurs épouses dans l'ordre d'arrivée. Elles subiront
donc la loi commune à laquelle elles ont voulu se dérober;
mais elles ne goûteront pas les joies réservées à leur sœur,
elles ne donneront pas le jour à une lignée glorieuse:
elles ne connaîtront que des unions obscures, stériles peut-
être : la nature n'est clémente qu'à ceux qui se soumettent
à elle avec une simplicité docile.

Dans la trilogie des *Danaïdes*, comme dans celle de
l'*Orestie*, l'idée qui a guidé Eschyle semble donc avoir été
celle de la sainteté du mariage. « La couche nuptiale où le
Destin unit l'homme et la femme est sous la sauvegarde
d'un droit plus puissant qu'un serment » (*Euménides*,
p. 389). C'est le crime des Danaïdes et le jugement qu'il
convient de porter sur lui qui forme le sujet de la trilogie.
Ici, comme ailleurs, la tragédie attique a, de la vieille
légende, extrait l'élément humain pour le mettre en pleine
lumière et dégager les données d'un problème moral. Il
ne faut pas oublier l'ensemble de la trilogie, quand nous
lisons la seule des trois pièces qui nous soit parvenue. On

en comprend mieux alors le ton général. Dans ce drame,
dont le principal personnage est un chœur de jeunes filles,
il n'y a pas la moindre suavité ni la moindre grâce. C'est
que les Danaïdes sont moins des victimes que des révoltées; leur langage, en maint passage, est déjà celui de la
démesure (*hybris*) interdite à tout mortel. La valeur
poétique de la pièce n'en est pas moindre pour cela.
Jamais, au contraire, on n'a traduit avec plus d'émouvante âpreté une terreur qui se mêle de dégoût. La seule
note claire de cette sombre histoire, Eschyle l'avait réservée pour le drame satyrique qui suivait la trilogie. On y
voyait Amymone, une des Danaïdes, le jour où la galère
de Danaos abordait en Argolide, envoyée par son père à la
recherche d'une source et se heurtant à une bande de
satyres insolents. Effrayée, elle appelait au secours, et
Poseidôn apparaissait. Mais ce sauveur devenait à son
tour un poursuivant. A la barbe des satyres éconduits,
Amymone cédait au dieu, et celui-ci, pour lui plaire, faisait jaillir mille sources d'un sol auparavant stérile : la
paillardise était punie, l'amour créateur triomphait.

N. B. : Dans la notice que reproduit cette édition, Paul
Mazon donne pour *Les Suppliantes* une date haute dans la vie
et la carrière d'Eschyle : entre 493 et 490. Telle était, au
moment où il écrivait, l'opinion de loin la plus répandue et
certains remontaient même jusqu'aux tout débuts du siècle.
Mais la publication, en 1952, d'un fragment sur papyrus de
la didascalie (date et circonstances de la représentation) de la
tétralogie dont font partie *Les Suppliantes* nous a appris
qu'elle a été représentée sous l'archontat d'Archédémidès,
c'est-à-dire en 464-463.

P. V.-N.

PERSONNAGES

CHŒUR des Danaïdes et de leurs suivantes.

DANAOS, arrière-petit-fils d'Épaphos.

PÉLASGOS, fils de Palaichtôn, roi d'Argos, appelé simplement LE ROI.

UN HÉRAUT égyptien.

LES SUPPLIANTES[*]

Au fond de l'orchestre, un tertre portant un autel et des statues de dieux. Entre le Chœur : cinquante princesses au masque hâlé, parées de bandeaux et de voiles à la mode barbare. Cinquante suivantes les accompagnent[1].

LE CORYPHÉE. — ✗ Daigne Zeus Suppliant jeter un regard favorable sur cette troupe vagabonde, dont la nef est partie des bouches au sable fin du Nil. Loin du sol de Zeus[2],

qui confine au pays syrien, nous errons en bannies; non qu'aucune cité ait porté contre nous la sentence d'exil qui paie le sang versé;

mais, pleines d'une horreur innée de l'homme[3], nous détestons l'hymen des enfants d'Égyptos et leur sacrilège démence.

Et Danaos, le père qui inspire tous nos desseins, qui inspira notre révolte, a pesé tous les coups, et, parmi les douleurs, choisi celle du moins qui sauvait notre gloire :

la fuite éperdue à travers la houle des mers et la descente aux rives d'Argolide, berceau de notre race, qui s'honore d'être venue au monde de la génisse tournoyante au vol du taon sous le toucher et le souffle de Zeus[4].

* Voir les notes en fin de volume.

En quel pays mieux disposé pour nous pourrions-
nous aborder avec cet attribut des bras suppliants, ces
rameaux ceints de laine[1]?

Ah! puisse ce pays, son sol, ses eaux limpides, puissent les dieux du ciel et les dieux souterrains aux lourdes vengeances, habitants des tombeaux[2],

puisse Zeus Sauveur enfin, qui garde les foyers des
justes, agréer cette troupe de femmes comme leurs
suppliantes, en ce pays ému d'un souffle de pitié; et,
avant qu'en essaim pressé les mâles insolents issus
d'Égyptos aient foulé du pied ce sol limoneux, dieux!
avec leur vaisseau rapide,

rejetez-les vers le large; et qu'alors, dans la tourmente aux cinglantes rafales, dans le tonnerre et les
éclairs, dans les vents chargés d'averses, ils se heurtent
à une mer farouche et périssent,

avant d'avoir, malgré le Ciel qui le défend, asservi
les nièces d'un père, en montant dans des lits qui ne
les veulent pas!

Soutenu.

LE CHŒUR. — *Mais, d'abord, ma voix au-delà des
mers ira appeler mon soutien, le jeune taureau né de
Zeus et de la génisse qu'on vit paître ici des fleurs; sous
le souffle de Zeus, sous le toucher qui, naturellement, lui
donna son nom, s'achevait le temps réservé aux Parques[3]:
Io mit au monde Epaphos.*

*C'est en invoquant ce nom, en rappelant aujourd'hui,
aux lieux mêmes où jadis paissait mon antique aïeule,
ses malheurs d'autrefois, que je fournirai à ce pays des*

indices de ma naissance qui, pour inattendus, n'en paraîtront pas moins dignes de créance : on le verra bien, si l'on veut m'entendre.

Un peu plus animé.

Et s'il est près de moi un homme d'ici qui sache interpréter le chant des oiseaux, à entendre ma plainte, il croira ouïr la voix de l'épouse de Térée[1], pitoyable en ses remords, la voix du rossignol qui poursuit l'épervier.

Chassée de son séjour d'antan, elle pleure douloureusement sa demeure familière, tout en disant la mort de son enfant, comment il succomba sous sa main maternelle, sous ses propres coups, victime d'un courroux de mère dénaturée.

Un peu élargi.

C'est ainsi qu'à mon tour je me plais à gémir sur les tons d'Ionie, à déchirer ensemble ma tendre joue mûrie au soleil du Nil et mon cœur novice aux larmes. Des gerbes de sanglots disent ma terreur : trouverai-je ici des frères prêts à veiller sur mon exil loin de la Terre Brumeuse[2] ?

Allons, divins auteurs de ma naissance, vous voyez où est le Droit : exaucez-nous ! Ou, si le Destin ne veut pas que le Droit ait satisfaction pleine, du moins, dans votre haine toujours prête à frapper la démesure, montrez votre justice en face de cet hymen. Même aux fugitifs meurtris par la guerre[3] une sauvegarde contre le malheur s'offre dans l'autel où réside la majesté des dieux.

Ferme et bien marqué.

Ah! si le dénouement pouvait être celui de nos vœux!
Le désir de Zeus n'est point aisé à saisir. Mais, quoi
qu'il arrive, il flamboie soudain, parfois en pleines
ténèbres[1], escorté d'un noir châtiment, aux yeux des
hommes éphémères.

Il retombe toujours d'aplomb, jamais ne va à terre,
le sort dont Zeus a décidé d'un signe de son front qu'il
devait s'achever. Les voies de la pensée divine vont à leur
but par des fourrés et des ombres épaisses que nul regard
ne saurait pénétrer.

En animant.

Zeus précipite les mortels du haut de leurs espoirs
superbes dans le néant; mais sans s'armer de violence:
rien ne coûte d'effort à un dieu. Sa pensée trône sur les
cimes et de là même achève ses desseins, sans quitter son
siège sacré.

Qu'il jette donc les yeux sur la démesure humaine,
incarnée à nouveau dans la race qui, pour obtenir mon
hymen, s'épanouit en funestes et folles pensées! Un
sentiment né du délire la point d'un irrésistible aiguillon
et, reniant son passé, la voici prise au piège d'Até.

> Le Chœur commence à se livrer à une mimique véhé-
> mente qui doit faire violence aux dieux qu'il implore. Il
> déchire ses vêtements et accompagne chacun de ses
> refrains d'une danse sauvage.

Très animé.

Telles sont les tristes douleurs que disent mes cris aigus, mes sanglots sourds, mes torrents de larmes, et même, hélas! ces clameurs qui distinguent les chants funèbres : vivante, je conduis mon propre deuil.

Retenu.

Sois-nous propice, terre montueuse d'Apis[1]! — M'entends-tu bien, ô terre, malgré mon accent barbare[2]? — Et, sans répit, ma main s'abat, pour en mettre le lin en pièces, sur mon voile de Sidon.

Vers le ciel, c'est une ruée de serments, de vœux d'actions de grâces, quand la mort est là, qui menace. Hélas! vents incertains! où nous emportera ce flot?

Retenu.

Sois-nous propice, terre montueuse d'Apis! — M'entends-tu bien, ô terre, malgré mon accent barbare? — Et, sans répit, ma main s'abat, pour en mettre le lin en pièces, sur mon voile de Sidon.

Toujours vif.

Sans doute, la rame, la nef aux ais ceints de cordages qui arrête l'assaut des flots m'ont conduite ici sans tempête, avec l'aide des brises : je n'en fais point de plainte. Mais le dénouement que j'espère, daigne le Père qui voit tout me l'accorder en sa bonté!

Un peu retenu.

Que les enfants d'une auguste mère échappent aux embrassements des mâles, libres d'hymen, libres de joug !

Et que la chaste fille de Zeus[1], clémente à qui implore sa clémence, laisse tomber sur moi de son visage austère un regard assurant mon salut ! Que, de tout son pouvoir, indignée de telle poursuite, vierge, elle sauve une vierge !

Un peu retenu.

Que les enfants d'une auguste mère échappent aux embrassements des mâles, libres d'hymen, libres de joug !

Vif et mordant.

Sinon, avec nos teints brunis des traits du soleil, nous irons, nos rameaux suppliants en main, vers le Zeus des enfers, le Zeus hospitalier des morts : nous nous pendrons, puisque nos voix n'ont pu atteindre les dieux olympiens.

Retenu.

Zeus ! c'est Io, hélas ! que poursuit en nous un courroux divin : je reconnais une jalousie d'épouse[2], qui triomphe du Ciel tout entier. Elle est âpre, la bourrasque d'où va sortir l'ouragan[3] !

Alors Zeus sera livré à des récits qui diront son injustice, puisqu'il a méprisé l'enfant de la génisse par lui-même engendré et dont il se détourne à l'heure des prières.

Ah ! que plutôt, du haut des cieux, il exauce ceux qui l'appellent !

Retenu.

Zeus ! c'est Io, hélas ! que poursuit en nous un courroux divin : je reconnais une jalousie d'épouse, qui triomphe du Ciel tout entier. Elle est âpre, la bourrasque d'où va sortir l'ouragan.

> Danaos, entré dans l'orchestre derrière ses filles, est monté sur le tertre, d'où il a longuement observé l'horizon. Il s'adresse soudain au Chœur.

DANAOS. — Mes enfants, la prudence doit être notre loi : c'est en prudent pilote qu'ici vous a conduites le vieux père en qui vous avez foi, et maintenant, à terre, ma prévoyance encore vous engage à garder mes avis bien gravés en vous. Je vois une poussière, messagère muette d'une armée. Des moyeux crient, qu'entraînent leurs essieux. J'aperçois une troupe portant le bouclier, armée du javelot, avec des chevaux et des chars recourbés. Sans doute des chefs de ce pays viennent-ils nous examiner, avertis par quelque message. Mais, que celui qui conduit l'élan de cette troupe arrive ici sans intention méchante, ou qu'il ait, au contraire, aiguisé des instincts cruels, mieux vaut, pour tout prévoir, mes filles, vous asseoir sur ce tertre consacré aux dieux d'une cité : encore mieux qu'un rempart, un autel est un infrangible bouclier. Allons, hâtez-vous, et, vos rameaux aux blanches guirlandes, attributs de Zeus Suppliant, pieusement tenus sur le bras gauche[1], répondez aux étrangers en termes suppliants, gémissants et éplorés, ainsi qu'il convient à des arrivants, en disant nettement que votre exil n'est pas taché de sang. Qu'aucune assurance ne soutienne votre voix; qu'aucune effronterie, sur vos visages au front modeste, ne se lise en votre regard posé. Enfin, ni ne prenez trop vite la parole ni ne la gardez trop longtemps : les gens d'ici sont irritables. Sache céder; tu es une étrangère, une exilée dans la détresse : un langage trop assuré ne convient pas aux faibles.

Le Coryphée. — Père, tu parles de prudence à des enfants prudents : j'aurai soin de me rappeler tes sages avis. Mais que Zeus notre aïeul jette un regard sur nous!

Danaos. — Oui, qu'il nous regarde ici d'un œil clément!

Le Coryphée. — Qu'il le veuille seulement, et tout s'achève à notre gré.

Danaos. — Alors, ne tarde plus, use de mon conseil.

Le Coryphée. — Je voudrais déjà être assise à ton côté. (*Le Chœur monte sur le tertre et salue d'abord une statue de Zeus.*) O Zeus, prends pitié de nos peines, avant que nous n'y succombions!

Danaos. — Invoquez encore le fils de Zeus que voilà.

Le Coryphée. — Je salue les rayons sauveurs du Soleil.

Danaos. — Qui est aussi le pur Apollon, dieu jadis exilé du ciel.

Le Coryphée. — A un sort qu'il connaît, il doit compatir.

Danaos. — Qu'il compatisse donc et nous assiste en sa bonté!

LE CORYPHÉE. — Quelle de ces divinités dois-je
invoquer encore?

DANAOS. — Je vois là un trident, attribut d'un dieu[1].

LE CORYPHÉE. — Ainsi qu'il nous a conduites, qu'il
daigne ici nous accueillir!

DANAOS. — Et voici encore un Hermès à la mode
grecque[2].

LE CORYPHÉE. — Ah! qu'il nous signifie donc un
doux message de liberté!

DANAOS. — Et de même à tous les seigneurs de cet
autel commun adressez ensemble votre hommage.
Puis asseyez-vous dans le sanctuaire, tel un vol de
colombes fuyant des éperviers — leurs frères pourtant! frères changés en ennemis, qui veulent se souiller
d'un crime à l'égard de leur propre race. L'oiseau
reste-t-il pur, qui mange chair d'oiseau? Comment donc
serait pur celui qui veut prendre une femme malgré
elle, malgré son père? Non, même dans l'Hadès, il
n'échappera point au chef de luxure[3], si telle fut sa
conduite. Et là encore, il est, dit-on[4], un autre Zeus,
qui, sur toutes fautes, prononce chez les morts des
sentences suprêmes. — Veillez à répondre en ce sens,
si vous voulez voir triompher votre cause.

Le Roi entre, sur son char, suivi d'une escorte armée.

LE ROI[5]. — D'où vient donc cette troupe à l'accoutrement si peu grec, fastueusement parée de robes et
de bandeaux barbares, à qui je parle ici? Ce n'est
point là le vêtement des femmes ni à Argos ni dans
aucun pays de Grèce. Et pourtant, que vous ayez osé,
intrépides, venir jusqu'ici sans hérauts ni proxènes[6] —

sans guides! — voilà qui me surprend. Je vois chez
vous, il est vrai, des rameaux suppliants déposés suivant le rite aux pieds des dieux de la cité : en cela
seulement, la conjecture peut retrouver la Grèce.
Mainte autre supposition serait justifiée encore; mais
tu es là, et, pour t'expliquer, tu as la parole.

LE CORYPHÉE. — Tu n'as point fait erreur sur notre
parure. Mais moi, en te parlant, à qui parlé-je ici?
Est-ce à un citoyen? à un héraut, porteur de la ba-
guette sainte? au chef de la cité?

LE ROI. — Pour cela, tu peux me répondre et parler
en toute assurance. Je suis le fils de Palaichtôn, qui
naquit de la terre, Pélasgos, chef suprême de ce pays;
et le peuple des Pélasges qui cultive ce sol a naturellement pris le nom de son roi. Je suis maître de tout
le pays que traverse le Strymon sacré[1], à partir de sa
rive occidentale. J'englobe les terres des Perrhèbes,
et celles qui, au-delà du Pinde, touchent à la Péonie,
et les montagnes de Dodone, jusqu'au point où les
eaux des mers viennent former ma frontière : en deçà,
tout m'appartient. Quant à ce pays d'Apis, son sol a
reçu ce nom en mémoire d'un guérisseur des temps
antiques, un fils d'Apollon, prophète médecin venu
du rivage voisin de Naupacte, pour nettoyer cette
contrée des monstres homicides, fléaux qu'un jour la
Terre déchaîna, irritée des souillures dont l'avaient
salie des meurtres anciens — serpents pullulants,
cruels compagnons. Apis, par des remèdes décisifs,
libéra tout le pays d'indiscutable façon et, pour son
salaire, vit son nom à jamais mêlé aux prières d'Argos.
Tu as maintenant de quoi me connaître. Déclare-moi

ta race, dis-moi tout ; mais n'oublie pas que ce pays
répugne aux longs discours.

Le Coryphée. — Je parlerai bref et net. Nous nous
honorons d'être de race argienne et de descendre d'une
génisse féconde. Tout cela est vrai et, si je puis parler,
je saurai l'établir.

Le Roi. — Votre langage, étrangères, semble
incroyable à mes oreilles : d'où vous viendrait telle
origine ? Ce sont les Libyennes que vous rappelez,
bien plutôt que les Argiennes. Le Nil encore pourrait
nourrir plantes pareilles. Le type chypriote que,
comme dans un moule, frappent les mâles au sein des
femmes, ressemble également au vôtre. J'ai ouï parler
aussi d'Indiennes nomades, qui chevauchent des cha-
meaux sur des selles à dossier à travers les régions
qui avoisinent l'Éthiopie. Ou des Amazones, vierges
carnassières ! voilà peut-être encore pour qui je vous
prendrais, si vous aviez des arcs. Mais instruisez-moi :
que je comprenne mieux comment votre origine, votre
sang peuvent être argiens.

Le Coryphée. — Ne dit-on pas qu'il y eut jadis
ici, en Argolide, une gardienne du temple d'Héra,
Io ?

Le Roi. — Oui, sans nul doute : la tradition en est
bien établie.

Le Coryphée. — Un récit ne dit-il pas aussi que
Zeus l'aima, bien que simple mortelle ?

Le Roi. — Et leurs étreintes n'échappèrent point
à Héra.

Le Coryphée. — Et comment finit la querelle
royale ?

LE ROI. — La déesse d'Argos, de la femme, fit une génisse.

LE CORYPHÉE. — Et Zeus approcha-t-il encore la génisse cornue?

LE ROI. — On le dit, sous la forme d'un taureau saillisseur.

LE CORYPHÉE. — Que fit alors l'opiniâtre épouse de Zeus?

LE ROI. — A la génisse elle donna un gardien qui vit tout.

LE CORYPHÉE. — Quel fut donc ce gardien voyant tout, attaché à la seule génisse?

LE ROI. — Argos, fils de la Terre, qui fut tué par Hermès[1].

LE CORYPHÉE. — Qu'inventa-t-elle alors pour la pauvre génisse?

LE ROI. — Un insecte affolant qui pourchasse les bœufs.

LE CORYPHÉE. — Près du Nil, les gens disent « un taon »!

LE ROI. — Aussi la chasse-t-il d'Argos pour des courses sans fin.

LE CORYPHÉE. — Là aussi, ton récit concorde avec le mien!

LE ROI. — Et elle arrive enfin à Canope et Memphis.

LE CORYPHÉE. — Où Zeus la touche de sa main et fonde ainsi sa race!

LE ROI. — Quel taureau, fils de Zeus, s'honore d'avoir pour mère la génisse?

LE CORYPHÉE. — Épaphos, dont le nom véridique dit la délivrance d'Io.

Le Roi. — Et d'Épaphos qui donc est né?

Le Coryphée. — Libye, qui tient la plus grande des parties du monde.

Le Roi. — Et quel autre rameau connais-tu sorti d'elle?

Le Coryphée. — Bêlos, qui eut deux fils et fut père de mon père.

Le Roi. — Et lui, révèle-moi le nom donné à sa sagesse.

Le Coryphée. — Danaos, et il a un frère, père de cinquante fils.

Le Roi. — Dis-moi son nom aussi : ne me refuse rien.

Le Coryphée. — Égyptos. Tu connais maintenant mon antique origine : traite donc en Argiennes celles dont la troupe est ici devant toi.

Le Roi. — Vous semblez en effet avoir d'antiques liens avec notre pays. Mais comment avez-vous osé quitter le palais paternel? Quel destin s'est abattu sur vous?

Le Coryphée. — Roi des Pélasges, les malheurs humains ont des teintes multiples : jamais ne se retrouve même nuance de douleur. Qui eût imaginé que cet exil imprévu ferait aborder à Argos une race jadis sœur de la vôtre et la transplanterait ici par horreur du lit conjugal.

Le Roi. — Que demandes-tu donc en suppliante aux dieux de la cité, avec ces rameaux frais coupés aux bandelettes blanches?

Le Coryphée. — De n'être pas esclave des fils d'Égyptos.

Le Roi. — Est-ce une question de haine? — ou veux-tu dire qu'ils t'offrent un sort infâme?

Le Coryphée. — Qui aimerait des maîtres qu'il lui faut payer[1]?

Le Roi. — C'est ainsi qu'on accroît la force des maisons.

Le Coryphée. — Et aussi qu'à la misère on trouve un remède aisé!

Le Roi. — Comment puis-je, avec vous, satisfaire à la loi des dieux?

Le Coryphée. — S'ils me réclament, ne me livre pas aux fils d'Égyptos.

Le Roi. — Mots terribles! soulever une guerre incertaine!

Le Coryphée. — La justice combat avec qui la défend.

Le Roi. — Oui, si du premier jour elle fut avec vous.

Le Coryphée. — Respecte pareilles offrandes à la poupe du vaisseau argien[2].

Le Roi. — Je frémis à voir nos autels ombragés de ces rameaux.

Le Coryphée. — Avoue-le : il est terrible aussi le courroux de Zeus Suppliant!

Agité.

Le Chœur. — *O fils de Palaichtôn, prince des Pélasges, prête-moi un cœur bienveillant. Vois ici une suppliante, une fugitive éperdue, semblable à la génisse pourchassée du loup, qui s'assure au secours de rocs escarpés, puis, meuglante, conte sa peine à son bouvier.*

LE ROI. — Je vois à l'ombre de rameaux frais coupés d'étranges fidèles devant les dieux de ma cité. Puisse la cause de ces concitoyens-étrangers ne point créer de maux! Que nulle querelle, à l'improviste, par surprise, n'en résulte pour Argos : Argos n'en a pas besoin.

LE CHŒUR. — *Oui, pour que notre exil ne crée point de maux, daigne Thémis Suppliante, fille de Zeus qui répartit les destins[1], jeter un regard sur nous! Malgré ton âge et ton savoir, apprends-le de plus jeune que toi : à qui respecte le suppliant ira la prospérité ; les temples divins ouverts aux offrandes ne reçoivent comme agréable que ce qu'ils reçoivent d'un mortel sans tache.*

LE ROI. — Vous n'êtes pas assises à mon propre foyer : si la souillure est pour Argos, pour la cité entière, que le peuple s'occupe d'en découvrir le remède. Pour moi, je ne saurais te faire de promesse, avant d'avoir communiqué les faits à tous les Argiens.

Plus franc mais toujours animé.

LE CHŒUR. — *C'est toi, la cité ; c'est toi, le Conseil ; chef sans contrôle, tu es le maître de l'autel, foyer commun du pays ; il n'est point d'autres suffrages que les signes de ton front, d'autre sceptre que celui que tu tiens sur ton trône ; toi seul décides de tout : garde-toi d'une souillure.*

LE ROI. — La souillure soit pour mes ennemis! Mais vous secourir, je ne le puis sans dommage. Et pourtant il m'est pénible aussi de dédaigner vos prières. Je ne sais que faire ; l'angoisse prend mon cœur : dois-je agir ou ne pas agir? Dois-je tenter le Destin?

Le Chœur. — *Regarde vers celui qui d'en haut tout regarde, le protecteur des mortels douloureux qui, aux genoux de leurs frères, n'obtiennent pas le droit que la loi leur donne. Songes-y : le courroux de Zeus Suppliant attend tous ceux qui restent insensibles aux plaintes de qui souffre.*

Le Roi. — Si les fils d'Égyptos ont pouvoir sur toi, de par la loi de ton pays, dès lors qu'ils se déclarent tes plus proches parents, qui pourrait s'opposer à eux? Il te faut, toi, plaider que les lois de chez vous ne leur donnent point sur toi de tutelle.

Agité.

Le Chœur. — *Ah! que jamais je ne tombe au pouvoir des mâles vainqueurs! Fuir, sans guides que les étoiles, voilà le lot que plutôt je m'assigne, s'il me préserve d'un hymen odieux. Va, fais alliance avec la Justice : prends une décision qui d'abord respecte les dieux.*

Le Roi. — Décider ici n'est point facile : ne t'en remets pas à moi pour décider. Je te l'ai dit déjà : quel que soit mon pouvoir, je ne saurais rien faire sans le peuple. Et me garde le Ciel d'ouïr Argos me dire un jour, si pareil malheur arrivait : « Pour honorer des étrangers, tu as perdu ta cité! »

Le Chœur. — *L'auteur commun de nos deux races contemple ce débat, Zeus impartial[1], qui, suivant leurs mérites, traite les méchants en coupables, en justes les cœurs droits. Si tout se pèse ainsi en stricte équité, comment avoir scrupule à faire ce que la Justice veut?*

Un silence.

LE ROI. — Oui, j'ai besoin d'une pensée profonde qui nous sauve, et que, tel un plongeur, descende dans l'abîme un clair regard, où le vin n'ait pas mis son trouble[1], afin que l'affaire d'abord ne crée point de maux à notre cité, pour moi-même ensuite se termine au mieux ; je veux dire : afin qu'Argos échappe aux atteintes d'une guerre de représailles ; et afin que moi-même, je n'aille pas, en vous livrant ainsi agenouillées aux autels de nos dieux, m'attacher pour rude compagnon le dieu de ruine, le génie vengeur qui, même dans l'Hadès, ne lâche point le mort. Dites, ai-je pas besoin d'une pensée qui sauve ?

Grave et religieux.

LE CHŒUR. — *Pense donc, et pour nous, comme il sied, deviens un pieux proxène. Ne livre pas la fugitive qu'un exil impie a de si loin jetée sur ces rivages.*

Refuse-toi à me voir arrachée de ce sanctuaire consacré à tant de dieux, ô maître suprême d'Argos. Comprends la démesure des mâles ; préviens le courroux que tu sais !

En animant peu à peu.

Ne consens pas à voir la suppliante, en dépit de la justice, entraînée loin de l'autel, comme une cavale, par ses bandeaux, et des mains saisir le tissu serré de mes voiles.

*Sache-le, quoi que tu fasses, tes enfants et ta maison
en devront un jour payer à Arès[1] la stricte récompense.
Réfléchis bien : le règne de Zeus est celui de la justice.*

Un silence.

Le Roi. — Mes réflexions sont faites : ma barque a
touché — ou contre ceux-ci ou contre ceux-là soulever une rude guerre, c'est à quoi je suis contraint —
et, sur cet écueil, la voilà clouée tout comme si on l'y
eût hissée à grand renfort de cabestans marins. Point
d'issue exempte de douleur! Que des richesses soient
arrachées à une maison, d'autres y peuvent entrer,
d'une valeur qui dépasse la perte, jusqu'à faire le plein
de la cargaison[2], par la faveur de Zeus protecteur des
biens. Que ta langue ait lancé des traits inopportuns
qui remuent cruellement un cœur, des mots peuvent
calmer une souffrance qu'ont causée des mots. Mais,
quand il s'agit du sang de nos frères, il faut pour l'épargner, sacrifier, offrir à tous les dieux toutes les victimes
aptes à remédier à un tel malheur — ou je me trompe
fort sur la nature du débat qui s'annonce[3]. Mais j'aime
mieux encore être mauvais prophète que trop bon
prophète d'infortunes : que tout s'achève au mieux
— contre mon attente!

Le Coryphée. — J'ai employé déjà bien des mots
suppliants : écoute le dernier.

Le Roi. — J'écoute; dis-le-moi, il sera entendu.

Le Coryphée. — J'ai là bandeaux, ceintures pour
retenir ma robe.

Le Roi. — Sans doute des parures convenant à des
femmes?

LE CORYPHÉE. — C'est d'elles que j'attends un merveilleux secours.

LE ROI. — Quels mots, dis-moi, vas-tu donc prononcer?

LE CORYPHÉE. — Si tu ne donnes à cette troupe une loyale promesse...

LE ROI. — Quel secours attends-tu enfin de ces ceintures?

LE CORYPHÉE. — Celui de décorer les statues que tu vois d'offrandes insolites.

LE ROI. — Formule énigmatique. Parle donc sans détour.

LE CORYPHÉE. — De nous pendre à l'instant aux dieux que voici.

LE ROI. — J'entends là des mots cinglants pour mon cœur.

LE CORYPHÉE. — Tu as compris; je t'ai fait voir plus clairement les choses.

LE ROI. — Oui, et de tous côtés d'invincibles soucis! Une masse de maux vient sur moi comme un fleuve, et me voici au large d'une mer de douleurs, mer sans fond, dure à franchir — et point de havre ouvert à ma détresse! Si je ne satisfais à votre demande, la souillure que vous évoquez dépasse la portée de l'esprit. Si, au contraire, contre tes cousins, les fils d'Égyptos, debout devant nos murs, je m'en remets à la décision d'un combat, ne sera-ce point une perte amère que celle d'un sang mâle répandu pour des femmes? — Et pourtant je suis contraint de respecter le courroux de Zeus Suppliant : il n'est pas pour les mortels de plus haut objet d'effroi. Ainsi donc, vieillard, père de ces vierges,

vite, en tes bras prends ces rameaux et va les déposer
sur d'autres autels de nos dieux nationaux, afin que
tous les citoyens voient cet insigne suppliant et ne
rejettent pas les propositions qui leur viendront de
moi — la foule aime à chercher des raisons à ses maîtres !
La compassion sans doute naîtra à cette vue : la démesure de la troupe mâle fera horreur à notre peuple, et
il se sentira mieux disposé pour vous. C'est aux faibles
toujours que vont les bons vouloirs.

DANAOS. — C'est déjà pour nous chose d'un prix
immense que d'avoir en toi rencontré un proxène, qui
se révèle respectueux du suppliant. Mais fais-moi
aussi escorter de gardes, de guides indigènes, pour
m'aider à trouver les autels placés devant les temples
des dieux de la cité et leurs demeures hospitalières ;
pour assurer de plus notre sécurité quand nous tra-
verserons la ville. La nature a vêtu différemment nos
traits ; le Nil et l'Inachos ne nourrissent pas des races
pareilles. Gardons qu'excès de confiance n'engendre
grand effroi : plus d'un déjà a tué un ami, pour l'avoir
méconnu.

LE ROI. — Allez, gardes, l'étranger a raison ; condui-
sez-le aux autels de la ville, demeures de nos dieux ; et à
ceux que vous rencontrerez dites, sans bavardage, que
vous servez de guides à un marin, suppliant de nos
dieux.

Danaos sort accompagné de quelques gardes.

LE CORYPHÉE. — Tu lui as donné tes instructions :
qu'il parte avec elles. Mais moi, que dois-je faire ? où,
selon toi, serai-je en sûreté ?

LE ROI. — Laisse là tes rameaux, symboles de ta peine.

LE CORYPHÉE. — Voilà : je les laisse à la garde de ton bras et de ta parole.

LE ROI. — Passe ici maintenant, dans la partie plane du sanctuaire.

LE CORYPHÉE. — Quelle protection m'offre le sanctuaire là où il s'ouvre à tous?

LE ROI. — N'aie crainte : je n'entends point te livrer aux oiseaux de proie.

LE CORYPHÉE. — Oui, mais à des monstres plus cruels que le plus cruel serpent?

LE ROI. — A qui te dit : « Confiance! » réponds par des mots confiants.

LE CORYPHÉE. — Ne t'étonne pas si mon cœur effrayé se montre impatient.

LE ROI. — Jamais roi n'a connu la peur.

LE CORYPHÉE. — A toi donc de me réconforter par des actes autant que par des mots.

LE ROI. — Va, ton père ne te laissera pas longtemps seule. Moi, je vais convoquer les gens de ce pays, pour disposer en ta faveur l'opinion populaire; puis à ton père j'enseignerai le langage qu'il doit tenir. Demeure donc ici et que tes prières demandent aux dieux de la cité ce que tu souhaites d'obtenir, cependant que j'irai ordonner tout cela. Que la Persuasion m'accompagne et la Chance efficace!

Le Roi sort avec sa troupe. Le Chœur est descendu dans l'orchestre.

Assez soutenu.

LE CHŒUR. — *Seigneur des seigneurs*[1], *Bienheureux entre les bienheureux, Puissance souveraine entre les puissances, du haut de ta félicité,*

Zeus, entends-nous! Éloigne de ta race la démesure mâle, digne objet de ta haine, et dans la sombre mer plonge le Malheur aux flancs noirs[2].

Propice à la cause des femmes, vois l'antiquité de leur race; leur aïeule jadis te fut chère :

renouvelle la légende de ta bonté. Souviens-toi, toi dont la main toucha Io!

Nous sommes filles de Zeus, et c'est de ce rivage qu'est partie notre colonie.

Une trace ancienne me ramène aujourd'hui aux lieux où sous l'œil d'un gardien jadis paissait ma mère.

C'est là la prairie qui nourrit les génisses, d'où, pourchassée par le taon, Io un jour s'enfuit, l'esprit perdu, traverse cent peuples divers,

et, fendant le détroit houleux, sur l'ordre du Destin, dépasse la limite des deux continents qui s'affrontent.

Elle se lance à travers l'Asie, coupe par la Phrygie moutonnière,

arrive à la cité de Teuthras en Mysie, puis, par les vallons de Lydie, par-delà les monts de Cilicie et Pamphylie[3],

aux fleuves jamais taris, aux pays d'opulence, au terroir glorieux d'Aphrodite riche en froment.

En animant peu à peu.

*Mais, toujours taraudée par le trait du bouvier ailé,
elle atteint la terre sacrée de Zeus où naissent tous les
fruits,*

*la prairie fertilisée des neiges[1] qu'assaille la fureur de
Typhon[2], et le Nil aux eaux inviolablement saines,*

*affolée des humiliantes peines, des souffrances dont
l'aiguillonne Héra, délirante!*

*Et voici que les mortels qui lors habitaient ces contrées
soudain ont senti leurs cœurs bondir d'épouvante pâle
devant un spectacle inconnu.*

*A leurs yeux s'offrait, repoussante, une bête mêlée
d'être humain, partie génisse, partie femme, et devant
ce prodige ils demeuraient stupides.*

*Mais, alors, quel magicien vint donc guérir l'errante
et misérable Io, tournoyante au vol du taon?*

*Celui dont le règne remplit l'éternité, Zeus la libère
de ses maux.*

*Sous sa force aux douceurs puissantes, sous son
souffle de miracle, les voici finis; et, lentement, coulent
les larmes de sa pudeur douloureuse.*

*Mais du germe déposé par Zeus, dit un récit qui ne
ment pas, elle enfante un fils parfait.*

*Un fils dont le bonheur a rempli de longs jours! Aussi
la terre entière le proclame:*

*« Ce fils, source de vie[3], est bien de Zeus, en vérité! »
Qui eût pu d'ailleurs apaiser un délire voulu par Héra?*

L'œuvre est de Zeus, et qui dit ensuite cette race fille d'Épaphos dit encore la vérité.

Très appuyé et très franc.

Quel dieu encore plus désigné par ses actes puis-je raisonnablement invoquer?

Notre sire et notre père, celui qui de ses mains a planté cette souche,

l'antique et puissant auteur de ma race, c'est le remède à tout mal, le dieu des souffles propices, Zeus!

Aucun pouvoir ne siège au-dessus du sien. Sa loi n'obéit pas à une loi plus forte.

Nul ne trône plus haut que lui, qu'il doive adorer d'en bas.

Aussi prompt que le mot, l'acte est à ses ordres pour achever sur l'heure ce que lui propose le Conseil de ses Pensers.

Entre Danaos.

Danaos. — Rassurez-vous, mes filles : tout va bien du côté d'Argos; le peuple a rendu un décret décisif.

Le Coryphée. — Salut, vieillard, porteur de si douces nouvelles! Dis-nous à quoi s'arrête la décision prise, selon la loi du scrutin populaire, où prévaut la majorité.

Danaos. — Argos s'est prononcée d'une voix unanime, et mon vieux cœur s'en est senti tout rajeuni. De ses droites levées le peuple entier a fait frémir l'éther, pour ratifier ces mots : nous aurons « la rési-

dence en ce pays, libres et protégés contre toute reprise
par un droit d'asile reconnu; nul habitant ni étranger
ne pourra nous saisir; use-t-on de violence, tout bour-
geois d'Argos qui ne nous prête aide est frappé d'atimie,
exilé par sentence du peuple ». Telle est la formule
qu'a défendue notre patron, le roi des Pélasges, en
invitant la cité à ne pas fournir d'aliment pour les
jours à venir au terrible courroux de Zeus Suppliant,
et en évoquant la double souillure, à la fois nationale
et étrangère, que la ville verrait alors venir à elle,
monstre indomptable, qu'il faudrait nourrir de douleurs[1]. A ces mots, les mains du peuple argien, sans
attendre l'appel du héraut, ont prononcé dans ce sens.
La nation pélasge s'est rendue aux raisons persuasives
d'une adroite harangue; mais Zeus est l'auteur de la
décision dernière.

LE CORYPHÉE. — Allons, que nos vœux appellent sur Argos les biens qui paieront ses bienfaits, et
que Zeus Hospitalier veille à réaliser pleinement et
sans réserve les hommages que lui rend la bouche de
ses hôtes!

Assez agité.

LE CHŒUR. — *Voici l'heure pour les dieux, enfants
de Zeus, de nous prêter l'oreille, tandis que nous épan-
drons nos vœux sur ce pays[2].*

*Que jamais la terre des Pélasges ne soit en proie aux
feux de l'ardent Arès, dont le cri suspend les danses et
qui va moissonnant les hommes dans des champs où ils
ne mûrissaient pas pour lui!*

Plus calme.

*Ils ont eu pitié de nous, ils ont rendu un vote de bonté ;
ils respectent les suppliants de Zeus dans ce troupeau
pitoyable.*

*Ils n'ont pas, par dédain de la cause des femmes, voté
en faveur des mâles.*

*Ils ont entrevu le vengeur vigilant de Zeus contre qui
on ne lutte pas et que nulle maison ne saurait écarter,
quand, pour marquer son toit, il s'y abat d'un poids
irrésistible.*

Plus calme.

*Ils honorent des frères dans ces suppliants de Zeus très
saint ; et c'est pourquoi les autels seront purs où ils appelleront la faveur des dieux.*

*Ainsi donc qu'à l'ombre du pieux rameau nos lèvres
donnent l'essor à des vœux épris de leur gloire.*

Que la peste jamais ne vide d'hommes leur cité !

*Que l'étranger ne teigne pas leur sol du sang de leurs
fils immolés !*

Plus calme.

*Mais que la fleur de leur jeunesse demeure sur sa tige
et que l'amant meurtrier d'Aphrodite, Arès, n'en fauche
point l'espoir !*

*Que les vieillards emplissent les salles où ils s'assem-
blent autour des autels qui flambent[1] !*

    Qu'ainsi prospère la cité dans le respect de Zeus puissant,

    de Zeus hospitalier surtout, dont la loi chenue règle le destin[1]!

Plus calme.

    Puis, que de nouvelles naissances, si le Ciel entend mes vœux, viennent donner sans cesse des chefs à ce pays; et qu'Artémis Hécate veille aux couches de ses femmes!

    Que nul fléau meurtrier ne vienne ravager cette ville, en armant Arès, dieu des larmes, effroi des chœurs et des cithares, en éveillant la clameur des guerres civiles.

Plus calme.

    Que l'essaim douloureux des maladies[2] aille se poser loin du front des Argiens; et qu'Apollon Lycien soit propice à tous leurs enfants!

    Que Zeus enfin fasse à jamais cette terre fertile en toute saison!

    Que les brebis qui paissent ses champs soient fécondes! Que sa prospérité en tout s'épanouisse sous la faveur des dieux!

Plus calme.

    Que devant leurs autels les aèdes fassent retentir de pieux accents; et que de lèvres virginales un chant s'envole marié à la cithare!

Large et décidé.

*Que le Conseil qui commande en cette cité garde sans
trouble ses honneurs, pouvoir prévoyant qui pense pour
le bien de tous!*

*Qu'aux étrangers, avant d'armer Arès, on offre, pour
éviter des maux, des satisfactions réglées par traité!*

*Et qu'aux dieux qui ont reçu cette terre en partage
toujours on rende, le front ceint de laurier, le culte des
hécatombes transmis par les aïeux!*

*Aussi bien le respect des pères est-il la troisième loi
inscrite au livre de Justice, à qui va le suprême hommage.*

> Danaos est remonté sur le tertre, d'où il observe la mer.
> Il se tourne vers ses filles.

DANAOS. — Je ne puis qu'approuver ces sages vœux,
mes filles; mais vous-mêmes, ne vous effrayez pas
si votre père vous annonce à l'improviste du nouveau.
De cette guette, accueillante aux suppliants, je vois le
vaisseau. Il est aisé à reconnaître : rien ne m'en
échappe, ni l'arrangement de ses voiles, ni ses bastin-
gages, ni sa proue, dont l'œil[1] surveille la route où elle
avance, docile à la barre qui la guide de l'arrière —
trop docile même au gré de ceux à qui elle ne vient
point en amie. Je distingue l'équipage avec ses membres noirs sortant des tuniques blanches. Et voici le
reste de la flotte, et toute l'armée, bien en vue! Le
vaisseau de tête, déjà sous le rivage, a cargué ses voiles
et rame à coups pressés. Allons! il vous convient d'en-
visager le fait avec calme et prudence et de vous attacher à ces dieux, cependant que je vous irai quérir

des défenseurs et des avocats. Il se pourrait qu'un
héraut, une ambassade vînt ici, prétendant vous emmener et se saisir de vous par droit de reprise. Mais rien
de tel n'aura lieu : ne vous effrayez pas! Il serait bon
pourtant, si nous tardions à vous porter secours, de
ne pas oublier un instant cet asile. Aie confiance : avec
le temps, au jour fixé, tout mortel qui méprise les
dieux reçoit son châtiment.

Le Coryphée. — Père, j'ai peur. Les nefs au vol
rapide sont déjà là : il n'est plus de délai.

Agité.

Le Chœur. — *Une épouvante anxieuse me prend :
ai-je eu profit vraiment à fuir par tous chemins? Père,
je suis morte d'effroi.*
Danaos. — Les Argiens ont émis un vote sans appel,
ma fille : aie confiance, ils combattront pour toi, j'en
suis bien sûr, va.

Le Coryphée. — Des maudits! voilà la dévorante
engeance d'Égyptos — et insatiables de combats : tu
le sais comme moi[1].

Agité.

Le Chœur. — *Sur leurs nefs aux ais bien joints, au
visage de sombre azur, ils ont passé jusqu'ici, le sort
secondant leur rancune, avec leur nombreuse armée
noire!*

DANAOS. — Mais nombreux aussi sont ceux qu'ils y rencontreront, les bras polis par l'ardeur des midis.

LE CORYPHÉE. — Ne me laisse pas seule, je t'en supplie, ô père : seule, qu'est une femme? Arès n'habite pas en elle.

Agité.

LE CHŒUR. — *Eux, pleins de pensers criminels, de desseins perfides, au fond de leurs cœurs impurs, pas plus que des corbeaux n'ont souci des autels.*

DANAOS. — Ce serait pour nous tout profit, ma fille, s'ils se faisaient haïr des dieux comme de toi.

LE CORYPHÉE. — Ah! ce ne sont pas ces tridents, ces majestés divines, dont la crainte retiendra leurs mains loin de nous, ô père.

Agité.

LE CHŒUR. — *Orgueilleux, tout dévorants d'audace impie comme des chiens sans vergogne, ils sont sourds à la voix des dieux.*

DANAOS. — Eh bien! un dicton ne veut-il pas que les loups soient vainqueurs des chiens? Et parmi les fruits de la terre, ce n'est pas le souchet[1] qui commande à l'épi!

LE CORYPHÉE. — Disons plus : leurs instincts sont ceux de bêtes luxurieuses et sacrilèges. Ah! gardons qu'ils ne nous commandent jamais.

DANAOS. — Une armée de mer n'est pas si vite prête. Même un mouillage est long : il faut porter à terre les amarres protectrices; et, même l'ancre jetée, les guides d'une flotte ne sont pas sur-le-champ libérés de crainte, surtout quand ils arrivent dans un pays sans port à l'heure où le soleil décline pour la nuit : la nuit est mère d'angoisse pour le pilote averti. Aucun débarquement ne saurait donc se faire comme il faut, si la nef n'est d'abord assurée du mouillage. Pourtant, si tu as peur, dispose-toi à recourir aux dieux. Pour moi je ferai diligence et reviendrai en hâte[1], dès que je t'aurai procuré du secours. Argos n'aura pas à se plaindre du messager : s'il est vieux, l'esprit en lui est jeune et sait user des mots qu'il faut.

Il sort.

Vif et bien marqué.

LE CHŒUR. — *Terre montueuse[2], juste objet de mon culte, que vais-je devenir? Où fuir? Sur la terre d'Apis est-il pour moi une cachette sombre?*

Ah! que je voudrais être la vapeur noire qui approche les nuées de Zeus,

pour disparaître tout entière et, comme la poussière qui, sans ailes, prend son vol et s'évanouit, mourir!

Des frissons sans cesse vont courant sur mon âme; mon cœur, maintenant noir, palpite[3]. Ce qu'a vu mon père de sa guette m'a saisie : je suis morte d'effroi.

Ah! je voudrais, pendue, trouver la mort dans un lacet,

*avant qu'un mari exécré portât la main sur mon corps.
Plutôt, dans le trépas, avoir pour maître Hadès!*

Plus vif.

*Que ne puis-je m'asseoir au sein de l'éther, là où l'eau
des nuées se vient changer en neige!*

*Ou trouver du moins un roc escarpé, abandonné des
chèvres, inaccessible aux yeux, hautain et solitaire, suspendu dans le vide, aire de vautour, qui me garantirait
une chute profonde,*

*avant que je subisse, contre ma volonté, l'hymen d'un
ravisseur!*

*Après, j'y consens, qu'on fasse de moi la proie des
chiens, le festin des oiseaux d'alentour.*

*Qui meurt se libère de douleur et de larmes. Le trépas
vienne donc à moi avant le lit nuptial!*

*Est-il autre voie de salut que je puisse m'ouvrir encore
pour échapper à l'hyménée?*

En animant encore.

*Que tes chants lancent tes vœux jusqu'au ciel, vers les
dieux et les déesses!*

*Mais par où s'accompliront-ils? Ah! tourne donc vers
nous, père, des yeux qui nous promettent la délivrance,
même au prix des combats! Et sur la violence*

*jette un regard de colère : c'est celui qui lui est dû.
Respecte en nous tes suppliantes, Zeus tout-puissant,
seigneur d'Argos!*

Car les fils d'Égyptos — intolérable démesure —
mâles en chasse sur mes pas,
   vont pressant la fugitive de leurs lubriques clameurs
et prétendent l'avoir de force!

   Mais le fléau de la balance, Toi seul le tiens : est-il
donc rien chez les mortels qui se puisse accomplir sans
Toi?

Elles aperçoivent au loin une troupe d'Égyptiens.

Très agité.

   Ah! ah! Le ravisseur est là[1]*. . . . .*
. . . . .
   Ah! ravisseur, puisses-tu plutôt périr!. . . . . .
. . . . Je fais éclater un cri de
détresse. Voici donc le prélude des violences qui m'atten-
dent! Ah! ah! fuis vers le secours. La terreur triomphe,
intolérable sur terre aussi bien que sur mer! Seigneur de
ce pays, protège-nous!

Elles se précipitent vers l'autel. Entre un héraut égyptien guidant une troupe en armes.

Le Héraut. — *En route! en route vers la galiote,*
de toute la vitesse de vos jambes! Ou, alors on verra des
cheveux arrachés, oui, arrachés[2]*, des corps marqués au*
fer, des têtes coupées, d'où gicle à flots le sang du mas-
sacre. En route, en route...

Le Chœur. — *Que n'as-tu donc péri au milieu des*
vagues sans nombre de ta route marine, avec la démesure
de tes maîtres et leur vaisseau aux fortes chevilles!

Le Héraut. — *. . . . .*
. . . . .

Allons, laisse l'autel et marche vers le vaisseau. . .

. . . .

Le Chœur. — *Non, je ne veux plus revoir les eaux
fécondantes qui, chez les hommes, font naître et se mul-
tiplier un sang porteur de vie*[1].

Le Héraut. — . . . .

. . . .

*Tu vas monter dans la nef, oui, dans la nef, que tu le
veuilles ou ne le veuilles pas* . . . .

. . . .

Le Chœur. — *Ah! ah! puisses-tu donc périr d'une
mort brutale, englouti dans les eaux saintes de la mer,
après avoir erré au gré des vents célestes autour de la
tombe où, dans le sable, dort Sarpédon*[2] *!*

Le Héraut. — Crie, hurle, appelle les dieux : une
fois dans la galiote égyptienne, tu n'en sauteras pas
les plats-bords! . . . .

. . . .

Le Chœur. — *Hélas! Hélas!* . . . .

. . . .

. . . . *Que le puissant Nil*[3] *qui te voit
arrête ta démesure inouïe!*

Le Héraut. — Je t'invite à gagner la galère aux
flancs courbes, et vite! nul retard! Quand on traîne
une rebelle, on n'épargne pas ses cheveux.

> Le héraut et sa troupe montent sur le tertre et cherchent
> à se saisir des Danaïdes.

Le Chœur. — *Hélas! père, le secours des autels
serait donc ma perte? Mais oui, il m'entraîne comme une
araignée, pas à pas, le fantôme, le noir fantôme!* —

Hélas! trois fois hélas! Terre mère, écarte de moi l'ef-
frayant hurleur[1]! O père, Zeus, fils de la Terre!

LE HÉRAUT. — Va, je ne crains pas les dieux de ce
pays : ils n'ont élevé mon enfance ni nourri mes vieux
jours.

LE CHŒUR. — *Il bondit vers moi, le serpent à deux*
pieds. Pareil à une vipère . . . .
. . . . — Hélas! trois fois hélas!
Terre mère, écarte de moi l'effrayant hurleur! O père,
Zeus fils de la Terre!

LE HÉRAUT. — Si tu ne te résignes à gagner le vaisseau, ta tunique ouvragée sera déchirée sans pitié.

LE CHŒUR. — *Nous sommes perdues. Seigneur! nous*
subissons un traitement impie.

LE HÉRAUT. — Des seigneurs, vous en aurez bientôt — en nombre : les fils d'Égyptos! N'ayez crainte,
vous ne vous plaindrez pas de manquer de maîtres.

LE CHŒUR. — *Ah! chefs, princes de ce pays, je suc-*
combe à la force!

LE HÉRAUT. — Je crois qu'il vous faudra tirer,
traîner par les cheveux, puisque vous restez sourdes
à ma voix.

Entre soudain le Roi avec ses hommes d'armes.

LE ROI. — Hé là-bas, que fais-tu? Quelle superbe
t'induit à mépriser ainsi la terre des Pélasges? Crois-
tu donc débarquer dans un État de femmes? Pour un
barbare aussi tu montres avec les Grecs un peu trop

d'insolence! C'est commettre bien des fautes et user
de bien peu de sens.

Le Héraut. — Quelle faute ai-je commise ici contre
le Droit?

Le Roi. — Tu ignores d'abord les devoirs d'un
étranger.

Le Héraut. — En quoi? Je retrouve ce que j'avais
perdu.

Le Roi. — A quels proxènes[1] ici t'es-tu donc
adressé?

Le Héraut. — Au plus grand des proxènes, Hermès, dieu de tous ceux qui cherchent.

Le Roi. — Tu t'adresses à des dieux et tu ne montres aucun respect des dieux!

Le Héraut. — Les dieux du Nil sont les dieux que
j'adore.

Le Roi. — Et ceux d'ici alors ne sont rien pour
toi? Je l'entends de ta bouche.

Le Héraut. — J'emmènerai ces femmes — à moins
qu'on ne me les arrache.

Le Roi. — Y toucher t'en cuirait, ce ne serait pas
long!

Le Héraut. — J'entends là des mots peu hospita-
liers.

Le Roi. — Je ne vois pas des hôtes en ceux qui
dépouillent des dieux.

Le Héraut. — Voilà ce que je dirai aux enfants
d'Égyptos.

Le Roi. — Ce souci-là n'inquiète pas mon cœur!

Le Héraut. — Mais, pour que mon rapport soit
strict et précis — car il faut qu'un héraut rende de tout

un compte clair — comment m'exprimerai-je? par qui
dirai-je que me fut arrachée la troupe de cousines sans
laquelle je reviens? Ces débats-là, Arès ne les juge pas
d'après des témoignages; jamais telle querelle ne fut
par lui réglée à prix d'argent[1]. Il faut d'abord que des
guerriers tombent par centaines et rejettent la vie dans
les convulsions.

LE ROI. — Pourquoi te donner mon nom? Tu l'apprendras avec le temps, toi comme tes compagnons.
Ces femmes, tu les emmèneras, si elles y consentent
de bon cœur, quand tu auras, pour les convaincre,
trouvé de pieuses raisons. Par un vote unanime, le
peuple argien l'a proclamé sans appel : jamais il
n'abandonnera à la violence une troupe de femmes.
C'est là un clou assez fermement planté et enfoncé
pour que rien ne l'ébranle jamais. Il ne s'agit point de
mots inscrits sur des tablettes ni scellés dans des rou-
leaux de papyrus : tu entends ici le clair langage d'une
bouche libre. Allons, vite, hors de ma vue!

LE HÉRAUT. — Sache dès lors que tu soulèves là
une guerre incertaine. La victoire et la conquête puis-
sent-elles être pour les mâles!

LE ROI. — Des mâles, vous en trouverez aussi
dans ce pays, et qui ne boivent pas un vin fait avec
l'orge[2].

Le héraut se retire. Le Roi se tourne vers le Chœur.

Pour vous, reprenez confiance, et toutes, avec vos
suivantes, entrez dans notre cité bien close, que protège l'appareil de ses remparts élevés. L'État y possède
de nombreuses demeures; moi-même, j'y ai été pourvu

d'appartements d'une main généreuse. Des logis sont
là tout prêts pour vous, si vous voulez habiter avec
d'autres. Vous êtes libres aussi, s'il vous agrée davantage, d'occuper des demeures disposées pour vous
seules. Choisissez — vous êtes libres — ce qui vous
paraîtra le plus avantageux et le plus agréable. Pour
répondants[1] vous avez le Roi et tous les citoyens, dont
s'exécute ici la décision : en attendez-vous de plus
qualifiés ?

LE CORYPHÉE. — ✕ Que des biens sans nombre
payent tes bienfaits, roi vénéré entre les Pélasges! Et
que ta bonté nous renvoie ici notre père, le vaillant
Danaos, qui pense et veut pour nous. C'est à lui de
décider d'abord où nous devons prendre logis et quel
choix nous vaudra bon accueil. Chacun est prêt à
lancer le blâme sur un étranger : veillons à ce que tout
aille au mieux!

Le Roi sort.

Pour notre bon renom, pour que les gens de ce pays
parlent de nous sans malice, rangez-vous, chères captives, dans l'ordre même où Danaos a assigné à chacune de nous la suivante inscrite dans sa dot. ✕

Entre Danaos escorté de gardes.

DANAOS. — Mes filles, il faut qu'aux Argiens vous
offriez prières, sacrifices et libations, comme à des
dieux de l'Olympe; car, sans se partager, tous ont
été nos sauveurs. C'est ainsi qu'ils ont écouté mon
récit, avec la sympathie due à des proches, la colère
que méritent vos cousins, et qu'ils ont attaché à ma

personne ces suivants, ces hommes d'armes, d'abord
pour m'octroyer un privilège qui m'honore, ensuite
pour nous garder, moi, du coup imprévu et mortel
qui me frapperait par surprise et pour ce pays serait
un faix éternel, vous, d'un rapt brutal. En échange
de tels bienfaits, nous leur devons, si notre âme
est guidée par un bon pilote, l'hommage d'une gratitude qui les honore encore plus que jamais. — Et
maintenant, aux nombreuses leçons de modestie ins-
crites en vous par votre père, vous ajouterez celle-ci :
une troupe inconnue ne se fait apprécier qu'avec le
temps ; quand il s'agit d'un étranger, chacun tient
prêts des mots méchants, et rien ne vient plus vite aux
lèvres qu'un propos salissant. Je vous invite donc à ne
pas me couvrir de honte, puisque vous possédez cette
jeunesse qui attire les yeux des hommes. Le tendre
fruit mûr n'est point aisé à protéger : les bêtes s'y
attaquent tout comme les hommes, vous le savez, les
oiseaux ailés comme les quadrupèdes. De même, des
corps pleins de sève Cypris elle-même va proclamant
le prix, en invitant l'amour à cueillir la fleur de jeunesse[1]. Aussi, sur la délicate beauté des vierges, tous
les passants, succombant au désir, lancent-ils le trait
charmeur du regard. Ne subissons pas un pareil destin,
alors, que, pour le fuir, nous avons tant souffert et
labouré de notre carène une telle étendue de mer ; ne
créons pas d'opprobre pour nous-mêmes, de joie pour
mes ennemis. Le logis ne nous manquera pas ; deux
nous sont offert, l'un par Pélasgos, l'autre par la cité
— dont nous pouvons même user sans redevance : on
nous rend tout facile. Mais songez bien aux leçons

paternelles : mettez la modestie plus haut que la vie.

Le Coryphée. — Réservons pour d'autres vœux les dieux de l'Olympe; s'il s'agit de ma fleur, rassure-toi, mon père : à moins que le Ciel n'ait formé des plans tout nouveaux, je ne dévierai pas de la route qu'a jusqu'ici suivie mon âme.

> Danaos sort. Le cortège des Danaïdes se prépare à le suivre.

Assez large.

Le Chœur. — *Allons, célébrons les Bienheureux, seigneurs d'Argos, dieux urbains et dieux riverains des eaux de l'Érasinos antique. — Et vous, suivantes, répondez à notre chant. — Que nos louanges disent la ville des Pélasges! Le Nil et les bouches n'auront plus l'hommage de nos hymnes,*

mais bien les fleuves[1] qui, par ce pays, vont lui versant l'onde paisible où il s'abreuve et se multiplient en ruisseaux fécondants, pour amollir le terreau argien. Et que la chaste Artémis jette sur cette troupe un regard de pitié, afin que nul hymen ne nous vienne ployer sous le joug de Cypris! A qui je hais soit réservée l'épreuve!

Les Suivantes. — *Cypris, mon cantique pieux ne saurait l'oublier. Alliée d'Héra, elle atteint presque au pouvoir de Zeus, et, lors, la déesse aux subtils pensers reçoit l'honneur dû à ses œuvres saintes. A ses côtés, pour assister leur mère, voici Désir, et Persuasion enchanteresse, qui jamais n'a subi un refus : Harmonie aussi a sa part du lot d'Aphrodite, tout comme les Amours au babil joyeux.*

*Pour les fugitives je redoute des vents contraires :
cruelles douleurs et guerres sanglantes. Pourquoi ont-ils
eu du Ciel des brises favorables à leur prompte poursuite? Ce qu'a fixé le Destin risque fort de s'accomplir —
on ne passe pas outre à la pensée de Zeus, auguste et
insondable — et, après des milliers de femmes avant toi,
l'hymen pourrait bien être ton lot final.*

Mieux marqué.

Le Chœur. — *Ah! que l'auguste Zeus écarte de moi
l'hymen des fils d'Égyptos!*

Les Suivantes. — *Ce serait pourtant là le mieux.*

Le Chœur. — *Va, traite à ta guise une intraitable.*

Les Suivantes. — *Va, tu ne sais pas l'avenir.*

Le Chœur. — *Puis-je prétendre contempler la pensée
de Zeus, plonger ma vue dans l'abîme?*

Les Suivantes. — *Formule donc un vœu plus mesuré.*

Le Chœur. — *Quelle leçon de mesure entends-tu me
donner?*

Les Suivantes. — *« Rien de trop », même avec les
dieux!*

Décidé.

Le Chœur. — *Non! que le seigneur Zeus m'épargne
un hymen cruel avec un époux abhorré! C'est lui qui*

libéra Io, qui abolit sa peine d'une main guérisseuse et lui fit sentir sa douce puissance.

Qu'il donne la victoire aux femmes — je me résigne au moindre mal et à deux tiers de bonheur[1] — et qu'une juste sentence vienne à l'appel de la justice, si ma prière est entendue, par les voies libératrices qui sont à la Divinité!

Les Danaïdes s'éloignent avec les suivantes.

LES PERSES

NOTICE

Les Perses furent représentés au printemps de 472. Eschyle obtint le prix avec les quatre pièces qu'il apportait au concours : *Phinée*, *Les Perses*, *Glaucos de Potnies*, *Prométhée*. Aucun indice sérieux ne permet de croire qu'il existât un lien entre ces différents drames. *Les Perses* nous prouvent du moins que chacun formait un tout se suffisant à lui-même. Le *Phinée* devait mettre en scène le roi thrace de ce nom, qui appartient à la légende des Argonautes, prophète aveugle tourmenté par les Harpyes. Le *Glaucos de Potnies* semble avoir retracé l'histoire d'un roi béotien que ses cavales furieuses avaient mis en pièces aux jeux funèbres en l'honneur de Pélias. Le *Prométhée*, nommé à la quatrième place dans la didascalie, était, presque certainement, un drame satyrique, et il faut sans doute l'identifier avec la pièce désignée ailleurs sous le titre plus précis de *Prométhée allumeur de feu*.

Le chorège désigné par l'archonte à Eschyle était Périclès, alors âgé de moins de vingt ans. Il se peut que cette désignation eût été précédée d'un accord entre le poète et le jeune Périclès, et que celui-ci prît un intérêt particulier au succès d'une pièce qui n'était pas sans portée politique. Déjà Phrynichos avait fait représenter un drame sur le désastre perse, et il est très probable que ce drame est celui pour lequel Thémistocle lui avait servi de chorège, en 476. La pièce avait obtenu le premier rang, et Thémistocle avait consacré une stèle en souvenir de cette victoire. On comprend sans peine qu'il ne soit pas resté indifférent au succès d'une tragédie sur Salamine. Célébrer le triomphe des Grecs, c'était glorifier la clairvoyante politique de celui qui avait préparé ce triomphe et compris que l'avenir d'Athènes était sur la mer. Phrynichos pourtant, à en juger par le choix de son chœur, composé de

Phéniciennes — les femmes et les mères de ces marins
phéniciens que les Athéniens avaient trouvés devant eux
à Salamine — n'avait guère vu que le côté pathétique du
sujet. Ses *Phéniciennes* semblent avoir été moins une
tragédie qu'une sorte de cantate, dont les romances
plaintives restèrent populaires pendant tout le ve siècle.
Eschyle a tenu à marquer nettement lui-même, en com-
mençant sa pièce, qu'il reprenait le sujet déjà traité par
Phrynichos : du premier vers, à peine modifié, des *Phéniciennes* il a fait le premier vers des *Perses*. C'était une
sorte de salut courtois, qui rendait hommage à Phrynichos,
mais qui, en même temps, libérait Eschyle et affirmait
le droit du poète de refaire ce qu'un autre avait fait.

Rien n'indique déjà mieux les intentions d'Eschyle que
le choix de son chœur. Le chœur des *Perses* n'est pas,
comme celui des *Phéniciennes*, composé de femmes, qui ne
sauraient que gémir sur le sort de leurs proches. Il est
formé des conseillers même du Grand Roi, les Fidèles,
qui sont capables de mesurer l'importance historique du
désastre subi par les Barbares. C'est qu'à Athènes cette
importance apparaissait plus nettement en 472 qu'en
476. Entre ces deux dates, Cimon avait achevé victo-
rieusement sa campagne en Thrace. En 475, la ville
d'Éion, à l'embouchure du Strymon, avait été enlevée
aux Perses : les dernières places de l'ennemi sur le continent européen étaient ainsi tombées les unes après les
autres. Au retour de Cimon, le peuple lui avait accordé des
honneurs que n'avaient eus ni Miltiade ni Thémistocle :
il avait été autorisé à consacrer trois Hermès avec des
inscriptions rappelant ses victoires. Athènes, sans doute,
se jugeait cette fois en droit de proclamer qu'elle avait
définitivement rejeté le Perse en Asie. La victoire de
Salamine semblait encore plus glorieuse qu'au premier
jour : elle avait rendu au monde grec sa frontière naturelle, la mer.

Cette victoire, les Grecs la devaient d'abord — Thémistocle l'avait déclaré lui-même — aux dieux et aux héros.
Les héros, protecteurs naturels du sol où ils étaient

ensevelis, avaient combattu avec les vivants pour repousser
l'envahisseur. Les dieux avaient puni le Barbare d'avoir
brûlé leurs temples et renversé leurs images. Mais ils
l'avaient puni surtout d'avoir, en entreprenant cette
expédition, dépassé son droit et transgressé les lois du
destin. Le destin lui avait abandonné un continent;
renverser des cités, entrechoquer des escadrons, c'était
là le sort que le Ciel lui-même avait assigné aux Perses.
Que des empires s'élèvent, que d'autres s'écroulent
dans les limites de l'Asie, le fracas guerrier qui accompagne ces bouleversements n'offense pas l'oreille des
dieux : c'est le lot des peuples d'Asie que de conquérir
et d'être conquis. Mais qu'ils ne songent pas à se frayer
des routes nouvelles à travers la mer : la mer leur est
interdite; c'est la limite du domaine que le destin leur
abandonne. La franchir, c'est tomber dans les pièges
d'Até, la déesse d'erreur qui aveugle les hommes, c'est
aller au-devant de la ruine. L'idée revient à chaque instant avec une insistance tenace.

Pourquoi Xerxès a-t-il joué le sort de l'empire dans
une bataille navale? Ce sont ses vaisseaux qui ont perdu
le Barbare, voilà ce que les Fidèles clament obstinément,
avec désespoir, dès qu'ils ont appris le désastre qu'ils
pressentaient (v. p. 127) : « Xerxès les a emmenés,
hélas! Xerxès les a perdus, hélas! Xerxès a tout follement
conduit, hélas! Xerxès et ses galiotes marines! » A l'imprudent Xerxès ils opposent même — aux dépens de la
vérité historique — son sage père, Darios, dont les campagnes ne coûtèrent jamais de pertes semblables au pays :
« Ah! pourquoi Darios fut-il, lui, un roi si clément aux
siens, Darios, l'archer, le chef aimé de Susiane?... » Mais
Xerxès n'a eu foi qu'en sa flotte : « Fantassins et marins,
tel un grand vol d'oiseaux vêtus de sombre azur, les nefs
les ont emmenés, hélas! les nefs les ont perdus, hélas! les
nefs aux abordages de désastre! les nefs et les bras des
Ioniens! » Et le vieux combattant de Salamine a noté avec
une âpreté sarcastique comment s'est vengée la mer
grecque. Il s'est complu (v. p.119) à évoquer tous ces

vassaux du Grand Roi, venus de tous les points de l'empire, Mysiens, Bactriens, Égyptiens, partis à la tête de bataillons et d'escadrons, ces commandants de dix mille, de trente mille cavaliers, marins improvisés, jetés soudain à bas de leurs galères, et dont les cadavres vont maintenant à la dérive, heurtant de leurs fronts vaincus la rude falaise de Salamine, soutenus sur la mer par leurs amples vêtements d'Orientaux. Ce dernier trait, à la fois grotesque et pitoyable, répond sans doute à un souvenir que plus d'un combattant avait rapporté de la bataille; mais il traduit surtout l'impression de sotte extravagance que donne à un Athénien la présomption d'un Barbare qui prétend devenir marin.

La pièce tout entière a ainsi, par instants, l'accent d'un chant de triomphe. Quand les vieillards perses énumèrent en gémissant toutes les places de la Thrace, toutes les îles de la mer Égée, naguère conquises par Darios, maintenant perdues par Xerxès, la liste douloureuse se transformait en glorieux catalogue pour le spectateur athénien (v. p. 138). Quand le Grand Roi vaincu et ses ministres rentrent dans le palais de Suse en hurlant de douleur, en déchirant leurs vêtements, en s'arrachant la barbe, le public grec éprouvait la joie d'interpréter ce deuil comme un aveu : les Perses reconnaissaient l'importance du coup qui les avait frappés (v. p. 144). On peut même se demander s'il n'y a pas dans cette insistance à montrer l'ennemi humilié un certain besoin de se rassurer soi-même. L'empire de Xerxès n'était pas détruit; les Perses songeaient à la revanche. La bataille de l'Eurymédon, quelques années plus tard, mettra, seule, fin à ces projets. Mais les esprits clairvoyants d'Athènes ont de bonne heure dû le prévoir et pousser de toutes leurs forces au développement de la ligue maritime qu'Athènes venait de fonder. La politique de Thémistocle avait sauvé la Grèce. Le démontrer clairement, c'était inviter les Athéniens à conserver la maîtrise de la mer, qui, seule, pouvait être leur sauvegarde; c'était aussi faire comprendre à tous les Grecs, au moment où se formait la confédération de Délos, quelle en était l'importance pour le salut du monde hellénique.

La pièce est cependant très loin d'être une œuvre de parti. Elle n'est même pas une œuvre strictement athénienne. Ce n'est pas Athènes seule, c'est la Grèce tout entière qui a triomphé du Perse. Les Lacédémoniens ont eu leur part de gloire : la victoire de Platée est due à la « lance dorienne ». L'adversaire lui-même est traité par Eschyle sans mépris ni haine. Ses angoisses, sa douleur sont traduites avec une vérité qui trahit presque de la sympathie. Ceux qui le représentent sont d'ailleurs des vieillards et des sages. Seul, Xerxès fut un jeune fou; l'empire repose sur une tradition de raison et de sens. Les premiers fondateurs de l'empire, Médos et son fils, et ceux qui continuèrent leur œuvre, Kyros, Darios, furent des souverains prudents et aimés des dieux (v. p. 135). La grandeur de l'empire atteste la modération de ses rois et la faveur du Ciel. Darios a gouverné en « inspiré des dieux ». Il n'est plus pour Eschyle le roi barbare qui a le premier lancé ses armées contre la Grèce et essuyé à Marathon une humiliante défaite; il est maintenant l'interprète des dieux, qui va dire aux Perses la leçon que le désastre comporte. Il apparaît, enveloppé de mystérieuse majesté, s'éveille lentement au contact des vivants, s'informe, comprend et explique. Les Perses apprennent de lui le dessein des dieux et l'expiation qui les attend encore. Mais bientôt le tombeau le rappelle; la voix soudain change de timbre : ce n'est plus celle du Grand Roi, c'est celle d'un pauvre mort qui retourne aux ténèbres et qui mesure à leur vrai prix ce qui fait l'orgueil des vivants : « Et vous, vieillards, adieu! Même au milieu des maux accordez à vos âmes la joie que chaque jour vous offre : chez les morts, la richesse ne sert plus de rien. » Xerxès peut maintenant paraître et crier devant ses ennemis sa honte et son désespoir : le vainqueur n'y trouvera plus matière à railler ni à s'enorgueillir. La mort a pendant un instant remis toutes choses à leur place : richesse, puissance, gloire, qu'est-ce que tout cela pour ceux qui demain ne seront plus que des ombres?

PERSONNAGES

CHŒUR des conseillers du Grand Roi.

ATOSSA, femme de Darios, mère de Xerxès, appelée simplement LA REINE.

UN MESSAGER.

DARIOS, défunt roi des Perses, sous forme d'Ombre.

XERXÈS, fils de Darios, roi des Perses.

LES PERSES

Une sorte de portique forme le décor du fond, c'est là que se réunissent les conseillers du Grand Roi, les Fidèles. Ils entrent à pas lents dans l'orchestre.

LE CORYPHÉE. — ✕ Voici ceux que, parmi les Perses, aujourd'hui partis pour la terre de Grèce, on nomme les Fidèles, gardiens de ce palais d'opulence et d'or, qu'à raison de leur rang, notre sire Xerxès, roi né de Darios, a lui-même choisis pour veiller sur sa terre.

Mais, à songer au retour royal, au retour de l'armée bardée d'or, déjà, prophète trop prompt de malheurs, mon cœur se hérisse en moi — la force née de l'Asie s'en est allée tout entière! — il gronde à tout nouveau venant[1] : et aucun messager, aucun courrier monté n'arrive à la cité des Perses!

Quittant Suse et Ecbatane et les vieux remparts kissiens[2], ils sont partis, les uns à cheval, d'autres sur des vaisseaux, les fantassins à pied, formant le gros de la masse guerrière.

Ainsi vont au combat Amistrès et Artaphrénès[3], Mégatabès et Astaspès, capitaines des Perses, rois vassaux du Grand Roi, chefs d'une immense armée; et, avec eux, leurs archers triomphants et leurs cavaliers, formidables à voir, terribles dans la lutte par la décision vaillante de leurs cœurs.

Et Artembarès, sur son destrier, et Masistrès, et
Imaios le Brave, archer triomphant, et Pharandakès,
et Sosthanès, qui presse ses coursiers!

Le large Nil nourricier[1] a envoyé aussi les siens :
Sousiskanès, Pégastagôn, fils d'Égyptos; et le souverain de la sainte Memphis, Arsamès le Grand, et le
maître de l'antique Thèbes, Ariomardos; et les bate-
liers dont les barques voguent à travers les marais,
multitude innombrable et terrible.

Derrière suit la foule des Lydiens délicats, qui dominent tous les peuples de leur continent[2]. Les preux
Métrogathès, Arcteus, connétables rois, et Sardes, la
cité de l'or, les envoient au combat sur des milliers de
chars à quatre et six chevaux rangés en escadrons,
spectacle de terreur.

Les voisins du Tmôlos sacré se flattent aussi de
jeter sur la Grèce le joug de l'esclavage, Mardôn,
Tharybis, enclumes de la lance[3], avec leurs Mysiens,
lanceurs de javelots. Et de Babylone, autre cité de l'or,
arrive en torrent une foule confuse, marins sur des
nefs, soldats pleins de foi dans l'arc qu'ils bandent
d'une main résolue. Et, derrière eux, accourant de
l'Asie entière, vient le peuple à la courte épée, docile
aux mandements terribles du Roi.

Ainsi s'en est allée la fleur des guerriers du pays de
Perse, et sur eux la terre d'Asie, qui fut leur nourrice,
gémit toute d'un regret ardent, cependant que parents,
épouses, en comptant les jours, frémissent du temps
qui s'allonge.

Large et languissant.

LE CHŒUR. — *Sans doute, elle a atteint déjà, la royale armée dévastatrice, le rivage adverse du continent voisin et, sur sa passerelle aux câbles de lin, franchi le détroit d'Hellé l'Athamantide[1], en jetant sa route aux mille chevilles[2] comme un joug au cou de la mer.*

L'impérieux monarque de l'Asie populeuse pousse à la conquête du monde son monstrueux troupeau humain par deux routes à la fois : pour guider son armée et sa flotte, il se fie à ses solides et rudes chefs, le fils de la pluie d'or[3], mortel égal aux dieux.

Un peu mieux marqué.

En ses yeux luit le regard bleu sombre du dragon sanglant. Il meut mille bras et mille vaisseaux, et, pressant son attelage syrien, il conduit à l'attaque des héros qu'illustra la lance d'Arès à l'arc triomphant.

Qui serait donc capable de tenir tête à ce large flux humain? Autant vouloir, par de puissantes digues, contenir l'invincible houle des mers! Irrésistible est l'armée de la Perse et son peuple au cœur vaillant.

Oui, mais au piège qu'a tendu le dessein perfide d'un dieu quel mortel pourrait échapper? Qui sait alors, d'un pied agile, prendre son élan pour un bond heureux[4]?

Caressante et douce, Até égare l'homme en ses panneaux, et nul mortel ne peut ensuite s'en évader d'un saut et fuir.

En élargissant.

Le destin que les dieux ont de tout temps fait aux Perses leur impose de poursuivre les guerres où croulent les remparts, les mêlées où se vont heurtant les cavaliers, les renversements de cités.

Mais voici qu'ils ont appris, sur les larges routes des mers, que blanchit le vent fougueux, à contempler l'étendue sacrée des eaux, confiants dans de frêles édifices de cordes[1], dans des engins à transporter les hommes!

Vif et mordant.

Voilà pourquoi mon âme en deuil est déchirée par l'angoisse. « Oâh! sur l'armée perse! » est-ce là la nouvelle qu'apprendra ma cité, la grande ville de Suse, vidée de tous ses mâles?

Et entendrai-je répondre la citadelle des Kissiens? « Oâh! » est-ce là ce qu'un jour criera une foule confuse de femmes, tandis que sur leurs robes de lin leurs mains s'abattront pour les mettre en lambeaux?

Un peu élargi.

Hélas! tout un peuple de cavaliers, de fantassins s'en est allé, pareil à un essaim d'abeilles, derrière son conducteur d'armée. Il a franchi les caps marins aujourd'hui réunis et communs aux deux continents.

Et le regret des hommes emplit les lits de larmes. Chaque femme perse, en son deuil languissant, a donné l'escorte d'un regret amoureux à son belliqueux et bouillant époux et demeure seule du couple d'antan.

LE CORYPHÉE. — ✗ Allons, Perses, prenons place sous ce toit antique, et ouvrons l'examen prudent et profond — aussi bien la nécessité nous en presse — de ce que peut être le sort de Xerxès[1], fils de Darios, le roi de notre sang qui nous a fourni le nom de ses aïeux[2]. Est-ce l'arme de jet, l'arc, qui triomphe? Est-ce la lance à la coiffe de fer dont la force a vaincu?

Mais voici venir, pareille à la clarté qui sort de l'œil des dieux, la mère du Grand Roi, ma reine[3] : je tombe à genoux.

Et que tous ici lui adressent les hommages qui lui sont dus.   ✗

> Le Chœur se prosterne. Entre la Reine, sur son char, suivie d'un nombreux cortège.

Souveraine maîtresse des femmes de la Perse aux ceintures profondes, ô vieille mère de Xerxès, femme de Darios, salut! Tu partageas le lit d'un dieu des Perses, et tu auras été mère d'un dieu aussi — si du moins son antique fortune n'a pas aujourd'hui déserté notre armée.

LA REINE. — C'est bien pourquoi j'ai quitté le palais tendu d'or et la chambre où longtemps j'ai dormi avec Darios : moi aussi, je sens le souci déchirer mon cœur, et c'est à vous que je veux tout dire, amis, à cette heure où je ne suis plus sans crainte pour moi-même. J'ai peur que, devenue trop grande, notre richesse ne renverse du pied et ne transforme en poudre sur le sol l'édifice de bonheur qu'un dieu sans doute aida Darios à élever[4]. Aussi une angoisse indicible arrête ma pensée sur un double péril : le plus grand amas de trésors, si nul homme ne le défend, n'obtient pas un respect égal à ce qu'il vaut, tout comme un homme sans trésors ne saurait briller de l'éclat que mériterait sa force. Or, si pour la richesse, nous n'avons pas à nous plaindre, en revanche, je crains pour nos yeux; car l'œil d'une maison, c'est, pour moi, la présence du maître. De cela, d'abord, persuadez-vous bien, puis conseillez-moi sur les faits que voici, Perses, nos vieux et fidèles soutiens : c'est de vous que j'attends tous conseils utiles.

LE CORYPHÉE. — Va, sache-le, reine de ce pays, tu n'auras pas à m'indiquer deux fois soit un mot soit un acte, quand j'aurai qualité pour te servir de guide. En nous tu t'adresses à des conseillers pleins de bon vouloir.

LA REINE. — Je vis chaque nuit au milieu des songes, depuis que mon fils, équipant une armée, est parti ravager la terre d'Ionie; mais jamais encore je n'en vis d'aussi net que celui de la dernière nuit : écoute. Deux femmes, bien mises, ont semblé s'offrir à mes yeux, l'une parée de la robe perse, l'autre vêtue en Dorienne, toutes deux surpassant de beaucoup les femmes d'aujourd'hui, aussi bien par leur taille que par leur beauté sans tache. Quoique sœurs du même sang, elles habitaient deux patries, l'une la Grèce, dont le sort l'avait lotie, l'autre la terre barbare. Il me semblait qu'elles menaient quelque querelle et que mon fils, s'en étant aperçu, cherchait à les contenir et à les calmer — cependant qu'il les attelle à son char et leur met le harnais sur la nuque. Et l'une alors de tirer vanité de cet accoutrement et d'offrir une bouche toute docile aux rênes, tandis que l'autre trépignait, puis, soudain, de ses mains met en pièces le harnais qui la lie au char, l'entraîne de vive force en dépit du mors, brise enfin le joug en deux. Mon fils tombe; son père, prêt à le plaindre, Darios, paraît à ses côtés; mais, dès qu'il le voit, Xerxès déchire les vêtements qui couvrent son corps! Voilà d'abord mes visions de la nuit. Mais je me lève, je trempe mes mains au cours d'une onde pure, et, les chargeant d'offrandes, je m'approche de l'autel, pour y consacrer le gâteau rituel aux dieux préservateurs à qui est dû l'hommage; et j'aperçois alors un aigle, qui fuit vers l'autel bas de Phoibos! Muette d'effroi, je m'arrête, amis. Mais bientôt, sous mes yeux, un milan[1] fond du ciel, à grands coups d'ailes rapides et, de ses serres, se met à déchirer la tête de l'aigle, qui ne sait plus que se pelotonner sans défense! Tout cela fut, pour moi, terrible à contempler, et, pour vous, doit l'être à entendre. Car, vous le savez, si mon fils réussit, il sera un héros sans pareil; s'il échoue, il n'a point de comptes à rendre au pays, et, pourvu qu'il revienne, il restera toujours maître de cette terre.

LE CORYPHÉE. — Nous ne voulons, ô mère, ni trop t'effrayer ni trop te rassurer. Adresse-toi d'abord aux dieux en suppliante et, si tu as eu quelque vision fâcheuse, demande aux dieux d'en détourner de toi l'achèvement, pour réaliser au contraire ce qui doit servir et toi et tes enfants, et ton pays et tous les tiens. Il te faut ensuite verser des libations à la Terre et aux morts; puis, du fond de l'âme, supplie Darios, l'époux que tu dis avoir vu cette nuit, de ne t'envoyer de la terre au jour que des joies pour toi et ton enfant; le reste, de le retenir, aboli à jamais, dans l'ombre souterraine. Voilà ce que, prophète inspiré par le cœur, je te conseille, du fond de l'âme; et nous estimons que pareils présages se réaliseront de tout point au mieux.

LA REINE. — Je n'en doute point, c'est ta sympathie pour mon fils et pour ma maison qui t'a fait le premier interpréter ces songes et prononcer tel avis. L'achèvement en soit donc heureux! Je réglerai tout ainsi que tu désires, en ce qui concerne les dieux et nos morts, dès mon retour au palais. Mais il est des choses que je voudrais d'abord savoir, amis : en quel point de la terre est, dit-on, située Athènes?

LE CORYPHÉE. — Très loin, au couchant même, où disparaît monseigneur le Soleil.

LA REINE. — Et mon fils désirait conquérir cette ville?

LE CORYPHÉE. — Toute la Grèce alors eût obéi au Roi.

LA REINE. — Ont-ils donc une armée si bien fournie en hommes?

LE CORYPHÉE. — Dis plus : une armée qui a fait beaucoup de mal aux Mèdes.

LA REINE. — Et avec cela? ont-ils dans leurs maisons richesse suffisante?

LE CORYPHÉE. — Une source d'argent, un trésor que leur garde la terre[1].

LA REINE. — Voit-on dans leurs mains la flèche qui tend l'arc?

LE CORYPHÉE. — Non, des épées pour le corps à corps, des boucliers arment leurs bras.

LA REINE. — Et quel chef sert de tête et de maître à l'armée?

LE CORYPHÉE. — Ils ne sont esclaves ni sujets de personne.

LA REINE. — Comment pourraient-ils donc tenir devant l'invasion ennemie?

LE CORYPHÉE. — Assez pour avoir détruit à Darios une nombreuse et magnifique armée.

LA REINE. — Ah! que dis-tu? Terrible angoisse pour les mères de ceux qui sont en route!

LE CORYPHÉE. — Mais tu vas bientôt, je crois, savoir la vérité complète : je vois là un homme dont la course trahit un Perse. Il nous apporte — bonne ou mauvaise — une nouvelle exacte.

Entre un messager.

LE MESSAGER. — O cités de l'Asie entière, ô terre de Perse, havre de richesse infinie, voici donc, d'un seul coup, anéanti un immense bonheur, abattue et détruite la fleur de la Perse! — Hélas! c'est un malheur déjà que d'annoncer le premier un malheur. Et pourtant il me faut déployer devant vous toute notre misère, Perses : l'armée barbare tout entière a péri!

Animé.

LE CHŒUR. — *Horribles, horribles souffrances, imprévues et déchirantes! Hélas! pleurez donc, Perses, à l'annonce de telle douleur.*

LE MESSAGER. — Oui, car c'en est fait de tout ce qui partit là-bas; et moi-même, c'est contre tout espoir que je vois le soleil du retour.

LE CHŒUR. — *Ah! elle se révèle aujourd'hui trop longue, l'existence qui laisse les vieillards que nous sommes ouïr ce coup inattendu!*

LE MESSAGER. — Et c'est en témoin, non en rapporteur des dires d'autrui, que je vais vous apprendre, ô Perses, quels maux vous ont été préparés là-bas.

LE CHŒUR. — *Las! hélas! c'est donc pour rien qu'ensemble des milliers d'armes de toute espèce ont passé du pays d'Asie sur une terre ennemie, sur le sol de Grèce!*

LE MESSAGER. — En foule, les cadavres de nos malheureux morts couvrent à cette heure le rivage de Salamine et tous ses alentours.

LE CHŒUR. — *Las! hélas! tu me fais voir les cadavres des miens roulés et submergés par les flots de la mer, corps sans vie emportés dans leurs larges saies errantes!*

LE MESSAGER. — L'arc était impuissant et toute notre armée succombait écrasée sous le choc des trières.

LE CHŒUR. — *Clame sur notre misère une plainte désolée, lugubre. Les dieux ont tout fait pour que tous les maux s'abattent sur les Perses. Hélas! hélas! sur notre armée anéantie!*

LE MESSAGER. — Salamine! nom cruel entre tous à entendre! Ah! quels sanglots me coûte le souvenir d'Athènes!

LE CHŒUR. — *Oui, Athènes est un nom odieux à ma misère. J'ai désormais matière à me souvenir d'elle : de milliers de femmes perses elle a fait — et pour rien! — des mères sans fils et des veuves.*

Un silence.

LA REINE. — Je suis longtemps restée muette, misérable écrasée par l'infortune. Le désastre est trop grand pour permettre un mot, une question sur nos malheurs. Il faut pourtant que les mortels supportent les tristesses que leur envoient les dieux. Déploie donc à nos yeux toute notre misère et dis-nous posément, quelques gémissements que t'arrachent nos maux, quels sont, parmi les chefs, ceux qui n'ont pas péri — ceux aussi que nous devons pleurer et qui, placés au rang où l'on porte le sceptre, ont en mourant laissé la place vide.

LE MESSAGER. — Pour Xerxès, il vit et voit le jour.

LA REINE. — Ah! de quelle éclatante lumière tes mots inondent ma maison! C'est le jour resplendissant après la nuit ténébreuse!

LE MESSAGER. — Mais Artembarès, naguère chef de dix mille cavaliers, à cette heure va se heurtant à chaque roc de la côte de Silénies[1]! Et Dadakès, le chiliarque, sous le choc d'une javeline, n'a fait qu'un léger bond du haut de sa galère! Ténagôn, le héros bactrien de noble lignée, hante désormais l'île d'Ajax[2] que bat le flot! Lilaios, Arsamès, Arghestès tournaient, eux, autour de l'île des colombes[3], chargeant le dur rivage de leurs fronts vaincus! Et les riverains du Nil égyptien, Arcteus, Adeuès, Pharnoukos au bon bouclier, ils sont, eux, tombés du même vaisseau! Matallos, de Chryse, qui menait dix mille hommes, voyait en mourant sa longue et drue barbe rousse prendre une teinte nouvelle dans un bain de pourpre! Arabos le Mage[4] et Artamès le Bactrien, qui menait trente mille cavaliers noirs, sont désormais fixés sur l'âpre terre

où ils ont péri! Et Amestris! et Amphistreus, toujours
brandissant son infatigable javeline! et le brave Ariomardos, qui met aujourd'hui Sardes en deuil! et Sei-
samès le Mysien! et Tharybis, le commandant de cinq
fois cinquante galères, le superbe guerrier qu'a vu
naître Lyrna[1]! il est tombé, le malheureux, sous un
fâcheux coup du destin; tandis que Syennésis, capi-
taine des Ciliciens, le premier des preux, après avoir
causé seul mille pertes à l'ennemi, a péri glorieusement.
— Tels sont les chefs dont j'ai gardé mémoire; mais
nos maux sont infinis : je ne t'en rapporte ici que bien
peu.

La Reine. — Hélas! j'apprends là des malheurs sans
fond, opprobres de la Perse, matière à sanglots aigus.
Mais reviens en arrière et dis-moi, combien de vaisseaux comptaient donc les Grecs, pour qu'ils aient
songé à engager la lutte contre l'armée des Perses et à
provoquer la mêlée des trières.

Le Messager. — S'il ne se fût agi que du nombre,
sache que le Barbare aurait triomphé; car, pour les
Grecs, le chiffre de leurs bâtiments était environ dix
fois trente; dix en outre formaient réserve à part.
Xerxès, au contraire, je le sais, conduisait une flotte
de mille vaisseaux, sans compter les croiseurs de vitesse,
au nombre de deux cent sept. Telle était la propor-
tion : la trouves-tu à notre désavantage? Non : c'est
un dieu dès lors qui nous a détruit notre armée, en
faisant de la chance des parts trop inégales dans les
plateaux de la balance! Les dieux protègent la ville
de Pallas.

La Reine. — Athènes est donc encore intacte?

Le Messager. — La cité qui garde ses hommes possède le plus sûr rempart[1].

La Reine. — Mais quel fut, pour les flottes, le signal de l'attaque? Dis-moi qui entama la lutte : les Grecs? ou mon fils, s'assurant au nombre de ses vaisseaux?

Le Messager. — Ce qui commença, maîtresse, toute notre infortune, ce fut un génie vengeur, un dieu méchant, surgi je ne sais d'où. Un Grec[2] vint en effet de l'armée athénienne dire à ton fils Xerxès[3] que, sitôt tombées les ténèbres de la sombre nuit, les Grecs n'attendraient pas davantage et, se précipitant sur les bancs de leurs nefs, chercheraient leur salut, chacun de son côté, dans une fuite furtive. A peine l'eut-il entendu, que, sans soupçonner là une ruse de Grec ni la jalousie des dieux, Xerxès à tous ses chefs d'escadre déclare ceci : quand le soleil aura cessé d'échauffer la terre de ses rayons et que l'ombre aura pris possession de l'éther sacré, ils disposeront le gros de leurs navires sur trois rangs, pour garder les issues et les passes grondantes, tandis que d'autres, l'enveloppant, bloqueront l'île d'Ajax; car, si les Grecs échappent à la male mort et trouvent sur la mer une voie d'évasion furtive, tous auront la tête tranchée : ainsi en ordonne le Roi. Un cœur trop confiant lui dictait tous ces mots : il ignorait l'avenir que lui ménageaient les dieux! Eux, sans désordre, l'âme docile, préparent leur repas; chaque marin lie sa rame au tolet qui la soutiendra; et, à l'heure où s'est éteinte la clarté du jour et où se lève la nuit, tous les maîtres de rame[4] montent dans leurs vaisseaux, ainsi que tous les hommes d'armes[5]. D'un

banc à l'autre, on s'encourage sur chaque vaisseau
long. Chacun voque à son rang et, la nuit entière, les
chefs de la flotte font croiser toute l'armée navale.
La nuit se passe, sans que la flotte grecque tente de
sortie furtive. Mais, quand le jour aux blancs coursiers
épand sa clarté sur la terre, voici que, sonore, une clameur s'élève du côté des Grecs, modulée comme un
hymne, cependant que l'écho des rochers de l'île en
répète l'éclat. Et la terreur alors saisit tous les Barbares,
déçus dans leur attente; car ce n'était pas pour fuir
que les Grecs entonnaient ce péan solennel, mais bien
pour marcher au combat, pleins de valeureuse assurance; et les appels de la trompette embrasaient toute
leur ligne. Aussitôt les rames bruyantes, tombant avec
ensemble, frappent l'eau profonde en cadence, et tous
bientôt apparaissent en pleine vue. L'aile droite,
alignée, marchait la première, en bon ordre[1]. Puis la
flotte entière se dégage et s'avance, et l'on pouvait
alors entendre, tout proche, un immense appel : « Allez,
enfants des Grecs, délivrez la patrie, délivrez vos enfants et vos femmes, les sanctuaires des dieux de vos
pères et les tombeaux de vos aïeux : c'est la lutte
suprême! » Et voici que de notre côté un bourdonne-
ment en langue perse leur répond; ce n'est plus le
moment de tarder. Vaisseaux contre vaisseaux heurtent déjà leurs étraves de bronze. Un navire grec a
donné le signal de l'abordage : il tranche l'aplustre
d'un bâtiment phénicien. Les autres mettent chacun
le cap sur un autre adversaire. L'afflux des vaisseaux
perses d'abord résistait; mais leur multitude s'amas-
sant dans une passe étroite[2], où ils ne peuvent se prêter

secours et s'abordent les uns les autres en choquant
leurs faces de bronze, ils voient se briser l'appareil de
leurs rames, et, alors, les trières grecques adroitement
les enveloppent, les frappent ; les coques se renversent ;
la mer disparaît toute sous un amas d'épaves, de
cadavres sanglants ; rivages, écueils sont chargés de
morts, et une fuite désordonnée emporte à toutes
rames ce qui reste des vaisseaux barbares — tandis
que les Grecs, comme s'il s'agissait de thons, de poissons vidés du filet, frappent, assomment, avec des
débris de rames, des fragments d'épaves ! Une plainte
mêlée de sanglots règne seule sur la mer au large,
jusqu'à l'heure où la nuit au sombre visage vient tout
arrêter ! Quant à la somme de nos pertes, quand je
prendrais dix jours pour en dresser le compte, je ne
saurais l'établir. Jamais, sache-le, jamais en un seul
jour n'a péri pareil nombre d'hommes.

La Reine. — Hélas ! quel océan de maux a débordé
sur les Perses et sur toute la race barbare !

Le Messager. — Sache-le bien : ce n'est même pas
là la moitié de notre malheur. Un douloureux désastre[1]
s'est abattu sur eux, deux fois plus lourd que les maux
déjà connus de toi.

La Reine. — Et quel sort plus cruel pourrait-il
être encore ? Quel nouveau désastre a, dis-moi, frappé
notre armée, pour accroître le poids de nos misères ?

Le Messager. — Ceux qui, parmi les Perses,
étaient à la fois en pleine vigueur, au premier rang pour
le courage, le plus en vue pour la naissance et, auprès
du prince, des modèles constants de loyauté, ont
succombé honteusement, de la plus ignominieuse mort.

LA REINE. — Hélas! infortunée, quel sort cruel, amis, est donc le mien! — Mais quelle est la mort dont ils auraient péri?

LE MESSAGER. — Il est, dans les parages en avant de Salamine, une île étroite, sans mouillage, dont, seul, Pan, le dieu des chœurs, hante le rivage marin. C'est là que Xerxès les envoie, afin que, si des naufragés ennemis étaient portés vers l'île, ils eussent à massacrer les Grecs, ici aisés à vaincre, en sauvant les leurs au contraire des courants de la mer. C'était bien mal connaître l'avenir! Car, dès que le Ciel eut donné la victoire à la flotte des Grecs, ceux-ci, le même jour, ayant cuirassé leurs poitrines d'airain, sautaient hors des vaisseaux et enveloppaient l'île entière, de façon que le Perse ne sût plus où se tourner. Et d'abord des milliers de pierres parties de leurs mains l'accablaient, tandis que, jaillis de la corde de l'arc, des traits portaient la mort dans ses rangs. Enfin bondissant d'un même élan, ils frappent, ils taillent en pièces le, corps de ces malheureux, jusqu'à ce qu'à tous ils eussent pris la vie. — Xerxès pousse une longue plainte devant ce gouffre de douleurs. Il avait pris place en un point d'où il découvrait toute l'armée, un tertre élevé près de la plaine marine[1] : il déchire ses vêtements, lance un sanglot aigu, puis soudain donne un ordre à son armée de terre et se précipite dans une fuite éperdue. — Tel est le désastre qui vient s'ajouter aux autres pour fournir matière à tes gémissements.

LA REINE. — Ah! Destin ennemi, comme tu as déçu les Perses en leurs espérances! Il a coûté cher à mon fils, le châtiment qu'il est allé chercher pour

l'illustre Athènes, au lieu de se contenter des innom-
orables Barbares qu'avait tués déjà Marathon! Il a
cru en tirer vengeance, et son filet n'a ramené qu'une
infinité de misères. — Mais, dis-moi, les nefs qui ont
échappé au désastre, où les as-tu laissées? Le peux-tu
dire exactement?

LE MESSAGER. — Non, les chefs des vaisseaux
épargnés, en toute hâte, profitant d'un bon vent, ont
pris la fuite en désordre. Le reste de l'armée, sur le
sol de Béotie, déjà commençait à fondre. Les uns,
autour de la clarté des sources, souffraient l'agonie de
la soif[1]; les autres, à bout de souffle, tombaient sur
les chemins. Pour nous, nous arrivons à passer en
territoire phocidien et en Doride; nous atteignons le
golfe Maliaque, où le Sperchios fait boire à la plaine
son eau bienfaisante. Le pays d'Achaïe, les villes
thessaliennes nous voient arriver à court de vivres.
Plus d'un meurt là et de soif et de faim : les deux maux
à la fois sont maintenant les nôtres! Nous parvenons
au pays des Magnètes et à la région macédonienne, au
cours de l'Axios, puis aux roseaux qui marquent le
Bolbé, enfin au mont Pangée, à la terre des Édoniens[2]!
Cette nuit-là un dieu fit naître un précoce hiver et,
sur toute l'étendue de son cours, geler le Strymon
sacré. Alors plus d'un, pour qui auparavant il n'était
point de dieux, de lancer vœux et prières, en adorant
la terre et le ciel; et, dès que l'armée a cessé ses invo-
cations, commence le passage du fleuve de glace.
Mais, seuls, ceux d'entre nous qui le franchirent
avant que les rayons du dieu se fussent répandus sur
la terre sont aujourd'hui vivants; car le disque lumi-

neux du soleil, avec ses rayons éclatants pénétrant
le cœur du fleuve, l'échauffe de sa flamme, et voici que
les Perses tombent les uns après les autres : heureux
qui le plus tôt perd le souffle et la vie! Les autres,
échappés à la mort, après une lente, pénible traversée
de la Thrace, ont atteint la terre de leurs foyers, poignée de survivants qui invitent la Perse à gémir, à
pleurer sur la jeunesse aimée sortie de son sol. — Voilà
la vérité; et mon récit omet encore bien des malheurs
parmi ceux que le Ciel a fait fondre sur les Perses.

Il sort.

Le Coryphée. — Ah! divinité douloureuse, de quel
poids t'es-tu donc abattue sur toute la race perse!

La Reine. — Hélas! infortunée! notre armée est
détruite! Ah! trop claire vision de mes songes nocturnes, certes, tu avais été vraie en me montrant ces
maux. Et vous, vous en aviez jugé trop légèrement.
— Pourtant, puisque c'est en ce sens que votre avis
s'est prononcé, je veux d'abord prier les dieux; ensuite
à la Terre et aux morts je viendrai apporter une offrande choisie dans mon palais. Je sais qu'il s'agit du
passé : mais l'avenir ne peut-il nous réserver un sort
meilleur? Pour vous, il vous convient de réunir sur
les événements les fidèles avis dus à de fidèles princes.
Et, si mon fils arrive ici avant que je sois de retour,
consolez-le, escortez-le vers le palais — de peur qu'à
nos malheurs, il n'ajoute encore un malheur[1].

La Reine sort avec son cortège.

Le Coryphée. — ✕ O Zeus roi, l'heure est donc
venue, où, anéantissant l'armée des Perses, des Perses

altiers et innombrables, tu as enseveli Suse et Ecbatane dans un deuil ténébreux!

Et des milliers de femmes, de leurs faibles bras, déchirent leurs voiles et inondent leur sein de larmes ruisselantes, dans la douleur qui les saisit!

Et les épouses perses, mollement plaintives, dans le regret de l'homme et de sa jeune étreinte, disant adieu au lit mollement drapé, volupté d'une jeunesse fastueuse, exhalent leur deuil en sanglots plus insatiables encore — cependant que moi-même, je célèbre ici le trépas de ceux qui ont péri, source assurée pour nous d'innombrables douleurs. ✕

Animé.

Le Chœur. — *Oui, l'heure est venue où l'Asie entière gémit de se sentir vider.*

Xerxès les a emmenés, hélas! Xerxès les a perdus, hélas!

Xerxès a tout conduit follement, hélas! Xerxès et ses galiotes marines!

Ah! pourquoi Darios fut-il, lui, un roi si clément aux siens, Darios, l'archer, le chef aimé de Susiane[1]?

Fantassins et marins, tel un grand vol d'oiseaux vêtus de sombre azur,

les nefs les ont emmenés, hélas! les nefs les ont perdus, hélas!

les nefs aux abordages de désastre! les nefs et les bras des Ioniens!

C'est à peine si mon roi a pu seul s'enfuir, à ce que

*j'entends, par les plaines de la Thrace et par de cruels
chemins.*

   *Les autres, victimes, hélas! d'un sort qui les a les
premiers frappés, autour des caps que protège Kykhreus[1],
hélas!*

      *sont là à tournoyer. Ah! gémis, déchire-toi le cœur!
A pleine voix, crie donc*

      *tes souffrances jusqu'aux cieux! hélas! et tends, dans
un appel de douleur hurlante, ta voix misérable!*

   *Cruellement meurtris des flots, hélas! ils sont aussi
déchirés par les muets enfants, hélas! de l'Incorruptible[2], hélas!*

      *Tandis que la maison porte le deuil de celui qu'elle
a perdu et que les vieux pères sans fils,*

      *gémissant de souffrances infinies, hélas! apprennent
à connaître la douleur totale.*

Large et franc.

   *Et de longtemps, sur la terre d'Asie, on n'obéira plus
à la loi des Perses;*

      *on ne paiera plus le tribut sous la contrainte impé-
riale;*

      *on ne tombera plus à genoux pour ouïr des comman-
dements: la force du Grand Roi n'est plus!*

   *Les langues mêmes ne sentiront plus de bâillon. Un
peuple est délié*

      *et parle librement, sitôt qu'est détaché le joug de la
force.*

Dans son terreau sanglant, l'île d'Ajax que bat le flot
retient au tombeau la puissance perse !

La Reine entre, à pied, très simplement vêtue. Elle est
suivie d'esclaves qui portent ses offrandes.

LA REINE. — Amis, quiconque a connu le malheur
sait que, du jour où a passé sur eux une vague de maux,
les hommes vont sans cesse s'effrayant de tout, tandis
qu'au milieu d'un destin prospère ils croient que le
destin qui leur porte bonheur soufflera toujours. Pour
moi, aujourd'hui, tout est plein d'effroi : à mes yeux
se révèle l'hostilité des dieux ; à mes oreilles monte une
clameur mal faite pour guérir ma peine — si grande
est l'épouvante qui terrifie mon cœur ! C'est pourquoi je reviens du palais ici, sans char, sans mon faste
passé, afin d'apporter au père de mon fils les libations
apaisantes aux morts que mon amour lui offre : le
doux lait blanc d'une vache que le joug n'a point
souillée, le miel brillant que distille la pilleuse de fleurs,
joints à l'eau qui coule d'une source vierge ; et aussi
cette pure et joyeuse liqueur, sortie d'une mère sauvage, d'une vigne antique ; ce fruit odorant de l'olivier
blond, dont le feuillage vivace s'épanouit en toute
saison ; et des fleurs en guirlandes, filles de la terre
fertile. Allons, amis, sur ces libations offertes à nos
morts, faites retentir vos hymnes : évoquez le divin
Darios, tandis que je dirigerai vers les dieux infernaux
ces hommages que boira la terre.

LE CORYPHÉE. — ✕ Reine que vénèrent les Perses,
adresse donc tes libations aux demeures souterraines :
nos hymnes, à nous, demanderont que ceux qui gui-
dent les morts nous soient cléments sous la terre.

Tragédies.   5.

Allons, saintes divinités des enfers, Terre, Hermès, et toi, souverain des morts, faites remonter cette âme à la lumière. Si, mieux que nous, il sait le remède à nos maux, il peut, seul entre les hommes, nous révéler quand ils finiront. ✕

> Le Chœur commence l'évocation, qu'il entremêle de cris et de gestes violents : il sanglote et se frappe la poitrine, ou hurle l'appel au mort en battant des mains.

Soutenu.

LE CHŒUR. — *M'entend-il, le roi défunt, égal aux dieux? M'entend-il lancer en langue barbare, claire à son oreille*[1],

ces appels gémissants, lugubres, où se mêlent tous les accents de la plainte?

Je clamerai haut mes souffrances infinies : du fond de l'ombre m'entend-il?

Allons, Terre, et vous, princes du monde infernal, vous retenez un être divin et superbe;

laissez-le donc sortir de vos demeures, le dieu, fils de Suse, qu'adorent les Perses.

Guidez vers la lumière celui dont jamais la terre des Perses n'a encore recouvert l'égal.

Cher nous est le héros, chère nous est cette tombe, car chère nous est l'âme qu'elle enferme.

Aïdôneus[2], *fais remonter au jour, ô Aïdôneus, le roi sans pareil, Darios. — Hé! hé!*

Ce n'est pas lui qui perdait ses soldats dans des débâcles meurtrières!

Les Perses l'appelaient l'inspiré des dieux, et c'est en inspiré des dieux qu'il dirigeait la barque de son peuple. — Hé! hé!

O monarque, notre antique monarque, ah! viens, parais au-dessus du faîte qui couronne ta tombe;

Élève jusque-là la sandale teinte de safran qui enferme ton pied; fais luire à nos yeux le bouton de la tiare royale[1]; viens, père bienfaisant, Darios! — Ah! ah!

Viens apprendre de nouvelles, d'inouïes douleurs. Maître de mon maître[2], apparais.

Sur nous flotte une brume de mort : toute notre jeunesse a péri. Viens, père bienfaisant, Darios! — Ah! ah!

Hélas! hélas! ô mort que pleurent des milliers d'amis[3].

. . . .

. . . .

Elles ont péri, nos nefs à triple rang de rames, nos nefs qui ne navigueront plus!

L'Ombre de Darios apparaît au-dessus du tombeau.

DARIOS. — O fidèles entre les fidèles, compagnons de ma jeunesse, vieillards perses, quelle souffrance souffre donc ma cité? Elle gémit, se frappe le sein, et aussitôt le sol se fend. Je vois mon épouse près de mon tombeau, je m'alarme et de tout cœur j'accueille ses libations. Cependant vous vous lamentez autour de cette tombe et vos plaintes aiguës, évocatrices des morts, pitoyablement m'appellent. Il n'est point aisé de quitter les enfers : surtout, les dieux d'en bas savent mieux prendre que lâcher. Mais j'ai auprès

d'eux usé de mon crédit : me voici. Dis vite, afin qu'on
ne me puisse reprocher un retard : quel malheur nouveau pèse donc sur les Perses?

Un peu traînant.

LE CHŒUR. — *Je n'ose te regarder ; je n'ose te parler
en face : l'effroi de jadis me tient devant toi.*

DARIOS. — C'est pour obéir à ta plainte que je suis
remonté au jour : renonce à un langage qui nous retar-
derait. En termes brefs, achève de tout dire et quitte
le respect que tu as eu pour moi.

Même mouvement.

LE CHŒUR. — *J'ai peur de te satisfaire ; j'ai peur de
te parler en face, pour prononcer des mots cruels à ceux
que j'aime.*

DARIOS. — Eh bien! si la crainte ancienne possède
encore ton âme et te retient ainsi, à toi, vieille compagne
de ma couche, à toi, ma noble épouse, d'arrêter tes
pleurs, tes sanglots, et de me dire la vérité. Des maux
humains peuvent toujours atteindre des mortels. Les
malheurs par milliers sortent de la mer, par milliers de
la terre, pour ceux dont la vie prolonge son cours dans
le temps.

LA REINE. — O toi dont l'heureuse fortune a dépassé
la félicité de tous les mortels — puisque, aussi longtemps que tu as vu les rayons du soleil, tu as vécu,
envié des Perses, une vie de béatitude pareille à celle
d'un dieu, et qu'aujourd'hui encore je dois t'envier

d'être mort avant d'avoir vu s'ouvrir l'abîme de nos douleurs — tu vas tout savoir en peu de mots, Darios : la puissance perse, je puis le dire, est anéantie.

DARIOS. — Et comment? est-ce la peste, est-ce la guerre civile qui s'est abattue sur l'État?

LA REINE. — Non, mais près d'Athènes notre armée a péri tout entière.

DARIOS. — Quel de mes fils a donc là-bas porté la guerre?

LA REINE. — L'impétueux Xerxès, en vidant les plaines de notre continent.

DARIOS. — Est-ce par terre ou mer qu'il a, le malheureux, tenté cette folie?

LA REINE. — Par les deux routes à la fois : ses deux armées offraient un double front.

DARIOS. — Et comment telle armée de terre est-elle arrivée à franchir la mer?

LA REINE. — Il a jeté ses engins comme un joug sur le détroit d'Hellé, pour se faire un passage.

DARIOS. — Il a été jusque-là! fermer le grand Bosphore[1]!

LA REINE. — Un dieu sans doute avait touché ses esprits.

DARIOS. — Terrible dieu, pour l'avoir à ce point aveuglé!

LA REINE. — Le dénouement en effet est là : quelle ruine il a consommée!

DARIOS. — Mais qu'est-il advenu de nos troupes, pour que vous gémissiez ainsi?

LA REINE. — La débâcle de l'armée navale a perdu l'armée de terre.

DARIOS. — Le désastre est-il si complet qu'un peuple entier ait péri au combat?

LA REINE. — Si complet que tout Suse pleure, désormais vide de ses hommes...

DARIOS. — Hélas! sur notre armée, notre bon soutien, notre réconfort!

LA REINE. — ... que le peuple bactrien succombait, anéanti, et n'aura plus un vieillard[1]...

DARIOS. — Le malheureux! quelle jeunesse il a pris à nos alliés!

LA REINE. — ... et que Xerxès, dit-on, seul, abandonné, avec de rares compagnons...

DARIOS. — Comment et où a-t-il vu s'achever son sort? est-il pour lui une chance de salut?

LA REINE. — ... a été trop heureux d'atteindre le pont qui joignait les deux continents...

DARIOS. — Et serait parvenu vivant en Asie : est-ce vrai?

LA REINE. — Oui, sur ce point, des rapports précis font foi, et nul désaccord.

DARIOS. — Ah! elle est vite venue, la réalisation des oracles, et c'est sur mon propre fils que Zeus a laissé tomber l'achèvement des prophéties. Je me flattais qu'il faudrait aux dieux de longs jours pour les accomplir jusqu'au bout; mais, quand un mortel s'emploie à sa perte, les dieux viennent l'y aider : aujourd'hui, c'est une source de malheurs pour tous les miens qui se révèle; et c'est mon fils qui, sans comprendre, a fait cela dans sa jeune imprudence! lui qui a conçu l'espoir d'arrêter dans son cours, par des chaînes d'esclave, l'Hellespont sacré, le Bosphore où coule un dieu! qui prétendait transformer un détroit et, en lui passant des entraves forgées au marteau, ouvrir une immense route à son immense armée! Mortel, il a cru, en sa déraison, pouvoir triompher de tous les dieux — de Poseidôn! Peut-on nier qu'un vrai mal de l'esprit ne tînt là mon enfant? J'ai peur que l'énorme richesse conquise par mon labeur ne soit plus pour les hommes qu'un butin offert aux plus prompts.

LA REINE. — C'étaient là les leçons qu'au contact des méchants recevait le fougueux Xerxès. On lui répétait que tu avais à la guerre conquis pour tes enfants une immense fortune, tandis que lui, lâchement, guerroyait en chambre, sans chercher à accroître la prospérité paternelle. A entendre sans cesse les sarcasmes de ces méchants, il a conçu l'idée de cette expédition, d'une campagne contre la Grèce.

DARIOS. — Aussi sont-ils bien les auteurs du désastre immense, inoubliable, qui a vidé cette cité de Suse comme aucun de ceux qui se sont jamais abattus sur elle, depuis le jour où sire Zeus a accordé à un seul homme le privilège de commander à toute l'Asie nourricière de brebis, ayant en main le sceptre qui dirige. Médos fut le premier chef du peuple en armes. Après lui, son fils acheva l'œuvre : la raison en lui gouvernait les passions. Le troisième après celui-là, Kyros, héros favorisé du sort, en prenant le pouvoir, établit la paix entre les peuples frères, puis conquit la Lydie, la Phrygie et dompta par la force l'Ionie entière; le Ciel ne lui était point hostile, car il était sage. Le fils de Kyros fut le quatrième chef de l'armée, et Mardis prit le pouvoir le cinquième, opprobre de sa patrie et de ce

trône antique, jusqu'au jour où le brave Artaphrénès
le tua, par ruse, en son palais, aidé d'amis unis pour
cette tâche. Et moi-même, quand le sort m'eut donné
ce que je souhaitais, j'entrepris bien des campagnes
avec bien des armées : jamais pourtant je n'infligeai
telle épreuve à mon pays. Mais mon fils Xerxès, jeune,
pense en jeune homme et oublie mes avis. Sachez-le,
en effet, ô mes compagnons, même pris tous ensemble,
nous ne saurions, nous qui avons possédé cet empire,
apparaître comme auteurs d'autant de maux!

LE CORYPHÉE. — Mais alors, sire Darios, sur quelle
conclusion s'arrêtent tes discours? Comment, après
cela, pourrons-nous, nous, Perses, agir au mieux?

DARIOS. — En ne portant plus la guerre sur la terre
grecque, l'armée des Mèdes fût-elle encore plus forte :
le sol lui-même se fait leur allié.

LE CORYPHÉE. — Que veux-tu dire? Comment leur
sert-il d'allié?

DARIOS. — En détruisant par la famine les multi-
tudes trop nombreuses.

LE CORYPHÉE. — Mais nous lèverons un corps
d'élite, armé à la légère.

DARIOS. — Mais même l'armée à cette heure restée
en pays grec n'obtiendra pas le salut du retour!

LE CORYPHÉE. — Qu'as-tu dit? Toute l'armée barbare n'aurait donc pas franchi le détroit d'Hellé et
quitté l'Europe?

DARIOS. — Non, quelques hommes sur des milliers
— s'il en faut croire les oracles des dieux, en regar-
dant ce qui est déjà accompli : on ne voit point, en
effet, les uns se réaliser sans les autres; et, si les faits

sont tels, en laissant là-bas une troupe d'élite, Xerxès
obéit à de vains espoirs. Elle demeure aux lieux où
l'Asôpos arrose la plaine de ses eaux courantes, nourricier aimé de la terre béotienne, et c'est là que les
attendent les suprêmes souffrances, pour prix de leur
démesure et de leur orgueil sacrilège : eux qui, venus
sur la terre grecque, n'hésitaient point à dépouiller
les statues des dieux, à incendier les temples; eux par
qui des autels ont été détruits, des images divines,
pêle-mêle, la tête en bas, renversées de leurs socles.
Aussi, criminels, ils subissent des peines égales à leurs
crimes — et d'autres les attendent : l'édifice de leurs
malheurs n'en est pas même à son soubassement et va
grandir encore[1]; tant doit être abondante la libation
de sang que fera couler sur le sol de Platée la lance
dorienne[2]! et des monceaux de morts, en un muet langage, jusqu'à la troisième génération, diront aux
regards des hommes que nul mortel ne doit nourrir
de pensées au-dessus de sa condition mortelle. La
démesure en mûrissant produit l'épi de l'erreur, et la
moisson qu'on en lève n'est faite que de larmes. Gardez
ce châtiment sans cesse dans les yeux; souvenez-vous
d'Athènes et de la Grèce[3], et qu'aucun de vous n'aille,
méprisant son destin pour en convoiter d'autres, faire
crouler un immense bonheur. Zeus est le vengeur désigné des pensées trop superbes et s'en fait rendre de
terribles comptes. Puisque Xerxès est si pauvre de
sens, que vos sages remontrances lui fassent donc la
leçon, afin qu'il cesse d'offenser les dieux par une inso-
lente audace. Et toi, vieille mère chérie de Xerxès,
rentre dans ton palais. Prends-y la plus brillante parure

et va au-devant de ton fils : dans la douleur qu'il res-
sent de ses maux, ses vêtements aux teintes multiples ne sont plus sur son corps que lambeaux déchirés.
Calme-le par de bonnes paroles : tu es, je le sais, la
seule dont il supportera la voix. Pour moi, je retourne
aux ténèbres souterraines; et vous, vieillards, adieu!
Même au milieu des maux, accordez à vos âmes la joie
que chaque jour vous offre : chez les morts, la richesse
ne sert plus de rien.

L'Ombre s'évanouit. Un long silence.

Le Coryphée. — Ah! que je souffre d'ouïr combien
de douleurs et dans le présent et dans l'avenir sont
donc réservées aux Barbares!

La Reine. — O Destin, que de souffrances me péné-
trent à la pensée de telles misères! Mais le malheur
qui surtout me point, c'est l'ignominie des vêtements
qui maintenant couvrent le corps de mon fils. Je vais
aller chercher dans le palais une parure neuve; puis
j'essaierai de rencontrer mon enfant : je n'irai pas,
dans le malheur, trahir ce que j'ai de plus cher.

Elle sort.

Très large.

Le Chœur. — *Ah! la grande, la belle vie faite à nos
bonnes villes, quand le vieux roi,*

　　*le tout-puissant, le bienfaisant, l'invincible, Darios
égal aux dieux, régnait sur cette terre!*

Surtout nous montrions au monde des armées à la
gloire sans tache ; elles ne dirigeaient contre l'ennemi
que l'art coutumier des sièges[1] ;

et des retours sans peine ni dommage ramenaient nos
guerriers à leurs foyers heureux.

Que de cités il a prises sans franchir le cours de l'Halys[2], sans même quitter sa demeure !

Toutes les villes fluviales du lac strymonien[3], qui
confinent aux bourgades thraces.

Et, en dehors de ce lac, celles qui, sur la terre ferme,
portent ceinture de remparts ont obéi aussi à ce monarque.

Et les cités fièrement assises sur les bords du large
détroit d'Hellé ; et le repli profond de la Propontide, et
les bouches du Pont !

Et les îles baignées du flot, qui, groupées autour d'un
cap marin, s'attachent à notre sol d'Asie,

Telles Lesbos, Samos, qui nourrit l'olivier, Chios ; et
aussi Paros, Naxos, Mycônos ; Andros enfin, voisine
attachée à Ténos !

Il commandait de même à celles qui s'élèvent au milieu
de la mer entre deux continents, Lemnos, et le pays
d'Icaros,

et Rhodes, et Cnide, et les cités de Chypre : Paphos,
Soli, Salamine[4], dont la métropole aujourd'hui cause nos
gémissements !

Et les villes opulentes du domaine ionien, si peuplées
de Grecs ! Cela, par sa seule pensée,

appuyée sur l'infatigable vigueur de ses hommes d'armes, la foule confuse de ses auxiliaires!

Mais nous subissons aujourd'hui un revirement clairement voulu des dieux et ployons sous les coups formidables que la guerre nous a portés sur les eaux.

Un char à quatre roues, portant une sorte de pavillon, entre dans l'orchestre. Xerxès en descend lentement et, en chancelant, fait quelques pas vers le Chœur.

XERXÈS. — ✕ Hélas! infortuné, quel sort d'horreur entre tous imprévu ai-je donc rencontré! De quel cœur cruel le Destin s'est abattu sur la race des Perses! Misérable, que vais-je devenir? Je sens se rompre la force de mes membres, quand je contemple ici les vieillards de ma ville. Ah! que n'ai-je été, moi aussi, ô Zeus, partageant le lot de mes guerriers morts, enseveli dans le trépas!

LE CORYPHÉE. — Hélas! ô roi, hélas! sur notre belle armée! et sur le vaste éclat de la puissance perse! — sur cette parure aussi de guerriers, aujourd'hui fauchés du Destin! ✕

Lent et lourd.

LE CHŒUR. — *Cette terre gémit sur la jeunesse sortie d'elle, massacrée pour Xerxès, le pourvoyeur d'Hadès, qu'il va gavant de Perses. Emmenés par troupeaux, des hommes par milliers, fleur de ce pays, archers triomphants, foule innombrable et compacte, ont à jamais péri — pleurez, pleurez sur nos vaillants soutiens! — et l'Asie, roi de cette terre, pitoyablement, pitoyablement, a fléchi le genou.*

Un peu plus librement.

XERXÈS. — *C'est donc moi, hélas! moi, lamentable
et misérable, qui aurai été le fléau de ma race et de ma
patrie!*

LE CHŒUR. — *Pour saluer ton retour, je t'adresserai
le cri qui parle de malheur, la plainte vouée au malheur
du pleureur Mariandynien[1], le thrène noyé de larmes!*

XERXÈS. — *Ah! donnez donc cours à vos accents
douloureux, gémissants, lugubres : le Destin désormais
s'est tourné contre moi!*

LE CHŒUR. — *Oui, je donnerai cours à des accents
gémissants, pour célébrer les coups inouïs qui t'ont
frappé sur la mer; je serai le pleureur d'un pays, d'une
race : je crierai désormais ma larmoyante plainte!*

XERXÈS. — *L'Arès d'Ionie nous a tout ravi, l'Arès
marin d'Ionie a décidé du destin, en fauchant la plaine
lugubre et la rive douloureuse!*

LE CHŒUR. — *Las! hélas! crie et achève d'apprendre.
Où donc est ce qui reste de la multitude des tiens? Où
sont tes lieutenants. Pharandakès, Sousas, Pélagôn,
Dotamas et Agdabatas, Psammis, Sousiskanès, qui
naguère quittait Ecbatane?*

XERXÈS. — *Perdus! Je les laissais là-bas, tandis
que, tombés d'une nef tyrienne, près des rives de Salamine, ils allaient heurtant la rude falaise!*

LE CHŒUR. — *Las! hélas! Et où est ton Pharnoukos?
et le preux Ariomardos? Où donc sire Seuakès? Lilaios
aux nobles aïeux, Memphis, Tharybis? Et Masistras,
Artembarès, Hystaichmas? Réponds à mes demandes.*

XERXÈS. — *Malheur, malheur sur moi! Ils ont contemplé l'antique, l'odieuse Athènes : puis tous, d'un seul coup, hélas! hélas! misérables, les voilà palpitants sur la grève!*

LE CHŒUR. — *Et celui qui, par myriades*[1], *dénombrait les Perses, ton Œil*[2] *toujours fidèle, Alpistos*[3],... *fils de Batanôkos, fils de Sésamas? Et Parthos, et le grand Oïbarès? Tu les as donc laissés, laissés? Ah! ah! misères! pour les Perses altiers douleurs plus que douloureuses!*

XERXÈS. — *Oui, tu réveilles en moi la nostalgie de mes preux compagnons, avec tes mots affreux, affreux, cruels, plus que douloureux. Mon cœur crie au fond de mes membres!*

LE CHŒUR. — *Il en est bien d'autres qu'ici nous regrettons encore : celui qui guidait dix mille cavaliers Mardes*[4], *Xanthis ; et le valeureux Ankharès, et Diaïxis, et Arsamès, à la tête de leurs cavaliers! Et Dadakès, et Lythimnès, et Tolmos, l'insatiable lanceur de javelines, je m'étonne de ne pas les voir derrière ton char à baldaquin*[5] *!*

Vif et bien marqué.

XERXÈS. — *Ils ont péri, tous ceux qui guidaient mon armée!*

LE CHŒUR. — *Ils ont péri, hélas! ignominieusement!*

XERXÈS. — *Las! las! hélas! hélas!*

LE CHŒUR. — *Hélas! les dieux ont provoqué un désastre imprévu : avec quel éclat se révèle Até!*

XERXÈS. — *Nous voici frappés — de quelle éternelle détresse !*

LE CHŒUR. — *Nous voici frappés — il n'est que trop clair.*

XERXÈS. — *D'un revers inouï, d'un revers inouï.*

LE CHŒUR. — *Pour nous être heurtés — fâcheux coup du sort ! — aux marins d'Ionie ! Malheureux à la guerre est le peuple de Perse.*

XERXÈS. — *Certes ! Dans mon armée d'abord, mon innombrable armée, je me suis vu frappé.*

LE CHŒUR. — *Qu'en a-t-il survécu ? Elle était grande, la puissance des Perses.*

XERXÈS. — *Tu vois tout ce qui reste des forces que j'avais levées !*

LE CHŒUR. — *Je vois, je vois !*

XERXÈS. — *Avec ce réceptacle à flèches[1].*

LE CHŒUR. — *Que dis-tu ? qu'as-tu sauvé encore ?*

XERXÈS. — *Une réserve de traits.*

LE CHŒUR. — *Bien peu sur des milliers !*

XERXÈS. — *Nous voici sans défenseurs !*

LE CHŒUR. — *Le peuple d'Ionie ne fuit pas le combat.*

XERXÈS. — *Il n'est que trop brave ! Et mes yeux ont de plus contemplé un désastre imprévu.*

LE CHŒUR. — *Veux-tu dire la déroute de ta flotte de guerre ?*

XERXÈS. — *Et, à ce coup fatal, j'ai déchiré mes vêtements.*

LE CHŒUR. — *Hélas ! hélas !*

XERXÈS. — *Non, dis : « Plus qu'hélas ! »*

LE CHŒUR. — *Oui, doubles et triples maux !*

Xerxès. — *Douleur pour nous, joie pour nos ennemis.*

Le Chœur. — *Et notre force même a été brisée...*

Xerxès. — *Me voilà démuni d'escorte !*

Le Chœur. — *... par la débâcle des nôtres sur les eaux !*

Xerxès. — *Pleure, pleure le désastre, et prends le
chemin du palais.*

Le Chœur. — *Hélas ! hélas ! quel revers ! quel revers !*

Xerxès. — *Crie pour répondre à mes cris.*

Le Chœur. — *Faveur misérable de misérables à des
misérables !*

Xerxès. — *Gémis en mêlant tes chants à mes chants.
Hélas ! trois fois hélas !*

Le Chœur. — *Hélas ! trois fois hélas ! Le coup certes
est lourd ; mais voilà qui ajoute encore à ma souffrance !*

Xerxès. — *Frappe, frappe en cadence, et gémis, si
tu me veux plaire.*

Le Chœur. — *Je suis inondé de pleurs, lamentablement.*

Xerxès. — *Crie pour répondre à mes cris.*

Le Chœur. — *J'ai de quoi me le rappeler, ô maître.*

Xerxès. — *Fais éclater tes sanglots. Hélas ! trois
fois hélas !*

Le Chœur. — *Hélas ! trois fois hélas ! Et des coups
lugubres, gémissants, las ! accompagneront ma plainte.*

Xerxès. — *Frappe aussi ta poitrine et lance l'appel
mysien.*

Le Chœur. — *O douleurs, douleurs !*

Xerxès. — *Ravage aussi le poil blanc de ta barbe.*

LE CHŒUR. — *A pleines mains, à pleines mains, lamentablement.*

XERXÈS. — *Pousse aussi une clameur aiguë.*

LE CHŒUR. — *Là encore, je t'obéirai.*

XERXÈS. — *Et de tes mains déchire le tissu qui couvre ton sein.*

LE CHŒUR. — *O douleurs, douleurs !*

XERXÈS. — *Arrache aussi tes cheveux en te lamentant sur l'armée.*

LE CHŒUR. — *A pleines mains, à pleines mains, lamentablement.*

XERXÈS. — *Mouille tes yeux de larmes.*

LE CHŒUR. — *J'en suis inondé.*

XERXÈS. — *Crie pour répondre à mes cris.*

LE CHŒUR. — *Las ! hélas !*

XERXÈS. — *Prends en gémissant le chemin du palais.*

LE CHŒUR. — *Hélas ! hélas !*

XERXÈS. — *Hélas ! par la ville.*

LE CHŒUR. — *Hélas ! oui, oui, hélas !*

XERXÈS. — *Sanglotez, languissant cortège.*

LE CHŒUR. — *Hélas ! terre de Perse, douloureuse à nos pas !*

XERXÈS. — *Hélas ! hélas ! sur ceux qui ont péri — hélas ! hélas ! — péri par nos galiotes à triple rang de rames.*

LE CHŒUR. — *Oui, je t'escorterai de mes sanglots lugubres.*

Le Chœur sort derrière le Roi.

LES SEPT CONTRE THÈBES

NOTICE

Les Sept furent représentés au printemps de 467. Ils formaient la troisième pièce d'une trilogie ainsi composée : Laïos, Œdipe, Les Sept contre Thèbes, à laquelle s'ajoutait un drame satyrique, La Sphinx. Eschyle obtint le prix. Les Sept, en particulier, semblent avoir joui longtemps d'une grande faveur : le texte qui nous a été transmis contient de nombreux doublets, qui s'expliquent par les remaniements auxquels ont donné lieu sans doute diverses reprises de la pièce aux ve et ive siècles. C'est pour une de ces reprises, qu'on peut dater avec quelque vraisemblance des années 409-405, qu'un poète inconnu ajouta à la pièce d'Eschyle un dénouement postiche, qui annonçait la déso-béissance d'Antigone, thème devenu populaire depuis la pièce de Sophocle.

Le sujet de la trilogie est emprunté au cycle thébain, Eschyle a puisé librement dans deux épopées l'Œdipodie et la Thébaïde, qui n'étaient elles-mêmes, semble-t-il, que des mises en forme assez récentes de chants épiques plus anciens. De ces épopées, malheureusement, il ne nous reste à peu près rien. Il nous est par suite assez malaisé de mesurer exactement l'originalité créatrice d'Eschyle.

Il ne nous reste rien non plus du Laïos ni de l'Œdipe. Nous n'en savons que ce que nous apprennent les Sept. C'est assez cependant pour nous permettre de dégager les données essentielles de la trilogie. — Laïos, roi de Thèbes, désire passionnément un fils; mais sa femme, Jocaste, demeure stérile. Par trois fois, il se rend à Delphes implo-rer Apollon, et, par trois fois, le dieu lui ordonne de renon-cer à l'espoir d'une dynastie, car sa descendance doit per-dre Thèbes. En perpétuant sa race, il sacrifie sa cité; son

désir même devient criminel, du jour où le Ciel lui a révélé
le danger qu'il fait courir à son pays. Laïos pourtant n'y
renonce pas, et, comme les dieux aident toujours les hommes qui travaillent à leur perte, ils permettent que Jocaste
deviennent mère. Devant le nouveau-né, Laïos comprend
sa faute : saisi de terreur, il fait exposer l'enfant. --- Mais
celui-ci grandit, loin de Thèbes, et un beau jour, au car-
refour de Potnies, il rencontre et tue son père, qu'il ne
connaît pas. Puis il triomphe de la Sphinx, devient l'époux
de Jocaste et monte sur le trône de Thèbes. Deux fils lui
naissent, Étéocle et Polynice. Ils sont déjà grands, quand
la vérité se fait jour : Œdipe a commis à la fois un parricide et un inceste. Jocaste se pend, Œdipe se crève les
yeux, et ses fils l'enferment au fond du palais royal. — Il y
subit de cruelles humiliations. Après un sacrifice, on lui
sert, un jour, au lieu de l'épaule, part d'honneur qui
revient au roi, la hanche de la victime. Il voit là un outrage voulu de ses fils : ils entendent donc le déclarer déchu,
le déposséder de son vivant! Il entre en fureur et lance sur
eux une terrible imprécation : ils se partageront ses biens
les armes à la main. — Et, en effet, Œdipe est à peine
mort que la discussion éclate entre ses fils. Polynice s'enfuit à Argos et y devient le gendre d'Adraste, qu'il décide
à former une armée, pour soutenir ses droits au trône
d'Œdipe. Sept chefs ennemis apparaissent devant les
sept portes de Thèbes. Mais l'armée argienne est repoussée ;
les sept chefs sont tués ; Étéocle et Polynice tombent sous
les coups l'un de l'autre. Si Thèbes est sauvée, ses deux
rois sont morts : la race de Laïos est éteinte.

La trilogie a donc pour sujet la désobéissance de Laïos
et ses conséquences. Les malheurs qui atteignent sa postérité sont des résultats de la faute de Laïos. La vengeance
d'Apollon poursuit dans le fils et les petits-fils une race qui
vit malgré sa volonté. Les hommes ne sont pas pourtant
de simples victimes : ils provoquent dans une large mesure
les peines dont ils sont frappés. — Laïos surtout est coupable : il avait le droit de souhaiter une descendance; mais
l'oracle une fois entendu, il n'avait pas celui d'exposer

Thèbes pour satisfaire ce désir. — Nous ne savons pas quel
rôle Eschyle avait prêté à Œdipe pendant sa prospérité,
mais nous voyons qu'il considère l'imprécation lancée
contre Étéocle et Polynice comme l'acte d'un furieux : il
a dépassé son droit en condamnant ses fils à un crime et sa
cité aux horreurs de la guerre. — Nous sommes encore
moins renseignés sur le conflit qui a divisé les deux frères :
les *Sept* nous placent du côté d'Étéocle et nous laissent
tout ignorer de Polynice. Il n'est guère douteux que la
pièce précédente, si nous la possédions, nous fît connaître
aussi le droit de Polynice. Mais ce droit, quel qu'il soit,
Polynice le dépasse en le faisant valoir aux dépens de
son pays ; il sacrifie Thèbes à son ambition ; or, « est-il un
grief permettant de tarir la source maternelle » ?

Le dénouement de la trilogie n'est cependant pas tout à
fait celui qui se laissait prévoir : l'oracle d'Apollon ne se
réalise pas entièrement. Il avait prédit à Laïos que sa déso-
béissance perdrait Thèbes : or, Thèbes est sauvée, et, ses
deux rois mourant sans postérité, on ne peut songer à sa
conquête par les Épigones : il n'est pas de fils de Polynice
pour les amener sous ses murs. Comme il arrive souvent
aux poètes grecs, Eschyle a été gêné ici par l'abondance et
la diversité des traditions relatives au sujet qu'il avait
choisi. Il n'a pu se détacher entièrement des parties de la
légende que son plan le forçait à éliminer. Au moment où
va s'achever le drame (p. 186), le Chœur demeure
anxieux : les dieux sont-ils satisfaits par la destruction de
la race de Laïos ? l'oracle s'accomplira-t-il tout entier, et
Thèbes n'a-t-elle obtenu qu'un délai ? Il n'est sans doute
pas un auditeur d'Eschyle qui, en entendant le Chœur
exprimer son angoisse, n'ait pensé à la victoire des Épigones, et il semble que le poète lui-même n'ait pu songer
à l'avenir de Thèbes, sans prévoir sa ruine, telle que l'avait
chantée l'épopée. Il ne s'est pas aperçu que l'évocation de
cette image devait nuire à l'impression qu'il voulait donner
à cette fin de trilogie, où la « déroute de la race » doit suffire à marquer le triomphe définitif des dieux.

Mais, cette réserve faite, il faut reconnaître qu'Eschyle

a conçu de façon aussi logique qu'émouvante le dénouement de son drame. Si le Ciel en effet ne demande pas
d'autres victimes, s'il arrête là ses vengeances, c'est que la
race coupable a reconnu la main qui l'a frappée : elle a
accepté son destin et elle a ainsi sauvé son pays. C'est là
le rôle réservé à Étéocle dans la dernière pièce de la trilogie, et c'est ce qui fait la merveilleuse beauté de cette
figure d'homme, la plus belle à coup sûr de tout le théâtre
grec. Certains traits nous en échappent sans doute, puisque nous ignorons les torts qu'il a pu avoir à l'égard de son
frère : dans la pièce qui nous reste, il apparaît seulement
comme l'incarnation même du patriotisme. Le crime
commun de Laïos, d'Œdipe, de Polynice, a été de sacrifier leur pays à leurs passions : la gloire d'Étéocle, c'est
de se dévouer entièrement à lui. L'appel qu'il adresse aux
vieillards et aux adolescents, au moment où s'ouvre la
pièce, donne le ton au rôle tout entier. On y sent à la fois
une tendresse brûlante pour la « terre maternelle » et une
amertume profonde à l'égard des hommes : même de ses
concitoyens Étéocle n'attend rien, sinon l'ingratitude.
C'est que ce héros est aussi un maudit. Sur lui comme sur
Achille, la seule figure qui lui soit comparable, pèse une
angoisse; mais ce n'est pas seulement l'angoisse d'une
mort prochaine, c'est celle d'un crime inévitable. Et cependant ce destin qu'il connaît exalte son énergie au lieu de
l'amoindrir. Il n'oublie pas; il sent sans cesse à ses côtés
Ara, l'Imprécation, divinité terrible, mais qui lui est
devenue familière et qui lui doit la protection qu'un bourreau doit à sa victime avant l'heure du supplice : c'est à
elle, en même temps qu'à Zeus, qu'il demande la seule
chose qui le touche, le salut de sa cité (v. p. 159). Mais
ce destin, en revanche, l'isole des autres hommes; il n'a
pas, comme Achille, le refuge de l'amitié; il est rude avec
ceux qu'il protège : aux femmes qui tremblent il répond
par des sarcasmes. Il n'a qu'un instant de faiblesse : quand
le sort le met en présence de son frère, il étouffe une plainte
(v. p. 179). Mais il se reprend aussitôt. Le crime qu'il
va commettre est du moins placé sur la route de son

devoir : il bondit au combat. Il doit y périr : tant mieux !
son honneur de soldat sera sauf ; et, surtout, avec lui dis-
paraîtra la race maudite d'Apollon. Pour éloigner les
Érinyes, il faut offrir au Ciel des victimes qui lui agréent :
si sa vie est la seule offrande que prisent les dieux, qu'ils
soient donc satisfaits ! Il sort ainsi dans un élan de haine
fratricide, d'enthousiasme guerrier et de dévotion patrio-
tique, où se mêlent si étroitement les passions les plus
nobles et les plus criminelles, qu'il nous apparaît soudain
comme l'émouvant symbole d'une humanité inquiète,
éternellement ballottée entre des instincts dont elle ne sait
plus s'ils sont vertu ou crime, et qui a inventé le sacrifice,
pour se justifier à ses propres yeux et racheter les éléments
impurs qui concourent à nourrir en elle l'énergie.

Ce caractère est si grand qu'il remplit à lui seul presque
toute la pièce et que la scène semble soudain vide, quand
il a disparu. Même en dehors de lui, pourtant, la pièce
contient d'admirables choses : son chœur de femmes épouvantées, dont l'effroi trépidant fait mieux ressortir la
calme décision d'Étéocle ; sa longue description des sept
chefs argiens aux blasons orgueilleux et des sept chefs
thébains à la sage vaillance qui leur sont opposés, avec
son arrière-fond d'épopée et ses subtilités puissantes ;
enfin le long thrène de deuil qui accompagne les funérailles
des deux frères, et dont on ne comprend la portée véritable que si l'on se souvient qu'il termine moins la tragédie que la trilogie : la race est vaincue, et Até triomphante
a dressé son trophée à la porte de Thèbes devant laquelle
sont tombés les deux frères. Leurs cadavres seront portés
au tombeau où repose le père qui les a maudits, victime
lui-même de son propre père. La vengeance d'Apollon est
achevée.

Il ne nous reste rien du drame satyrique, la *Sphinx*. Une
peinture de vase nous permet seulement une conjecture.
Elle représente Silène, en face de la Sphinx, tenant un
oiseau dans sa main fermée. Il est vraisemblable que
Silène pose à la Sphinx la question qu'un impie pose
ailleurs à l'oracle de Delphes, pour le prendre en défaut :

« Ce que j'ai dans ma main est-il mort ou en vie? » et qu'il se dispose, suivant la réponse, à exhiber l'oiseau vivant ou à l'étouffer. En ce cas, Eschyle aurait, dans la *Sphinx*, montré Silène intervertissant les rôles, interrogeant et confondant à son tour le monstre poseur d'énigmes. La tragique histoire de la race de Laïos avait ainsi sa contre-partie joyeuse dans la *Sphinx*, comme celle des Danaïdes l'avait dans *Amymone*, celle des Atrides dans le *Protée*.

PERSONNAGES

ÉTÉOCLE, fils d'Œdipe et de Jocaste, roi de Thèbes.
UN MESSAGER
CHŒUR de Thébaines.

LES SEPT CONTRE THÈBES

L'agora de Thèbes. Au fond de l'orchestre des statues de dieux. Toute l'armée est aux remparts; il n'y a là que des vieillards ou de très jeunes gens. Entre Étéocle.

ÉTÉOCLE. — Peuple de Cadmos, il doit dire ce que l'heure exige, le chef qui, tout à sa besogne, au gouvernail de la cité, tient la barre en main, sans laisser dormir ses paupières. Car, en cas de succès, aux dieux tout le mérite! Si au contraire — ce qu'au Ciel ne plaise! — un malheur arrive, « Étéocle! » — un seul nom dans des milliers de bouches — sera célébré par des hymnes grondants et des lamentations, dont Zeus préservateur, pour mériter son nom, puisse-t-il préserver la cité cadméenne! Et vous aussi, vous devez tous à cette heure, ceux qui attendent encore la pleine force de la jeunesse comme ceux qu'elle a fuis avec l'âge, gonflant du moins vos muscles pour en doubler la vigueur, chacun enfin se donnant au rôle qui convient à ses forces, porter secours à la cité, aux autels des dieux du pays — afin que leur culte ne soit pas à jamais effacé — à vos fils, et à la Terre maternelle, la plus tendre des nourrices, qui, à l'heure, où, enfants, vous vous traîniez sur son sol bienveillant, a pris toute la charge de votre nourriture et fait de vous les loyaux citoyens armés du bouclier qu'elle attend en ce besoin.

— Sans doute, jusqu'ici le Ciel penche pour nous : depuis de longs jours que Thèbes est assiégée, la guerre, grâce aux dieux, nous a le plus souvent donné l'avantage. Mais voici qu'aujourd'hui parle le devin[1], pâtre des oiseaux, qui, sans recourir aux présages du feu, par l'oreille et l'esprit, pèse les signes prophétiques avec une science qui jamais n'a menti. Or, ce qu'il déclare, lui, le maître de ces augures, c'est qu'une immense attaque achéenne tout à l'heure se décidait dans la nuit et va sournoisement assaillir notre ville. Donc aux créneaux! aux portes des remparts! Tous debout! courez armés de pied en cap! Garnissez les parapets, occupez les terrasses des tours, et, aux issues des portes, attendez avec confiance, sans craindre le nombre de nos envahisseurs : les dieux seront pour nous. J'ai, de mon côté, envoyé aux lignes ennemies des guetteurs et éclaireurs, dont les pas, j'en suis sûr, ne seront pas perdus : leurs rapports écoutés, je ne crains plus de surprises.

                                        Entre un messager.

LE MESSAGER. — Étéocle, vaillant seigneur des Cadméens, j'arrive des lignes et t'apporte un récit fidèle; j'ai de mes yeux moi-même vu les choses. Sept preux capitaines ont, sur un bouclier noir, égorgé un taureau, et, leurs mains dans le sang, par Arès, Ényô, et la Déroute altérée de carnage, fait serment, ou d'abattre et saccager la ville de Cadmos, ou, par leur mort, d'engraisser ce sol de leur sang. Puis, au char d'Adraste[2], de leurs propres mains, ils suspendaient des souvenirs pour les parents restés à leurs foyers — en pleurant;

mais nulle plainte ne passait leurs lèvres ; leurs cœurs de fer fumaient, bouillant de vaillance : on eût dit des lions aux yeux pleins d'Arès. Et nulle crainte ne retarde l'effet de leurs promesses : je les ai laissés tirant au sort la porte où chacun d'eux conduirait sa phalange. Donc, en toute hâte, choisis tes meilleurs chefs, l'élite de ta ville, pour qu'ils commandent aux issues de nos portes. Car voici approcher en armure de guerre les soldats d'Argos ! Ils vont, et la poussière monte, et nos champs sont souillés de l'écume blanche que bavent leurs coursiers haletants. Allons, bon pilote, à la barre ! fortifie ta cité, avant que se déchaîne l'ouragan d'Arès : déjà gronde la houle de terre aux flots guerriers ! Saisis pour agir l'occasion la plus prompte. Je garde à ton service mes yeux, fidèles veilleurs, et, sachant par un rapport exact ce qui se passe hors des murs, tu éviteras tout danger.

Il sort.

ÉTÉOCLE. — Zeus, Terre, dieux de ma patrie, et toi, Malédiction, puissante Érinys d'un père, épargnez du moins ma cité : n'arrachez pas du sol avec ses racines, entièrement détruite, proie de l'ennemi, une ville qui parle le vrai parler de Grèce, des maisons que protège un foyer ! Ne courbez point un pays libre, une ville fondée par Cadmos, sous un joug d'esclave. Soyez notre secours, Je parle dans votre intérêt autant que dans le mien, je crois : une ville prospère, seule, honore ses dieux.

Il sort ; les Thébains le suivent. Une troupe de femmes
épouvantées se précipite en désordre dans l'orchestre.

Agité.

Le Chœur. — *Je clame ici ma peur et mes douleurs
immenses! L'armée est lâchée. Il a quitté le camp et
roule, innombrable, le flot des cavaliers qui se ruent
contre nous. J'en crois la poussière soudaine qui monte
jusqu'aux cieux, messager sans voix, mais sincère et
vrai.*

Et voici le sol de mon pays livré au fracas des sabots[1]*,
qui s'approche, vole et gronde, tel le torrent invincible
qui bat le flanc de la montagne. Las! las! dieux et déesses,
éloignez le fléau qui fond sur nous!*

*Ah! une clameur a passé par-dessus nos murs : l'ar-
mée des boucliers blancs*[2] *s'avance et, prête au combat, se
hâte vers Thèbes. Qui donc nous sauvera? quel dieu,
quelle déesse nous apportera son secours? Que puis-je,
moi, que tomber à genoux devant les statues de nos dieux?
O Bienheureux fidèles à vos sanctuaires, je m'attache à
vos images; car l'heure presse; pourquoi m'attarderais-je
en vains gémissements?*

*Entendez-vous ou non le fracas des boucliers? Quand
donc, si ce n'est à cette heure, aurons-nous recours aux
supplications des voiles et des guirlandes?*

*Ah! je vois ce bruit : c'est le heurt d'innombrables
javelines! Que vas-tu faire, Arès? Trahiras-tu ton antique domaine! Dieu au casque d'or, jette un regard, un
regard sur la ville à qui jadis*[3] *tu donnas ton amour.*

> Elles sont montées sur le tertre où se dressent les statues
> des dieux; elles vont de l'une à l'autre.

*Divinités de Thèbes, accourez toutes : contemplez une
troupe suppliante de vierges qu'épouvante l'esclavage.*

*Autour de leur cité bouillonne une vague guerrière aux
casques frémissants soulevée par les vents d'Arès. O Zeus,
Zeus, père sans qui rien ne s'achève, écarte à jamais de nous
le ravisseur ennemi. Les Argiens enserrent la ville de
Cadmos! L'effroi me pénètre, l'effroi des armes homicides! Entre les mâchoires des chevaux les mors sonnent
un glas de massacre! Sept chefs désignés par leur
vaillance, l'ardente javeline armant leur bras, s'avancent
contre nos sept portes, dans l'ordre voulu par le sort!*

*Et toi, fille de Zeus, puissante guerrière, sois le salut
de la cité, Pallas! Et toi, dieu cavalier, dont le trident
redouté du poisson règne sur les mers, Poseidôn, délivre-nous, délivre-nous de ces terreurs! Et toi, Arès, hélas!
hélas! veille sur une ville qui porte le nom de Cadmos :
sois son allié par les armes comme tu l'es par le sang!
Et toi, Cypris, antique aïeule de notre race[1], protège-
nous! C'est ton sang qui coule en nos veines, et nous
venons à toi avec des appels, des sanglots qui implorent
ta divinité. Et toi, dieu qui détruit les loups[2], détruis
l'armée de nos ennemis, fais-leur payer nos sanglots!
Et toi, vierge née de Létô[3], arme-toi!*

*Ah! ah! j'entends le bruit des chars tout autour de la
ville. O puissante Héra! — Les essieux ont crié sous le
poids des guerriers. Artémis aimée! — Aux javelines
qui l'ébranlent l'éther répond en furieux. Quel est donc
le destin de Thèbes? Que deviendra ma cité? Où le Ciel
la conduit-il à la fin?*

*Une grêle de pierres vient de loin frapper nos créneaux.
O cher Apollon! — J'entends à nos portes le fracas des*

*boucliers d'airain. Ah! prête-nous l'oreille, toi dont Zeus
a fait l'arbitre sacré qui décide au combat du sort d'une
guerre[1] ; et toi, divine reine, Onka, qu'on adore devant nos
murs, protège la ville aux sept portes!*

Plus franc.

*Ah! dieux tout-puissants, ah! dieux et déesses ins-
titués gardiens des remparts de Thèbes, notre cité succombe
sous l'effort des lances ; ne la livrez pas à une armée qui
parle une autre langue[2]. Exaucez des vierges, exaucez
pleinement les prières des bras tendus vers vous.*

*Ah! divinités amies, enveloppez cette ville de votre
secours libérateur ; montrez que vous chérissez vos cités!
Souvenez-vous des sacrifices que ce peuple vous offrit, et
que ce souvenir vous guide à son secours. Ne soyez pas
oublieuses des mystères prodigues d'offrandes célébrés
dans cette cité.*

Entre Étéocle.

ÉTÉOCLE. — Je vous le demande à vous-mêmes,
intolérables créatures : est-ce là faire ce qui convient
et ce qui sauvera la ville? est-ce là donner confiance à
ce peuple assiégé, que de vous jeter sur les statues des
dieux thébains avec des cris, des hurlements qui font
horreur aux gens sensés? Ah! aussi bien dans le malheur que dans la douce prospérité, le Ciel me garde de
la femme! Triomphe-t-elle, ce n'est plus qu'une insolence inabordable. Prend-elle peur, c'est un fléau pire
encore pour sa maison et sa cité. Aujourd'hui même,
avec vos courses éperdues par la ville, vous avez parmi

les nôtres clamé l'appel de la lâcheté peureuse; et ceux
qui sont devant nos murailles ont ainsi le meilleur
renfort, tandis que nous nous détruisons nous-mêmes
derrière elles. Voilà ce qu'on gagne à vivre avec des
femmes! Mais cette fois, quiconque n'entendra pas mon
ordre, homme, femme — ou tout autre — verra un
arrêt de mort tôt délibéré sur lui, et n'échappera pas,
j'en réponds, aux pierres meurtrières du peuple. Ce
qui se fait hors de la maison est l'affaire des hommes —
que la femme n'y donne point sa voix! Reste chez toi
et cesse de nous nuire. Entends-tu ou non? parlé-je
à une sourde?

Agité.

LE CHŒUR. — *O cher enfant d'Œdipe, je prends peur
à ouïr le fracas, le fracas des chars sonores, le cri qu'ont
poussé les essieux en ébranlant les roues, et aussi le frein
des chevaux, qui jamais ne s'endort dans leurs bouches,
le mors, fils de la flamme[1] !*

ÉTÉOCLE. — Eh quoi! est-ce en fuyant de la poupe
à la proue qu'un marin trouva jamais la manœuvre
qui doit le sauver, à l'heure où peine la nef sous l'assaut du flot de mer?

LE CHŒUR. — *Non, je me suis seulement ruée sur les
vieilles statues de nos dieux, mettant mon espoir dans le
Ciel, au premier grondement de l'avalanche meurtrière
qui dévale contre nos portes. C'est alors que l'effroi m'a
jetée vers les Bienheureux pour les supplier d'étendre leurs
secours sur notre cité !*

ÉTÉOCLE. — Que nos remparts repoussent l'armée ennemie, voilà la prière à leur faire! Aussi bien, ce sera l'intérêt des dieux mêmes. Ne dit-on pas que ses dieux désertent une cité prise?

LE CHŒUR. — *Ah! que de mes jours je ne voie Thèbes abandonnée des dieux ici réunis! Que jamais je n'aie le spectacle de ma ville parcourue en tout sens par des soldats approchant d'elle une flamme destructrice!*

ÉTÉOCLE. — Invoque les dieux, sans pour cela te sottement conduire! La discipline est mère du succès qui seul, ô femme, assure la vie sauve. Voilà la vérité.

LE CHŒUR. — *Oui, mais le pouvoir céleste est plus puissant encore. C'est lui qui souvent, quand l'homme plongé dans des maux sans issue, en sa détresse amère, voit un brouillard déjà descendre sur ses yeux, brusquement le relève.*

ÉTÉOCLE. — C'est aux hommes à offrir aux dieux des hécatombes, à questionner le sort en tâtant l'ennemi. Ton rôle, à toi, est de te taire et de rester dans ta maison.

LE CHŒUR. — *Nous devons aux dieux d'habiter une ville invaincue et de voir nos remparts nous protéger encore des hordes ennemies. Quelle inquiétude jalouse peut prendre ombrage de mes prières?*

ÉTÉOCLE. — Je ne te dénie point le droit d'honorer les dieux; mais, si tu ne veux pas semer la lâcheté au cœur des citoyens, reste en repos, ne laisse pas déborder ta terreur.

Le Chœur. — *Un fracas confus tout à l'heure a frappé mes oreilles, et, d'une fuite épouvantée, j'ai couru vers cette acropole, séjour révéré.*

Étéocle. — Alors, n'allez pas, quand vous entendrez parler de blessés, de morts, vous précipiter dans des lamentations. C'est le vin d'Arès que le sang des hommes!

Le Coryphée. — Ciel! j'entends maintenant hennir les chevaux!

Étéocle. — Entends sans trop montrer alors que tu entends.

Le Coryphée. — Thèbes gémit du fond de son sol : ils nous enveloppent!

Étéocle. — Je suis là pour savoir les mesures à prendre.

Le Coryphée. — J'ai peur; le bruit des portes heurtées croît encore.

Étéocle. — Ne cesseras-tu pas de crier ainsi par la ville. Silence!

Le Coryphée. — O dieux ici assemblés, n'abandonnez pas nos remparts!

Étéocle. — Malheur! ne te peux-tu résigner à te taire?

Le Coryphée. — Dieux de ma cité, épargnez-moi l'esclavage!

Étéocle. — C'est toi qui nous livres à l'esclavage, et moi et toute ta ville.

Le Coryphée. — Zeus tout-puissant, tourne tes traits contre nos ennemis!

Étéocle. — O Zeus, qu'as-tu créé en nous créant la femme?

Le Coryphée. — Un être misérable, aussi bien que l'homme, quand leur ville est prise.

Étéocle. — Encore parler de malheurs, et quand tu étreins des dieux!

Le Coryphée. — Je n'ai plus de courage : l'épouvante m'arrache mes mots!

Étéocle. — Je t'en prie, voudrais-tu m'accorder une légère grâce?

Le Coryphée. — Dis vite, et vite je saurai.

Étéocle. — Tais-toi, malheureuse; cesse d'effrayer les tiens.

Le Coryphée. — Je me tais : mon sort sera le sort de tous.

Étéocle. — Voilà un mot que je retiens : je te laisse les autres! Mais fais plus; quitte ces statues et adresse aux dieux la seule prière qui vaille : qu'ils combattent avec nous. Puis écoute mes vœux, à moi, et accompagne-les, comme d'un péan favorable, de la clameur sacrée, du cri rituel qui, en Grèce, salue la chute des victimes[1] : il donnera confiance aux nôtres et dissipera en eux tout effroi de l'ennemi. Devant les dieux maîtres de ce pays, dieux des campagnes, dieux gardiens de nos places, source de Dirké[2], eaux de l'Isménos, je le déclare, si tout s'achève heureusement, si notre ville est sauvée, je ferai couler le sang des brebis sur les autels divins, pour célébrer notre victoire; et des vêtements de nos ennemis, dépouilles déchirées par la javeline, je ferai des offrandes pendues aux murs de leurs saintes demeures. Voilà les vœux que je t'engage à faire, au lieu de te complaire à ces gémissements, à ces cris haletants, aussi vains que sauvages, qui ne te feront pas échapper au destin. Moi, aux sept issues de nos remparts, pour tenir tête à l'ennemi, j'irai placer six guerriers de grande allure — et moi septième — avant que des messagers affolés et des rumeurs trop promptes ne viennent nous surprendre et mettre tout en feu sous la menace de la nécessité.

Étéocle sort.

Assez vif.

LE CHŒUR. — *Je voudrais t'obéir ; mais l'effroi tient mon cœur en éveil, et l'angoisse, installée aux portes de mon âme, en moi enflamme l'épouvante : je crains l'armée qui entoure nos murs comme, pour sa couvée, la colombe tremblante craint le serpent aux étreintes de mort.*

Les uns déjà, en masse, en foule, marchent vers nos remparts — que vais-je devenir? Les autres, contre la ville déjà enveloppée, lancent des pierres tranchantes. A tout prix, ô dieux, fils de Zeus, secourez le peuple issu de Cadmos.

Quelle contrée vous offrira sol préférable au sol thébain, si vous désertez ce pays de glèbe profonde, et l'eau de Dirké, la plus nourricière des sources que font jaillir et Poseidôn qui ceint la terre et les enfants de Téthys[1]?

Ainsi donc, ô dieux maîtres de cette ville, sur ceux qui sont hors de ses murs, faites choir la lâcheté qui perd les hommes, l'égarement qui jette ses armes, et conquérez la gloire pour cette cité ; défenseurs de Thèbes, demeurez fidèles à vos sanctuaires : nos gémissements aigus vous implorent.

*Il serait lamentable qu'une aussi vieille cité se vît jeter à
l'Hadès, proie asservie par la lance, et, avec l'aveu des
dieux, réduite en cendre friable, honteusement dévastée
par l'Achéen ;*

*que ses femmes fussent traînées — veuves de défenseurs,
hélas! jeunes et vieilles à la fois — par les cheveux, ainsi
que des cavales, les vêtements en lambeaux, tandis que
la ville se vide au milieu des cris*

*et que marche à la mort[1] un butin aux cris confus. Ah!
je redoute de lourds désastres!*

*Et il serait pitoyable que de chastes vierges avant les
rites qui cueilleront leur tendre fleur, prissent la route
nouvelle d'une demeure abhorrée. Ah! les morts, je l'assure, ont un meilleur destin!*

*Quand une cité succombe, hélas! innombrables sont
ses maux. Tel vainqueur fait des prisonniers, tel autre
tue; ailleurs, on incendie. La fumée souille la ville entière.*

*Arès[2] souffle en furieux, domptant les hommes, violant
tout ce qu'on révère.*

Un peu plus agité.

*Et voici des bruits sourds par toute la ville. Autour
d'elle s'étend le filet où se prennent les places fortes[3]. Le
guerrier s'affaisse sous la lance du guerrier. Les vagis-
sements sanglants des nourrissons élèvent leur plainte
enfantine.*

*Partout le rapt, frère de la poursuite. Un pillard aux
mains pleines croise un pillard aux mains p*eines*; un*

*pillard aux mains vides appelle un pillard aux mains
vides, pour se procurer un complice : aucun ne veut ni
moins ni même autant. Ce qui s'ensuit, l'esprit suffit à
l'imaginer.*

*Des fruits de la terre, de toutes sortes, sont tombés sur
le sol, affligeant spectacle! et l'œil des ménagères se remplit d'amertume. Par masses, pêle-mêle, les dons de la
glèbe roulent en torrents inutiles.*

*Et des captives, encore novices à la souffrance, san-
glotent en songeant au lit réservé à l'esclave, au lit du
soldat à qui le hasard les donne : elles n'ont plus d'autre
sort à attendre que de servir aux nuits d'un ennemi vainqueur, pour renforcer des douleurs dignes de toutes leurs
larmes.*

LE CORYPHÉE. — Voici, je crois, l'éclaireur de l'armée, qui vient à nous, amies, avec un nouveau message.
Dans sa hâte, il va pressant le jeu des jarrets qui le
portent. — Et voici le roi lui-même, fils d'Œdipe, qui
accourt entendre ce que bien à propos lui apporte son
envoyé. Dans sa hâte, lui aussi, ne compose plus sa
démarche[1].

Le messager entre en courant. Étéocle arrive du côté
opposé et se précipite au-devant de lui.

LE MESSAGER. — Je puis dire — je le sais exactement — ce que font nos ennemis, comment surtout, au
choix des portes, chacun a tiré son lot. C'est Tydée qui
gronde déjà devant la porte Proïtide; mais le devin
l'empêche de franchir l'Isménos[2], car les victimes restent défavorables. Et Tydée, tout bouillant, altéré

de combats, crie comme un serpent strident au soleil
de midi, et lance l'outrage au devin, fils d'Oïclée, qui
« lâchement, cherche à flatter la mort et le combat ».
Voilà son langage, cependant qu'il secoue trois aigrettes
ombreuses, crinière de son casque, et que, sous son
bouclier, des cloches de bronze sonnent l'épouvante.
Sur le bouclier même il porte un blason d'orgueil : un
ciel ciselé, resplendissant d'étoiles, où, radieuse, la
lune en son plein brille au centre de l'écu, reine des
astres, œil de la nuit. Voilà la démence que trahit
l'insolent harnois, tandis qu'il crie sur la berge du
fleuve, avide de batailles, pareil au coursier qui, crachant sur son frein sa fureur haletante, attend, tout
fumant, l'appel de la trompette. Qui lui opposeras-tu?
qui donc, à l'heure où la barrière tombera, est qualifié
pour assurer la défense de la porte de Proitos?

ÉTÉOCLE. — L'armure d'un guerrier n'a rien qui
m'effraie, moi. Il n'est pas de blason qui fasse de blessure ; ni aigrettes ni cloches ne déchirent sans le secours
de la lance. Et quant à cette nuit, que tu nous dépeins
sur son bouclier, éclatante d'étoiles célestes, je sais
quelqu'un pour qui son délire pourrait bien être vrai prophète! Que cette nuit s'abatte sur ses yeux mourants,
et c'est à celui qui le porte que ce blason d'orgueil se
trouvera exactement et strictement s'appliquer : c'est
contre lui-même alors qu'il aura rendu cet oracle de
démesure[1]! A Tydée j'opposerai, moi, le preux fils
d'Astacos pour défenseur de cette porte. De très noble
race, il vénère le trône de l'Honneur et déteste les propos orgueilleux : s'il renâcle aux vilenies, il n'a point
pour cela coutume d'être lâche. Il a poussé sur la

souche des Fils du Sillon[1] épargnés par Arès, et c'est
un vrai enfant de la terre thébaine que Mélanippe! Du
combat, les dés d'Arès décideront; mais c'est vraiment le Droit du sang qui l'envoie en son nom écarter
de la terre à qui il doit le jour les lances ennemies.

Agité.

LE CHŒUR. — *Qu'à notre champion le Ciel réserve
le succès, car il a tous les droits à partir au secours de
Thèbes. Mais je tremble à l'idée de contempler un jour
le sanglant trépas de fils tombés pour leur mère!*

LE MESSAGER. — Les dieux lui donnent donc le
succès que tu veux! — C'est Capanée ensuite que le
sort a placé devant la porte Électre : un mécréant
aussi, pire que le premier et dont la jactance dit l'orgueil surhumain. Il adresse à nos murs d'effroyables
menaces — que le destin nous garde de voir accomplies! Le Ciel le veuille ou non, il affirme qu'il sacca-
gera cette ville et que le défi de Zeus même, s'abattant
devant lui, ne l'arrêterait pas. Les éclairs, les carreaux
de la foudre, il les compare aux ardeurs de midi. Pour
blason il a un homme nu, portant le feu; une torche
flambante arme ses mains, et il proclame en lettres
d'or : « J'incendierai la ville. » Contre pareil guerrier
envoie... Mais qui peut lutter avec lui? qui peut sans
effroi supporter l'homme et sa jactance?

ÉTÉOCLE. — Et voilà qui nous crée encore avantage
sur avantage! Quand les hommes sont pleins de fol
orgueil, leur langage est contre eux le plus véridique

des accusateurs. Capanée menace, prêt à passer aux
actes; méprisant les dieux, exerçant sa bouche à traduire sa folle arrogance, simple mortel, il envoie pour
Zeus vers le ciel des mots sonores et grondants : j'ai,
moi, l'assurance qu'à lui, fatalement, la foudre viendra, portant le feu, et nullement comparable aux
ardeurs du soleil de midi. Et, du côté des hommes
même — en dépit de son insolent langage — il en est
un déjà désigné contre lui, le puissant Polyphonte,
volonté ardente, rempart éprouvé, que suivra la
faveur d'Artémis Protectrice et des autres dieux. —
Passe à un autre chef et à une autre porte.

Agité.

LE CHŒUR. — *Ah! périsse celui qui lance contre
Thèbes telles imprécations, et qu'un trait de la foudre le
cloue donc sur place, avant qu'il ait pu faire irruption
dans ma demeure et, de sa lance arrogante, me jeter hors
de ma chambre virginale!*

LE MESSAGER. — Je passe à celui que le sort a
désigné ensuite pour attaquer nos portes. Étéoclos est
le troisième chef pour qui un troisième lot a bondi
hors du casque d'airain renversé. C'est contre la porte
Néiste qu'il doit lancer sa phalange; et il fait tourner
ses cavales[1], grondantes sous leurs têtières, qui voudraient déjà bondir vers nos portes et dont les muse-
lières sifflent un refrain barbare, emplies du souffle de
leurs naseaux arrogants. Son bouclier porte un emblème qui n'est pas d'allure modeste. Un soldat y

gravit les degrés d'une échelle appliquée au mur ennemi qu'il prétend renverser, et il crie, si j'en crois les
lettres assemblées à côté de lui, qu'Arès lui-même ne
le jetterait pas à bas de ce rempart. A celui-là aussi
envoie le guerrier capable d'écarter de notre ville, à
nous, le joug de l'esclavage.

ÉTÉOCLE. — J'enverrais aussitôt le guerrier que
tu veux — si, par une heureuse chance, il n'était déjà
envoyé. C'est un homme qui ne porte sa jactance que
dans ses bras : Mégareus, fils de Créon, de la race des
Fils du Sillon. Ce n'est pas lui qui, s'effrayant d'un
grondement de cavales aux hennissements furieux,
jamais abandonnera nos portes; mais ou bien, en
mourant, il paiera sa dette au sol qui l'a nourri, ou
bien, maîtrisant et les deux guerriers et la ville que
porte ce bouclier, il en fera des dépouilles qui iront
orner la maison de son père. — Dis-nous la jactance
d'un autre et ne nous sois point avare de rapports.

Agité.

LE CHŒUR. — *Mes prières demandent ensemble la
victoire — va, défenseur de mon foyer! — et, pour les
autres, la défaite. Si, dans leur délire, ils prononcent sur
Thèbes des mots pleins de superbe, veuille donc Zeus
Dispensateur jeter sur eux un regard de courroux.*

LE MESSAGER. — Un quatrième chef, chargé de la
porte voisine, celle d'Athéna Onka[1], s'en approche en
criant : c'est la stature, la forme gigantesque d'Hippo-
médon. A voir tournoyer à son bras cette aire immense
qu'est l'orbe de son bouclier, j'ai frémi — je ne puis

le nier. Certes, le blasonnier n'était pas un vil artisan,
qui, pour son écu, lui fournit pareil travail : un Typhée,
qui, de sa bouche enflammée, épand une vapeur noi-
râtre, sœur tourbillonnante du feu, tandis que des
entrelacs de serpents forment le fond de la bande qui
court autour de l'orbe rebondi. Lui-même a poussé
une clameur de guerre et, plein d'Arès, il appelle la
bataille comme une Thyiade en délire, avec des yeux
qui sèment l'épouvante. Il faut prendre bien garde à
ce que peut tenter un pareil guerrier, car c'est la pani-
que que, devant nos portes, déjà proclame sa jactance.

ÉTÉOCLE. — Oui, mais d'abord Pallas Onka, la
voisine de Thèbes, qui habite près de cette porte,
abominant sa démesure, l'écartera de sa couvée,
comme un horrible serpent. En outre, Hyperbios,
noble fils d'Oinops, est le héros déjà choisi à la mesure
de ce guerrier. Il ne prétend qu'interroger le sort à
l'heure du besoin[1]. Ni son port ni son cœur ni son
armure ne prêtent à un blâme. Hermès les a à bon
droit appariés : c'est un ennemi qui engagera la lutte
avec un ennemi, et ils heurteront des dieux ennemis
sur leurs boucliers : si l'un porte Typhée à la bouche
enflammée, Hyperbios, lui, a sur son écu Zeus, père
des dieux, ferme en son trône, les carreaux de feu
dans la main — et personne que je sache, n'a vu encore
Zeus vaincu[2] !

Agité.

LE CHŒUR. — *J'ai l'assurance que celui qui, sur son
écu, porte le corps enseveli de l'odieux adversaire du Ciel,*

*image en horreur aux hommes aussi bien qu'aux dieux
éternels, viendra devant nos portes s'abattre le front en
avant.*

LE MESSAGER. — Ainsi en soit-il donc! Je passe
maintenant au cinquième chef, placé devant notre
cinquième porte, la porte du Nord, près du tombeau
d'Amphion, fils de Zeus. Il jure par la javeline qu'il
tient à son poing et que sa foi révère plus qu'une divinité, plus que ses yeux mêmes, qu'il ravagera la cité
cadméenne, en dépit de Zeus, Ainsi parle ce rejeton
d'une mère montagnarde, gracieux visage, homme-
enfant, dont le duvet de l'adolescence commence à
percer les joues et à croître en touffes épaisses. Mais
son cœur n'a rien des vierges dont il porte le nom et
c'est avec un œil farouche qu'il s'approche, Parthé-
nopée l'Arcadien! Tel guerrier n'est qu'un métèque;
mais, à Argos qui l'a nourri il entend payer ample-
ment sa dette; il n'est certes pas venu pour marchander
la bataille, mais plutôt pour faire honneur au chemin
parcouru. Toutefois, ce n'est pas sans jactance qu'il
se présente devant nos portes; car, sur l'écu d'airain,
rempart arrondi de son corps, il allait brandissant
l'affront infligé à Thèbes, la Sphinx mangeuse de chair
crue, dont l'image, fixée par des clous, se détache,
éclatante, en relief, et qui maintient sous elle un Cadméen, afin d'attirer sur le guerrier le plus de traits qu'il
se pourra.

ÉTÉOCLE. — Ah! si les dieux leur accordaient un
sort digne de leurs pensers, à ceux-là, et à leur jactance
impie! Ce serait pour eux l'anéantissement complet et

misérable. — Pour l'Arcadien aussi dont tu nous parles, j'ai un guerrier sans jactance et dont le bras voit ce qu'il doit faire : c'est Actor, le frère du guerrier précédent. Celui-là ne permettra pas à ce torrent de mots sans actes d'aller faire croître des malheurs à l'intérieur de nos remparts, et pas davantage de franchir nos murs à celui qui porte l'image d'une bête monstrueuse et abhorrée sur un bouclier ennemi. C'est elle-même qui fera ses plaintes à celui qui la porte, quand elle subira un violent martelage — et cette fois en creux[1]! — au pied de nos murailles. Si les dieux le veulent, puissé-je avoir dit vrai!

Agité.

LE CHŒUR. — *Les mots s'enfoncent dans ma poitrine, mes cheveux tressés se dressent, quand j'entends parler l'insolence de ces impies arrogants. Ah! puissent donc les dieux les anéantir sur ce sol!*

LE MESSAGER. — Je passe au sixième, à la fois un sage et un brave au combat, le puissant devin Amphiaraos. Placé devant la porte Homoloïs, il poursuit de ses invectives le puissant Tydée, « Tydée, le meurtrier[2], le trouble de sa propre cité, et, pour Argos, le plus grand maître d'infortunes, le recors d'Érynis[3], le serviteur de la mort, et le conseiller pour Adraste de tous ces malheurs! » Puis c'est vers ton frère, le puissant Polynice, qu'il tourne ses regards, les yeux très haut levés[4], et, à la fin, par deux fois, il l'appelle, en scandant son nom, et ces mots sortent de sa bouche : « Ah! le bel ouvrage, aimé du Ciel, glorieux à entendre

et à répéter pour tes neveux : détruire le pays de ses
pères, les dieux de sa race, en lançant contre eux une
armée étrangère! Est-il donc un grief permettant de
tarir la source maternelle? Est-ce la terre de la patrie,
grâce à tes soins conquise par la lance, qui doit servir
ta cause? Pour moi, j'engraisserai ce sol, devin caché
dans la terre ennemie. Combattons : le trépas que
j'attends ne sera pas sans gloire. » Ainsi parlait le
devin, cependant qu'il portait posément un bouclier
d'airain massif. Mais aucun blason ne s'y voyait sur
l'orbe; car il ne veut pas paraître un héros, il veut
l'être, et cultive en son cœur le sillon profond d'où
germent les nobles desseins. — A celui-là je t'engage à
envoyer des adversaires sages et braves à la fois :
redoutable est celui qui révère les dieux.

ÉTÉOCLE. — Hélas! quel présage rapproche ici un
juste des impies! dans toute entreprise, rien de mauvais comme de mauvais compagnons. La récolte n'en
est point à engranger[1]. Qu'un homme pieux s'embar-
que avec des marins ardents à achever un crime, et il
périt avec leur engeance maudite. Qu'un juste s'associe
à des citoyens inhospitaliers, oublieux du Ciel, et le
voilà fatalement pris au même filet : il succombe sous
le harpon divin qui ne distingue pas! Ainsi le devin
fils d'Oïclée, homme sage, juste, brave et pieux, illustre prophète, pour s'être trouvé mêlé malgré lui à des
impies au langage téméraire, engagés dans une route
sur laquelle le retour doit être long[2], sera, si Zeus le
veut, ramassé par le même coup de filet. — Je crois
qu'il n'attaquera même pas nos portes, non qu'il soit
sans courage ou de volonté lâche, mais il dit savoir

qu'il tombera dans la bataille, si les oracles de Loxias
ne sont pas stériles, et il a coutume de ne dire que ce
qu'il convient ou de se taire. En face de lui toutefois
nous placerons un portier inhospitalier, le puissant
Lasthène : si son esprit est d'un vieillard, ses muscles
sont jeunes, son œil agile et son bras prompt à frapper
de la javeline le flanc découvert par le bouclier. Mais,
pour les mortels, le succès n'est qu'un don des dieux.

Agité.

Le Chœur. — *Que les dieux donc entendent et exau-
cent mes justes prières, afin que le succès appartienne à
Thèbes; et qu'ils fassent retomber les maux de la guerre
sur nos envahisseurs! qu'en dehors de nos murs, Zeus,
de sa foudre, les frappe et tue!*

Le Messager. — Je passerai maintenant au septième chef que voici devant la septième porte — à ton
propre frère — et au sort que ses imprécations, ses
prières demandent pour cette ville. Il veut, après
avoir escaladé nos murs, s'être proclamé vainqueur
et avoir entonné le péan de la conquête, se mesurer
avec toi, et, alors, ou te tuer et tomber mort près de
toi, ou, s'il laisse vivre qui l'a privé de ses droits, du
moins, par un exil qui te jette à ton tour hors de Thèbes
tirer de toi vengeance égale. Voilà ce qu'il clame, en
suppliant les divinités ancestrales de la terre paternelle
de veiller à l'entier achèvement de ses vœux, le puissant Polynice! Et il porte un écu rond, tout récemment
forgé[1], où est fixé un double emblème : un guerrier
en or ciselé s'y voit conduit par une femme, guide au

front serein. Et celle-ci se prétend la Justice, comme
veulent l'indiquer les lettres placées près d'elle : « Et
je ramènerai cet homme, pour qu'il recouvre sa ville
et l'accès de sa demeure paternelle. » — Je t'ai dit
exactement leurs intentions : tu n'auras jamais de
blâme à adresser à mes rapports; mais décide seul du
coup de barre à donner à la cité.

Il sort.

ÉTÉOCLE. — Ah! race furieuse, si durement haïe des
dieux! Ah! race d'Œdipe — ma race! — digne de toutes les larmes! Hélas! voici accomplies aujourd'hui les
malédictions d'un père! — Mais il ne convient ni de
pleurer ni de se plaindre, de peur de faire naître des
lamentations plus lourdes à mon front. Pour ce Polynice — vraiment si bien nommé[1] — nous saurons bientôt jusqu'où se réalisera son emblème, et, si, pour le
ramener, il suffira de lettres d'or ciselées sur un bouclier, flux d'insolence d'un cœur en délire. Si la vierge,
fille de Zeus, la Justice, était dans ses actes et dans
son âme, cela pourrait être. Mais jamais encore, ni le
jour où il s'évada des ténèbres du sein maternel, ni
quand il grandissait, ni quand il entra dans l'adolescence, ni quand se formait en touffes le duvet sur son
menton, la Justice ne l'a honoré d'un mot; et ce n'est
pas, je pense, au moment où il meurtrit la terre de
ses pères, qu'elle peut être à ses côtés — ou elle serait
alors entièrement infidèle à son nom, cette Justice qui
s'associerait à un homme dont l'audace ne recule
devant rien. Voilà en quoi j'ai foi, et c'est moi-même
qui irai me mesurer avec lui. Quel autre serait donc

plus qualifié? Roi contre roi, frère contre frère, ennemi contre ennemi, j'engagerai le combat avec lui.
Allons! qu'on m'apporte aussitôt mes cnémides,
défenses des pierres et des javelines.

Le Coryphée. — Non, ô le plus cher des hommes,
fils d'Œdipe, ne deviens pas, dans ta colère, semblable
à celui qui parle un si criminel langage. C'est assez
que les Cadméens en viennent aux mains avec des
Argiens : de ce sang on peut se purifier. Mais le meurtre
de deux frères, tombés sous des coups mutuels, c'est
là une souillure qui ne vieillit pas.

Étéocle. — Supporter un malheur que n'accompagne point la honte, soit! puisqu'il n'est point d'autre
profit qui demeure chez les morts. Mais aux malheurs
qui sont aussi des hontes tu ne saurais promettre un
beau renom!

Agité.

Le Chœur. — *Quel est ce délire, enfant? Ne laisse
pas l'égarement d'une folie meurtrière emplir ton cœur
et t'emporter. Rejette, déjà en son principe, cette convoi-
tise mauvaise.*

Étéocle. — Puisque le Ciel lui-même précipite les
choses, qu'elle aille donc, au gré du vent qui la pousse,
vers son lot, l'onde du Cocyte, la race odieuse à Phoibos, la race entière de Laïos!

Le Chœur. — *Ah! de quelle dent cruelle te mord donc
le désir qui t'entraîne à achever, en dépit de ses fruits
amers, l'effusion homicide d'un sang qui t'est interdit!*

ÉTÉOCLE. — C'est que l'odieuse, la noire Imprécation d'un père, sans une larme en ses yeux secs, est là qui s'approche et me dit : « Tout est profit à mourir plus tôt que plus tard. »

LE CHŒUR. — *Eh bien! résiste à qui veut t'entraîner. Tu ne seras pas appelé un lâche pour avoir réussi à vivre. L'Érinys à l'égide noire attachée à cette maison n'en sortira-t-elle pas le jour où les dieux agréeront la victime par tes mains offertes?*

ÉTÉOCLE. — Les dieux! ils n'ont désormais plus souci de moi. L'offrande de ma mort, seule, a du prix pour eux. Ai-je encore une raison de flatter un trépas qui me fait disparaître?

LE CHŒUR. — *Oui, aujourd'hui au moins, tandis qu'il est tout proche. Aussi bien, avec le temps, le Destin peut-il changer de dessein et venir sur toi d'un souffle plus clément. Aujourd'hui, il fait rage.*

ÉTÉOCLE. — Qui a déchaîné cette rage? les malédictions d'Œdipe[1]! Elles n'étaient que trop vraies, les visions de mes songes, qui partageaient mon patrimoine!

LE CORYPHÉE. — Va, écoute des femmes, si dur qu'il te soit de le faire.

ÉTÉOCLE. — Donnez donc des avis qui se puissent suivre, et sans longs discours!

LE CORYPHÉE. — Ne prends pas ce chemin : ne va pas à la septième porte.

ÉTÉOCLE. — Mon cœur est aiguisé : des mots ne l'émousseront pas.

LE CORYPHÉE. — Un succès, même acquis sans gloire, atteste la faveur des dieux.

ÉTÉOCLE. — Ce n'est pas à un soldat à admettre telle maxime.

LE CORYPHÉE. — Quoi! tu voudrais faucher l'existence d'un frère?

ÉTÉOCLE. — Aux malheurs que les dieux envoient nul ne saurait échapper.

Il sort en courant.

Assez soutenu.

LE CHŒUR. — *J'ai peur que celle qui détruit les maisons, la déesse si peu semblable aux déesses,*
la prophétesse trop véridique de malheurs, l'Érinys appelée par les vœux d'un père, n'accomplisse les imprécations courroucées d'Œdipe en démence : c'est à leur perte que ce conflit jette ses fils.

Celui qui agite les dés, l'étranger Chalybe, émigré de Scythie,
dur partageur de patrimoines, le Fer au cœur cruel, a déjà, en secouant les sorts, décidé qu'ils n'occuperaient de leurs terres que ce qu'en peut tenir un mort — à jamais frustrés de leurs vastes champs!

Plus vif.

Quand ils seront morts, tous deux tués, tous deux massacrés par un frère, quand la poussière du sol aura bu le sang noir et figé du meurtre, qui en saurait offrir des purifications? qui les en pourrait laver? Ah! souffrances neuves qui viennent se mêler aux douleurs d'autrefois!

Je pense à la faute ancienne, vite châtiée, et qui pourtant dure encore à la troisième génération, la faute de Laïos, rebelle à Apollon,

qui, par trois fois, à Pythô, son sanctuaire prophétique, centre du monde, lui avait déclaré qu'il devait mourir sans enfant, s'il voulait le salut de Thèbes.

Mais Laïos succombe à un doux égarement[1], et il engendre sa propre mort, Œdipe le parricide, qui a osé ensemencer

le sillon sacré où il s'était formé et y planter une souche sanglante : un délire unissait les époux en folie[2]!

Et maintenant une mer de maux vers nous pousse ses lames. Si l'une s'écroule, elle en soulève une autre, trois fois plus puissante, qui gronde et bouillonne autour de la poupe de notre cité.

Entre elle et nous ne s'étend d'autre défense que l'épaisseur d'un médiocre rempart ; et j'ai peur que Thèbes ne succombe avec ses rois[3].

Car voici que s'achève le douloureux règlement des imprécations d'autrefois. Les misérables voient les désastres passer à côté d'eux.

Ils doivent au contraire jeter force lest du haut de leur poupe, les mortels entreprenants dont la prospérité s'est démesurément accrue.

Quel homme fut jamais honoré à la fois des dieux assis au foyer de Thèbes et de l'agora populeuse comme était révéré Œdipe, depuis qu'il avait délivré cette terre du monstre qui lui ravissait ses hommes?

Mais, quand il eut, l'infortuné, pris soudain conscience de son malheureux hymen, dans sa douleur impatiente,

dans le délire de son âme, il acheva un double malheur : de sa main parricide, il se sépara de ses yeux — ses yeux plus chers que ses fils!

Et contre ses fils mêmes, indigné de leurs piètres soins[1], hélas! il lança des imprécations amères :

C'est le fer au poing qu'ils se partageraient ses biens! Et je tremble maintenant qu'elles ne soient réalisées par l'Érinys au jarret souple.

Entre le messager.

Le Messager. — Rassurez-vous, ô femmes, trop filles de vos mères : la ville a échappé au joug de l'esclavage; on a vu s'effondrer les vanteries de ces puissants guerriers; Thèbes jouit de l'embellie, avant d'avoir fait eau sous le choc innombrable des vagues. Ses remparts la protègent et nous avions muni nos portes de champions aptes à les défendre. Dans l'ensemble, tout va bien à six portes; mais la septième, c'est l'auguste dieu Septime, sire Apollon, qui se l'est réservée, pour achever sur la race d'Œdipe le châtiment de Laïos et de ses erreurs anciennes.

Le Coryphée. — Quelle épreuve imprévue est encore le lot de Thèbes?

Le Messager. — Thèbes est sauvée, mais les rois frères...

Le Coryphée. — Qui? Que dis-tu? Je deviens folle d'épouvante.

Le Messager. — Reprends tes esprits et écoute : la descendance d'Œdipe...

Le Coryphée. — Hélas! infortunée, je puis prédire les maux dont il s'agit.

Le Messager. — Sans conteste mordant la poussière...

Le Coryphée. — Gît sans vie là-bas?... Ah! si cruel soit le mot, dis-le.

Le Messager. — Tant ils se déchiraient de leurs mains fraternelles!

Le Coryphée. — Et tant pour l'un et l'autre le dieu était égal. C'est lui seul qui détruit la malheureuse race.

Le Messager. — Il y a là matière à la joie comme aux pleurs. Thèbes a la victoire; mais ses rois, ses deux chefs d'armée, se sont partagé tout leur patrimoine avec le fer scythe forgé au marteau et ne posséderont de terre que ce qu'ils en trouveront dans la tombe où les ont précipités les vœux malheureux d'un père[1]!

Il sort.

Le Coryphée. — ✕ O grand Zeus, ô dieux maîtres de Thèbes, qui avez daigné défendre les remparts de Cadmos!

Dois-je me réjouir et saluer d'une clameur pieuse le Sauveur[2], qui de tout mal a préservé notre cité?

Ou pleurer ses chefs de guerre, douloureux et misérables, privés de postérité, qui, pour justifier strictement leur nom, en vrais « chercheurs de querelles[1] », ont péri dans un désaccord sacrilège ?

Animé.

LE CHŒUR. — *O noire, ô toute-puissante Imprécation d'Œdipe et de sa race[2], un froid cruel enveloppe mon cœur.*

J'entonne le chant dû au tombeau, dans un délire de Thyiade, quand j'apprends

quels sanglants cadavres viennent de tomber misérablement. Elle est de sinistre augure, cette rencontre de lances !

Elle a été au but sans défaillance, la parole qui portait le vœu d'un père.

L'indocilité de Laïos a prolongé ses effets. Et une angoisse étreint la ville : les oracles ne s'émoussent pas !

Ah ! lamentables guerriers, vous avez accompli ce qu'on n'eût osé croire ! Voici donc venus de pitoyables malheurs, il ne s'agit plus de vains mots !

On apporte les corps d'Étéocle et de Polynice.

Bien marqué.

Voilà qui parle assez clair : nos yeux voient le récit du messager. Des deux guerriers, objets de notre double angoisse, les tristes meurtres fratricides, les deux lots de douleurs sont donc là, achevés. Que dire ? oui, que dire, sinon que des souffrances viennent prendre place au foyer de cette maison ?

*Allons, mes amies, qu'au vent des sanglots vos bras
battent autour de vos fronts l'entraînante cadence de nage
qui, de tout temps, à travers l'Achéron a su faire passer
la lourde nef aux voiles noires, avec ses pèlerins, jusqu'à
la rive ignorée d'Apollon, la rive sans soleil, hospitalière et ténébreuse[1] !*

Le Chœur se partage en demi-chœurs qui se répondent.

Assez vif.

*Hélas! pauvres fous, incrédules à vos amis, insatiables
de misères, vous avez pris possession de la demeure
paternelle, malheureux! les armes à la main.*

✗ Malheureux, oui! puisqu'ils ont été chercher un
trépas malheureux pour le malheur de leur maison. ✗

Même mouvement.

*Hélas! renverseurs de murailles, vous avez attaqué
celle de votre propre maison! rois, vous avez connu une
royauté douloureuse! et vous voilà désormais réconciliés
par le fer!*

✗ Et elle a réalisé ce qu'elle avait arrêté, la puissante Érynis de leur père Œdipe! ✗

Un peu plus agité.

*— Frappés — ah! oui, frappés! — au flanc gauche,
au flanc fraternel, vous voici donc enfin départagés[2] !*

Hélas! infortunés! hélas! imprécations à qui sont dues ces mutuelles tueries!

— Il a transpercé leur maison en même temps que leurs corps, le coup dont tu les dis frappés, conduit par une fureur indicible et par l'esprit de discorde issu de l'imprécation paternelle.

— Un gémissement court à travers la cité. Nos remparts gémissent. Le sol gémit sur ces hommes qu'il aimait. Elles resteront aux générations suivantes[1], ces richesses grâce auxquelles — ah! triste sort! — grâce auxquelles sont venus à eux et la querelle et son mortel dénouement.

— Dans la violence de leurs cœurs, ils se sont partagé leur patrimoine à parts strictement égales. Mais au médiateur[2] les leurs ont bien quelque reproche à faire : Arès manque de douceur!

Élargi.

— Le fer tranchant a fait d'eux ce que vous voyez. Et le fer tranchant leur a préparé — quoi? me dira-t-on — leurs parts du tombeau paternel.

Le thrène de leur maison[3] les escorte, bruyant, déchirant, gémissant sur soi et souffrant pour soi, désolé, rebelle à la joie, tirant des larmes sincères de mon cœur, qui se consume en sanglots pour ces deux rois.

— Et sur ces infortunés on a droit de proclamer qu'ils ont ensemble et parmi leurs concitoyens et dans tous les rangs ennemis fait grand carnage au combat.

— Ah! malheureuse, celle qui les enfanta, entre toutes les femmes qui sont appelées mères! Elle les a conçus d'un fils dont elle avait fait son époux, et voilà comment ils ont fini tous deux sous les coups réciproques de leurs bras de frères!

— Frères, oui, jusque dans l'anéantissement, grâce à un partage de haine, à une lutte de fureur, où s'achève leur querelle!

— Leur haine a pris fin. Dans la terre trempée de leur sang, leurs vies se sont mélangées : cette fois, ils sont bien de même sang! Cruel a été l'arbitre de leur débat, l'étranger du Pont, le Fer qui sort aiguisé de la flamme; cruel, le dur partageur de leur patrimoine, Arès, qui réalise aujourd'hui l'imprécation de leur père.

— Ils ont reçu leur lot, les infortunés, leur lot de douleurs choisies par les dieux. Et sous leurs corps demeurera le trésor sans fond de la glèbe.

— Hélas sur vous qui avez à votre race apporté ce couronnement de souffrances! Enfin, les Imprécations ont poussé la clameur aiguë du triomphe : la race a pris la fuite dans une déroute totale. Le trophée d'Até se dresse à la porte où ils se frappaient tout à l'heure, et, sur sa double victoire, le Ciel s'est arrêté.

Le cortège funèbre s'organise, puis s'ébranle.

Animé.

— Frappé, tu as frappé[1].
— Et toi, tu es mort après avoir tué.
— Ta lance a tué.

— *Une lance t'a tué.*
— *Tu as créé des douleurs.*
— *Tu as subi des douleurs.*
— *Larmes, coulez.*
— *Éclatez, sanglots.*
— *Te voilà gisant.*
— *Après avoir tué.*
— *Hélas !*
— *Hélas !*
— *Mon âme est pleine de sanglots fous.*
— *Au fond de moi mon cœur gémit.*
— *Hélas ! digne objet de toutes les larmes.*
— *Et toi victime de tous les maux.*
— *Tu as succombé sous un frère.*
— *Et c'est un frère que tu as tué.*
— *Double chagrin à rappeler.*
— *Double chagrin à regarder[1].*
— . . . .
— . . . .

Ensemble.

— *Ah ! Parque, cruelle distributrice de misères ! Et
toi, ombre puissante d'Œdipe ! Ah ! noire Erinys, tu as
prouvé ton pouvoir !*

— *Hélas !*
— *Hélas !*
— *Maux affreux à contempler.*
— *Qu'il m'a fait voir en revenant d'exil.*
— *Même en tuant, il n'a pas retrouvé son pays.*

— *Mais, sitôt de retour, le voici expiré.*
— *Oui, il a expiré.*
— *Mais il a tué celui que voici.*
— *Lamentable à rappeler !*
— *Lamentable à regarder !*
— . . . .
— . . . .

Ensemble.

— *Ah ! Parque, cruelle distributrice de misères ! Et toi, ombre puissante d'Œdipe ! Ah ! noire Érinys, tu as prouvé ton pouvoir.*
— *Tu sais ce qu'elle est pour l'avoir éprouvée.*
— *Et tu n'as pas tardé, toi, à la connaître.*
— *Du jour où tu es rentré dans ton pays,*
— *Pour y heurter ta javeline à la sienne.*
— *Race douloureuse !*
— *Douloureusement traitée !*
— *Ah ! souffrances !*
— *Ah ! misères !*
— *Pour le palais et le pays.*
— *Et aussi pour moi-même.*
— *Ah ! roi de douleurs et de plaintes !*
— *Ah ! le plus digne objet de toutes les plaintes !*
— *Ah ! pauvres égarés d'Até.*
— *Où les mettrons-nous donc en terre ?*
— *Où ils trouveront le plus d'honneurs.*
— *Leur misère ira donc reposer près d'un père.*

Le cortège funèbre sort lentement de l'orchestre.

(Toute la scène qui suit a été ajoutée à la pièce d'Eschyle par un poète de la fin du vᵉ siècle, qui s'est inspiré
de l'*Antigone* de Sophocle. Cf. *Notice*, p. 149)

Le Héraut. — Je dois proclamer ici ce qu'ont jugé
et décrété les commissaires du peuple de la cité cadméenne. Pour celui-ci, Étéocle, à raison de son dévouement au pays, il a été décrété qu'il serait enseveli en de
pieuses funérailles : plein de haine pour nos ennemis,
il a voulu mourir dans sa patrie, et, pur à l'égard des
temples de nos pères, sans reproche, il est mort où il
est beau de mourir pour les jeunes hommes. Voilà
ce que, sur lui, j'ai mission de dire. Mais, pour son
frère, pour Polynice, dont voici le corps, il sera jeté
hors de nos murailles, sans sépulture, en proie aux
chiens, puisqu'il eût été le dévastateur du pays cadméen, si un dieu ne s'était pas dressé devant sa lance,
à celui-là ! Même mort, il gardera sa souillure à l'égard
des dieux de nos pères, ces dieux qu'il a outragés en
lançant une armée étrangère à la conquête de sa ville.
On juge donc qu'il doit être enseveli par les seuls oiseaux de l'air pour en payer l'ignominieuse peine, que
nul bras ne le saurait accompagner pour répandre sur
lui la terre, ni aucune lamentation l'honorer de ses
chants aigus, mais qu'il se doit voir, au contraire,
ignominieusement privé du cortège de ses proches.
Ainsi l'a décrété ce nouveau pouvoir cadméen.

Antigone. — Et je déclare, moi, aux chefs des
Cadméens : si personne ne veut aider à l'ensevelir,
c'est moi qui l'ensevelirai. Je saurai affronter un péril
pour enterrer un frère, sans rougir d'être ainsi indocile
et rebelle à ma ville. C'est un lien étrangement fort

que d'être sortis des mêmes entrailles, enfants d'une
mère misérable et d'un père infortuné. Aussi, prends
ta part de ses maux, mon âme — volontairement,
pour qui est sans vouloir, vivante, pour qui est mort —
avec un courage de sœur! Ces chairs-là, non, les loups
au ventre creux ne s'en repaîtront pas : que personne
ne se l'imagine! Des funérailles, un tombeau, toute
femme que je suis, je saurai lui en trouver, dussé-je
les lui apporter dans un pli de ma robe de lin[1] et seule
recouvrir le corps. Et que personne n'aille décréter
le contraire : mon audace saura trouver des moyens
d'agir.

Le Héraut. — Je t'engage à ne pas être ainsi
rebelle à ta cité.

Antigone. — Je t'engage, moi, à ne pas m'adresser
de sommations vaines.

Le Héraut. — Un peuple est cruel, qui vient
d'échapper au désastre.

Antigone. — Cruel à ta guise! Celui-ci ne restera
pas sans tombeau.

Le Héraut. — Feras-tu l'honneur d'une tombe à
celui que ton pays abhorre?

Antigone. — Sa part d'honneur, les dieux déjà ne
la lui ont-ils donc pas faite?

Le Héraut. — Oui, du jour qu'il a mis sa cité en
péril.

Antigone. — A des affronts il répondait par des
affronts.

Le Héraut. — En se vengeant sur tous de la faute
d'un seul!

Antigone. — La dispute est la dernière des déesses

à clore son propos. C'est moi qui l'ensevelirai : épargne-toi de longs discours.

Le Héraut. — Suis seule tes desseins : moi, je te l'interdis.

Il sort.

✕ Le Coryphée. — Hélas! hélas! altières destructrices des races, Kères Érinyes, vous qui avez ainsi anéanti jusque dans ses racines la race d'Œdipe, que vais-je devenir? Que dois-je faire? A quoi me résoudre? Saurai-je renoncer à te pleurer, à t'escorter jusqu'au tombeau?

Mais j'ai peur aussi et je veux détourner la terreur que m'inspire la cité. Pourtant, tu aurais, toi, d'innombrables pleureuses, tandis que celui-ci irait, infortuné, sans lamentation, suivi du seul thrène d'une sœur éplorée : qui le pourrait croire?

Le chef du premier demi-chœur. — Que la ville frappe ou non ceux qui pleurent Polynice,

nous irons, nous; à ses funérailles nous serons et ferons cortège. Il s'agit d'un deuil commun à la race tout entière, et ce que l'État recommande comme le droit, tantôt c'est ceci et tantôt cela!

Le chef du second demi-chœur. — Nous, nous suivrons celui-là, comme l'État et le Droit à la fois nous le recommandent.

Après les Bienheureux et la force de Zeus, c'est à lui que la ville des Cadméens doit de n'avoir point été sous le flot étranger renversée et submergée sans merci. ✕

PROMÉTHÉE ENCHAÎNÉ

NOTICE

Aucun témoignage ne permet de fixer la date du *Prométhée enchaîné*. Nous savons qu'Eschyle avait fait jouer un *Prométhée* en 472, en même temps que *Les Perses*; mais ce *Prométhée* devait être le drame satyrique de *Prométhée allumeur de feu*. Le style et la structure de *Prométhée enchaîné* ne s'accorderaient guère d'ailleurs avec une date aussi ancienne. Le style a une aisance et une fermeté qui le rapprochent plutôt de celui de l'*Orestie*. La pièce contient en outre une monodie; elle semble nécessiter l'emploi d'un troisième acteur. Tous ces faits permettent de la croire plus récente que les *Sept*. Il est impossible de préciser davantage.

Le *Prométhée enchaîné* a dû faire partie d'une trilogie : du moins il s'explique mal, si on ne lui suppose pas une suite. Or, le catalogue des pièces d'Eschyle que nous a laissé l'antiquité contient deux autres *Prométhée*, le *Prométhée délivré* et le *Prométhée porte-feu*. L'indication d'une scholie nous permet d'affirmer que le *Prométhée porte-feu* ne pouvait précéder le *Prométhée enchaîné*, et, comme le *Prométhée délivré*, d'après une autre scholie, suivait immédiatement le *Prométhée enchaîné*, l'ordre des pièces de la trilogie n'a pu être que : *Prométhée enchaîné*, *Prométhée délivré*, *Prométhée porte-feu*. L'étude de la matière traitée par Eschyle confirme ces inductions.

Un érudit ancien nous apprend que dans « les *Prométhées* » d'Eschyle, « tous les personnages sont divins ». Le drame qui se déroulait dans la trilogie se jouait donc uniquement entre des dieux. Les combats entre dieux, ou *théomachies*, étaient déjà fréquents dans l'épopée. C'étaient parfois de simples épisodes, d'un caractère réaliste assez

bas. Mais ils pouvaient former aussi l'élément essentiel
d'une histoire du monde, comme dans la *Théogonie* hésiodique : les changements de règne dans le Ciel s'accompagnent en effet d'âpres luttes; c'est par la violence que
Cronos s'est substitué à Ouranos, puis Zeus à Cronos;
plus d'un drame s'est joué parmi les dieux. Il n'y avait
pas là, néanmoins, de matière pour une tragédie : de ces
histoires brutales et sombres aucune idée morale ne se
dégageait; elles offraient au contraire d'insurmontables
difficultés aux esprits vraiment religieux. Aussi l'Orphis-
me avait-il de bonne heure corrigé les récits traditionnels.
Au commencement du ve siècle, il enseignait que Zeus
avait fait grâce à Cronos et pardonné aux Titans. La
victoire de Zeus avait donc été suivie d'un acte de clémence, et, par sa réconciliation avec les anciens dieux, le
nouveau roi de l'Olympe était devenu le maître incontesté
du monde, où il devait faire régner désormais la justice
et la paix. Ce fut de là que partit Eschyle, quand il conçut
la trilogie des *Prométhées*. Des conflits de droits terminés
par un acte de libre générosité étaient un thème vers
lequel il se sentait déjà invinciblement attiré. Transporter
ce thème parmi les dieux, montrer dans l'histoire même
des puissances célestes la nécessité d'un certain renonce-
ment pour mettre fin aux conflits qu'engendre sans cesse
la violence égoïste des passions, voilà l'idée qui l'a tenté.
Le dieu en qui il avait mis toute sa foi, ce Zeus qui, à ses
yeux, incarnait la Justice, n'était devenu lui-même ce
qu'il était qu'après avoir passé par une période de brutale violence; mais il s'était instruit peu à peu par ses
propres fautes, il avait compris que la violence ne sait
engendrer que la violence, et que celui-là seul peut commander souverainement aux autres qui se commande
d'abord à lui-même.

Mais, cette éducation du maître du monde, le poète
pouvait-il en montrer les différentes phases au cours du
conflit de Zeus et de Cronos? Il aurait dû pour cela modifier sur plus d'un point une légende depuis longtemps
fixée — ce qui l'eût exposé au reproche d'impiété — ou

s'en tenir à la tradition — mais alors sa pièce aurait eu la raideur d'une sorte de drame sacré et ne lui eût pas permis de mettre en lumière les idées qui l'avaient conduit au choix de ce sujet. Les personnages en outre ne lui auraient guère offert de matière dramatique : on s'imagine mal Cronos comme un rôle pathétique. Eschyle fut ainsi amené à songer à Prométhée, qui lui avait déjà fourni le sujet d'un drame satyrique. Zeus avait cruellement frappé Prométhée : les premiers auteurs de *Théogonies* le représentaient enchaîné à une colonne à l'extrémité du monde, martyr éternel à qui nul pardon n'était jamais accordé. Plus tard, cependant, quand s'était développée la légende d'Héraclès, on avait fait du héros dorien le libérateur de Prométhée. On avait imaginé alors un supplice qui permît de glorifier l'infaillible archer : l'aigle venait tous les deux jours dévorer le foie de Prométhée, jusqu'au moment où il tombait sous la flèche d'Héraclès. Héraclès délivrait donc Prométhée de l'aigle; mais il ne le délivrait pas de ses chaînes : Prométhée restait attaché à son rocher. C'est dans une autre légende du cycle d'Héraclès que s'était rencontré un dieu intéressé à sa délivrance : Chiron, blessé d'une blessure incurable par les flèches d'Héraclès, était las de son éternité douloureuse : il acceptait de descendre dans l'Hadès pour que Prométhée fût délivré; un dieu s'offrait en échange d'un dieu. Rien de tout cela n'était possible sans l'aveu de Zeus. Une tradition ancienne autorisait donc Eschyle à voir dans Prométhée un dieu qui reçoit de Zeus son pardon.

En lui-même, d'ailleurs, le personnage était attirant pour un poète dramatique. Son seul crime était un bienfait et celui qui l'en punissait lui était lui-même redevable d'un autre bienfait. Eschyle semble s'être inspiré ici d'une version perdue de la *Titanomachie*, où Zeus ne triomphait des Titans qu'avec l'aide de Prométhée. En frappant Prométhée, Zeus frappait donc celui à qui il devait d'être maître de l'Olympe. En outre, ce dieu bienfaiteur des hommes se trouvait par là-même très proche de l'humanité; il était facile de lui prêter la même capacité de souffrance qu'à un homme, tandis qu'il eût été malaisé d'émouvoir le public avec un monstre comme Briarée ou Typhée. Enfin ce dieu était un dieu athénien : il recevait à Athènes — et à Athènes seulement, semble-t-il — un culte officiel; la cité célébrait des courses de flambeaux en son honneur, et il était le patron reconnu de ces potiers du Céramique qui faisaient en grande partie la fortune de la ville. Seul, un Athénien pouvait, comme Eschyle, voir en Prométhée, non seulement le dieu qui avait donné le feu aux hommes, mais encore celui qui avait été pour eux l'inventeur de tous les arts, l'initiateur de cette civilisation qu'Athènes à son tour se faisait gloire d'avoir enseignée au monde.

Le conflit de Zeus et de Prométhée offrait-il cependant matière à une véritable tragédie? Il ne semble pas contenir le germe d'une *action* dramatique. Prométhée désobéit, Zeus le frappe : que peut faire ensuite le dieu puni, sinon gémir? le dieu offensé, sinon détourner la tête ou frapper toujours plus fort? Il n'y a pas là de lutte, il n'y a donc pas là de drame. Pour qu'il y ait lutte, il faut donner une arme à Prométhée : il pourra alors tenir tête à Zeus; il pourra, même enchaîné sur son roc, être pour le roi des dieux un adversaire avec lequel on doit compter. Cette arme, Eschyle a été la chercher dans un tout autre cycle de légendes, dans le cycle des légendes d'Achille. Thétis est destinée, quel que soit son époux, à enfanter un fils plus puissant que son père. Or, Zeus et Poseidôn convoitent également son amour : qu'elle cède à l'un ou à l'autre, voici le dieu de l'Olympe ou le dieu des mers forcé de céder à son propre fils l'arme nouvelle qui lui a assuré le triomphe, la foudre ou le trident, et voici l'ordre du monde encore mis en péril. Thémis révèle le danger aux dieux, et les dieux, pour le conjurer, décident aussitôt de donner Thétis à un simple mortel : Pélée sera son époux. Ce secret d'où dépend le sort des dieux groupés autour de Zeus, Eschyle a imaginé d'en faire Prométhée seul dépositaire : il le tiendra de Thémis, puisque la tradition veut que Thémis en ait eu, seule, connaissance; mais, pour que la confidence en soit plus vraisemblable, Thémis sera la mère de Prométhée, elle se confondra avec Gê — qui est ailleurs sa mère — et elle révélera tout naturellement à Prométhée le danger que Thétis fera courir au dieu qui l'aura pour épouse. Armé de ce secret, Prométhée peut tenir tête à Zeus. Zeus aura beau le menacer de nouveaux supplices, il ne se délivrera pas lui-même de l'angoisse qui est désormais son lot : quelle est celle dont l'amour lui doit coûter le trône? Prométhée est seul à le savoir, et il n'entend le révéler que le jour où il aura été dégagé de ses chaînes et dédommagé de ses souffrances.

C'est avec cet élément qu'Eschyle a bâti le plan de sa trilogie. Le *Prométhée enchaîné* nous fait assister au châtiment de Prométhée. Héphaistos vient, au nom de Zeus, le clouer à un rocher, à l'extrémité septentrionale du monde, sur les bords de l'océan. Le châtiment est cruel : il trahit la démesure du nouveau maître des dieux, et ses serviteurs, Pouvoir et Force, sont, par leur langage comme par leur simple aspect, le symbole vivant de cette démesure. Zeus lui-même a dépassé son droit : quoi d'étonnant si Prométhée dépasse aussi le sien et si son langage respire la même démesure? Zeus ne répond pas aux outrages de sa victime : Eschyle ne pouvait songer à faire paraître et parler Zeus — surtout en un pareil moment — mais sa cruauté égoïste s'exprime suffisamment par le langage qu'il a naguère chuchoté en songe aux oreilles d'Io; sa colère et son inquiétude se trahissent dans les menaces d'Hermès. La violence répond à la violence; nul accord n'est possible entre ces deux volontés orgueilleuses. Zeus finit par renverser de sa foudre la cime qui porte Prométhée. Prométhée subira pendant des siècles la rude étreinte des rocs écroulés sur lui. — Ces siècles ont passé, quand commence le *Prométhée délivré*. Prométhée souffre le nouveau supplice que lui a annoncé Hermès, il est enchaîné maintenant au sommet du Caucase, et l'aigle de Zeus vient tous les deux jours lui ronger le foie. Et cependant l'apaisement commence à se faire dans le cœur de Zeus : il a pardonné aux Titans; ce

sont eux qui forment le chœur : ils viennent visiter leur
frère enchaîné. Sans son orgueil, qui continue à lancer
des défis vers Zeus, Prométhée eût déjà sans doute obtenu son pardon. Il ne nous reste pas assez de témoignages
pour reconstituer la pièce dans tous ses détails; nous
savons seulement qu'Héraclès, passant par le Caucase,
abattait d'une flèche l'aigle de son père. C'était lui peut-
être qui amenait aussi Chiron à Prométhée et préparait
la substitution déjà annoncée à mots couverts dans le
Prométhée enchaîné. Prométhée livrait à Zeus son
secret et, délivré de ses liens, acceptait de mettre sur
sa tête une couronne d'osier, en souvenir des chaînes
plus dures qu'il quittait. Un geste de ce genre semble
indiquer, de la part de Prométhée, une sorte d'aveu de sa
faute, ou, du moins, une acceptation du sort qui lui était
fait désormais.

Aux yeux d'un moderne, le drame pourrait se terminer
là : on cherche vainement quel pourrait être le sujet d'une
troisième tragédie; aux yeux d'Eschyle, il n'en était pas
de même. Prométhée a reconnu ses torts : Zeus ne doit-il
pas, à son tour, un dédommagement à celui qu'il a si
durement traité? Ne lui fera-t-il pas une place de choix
dans son nouvel empire? Et, pour les hommes mêmes,
comment admettre que leur industrieux bienfaiteur
devienne tout à coup un dieu décoratif et paresseux?
Ce serait contraire à la logique, contraire surtout à la
tradition athénienne, qui adore encore l'activité bienfaisante de Prométhée dans tous les fours du Céramique.
Un autel s'élevait à l'Académie, consacré à « Prométhée
porte-feu », c'est-à-dire qui tient une torche dans sa main.
Il est très probable que l'institution de ce culte formait le
sujet de la dernière pièce de la trilogie, le *Prométhée porte-
feu.* Quelle légende rappelait-elle? Nous ne pouvons le
dire. Mais l'idée qu'elle évoquait est nécessaire à l'éco-
nomie générale du drame. Le rôle de bienfaiteur des
hommes ne se termine pas pour Prométhée avec le règne
de Zeus : il est seulement limité. Dans le nouvel ordre du
monde il y a place même pour les Prométhées, pourvu

qu'ils se soumettent à la loi de Zeus. En même temps le poète obéissait inconsciemment à son habituel désir de concilier les traditions les plus diverses : il expliquait ainsi comment le Prométhée de la *Théogonie* avait pu devenir le dieu familier du Céramique : l'Attique était devenue le domaine du révolté pardonné.

Ainsi, d'Hésiode et d'autres auteurs de *Théogonies*, de légendes appartenant au cycle d'Héraclès ou au cycle d'Achille, enfin de traditions populaires attiques, Eschyle a tiré une trilogie où il a une fois de plus célébré la douloureuse école par où de la démesure et de ses cruelles violences on arrive à reconnaître que la modération, la maîtrise de soi sont des vertus partout nécessaires, même au ciel. Pour nous, malheureusement, qui ne lisons plus que la première des trois pièces, l'impression qui nous en demeure n'est peut-être pas celle qu'a voulue le poète. Aux yeux de tous les modernes, Prométhée est le type du révolté, d'autant plus émouvant que son martyre est éternel et qu'il a pour cadre un désert; nulle pitié humaine n'arrive jusqu'à lui; il n'a pas d'aide à attendre de ceux qu'il a sauvés. La justice de sa cause nous semble évidente, parce que nous ne voyons Zeus qu'à travers ses blasphèmes. Et, en même temps, à cause de ces blasphèmes mêmes, de leur violence haineuse, de l'orgueil dont ils témoignent, nous ne pouvons lui accorder ni une admiration ni une sympathie sans réserve. Il en résulte une impression un peu trouble, qui, sans doute, n'était pas celle du public athénien. Pour celui-ci, l'horizon n'était pas clos, comme pour nous, par le rocher qui porte Prométhée : au-delà de ce rocher il entrevoyait Héraclès et Chiron; il entrevoyait surtout Prométhée et Zeus réconciliés et honorés tous deux sur les autels d'Athènes. Cette querelle divine avait moins d'âpreté pour des spectateurs qui en connaissaient d'avance le dénouement apaisant. La leçon morale qui s'en dégageait leur apparaissait plus tôt et plus nettement. La trilogie des *Prométhée* enseignait aux hommes que le dieu de justice n'était devenu juste qu'au bout de longs siècles; ses premières violences avaient, en provo-

quant d'autres violences, retardé longtemps le règne de la
paix; par la clémence seule il avait obtenu la soumission
du dernier révolté. C'était dire : la justice, à laquelle
aspirent les hommes, n'est pas une puissance qui existe
en dehors d'eux, prête à répondre à leur premier appel;
c'est à eux-mêmes qu'il appartient de la faire naître et
grandir, en eux comme autour d'eux, par un patient
apprentissage le la vertu suprême, la sage modération,
la *sôphrosyné*, à qui Zeus lui-même doit d'avoir enfin
établi la paix dans l'Olympe et donné aux hommes l'espoir d'un règne d'éternelle équité.

PERSONNAGES

POUVOIR.
HÉPHAISTOS, fils de Zeus et d'Héra, dieu du feu.
PROMÉTHÉE, Titan, fils de Thémis.
CHŒUR des Océanides.
OCÉAN, Titan.
IO, fille d'Inachos.
HERMÈS, fils de Zeus, messager des dieux.

PROMÉTHÉE ENCHAÎNÉ

Le fond de l'orchestre représente un massif rocheux.
Entrent Pouvoir et Force conduisant Prométhée.
Héphaistos suit en boitant. Il porte ses outils de for-
geron.

POUVOIR. — Nous voici sur le sol d'une terre lointaine, cheminant au pays scythe[1], dans un désert sans
humains. Héphaistos, à toi de songer aux ordres que
t'a dictés ton père, et, sur ces rochers aux cimes abrup-
tes, d'enchaîner ce bandit dans l'infrangible entrave
de liens de bon acier. Car de ton apanage, du
feu brillant d'où naissent tous les arts, il a fait larcin
pour l'offrir aux mortels. Pareille faute doit se payer
aux dieux. Qu'il apprenne donc à se résigner au règne
de Zeus et à cesser ce rôle de bienfaiteur des hommes.

HÉPHAISTOS. — Pouvoir et Force, la mission de
Zeus pour vous est achevée : rien ne vous retient plus.
Mais moi, le cœur me manque pour enchaîner de
force un dieu, mon frère, à ce pic battu des tempêtes.
Et, pourtant, il m'en faut trouver le courage : négliger
l'ordre d'un père est faute lourdement punie. (A Prométhée.) Fils aux pensers hardis de la sage Thémis,
c'est malgré moi autant que malgré toi que je te vais
clouer à ce roc désolé dans des nœuds inextricables
d'acier. Là, tu ne connaîtras plus ni voix ni visage
humains, mais, brûlé des feux du soleil, tu sentiras la

fleur de ton teint se flétrir; avec joie, toujours, tu
verras la nuit dérober la lumière sous son manteau
d'étoiles, le soleil à son tour fondre le givre de l'aurore,
sans que la douleur d'un mal toujours présent jamais
cesse de te ronger, car nul libérateur n'est encore né
pour toi. Voilà ce que tu as gagné à jouer le bienfaiteur des hommes. Dieu que n'effraie pas le courroux
des dieux, tu as, en livrant leurs honneurs aux hommes,
transgressé le droit : en récompense, tu vas sur ce
rocher monter une garde douloureuse, debout toujours, sans prendre de sommeil ni ployer les genoux.
Tu pourras alors lancer des plaintes sans fin, des lamentations vaines : le cœur de Zeus est inflexible; un nouveau maître est toujours dur.

PouvoIR. — Allons! pourquoi tarder, te lamenter
en vain? N'as-tu pas en horreur le dieu maudit des
dieux qui a osé livrer ton privilège aux hommes?

HÉPHAISTOS. — Les liens du sang sont terriblement
forts, quand s'y ajoute l'amitié.

PouvoIR. — D'accord! mais enfreindre l'ordre
paternel, est-ce chose possible, et moins terrible à tes
yeux?

HÉPHAISTOS. — Le cynisme en toi toujours est
égal à la dureté!

PouvoIR. — Se lamenter sur lui ne le guérira pas :
ne te fatigue pas à gémir pour rien.

HÉPHAISTOS. — Ah! métier mille fois abhorré!

PouvoIR. — Pourquoi le maudire? De tous ces
maux, ton art, franchement, n'est point cause.

HÉPHAISTOS. — Plût au ciel qu'il fût le lot d'un
autre!

POUVOIR. — Tout être a vu jadis son sort bien défini[1]
— hormis le roi des dieux : nul n'est libre que Zeus!

HÉPHAISTOS. — Je le vois! à cela je n'ai rien à répondre.

POUVOIR. — Hâte-toi donc de lui passer les liens :
que Zeus ici ne te voie pas traîner.

HÉPHAISTOS. — Il peut me voir déjà le caveçon en
main.

POUVOIR. — Mets-lui ce lien au bras; puis, de toute
ta force, frappe du marteau et cloue-le au rocher.

HÉPHAISTOS. — Là! l'ouvrage s'achève, et sans
mécompte aucun.

POUVOIR. — Frappe plus fort, serre, ne laisse pas
de jeu : même à l'inextricable il est capable de trouver
une issue.

HÉPHAISTOS. — Voilà un bras fixé, qu'il ne déliera
pas.

POUVOIR. — A celui-là! Agrafe-le de solide façon :
qu'il sache bien que sa malice est moins prompte que
celle de Zeus.

HÉPHAISTOS. — Seul, il serait en droit de blâmer
mon ouvrage.

POUVOIR. — Et maintenant, hardi! enfonce en sa
poitrine la dent opiniâtre de ce rivet d'acier.

HÉPHAISTOS. — Ah! Prométhée, tout bas je gémis
de ta peine.

POUVOIR. — Encore à hésiter, à gémir sur l'ennemi
de Zeus! Crains donc de gémir un jour sur toi-même!

HÉPHAISTOS. — Tu vois ce que des yeux n'auraient
jamais dû voir!

POUVOIR. — Je vois qu'il a le sort qu'il avait mérité.

Allons! jette autour de ses flancs la ceinture d'airain.

HÉPHAISTOS. — J'y suis contraint : tes ordres sont de trop.

POUVOIR. — Moi, je t'en veux donner, voire te harceler. Descends et enserre ses pieds.

HÉPHAISTOS. — Voilà qui est fait, et sans longs efforts.

POUVOIR. — De toute ta force, maintenant, frappe, et que l'entrave enfonce dans la chair. Dur est celui qui doit contrôler la besogne.

HÉPHAISTOS. — Ah! ton langage répond à ta figure.

POUVOIR. — Sois faible à ton gré, sans pour cela me faire de reproches, si ma nature est opiniâtre et dure.

HÉPHAISTOS. — Partons : ses membres ont leur ajustement complet!

POUVOIR. — Maintenant, fais ici l'insolent à ta guise, et vole aux dieux leurs privilèges pour les livrer aux éphémères. Quel allégement les humains seront-ils donc capables d'apporter à tes peines? C'est bien à tort que les dieux t'appellent Prométhée : trouve ailleurs qui te promette[1] de te dégager de ces nœuds savants!

Ils sortent. — Un très long silence.

PROMÉTHÉE. — Éther divin, vents à l'aile rapide, eaux des fleuves, sourire innombrable des vagues marines, Terre, mère des êtres, et toi, Soleil, œil qui vois tout, je vous invoque ici : voyez ce qu'un dieu souffre par les dieux!

✗ Contemplez les opprobres qui me déchirent et que j'endurerai pendant des jours sans nombre. Voilà donc les liens d'infamie qu'a imaginés pour moi le jeune chef des Bienheureux! Las! las! et le mal qui m'accable et le mal qui m'attend m'arrachent des sanglots : après quelles épreuves la délivrance luira-t-elle enfin? ✗

Mais que dis-je? Tout entier, d'avance, sais-je pas l'avenir? Nul malheur ne viendra sur moi que je n'aie prévu. Il faut porter d'un cœur léger le sort qui vous est fait et comprendre qu'on ne lutte pas contre la force du Destin. — Pourtant taire ces maux m'est aussi impossible que ne pas les taire. Oui, c'est pour avoir fait un don aux mortels que je ploie sous ce joug de douleurs, infortuné! Un jour, au creux d'une férule[1], j'emporte mon butin, la semence de feu par moi déro-bée, qui s'est révélée pour les hommes un maître de tous les arts, un trésor sans prix. Voilà les fautes dont je paie la peine aux dieux, dans ces liens qui me clouent ici à la face du Ciel!

Animé.

Ah! ah! quel bruit, quel parfum invisible a volé jus-qu'à moi? Vient-il d'un dieu? d'un homme? d'un être tenant de tous deux? A ce roc, frontière du monde, on vient donc contempler mes maux? Ou bien que me veut-on? Ah! voyez enchaîné un dieu misérable!

✗ C'est l'ennemi de Zeus, c'est celui qui a encouru la haine de tous les dieux qui fréquentent le palais

de Zeus, pour avoir trop aimé les hommes! — Ah! ah!
encore! Quel bruissement d'oiseaux entends-je près
de moi? A un battement d'ailes légères l'éther répond
en sifflant. Toute approche m'emplit de crainte! ✕

> Un char ailé vient se poser sur le sommet le plus proche
> de celui où est enchaîné Prométhée. Il porte les Océa-
> nides.

Un peu languissant.

Le Chœur. — *Ne crains rien : c'est une troupe amie
que des ailes, luttant de vitesse, ont amenée à ce rocher.
Mes paroles ont, à grand-peine, triomphé du vouloir
d'un père, et, rapides, les vents m'ont portée. Car les
chocs bruyants du fer, pénétrant au fond de mon antre,
ont chassé de moi la pudeur à l'œil timide, et, pieds nus,
j'ai pris mon vol sur ce char ailé.*

✕ Prométhée. — Hélas! hélas! enfants de la
féconde Téthys[1], filles d'Océan, dont le cours, sans
jamais dormir, roule autour de la terre immense,
voyez, contemplez les chaînes qui m'agrafent au sommet de ce précipice rocheux, où je dois monter une
garde que nul jamais ne m'enviera. ✕

Même mouvement.

Le Chœur. — *Je vois, Prométhée, et un brouillard
craintif monte, gros de larmes, à mes yeux, quand je
contemple sur ce roc ton corps qui se dessèche dans l'ignominie de ces liens d'acier. Des maîtres nouveaux tiennent
la barre dans l'Olympe; au nom de lois nouvelles, Zeus
exerce un pouvoir sans règle et détruit aujourd'hui les
colosses d'antan.*

✕ PROMÉTHÉE. — Ah! que ne m'a-t-il précipité sous la terre, plus bas que l'Hadès hospitalier aux morts, jusqu'à l'impénétrable Tartare, et mis au contact farouche des liens qu'on ne délie pas, afin que nul dieu, nul être n'y trouvât à se réjouir — tandis que, maintenant, jouet des airs, misérable, je souffre pour la joie de mes ennemis! ✕

Plus vif.

LE CHŒUR. — *Quel dieu aurait le cœur si dur qu'il trouvât ici sa joie? Qui ne s'indignerait comme nous de tes maux — Zeus seul excepté? Lui, dans son courroux, s'étant fait une âme inflexible, entend dompter la race d'Ouranos[1] et ne s'arrêtera qu'il n'ait assouvi son cœur ou que, d'un coup heureux, quelque autre n'ait conquis ce trône ardu à conquérir.*

✕ PROMÉTHÉE. — Eh bien! écoutez mon serment; un jour viendra où de moi, pour outragé que je sois dans ces brutales entraves, de moi il aura besoin, le monarque des Bienheureux, s'il veut apprendre quel dessein hasardeux doit le dépouiller de son sceptre et de ses honneurs; alors, je le jure, ni les sortilèges d'une éloquence aux mots de miel n'auront pouvoir de me charmer, ni l'effroi des plus dures menaces ne me fera révéler ce secret[2], à moins qu'il n'ait d'abord desserré ces liens farouches et consenti à payer le prix dû à pareil outrage. ✕

Même mouvement.

Le Chœur. — *Tu es hardi et, loin de céder à de douloureux revers, tu parles trop librement. Moi, je sens
un effroi pénétrant agiter soudain mon cœur. J'ai peur
du sort qui t'attend : comment pourras-tu contempler
enfin le port où s'achèveront tes peines? Inaccessible est
le cœur, inflexible l'âme du fils de Cronos.*

Prométhée. — Je sais qu'il est dur et qu'il tient
le Droit à sa discrétion. Pourtant, il finira bien, j'imagine, par laisser fléchir son cœur, le jour qu'il sera
frappé du coup que je dis. Alors, apaisant ce rude
courroux, pour conclure avec moi alliance et amitié, au-devant de mon impatience son impatience
accourra.

Le Coryphée. — Dévoile donc tout, et réponds
d'abord à cette question : pour quel grief Zeus s'est-il
donc saisi de toi et t'inflige-t-il cet infâme et amer
outrage? Apprends-le-nous, si le récit ne t'en coûte
pas trop.

Prométhée. — En parler, déjà, m'est douloureux;
mais me taire aussi est une douleur : de tous côtés,
rien que misères. Du jour où la colère fut entrée dans
le cœur des dieux, tandis que la discorde s'élevait
entre eux[1] — les uns voulant chasser Cronos de son
trône, afin que Zeus fût désormais leur maître; les
autres, au contraire, luttant pour que Zeus jamais ne
régnât sur les dieux — j'eus beau alors donner les plus
sages conseils et chercher à persuader les Titans, fils
d'Ouranos et de la Terre, je n'y réussis pas. Dédai-

gnant les moyens de ruse, ils crurent, en leur brutalité
présomptueuse, qu'ils n'auraient point de peine à
triompher par la force. Moi, plus d'une fois, ma
mère, Thémis ou Gaia, forme unique sous maints
noms divers[1], m'avait prédit comment se réaliserait
l'avenir : à qui l'emporterait non par force et violence,
mais par ruse, appartiendrait la victoire. Je le leur
expliquai avec force raisons : ils ne daignèrent pas
m'accorder un regard! Le mieux, dans ces conjonctures,
m'apparaissait dès lors d'avoir pour moi ma mère[2] en
m'allant placer aux côtés de Zeus, qui volontiers
accueillit le volontaire. Et c'est grâce à mes plans qu'aujourd'hui le profond et noir repaire du Tartare cache
l'antique Cronos avec ses alliés. Voilà les services
qu'a obtenus de moi le roi des dieux et qu'il a payés de
cette cruelle récompense. C'est un mal inhérent, sans
doute, au pouvoir suprême que la défiance à l'égard
des amis! — Quant à l'objet de votre question : pour
quel grief m'outrage-t-il ainsi? je vais vous l'éclaircir.
Aussitôt assis sur le trône paternel, sans retard, il
répartit les divers privilèges entre les divers dieux,
et commence à fixer les rangs dans son empire[3]. Mais,
aux malheureux mortels, pas un moment il ne songea.
Il voulait au contraire en anéantir la race, afin d'en
créer une toute nouvelle. A ce projet nul ne s'opposait
— que moi. Seul, j'ai eu cette audace, j'ai libéré les
hommes et fait qu'ils ne sont pas descendus écrasés,
dans l'Hadès. Et c'est là pourquoi aujourd'hui je
ploie sous de telles douleurs, cruelles à subir, pitoyables à voir. Pour avoir pris les mortels en pitié, je me
suis vu refuser la pitié, et voilà comme implacable-

ment je suis ici traité, spectacle funeste au renom de Zeus.

Le Coryphée. — Il aurait un cœur fait de roc ou de fer, Prométhée, celui qui ne s'indignerait avec toi de tes peines. Je n'eusse pas, pour moi, souhaité voir tel spectacle et, à le voir, mon cœur douloureusement s'émeut.

Prométhée. — Oui, j'offre à des amis une vue pitoyable.

Le Coryphée. — Tu as, sans doute, été plus loin encore?

Prométhée. — Oui, j'ai délivré les hommes de l'obsession de la mort.

Le Coryphée. — Quel remède as-tu donc découvert à ce mal?

Prométhée. — J'ai installé en eux les aveugles espoirs.

Le Coryphée. — Le puissant réconfort que tu as ce jour-là apporté aux mortels!

Prométhée. — J'ai fait plus cependant : je leur ai fait présent du feu.

Le Coryphée. — Quoi! le feu flamboyant est aujourd'hui aux mains des éphémères?

Prométhée. — Et de lui ils apprendront des arts sans nombre.

Le Coryphée. — Ce sont là les griefs pour lesquels Zeus...

Prométhée. — M'inflige cet opprobre, sans laisser de relâche à mes maux!

Le Coryphée. — Et nul terme n'est proposé à ton épreuve?

PROMÉTHÉE. — Nul autre que son bon plaisir.

LE CORYPHÉE. — Et ce bon plaisir, d'où naîtrait-il donc? Comment l'espérer? Ne vois-tu pas que tu as fait erreur? Où fut l'erreur? je n'aurais point plaisir à te le dire et tu aurais peine à l'entendre. Laissons cela, et cherche comment tu te peux libérer de l'épreuve.

PROMÉTHÉE. — Il est aisé à qui n'a pas le pied en pleine misère de conseiller, de tancer le malheureux! Mais tout cela, moi, je le savais; voulue, voulue a été mon erreur — je ne veux point contester le mot. Pour porter aide aux hommes, j'ai été moi-même chercher des souffrances. Je ne pensais pas pourtant que de pareilles peines me devraient dessécher à jamais sur des cimes rocheuses et que j'aurais pour lot ce pic désert et solitaire. Aussi, sans vous lamenter sur mes douleurs présentes, mettez pied à terre, pour apprendre mes maux à venir : vous saurez tout ainsi d'un bout à l'autre. Cédez, cédez à ma prière; compatissez à qui souffre à cette heure. Le malheur ne distingue pas et, dans sa course errante, se pose aujourd'hui sur l'un et demain sur l'autre.

✗ LE CORYPHÉE. — Tu harcèles une troupe déjà prête à t'obéir, Prométhée. D'un pied léger, j'abandonne ce char à l'élan rapide et l'éther, route sacrée de l'oiseau, pour prendre terre sur cet âpre sol : je veux jusqu'au bout connaître tes peines.

Pendant que les Océanides mettent pied à terre, le char d'Océan apparaît traîné par un griffon.

OCÉAN. — Pour aller à toi, Prométhée, j'ai poussé jusqu'au terme d'une longue course, sur cet oiseau aux ailes promptes, que, sans bride, ma seule volonté

dirige. De tes maux, sache-le, j'ai compassion. Le
sang[1], je crois, m'y contraint, et, le sang n'y fût-il pour
rien, il n'est personne qui tienne plus de place dans
mon cœur. Tu reconnaîtras bientôt que je dis vrai et
ne sais pas user de vaines flatteries. Allons, indique-
moi quel appui je dois te prêter. Tu ne pourras jamais
dire que tu as un ami plus sûr qu'Océan.

PROMÉTHÉE. — Quoi? tu viens donc aussi assister
à mon supplice? Comment as-tu osé quitter le fleuve
qui te doit son nom et tes grottes au toit de roc taillées
par la nature pour le pays qui enfante le fer? Vien-
drais-tu par hasard contempler le sort qui m'est fait,
pour t'indigner avec moi de mes maux? Regarde ce
spectacle : moi, l'ami de Zeus, moi qui l'aidai à asseoir sa puissance, vois sous quelles douleurs il me
ploie aujourd'hui.

OCÉAN. — Je vois, Prométhée, et je veux même te
donner le seul conseil qui convienne ici, si avisé que tu
sois déjà : connais-toi toi-même, et, t'adaptant aux
faits, prends des façons nouvelles, puisqu'un maître
nouveau commande chez les dieux. Si tu te mets à lancer
de la sorte des mots rudes et acérés, Zeus pourrait bien
t'entendre, si loin et si haut qu'il trône, et le courroux
dont tu souffres à cette heure ne plus te paraître un jour
qu'un simple jeu d'enfant. Allons, infortuné, laisse là
ta colère, et cherche à t'affranchir de ces tourments. Je
te semble peut-être ne dire là que des vieilleries. Il
n'en reste pas moins qu'ici tu reçois, Prométhée, le
salaire d'un langage trop hautain. Et pourtant, tu n'es
pas humble encore, tu ne cèdes pas à la souffrance, et
à tes maux présents tu entends en ajouter d'autres.

Si tu acceptes mes leçons, tu cesseras de regimber contre l'aiguillon. Considère qu'il s'agit d'un dur monarque, dont le pouvoir n'a pas de comptes à rendre. Aussi, tandis que j'irai tenter, si je puis, de te dégager de ces peines, reste en repos, ne t'emporte pas en propos violents. Ne sais-tu donc pas, toi dont l'esprit est si subtilement sage, qu'un châtiment s'inflige aux langues étourdies.

PROMÉTHÉE. — Je t'envie de te trouver hors de cause après avoir eu part à tout et osé autant que moi[1]. Aussi laisse ce projet, va, n'y songe plus. Quoi que tu fasses, tu ne le persuaderas pas : il est fermé à la persuasion. Veille plutôt à ne pas te nuire par telle démarche[2].

OCÉAN. — Tu t'entends mieux à faire la leçon aux autres qu'à toi-même; j'en juge sur des faits, non sur de simples mots! J'y vais : ne cherche pas à me retenir. Je me fais fort, je me fais fort d'obtenir de Zeus la grâce de te dégager de ces peines.

PROMÉTHÉE. — Je t'en sais gré et jamais ne l'oublierai : ton zèle n'a point de défaillance. Mais ne prends nulle peine : ta peine serait vaine à vouloir me servir — si vraiment cette peine était dans tes projets. Reste en repos et tiens-toi hors d'affaire. Je ne voudrais point, parce que je suis dans le malheur, voir des revers frapper les autres en foule. Non, je souffre assez du sort de mon frère, Atlas, qui, debout, au couchant, soutient de ses épaules la colonne qui sépare le ciel et la terre, fardeau malaisé pour les bras qui l'étreignent. Et j'ai senti aussi la pitié me prendre le jour où j'ai vu le fils de la Terre[3], jadis habitant des

grottes ciliciennes[1], monstre terrible à cent têtes,
Typhée, l'impétueux, dompté par la force. Il s'était
dressé contre tous les dieux, sifflant l'effroi par sa
terrifiante mâchoire; de ses yeux jaillissait en éclairs
une lueur d'épouvante, qui disait son dessein de renverser par violence le pouvoir de Zeus. Mais sur lui
vint le trait vigilant de Zeus, la foudre qui s'abat dans
un souffle de feu : elle le fit choir du haut de ses vanteries superbes. Atteint en plein cœur, il a vu sa force
mise en poudre, anéantie par le tonnerre. Et maintenant, corps étalé, inerte, il gît près d'un détroit marin,
comprimé par les racines de l'Etna, tandis qu'au haut
de ses cimes Héphaistos installé frappe le fer en fusion.
C'est de là qu'un jour jailliront des torrents de feu, qui
iront dévorer de leurs dents sauvages les guérets
féconds des plaines de Sicile — si puissant sera le courroux bouillonnant que, dans les traits brûlants d'une
tempête insatiable de feu, Typhée exhalera encore,
tout carbonisé par la foudre de Zeus! Mais tu n'es pas
un novice et tu n'as pas besoin de mes leçons. Mets-toi à
l'abri — comme tu sais le faire! Pour moi, j'entends
épuiser le destin qui maintenant est le mien, jusqu'au
jour où le cœur de Zeus se relâchera de son courroux.

OCÉAN. — Ne comprends-tu pas, Prométhée, que,
pour traiter la maladie colère, il existe des mots méde-
cins?

PROMÉTHÉE. — Pourvu qu'on trouve le moment
où l'on peut amollir le cœur — au lieu de prétendre
réduire par la force une passion qui forme abcès.

OCÉAN. — Mais, à un zèle téméraire, vois-tu donc
un châtiment attaché? instruis-moi.

PROMÉTHÉE. — La honte d'une peine inutile et d'une candeur étourdie.

OCÉAN. — Laisse-moi alors être malade de ce mal : rien de mieux que de paraître fou par excès de bonté.

PROMÉTHÉE. — Cette faute-là paraîtra plutôt mienne[1] !

OCÉAN. — Ton langage me donne nettement congé[2].

PROMÉTHÉE. — De peur qu'à pleurer sur moi tu ne te fasses un ennemi.

OCÉAN. — De celui qui vient de monter sur le trône tout-puissant ?

PROMÉTHÉE. — De lui-même : garde-toi d'irriter son cœur.

OCÉAN. — Ton malheur, Prométhée, est un enseignement.

PROMÉTHÉE. — Pars, éloigne-toi, garde ces dispositions.

OCÉAN. — Je partais : ton conseil me harcèle pour rien. Mon quadrupède-oiseau bat doucement de ses ailes la route lisse de l'éther. Quelle joie il aura à ployer les genoux dans l'étable familière !

> Le char d'Océan s'éloigne. — Un silence. Puis les Océanides, groupées sur l'étroite plate-forme d'un roc, commencent à chanter.

Un peu traînant.

LE CHŒUR. — *Je gémis sur le destin qui de toi fait un maudit, Prométhée ; et les larmes qui coulent de mes yeux attendris inondent ma joue de leurs flots jaillissants.*

Voilà donc par quels tristes arrêts, érigeant en lois ses

caprices, Zeus fait sentir aux dieux d'antan son empire orgueilleux.

Déjà ce pays entier élève une clameur gémissante : ses peuples gémissent sur la grandeur et l'antique prestige ravis à la divinité de Prométhée et de ses frères.

Et tous ceux qui vivent sur le sol voisin de la sainte Asie[1], devant ta gémissante angoisse, souffrent avec toi, tout mortels qu'ils sont.

Bien marqué.

Et, avec eux, les vierges de Colchide[2], intrépides combattantes ;

et les hordes de Scythie, qui occupent les confins du monde, autour du Méotis stagnant[3] ;

et la floraison guerrière d'Arabie[4], peuples nichés dans leur citadelle de rocs escarpés,

aux abords du Caucase, tribus belliqueuses, dont un frisson agite les lances acérées[5].

Plus vif.

Avec un sourd gémissement, la vague des mers retombe sur la vague ; l'abîme gémit ;

les noires entrailles d'Hadès souterrain lui répondent par un grondement,

et les ondes des fleuves au courant sacré gémissent leur plainte désolée.

Un très long silence.

PROMÉTHÉE. — Ne croyez pas que mon silence soit affectation ni opiniâtreté; mais une pensée me dévore le cœur, quand je me vois outragé de la sorte : quel autre a donc à ces dieux nouveaux assuré tous leurs privilèges? — Mais, sur ce point, je me tais : vous savez ce que je pourrais dire. Écoutez, en revanche, les misères des mortels, et comment des enfants qu'ils étaient j'ai fait des êtres de raison, doués de pensée. Je veux le conter ici, non pour dénigrer les humains, mais pour vous montrer la bonté dont leur ont témoigné mes dons. Au début, ils voyaient sans voir, ils écoutaient sans entendre, et, pareils aux formes des songes, ils vivaient leur longue existence dans le désordre et la confusion. Ils ignoraient les maisons de briques ensoleillées, ils ignoraient le travail du bois; ils vivaient sous terre, comme les fourmis agiles, au fond de grottes closes au soleil. Pour eux, il n'était point de signe sûr ni de l'hiver ni du printemps fleuri ni de l'été fertile; ils faisaient tout sans recourir à la raison, jusqu'au moment où je leur appris la science ardue des levers et des couchers des astres[1]. Puis ce fut le tour de celle du nombre[2], la première de toutes, que j'inventai pour eux, ainsi que celle des lettres assemblées, mémoire de toute chose, labeur qui enfante les arts. Le premier aussi, je liai sous le joug des bêtes soumises soit au harnais, soit à un cavalier, pour prendre aux gros travaux la place des mortels, et je menai au char les chevaux dociles aux rênes, dont se pare le faste opulent. Nul autre que moi non plus n'inventa ces véhicules aux ailes de toile qui permettent au marin de courir les mers. — Et l'infortuné qui a pour les mortels

trouvé telles inventions ne possède pas aujourd'hui
le secret qui le délivrerait lui-même de sa misère présente!

Le Coryphée. — Tu subis là un humiliant malheur :
ton esprit abattu s'égare, et, tel un mauvais médecin
tombé malade à son tour, tu te décourages et ne peux
trouver pour toi-même le remède qui te guérirait.

Prométhée. — Tu t'étonneras davantage encore
à ouïr le reste, les ressources, les arts, que j'ai imaginés.
Et ceci surtout : ceux qui tombaient malades n'avaient
point de remède ni à manger, ni à s'appliquer, ni à
boire, et, privés de médicaments, ils dépérissaient,
jusqu'au jour où je leur montrai à mélanger les baumes
cléments qui écartent toute maladie. Je classai aussi
pour eux les mille formes de l'art divinatoire. Le premier je distinguai les songes que la veille doit réaliser
et je leur éclairai les sons chargés d'obscurs présages[1]
et les rencontres de la route. Je déterminai fermement
ce que signifie le vol des rapaces, ceux qui sont favorables ou de mauvais augure, les mœurs de chacun,
leurs haines entre eux, leurs affections, leurs rappro-
chements sur la même branche; et aussi le poli des
viscères[2], les teintes qu'ils doivent avoir pour être
agréables aux dieux, les divers aspects propices de la
vésicule biliaire et du lobe du foie. Je fis brûler les
membres enveloppés de graisse et l'échine allongée,
pour guider les mortels dans l'art obscur des présages,
et je leur rendis clairs les signes de flamme jusque-là
enveloppés d'ombre. Voilà mon œuvre. Et de même
les trésors que la terre cache aux humains, bronze, fer,
or et argent, quel autre les leur a donc révélés avant

moi? Personne, je le sais — à moins qu'on ne veuille s'abandonner à une sotte jactance. D'un mot, tu sauras tout à la fois : tous les arts aux mortels viennent de Prométhée.

LE CORYPHÉE. — Ne va pas, pour obliger les hommes au-delà de ce qui convient, dédaigner ton propre malheur. J'ai bon espoir, moi, qu'un jour, dégagé de ces liens, tu pourras avec Zeus traiter d'égal à égal.

PROMÉTHÉE. — Non, pour cela, l'heure fixée par la Parque qui tout achève n'est pas encore arrivée : ce n'est qu'après avoir ployé sous mille douleurs, sous mille calamités, que je m'évaderai de mes liens. L'adresse est de beaucoup la plus faible en face de la Nécessité.

LE CORYPHÉE. — Et qui donc gouverne la Nécessité?

PROMÉTHÉE. — Les trois Parques et les Érinyes à l'implacable mémoire.

LE CORYPHÉE. — Leur pouvoir dépasse donc celui de Zeus?

PROMÉTHÉE. — Il ne saurait échapper à son destin.

LE CORYPHÉE. — Et quel est le destin de Zeus, sinon de régner à jamais?

PROMÉTHÉE. — Sur ce point, ne m'interroge plus : va, n'insiste pas.

LE CORYPHÉE. — C'est donc un secret bien auguste, que tu l'enveloppes ainsi[1].

PROMÉTHÉE. — Parlez d'autre chose : ce secret, il n'est pas temps de le proclamer; il faut le cacher dans l'ombre la plus épaisse : c'est en le conservant que j'échapperai un jour à ces liens et à ces tourments infâmes.

Très soutenu.

Le Chœur. — *Non, que jamais le maître du monde,
que jamais Zeus n'ait à faire entrer sa puissance en
lutte contre ma volonté.*

*Que jamais je ne tarde à inviter les dieux aux saints
banquets des hécatombes[1], près du cours paternel de
l'intarissable Océan!*

*Que ma langue jamais ne pèche et que ce principe
toujours demeure en mon âme, sans s'en effacer jamais!*

*Il est doux de couler une longue existence au milieu
d'espoirs confiants,*

*l'âme épanouie en radieuses délices. Mais je frémis,
quand ici je te contemple, déchiré de mille maux.*

*Sans crainte de Zeus, ta volonté indocile a trop d'é-
gards pour les mortels, Prométhée!*

Assez languissant.

*Allons, voyons, ami : quel bienfait te vaut ton bien-
fait?*

*Où est l'appui, le secours que t'apportent les éphémères?
Ne vois-tu pas la débile impuissance, pareille à celle des
songes, qui entrave les pas de l'aveugle race humaine[2]?
Jamais volonté mortelle ne violera l'ordre établi par Zeus.*

*Cela je l'apprends à contempler ta misère, ô Prométhée,
et, avec ce chant, un autre bien différent, revole maintenant vers moi, le chant d'hyménée que j'entonnai jadis
autour du bain et du lit de tes noces[3], le jour où, sensible
à tes présents, Hésione, notre sœur, fut conduite par toi
au lit de l'épousée!*

Entre Io. Son front porte deux cornes de vache.

Io. — ✕ Quel est ce pays? cette race? qui dois-je dire que j'ai devant les yeux, battu de la tourmente sous un harnais de roc? quelle faute expies-tu en te mourant ici? Révèle-moi donc en quel point du monde, malheureuse, m'ont portée mes erreurs. ✕

Elle sursaute, épouvantée.

Vif.

Ah! un taon de nouveau me taraude, infortunée[1]! C'est le spectre d'Argos, fils de la Terre. Las! Terre, éloigne-le! Je m'épouvante, quand je vois le bouvier aux yeux innombrables. Le voici qui s'avance, avec son regard perfide! Même mort, la terre ne le cache pas; il sort des enfers pour donner la chasse à l'infortunée, pour la faire errer, affamée, sur le sable qui borde les mers!

Elle commence à courir en tous sens, comme si elle fuyait un ennemi invisible.

Agité.

Et sur mes pas le roseau sonore à la gaine de cire fait entendre son assoupissante chanson[2]. Hélas! hélas! où m'entraînent de si lointaines erreurs? Quelle est, quelle est donc la faute que tu as surprise, pour m'avoir, ô fils de Cronos, attelée à de tels maux — hélas! — et pour exténuer ainsi une pauvre folle dans une épouvante qui la pourchasse comme un taon? Brûle-moi de ta flamme, cache-moi sous la terre, donne-moi en pâture aux monstres de la mer; ne me refuse pas, Seigneur, ce que de toi j'implore! De trop longues erreurs m'ont suffisamment brisée, et je ne sais où apprendre comment échapper à mes maux. Prêtes-tu l'oreille aux accents de la vierge à cornes de vache?

PROMÉTHÉE. — Comment ne pas prêter l'oreille à la jeune fille qui tournoie sous le vol du taon, à l'enfant d'Inachos, qui naguère échauffa d'amour le cœur de Zeus et qui aujourd'hui, par la haine d'Héra, est contrainte aux longues courses qui la brisent?

Agité.

IO. — *Où donc as-tu appris le nom que tu prononces, le nom de mon père? Réponds à l'infortunée : qui donc es-tu, misérable, pour saluer la misérable en termes si vrais, pour donner son nom au mal issu des dieux qui me consume et me taraude d'un aiguillon de folie vagabonde, hélas! Dans l'infamie des bonds affamés dont la fougue m'emporte, j'arrive, victime des volontés rancunières d'Héra. Qui donc parmi les malheureux endure maux pareils, pareils, hélas! à ceux qui sont les miens? Allons, signifie-moi nettement quelles souffrances m'attendent. Est-il une issue, un remède à mon mal? Montre-le-moi, si tu le sais. Parle et renseigne la triste vierge errante.*

PROMÉTHÉE. — Je te dirai nettement ce que tu désires apprendre, sans énigme embrouillée, mais en un franc langage, ainsi qu'il sied d'ouvrir la bouche en présence d'amis. Tu vois celui qui a donné le feu aux mortels, Prométhée.

Io. — O puissant réconfort apparu un jour à tous les mortels, malheureux Prométhée, qu'expies-tu donc ici?

Prométhée. — Je viens de clore pour toujours ma plainte sur mes maux[1].

Io. — Alors, accorde-moi la faveur que j'attends.

Prométhée. — Dis-moi ce que tu veux : de moi tu peux tout savoir.

Io. — Apprends-moi qui t'a enchaîné à cette roche abrupte.

Prométhée. — Le vouloir de Zeus, mais le bras d'Héphaistos.

Io. — Et de quelles fautes paies-tu ainsi la peine?

Prométhée. — Je t'en ai dit assez pour t'éclairer.

Io. — Il est vrai! Révèle-moi donc encore le terme de mes erreurs : quand l'heure en viendra-t-elle pour l'infortunée?

Prométhée. — Ne rien savoir vaut mieux pour toi que de savoir cela.

Io. — Ne me cache pas ce qu'aussi bien je dois un jour souffrir.

Prométhée. — Va, de ce don-là je ne suis pas avare.

Io. — Alors, pourquoi tarder à tout m'apprendre?

Prométhée. — Ce n'est point un refus jaloux; je ne crains que de troubler ton âme.

Io. —Ne te préoccupe pas de moi davantage : cela me sera doux.

Prométhée. — Si tu le veux ainsi, il me faut donc parler : écoute.

Le Coryphée. — Non, pas encore : à moi aussi donne une part de satisfaction. Sachons d'abord ce

qu'est son mal : qu'elle nous dise elle-même ses misères
vagabondes. Puis de toi qu'elle apprenne les épreuves
qui l'attendent encore.

PROMÉTHÉE. — A toi, Io, de leur prêter une docilité
complaisante, alors surtout qu'elles sont les sœurs de
ton père. Pleurer, gémir sur ses maux, quand on doit
obtenir des pleurs de qui vous écoute, mérite le temps
qu'on y donne.

Io. — Je ne sais comment je pourrais vous refuser :
vous allez d'un récit exact apprendre tout ce que vous
demandez. Et pourtant j'hésite, honteuse, à vous dire
seulement d'où est venue la tourmente divine qui,
détruisant ma forme première[1], s'est abattue sur moi,
misérable! Sans répit, des visions nocturnes visitaient
ma chambre virginale et, en mots caressants, me con-
seillaient ainsi : « O fortunée jeune fille, pourquoi si
longtemps rester vierge, quand tu pourrais avoir le
plus grand des époux? Zeus a été par toi brûlé du trait
du désir, il veut avec toi jouir des dons de Cypris :
garde-toi, enfant, de repousser l'hymen de Zeus; mais
pars, dirige-toi vers Lerne et sa prairie herbeuse, vers
les parcs à moutons et à bœufs de ton père, afin que
l'œil de Zeus soit délivré de son désir! » Voilà les rêves
qui toutes les nuits me pressaient, malheureuse! jusqu'au jour où j'osai révéler à mon père quels songes
hantaient mon sommeil. Et lui alors, à Pythô, à
Dodone, dépêchait de fréquents messagers chargés
d'interroger le Ciel et de savoir ce qu'il devait ou dire
ou faire pour être agréable aux dieux. Mais ils revenaient ne rapportant qu'oracles ambigus, aux formules
obscures, malaisées à débrouiller. Enfin une réponse

nette arrive à Inachos : elle parlait clair et lui enjoi-
gnait de me jeter hors de la maison, hors du pays,
bête vouée aux dieux[1], libre d'errer jusqu'aux derniers confins du monde, s'il ne voulait pas voir la foudre enflammée, échappant à la main de Zeus, anéantir
sa race. Docile à de tels oracles, émanés de Loxias,
mon père me bannit et me ferme à jamais sa demeure
— malgré lui-même autant que malgré moi : mais le
frein de Zeus le forçait d'agir contre sa volonté. Et
aussitôt ma forme et ma raison s'altèrent à la fois;
des cornes me viennent, ainsi que vous voyez, et,
taraudée par un moustique à la morsure aiguë, je
m'élance d'un bond affolé vers l'eau si douce de Ker-
khné[2] et vers la source de Lerne[3]. Un bouvier, fils de la
Terre, dont rien ne tempérait l'humeur, m'escortait,
attachant ses yeux innombrables à chacun de mes pas.
Une mort imprévue soudainement le prive de la vie,
tandis que moi, piquée du taon, je cours toujours sous
l'aiguillon divin, chassée de pays en pays. Tu sais mes
aventures : si tu peux m'apprendre quelles douleurs
me restent à subir, révèle-les-moi et ne tente pas, par
pitié, de me réconforter au moyen de mots menson-
gers : il n'existe point de mal plus repoussant qu'un
langage trompeur.

Animé.

Le Chœur. — *Oh! oh! loin de moi! assez!* — *jamais
non, jamais je n'eusse osé croire que de si étranges récits
pussent venir à mon oreille* — *des misères, des horreurs,
des épouvantes, cruelles à voir autant qu'à subir, aiguillon*

*à double pointe, dont mon cœur, à moi, est glacé. Hélas!
Destinée, Destinée, je frémis à contempler le sort d'Io!*

PROMÉTHÉE. — Tu te hâtes trop de gémir et de te
laisser envahir par l'effroi. Attends d'avoir appris
encore le reste de ses maux.

LE CORYPHÉE. — Parle, achève de l'instruire : il
est doux au malade de savoir nettement d'avance ce
qui lui reste à souffrir.

PROMÉTHÉE. — Ce que vous requériez d'abord, vous
l'avez obtenu de moi sans peine; vous désiriez avant
tout l'entendre conter ses épreuves elle-même : écoutez
maintenant le reste, et quelles souffrances devra, par
ordre d'Héra, endurer cette jeune mortelle. Et toi,
sang d'Inachos, fixe bien mes mots dans ton âme, si
tu veux connaître le terme de ta route. En partant
d'ici, tourne-toi d'abord vers le soleil levant et va par
les plaines sans labour, jusqu'au moment où tu atteindras les Scythes nomades, qui habitent des demeures
d'osier tressé juchées sur des chars à bonnes roues et
suspendent à leurs épaules l'arc à longue portée.
Évite-les et rapproche tes pas des falaises où gémit la
mer, pour traverser tout ce pays. A main gauche sont
les Chalybes[1] qui travaillent le fer : tu dois t'en garer.
Ce sont des êtres féroces, inabordables pour l'étranger.
tu arriveras de la sorte à un fleuve dont le nom ne ment
pas, l'Hybristès[2]; ne le franchis pas — il n'est point
aisé à franchir! — mais marche droit au Caucase, le
plus haut des monts : c'est de son front que ce fleuve
exhale la fureur de ses eaux. Tu en franchiras les
sommets voisins des astres pour prendre la route du

Midi. Là, tu trouveras l'armée des Amazones[1] rebelles
à l'homme, qui iront un jour fonder Thémiskyre[2],
sur le Thermodon, aux bords où Salmydesse ouvre
sur la mer sa rude mâchoire, hôtesse cruelle aux marins,
marâtre des vaisseaux[3]. Celles-là te guideront, et de
grand cœur. Ainsi tu atteindras, aux portes étroites
de son lac, l'isthme cimmérien : d'un cœur intrépide,
tu dois, pour le quitter, franchir le détroit méotique;
et, parmi les mortels, à jamais vivra le glorieux récit
de ton passage : le détroit te devra le nom de Bosphore.
Et, dès lors, laissant le sol d'Europe, tu prendras pied
sur le continent d'Asie[4]. — Eh bien! le souverain des
dieux ne vous semble-t-il pas montrer partout une
violence égale? Il a, lui, dieu, sur cette mortelle dont
il désirait le lit, fait tomber ce destin vagabond. Ah!
tu as rencontré là, jeune fille, un cruel prétendant;
car ce que tu viens d'entendre, songes-y, n'est même
pas encore un prélude.

Io. — Hélas! pitié! pitié!

Prométhée. — De nouveau, tu cries, tu meugles :
que feras-tu lorsque tu apprendras le reste de tes maux?

Le Coryphée. — Te reste-t-il encore d'autres peines
à lui annoncer?

Prométhée. — Dis mieux : une orageuse mer de
fatale détresse.

Io. — Quel profit ai-je alors à vivre? Pourquoi
tardé-je à me précipiter de cet âpre rocher? En m'a-
battant à terre, je m'affranchis de toutes mes douleurs.
Mieux vaut mourir d'un coup que souffrir misérablement chaque jour.

Prométhée. — Tu aurais donc grand-peine à porter mes épreuves : à moi, le destin ne permet pas la mort. Seule, elle m'affranchirait de mes maux. Mais nul terme ne s'en offre à moi, avant que Zeus ne tombe de sa toute-puissance.

Io. — Est-il possible que Zeus tombe un jour du pouvoir?

Prométhée. — Ta joie serait grande, je pense, à voir une telle aventure.

Io. — Certes, quand c'est par Zeus que je souffre de telles misères.

Prométhée. — Eh bien! tu peux l'apprendre : c'est ce qui sera.

Io. — Et qui lui ravira le sceptre tout-puissant?

Prométhée. — Lui-même et ses vains caprices.

Io. — Comment? dis-le-moi, s'il se peut sans inconvénient.

Prométhée. — Il contractera un hymen dont il se repentira un jour.

Io. — Hymen divin ou mortel? Si la chose peut se dire, réponds.

Prométhée. — Qu'importe quel il soit! il n'est point permis de le dire.

Io. — Est-ce son épouse qui le chassera de son trône?

Prométhée. — En lui enfantant un fils plus fort que son père.

Io. — N'a-t-il pas un moyen de détourner le sort?

Prométhée. — Aucun, sauf Prométhée délié de ses chaînes.

Io. — Qui serait donc capable de te délier en dépit de Zeus?

PROMÉTHÉE. — Un de tes descendants doit l'être.

Io. — Que dis-tu? Un fils sorti de moi t'affranchirait de tes maux?

PROMÉTHÉE. — Oui, trois générations après les dix premières.

Io. — Cet oracle-là n'est plus aisé à comprendre.

PROMÉTHÉE. — Ne cherche pas davantage à connaître à fond tes propres misères.

Io. — Ne me montre pas un profit, pour m'en frustrer ensuite.

PROMÉTHÉE. — De deux présents je te donnerai l'un ou l'autre.

Io. — Quels présents? mets-les sous mes yeux et offre-moi le choix.

PROMÉTHÉE. — Je te l'offre, choisis : dois-je t'apprendre exactement le reste de tes maux ou bien qui sera mon libérateur?

LE CORYPHÉE. — De ces grâces, veuille donc lui accorder l'une, l'autre sera pour moi : ne dédaigne pas nos vœux. A Io révèle la suite de ses erreurs; à moi, qui sera ton libérateur; car c'est là mon envie.

PROMÉTHÉE. — Si tel est votre ardent désir, je ne me refuserai pas à vous révéler tout ce que vous demandez. A toi, d'abord, Io, je dirai les erreurs de ta course tourbillonnante : inscris-les aux tablettes fidèles de ta mémoire. Quand tu auras franchi le courant qui sert de limite aux continents, marche vers le Levant, où flamboient les pas du Soleil[1] . . . .
. . . .
. . . .
traversant le fracas de la mer, jusqu'au moment où tu

atteindras les champs gorgonéens de Kisthène, séjour
des Phorkides, trois vierges antiques, au corps de
cygne, qui n'ont qu'un même œil, une seule dent, et
qui jamais n'obtiennent un regard ni du soleil rayon-
nant ni du croissant des nuits. Près d'elles sont trois
sœurs ailées à toison de serpents, les Gorgones, horreur
des mortels, que nul humain ne saurait regarder sans
expirer aussitôt. Tel est l'avertissement que d'abord
je te donne. Mais apprends à connaître le péril d'un
autre spectacle : garde-toi des chiens de Zeus, au bec
aigu, qui n'aboient point, des Griffons[1]; et aussi de
l'armée montée des Arimaspes à l'œil unique, qui
habitent sur les bords du fleuve Pluton, qui charrie
l'or. D'aucun de ceux-là n'approche; et tu arriveras
alors en un pays éloigné, celui d'un peuple noir, établi
près des eaux du Soleil, au pays du fleuve Aithiops[2].
Suis-en la berge jusqu'à l'heure où tu atteindras la
« Descente », le point où, du haut des monts de Biblos[3],
le Nil déverse ses eaux saintes et salutaires. C'est lui
qui te conduira au pays en triangle où le Destin a
réservé à Io et à sa descendance la fondation de sa
lointaine colonie. — Si quelque point te reste trouble,
embarrassant, reprends-le, instruis-toi avec précision.
J'ai du loisir ici, plus que je n'en souhaite.

Le Coryphée. — Si tu as encore à lui révéler un fait
nouveau — ou oublié — de ses erreurs vagabondes,
dis-le. Si tu as achevé, accorde-nous à notre tour la
grâce que nous te demandons. Tu t'en souviens sans
doute?

Prométhée. — Elle a tout appris sur le terme de son
voyage; pour qu'elle sache maintenant que de moi elle

n'entend pas de vains mots, je veux lui dire quelles
peines elle a supportées avant d'arriver ici : je lui aurai
ainsi donné un garant de mes paroles. — *(A Io.)* Je
laisse de côté la grande masse des faits, pour en venir
aussitôt à tes dernières erreurs. Une fois arrivée aux
plaines des Molosses et à la croupe élevée de Dodone,
où sont l'oracle et le siège de Zeus Thesprote[1], avec
l'incroyable prodige des chênes parlants, qui, clairement et sans énigme, ont salué en toi celle qui devait
être l'épouse glorieuse de Zeus — rien de tout cela ne
flatte-t-il ta mémoire? — tu t'es élancée, piquée du
taon, par la route côtière, vers le golfe immense de
Rhéa[2], d'où la tourmente qui t'emporte a ramené ici
ta course vagabonde. Mais, pour les temps qui viendront, ce golfe marin sera, sache-le exactement, le
golfe Ionien, et son nom rappellera ton passage à tous
les mortels. Voilà pour te prouver que mon esprit per-
çoit plus que ce qui se voit. *(Au Chœur.)* Le reste,
c'est à vous comme à elle que je le révélerai, en revenant maintenant sur la trace de mes précédents récits.
Il est une ville, Canope, à l'extrémité du pays, à la
bouche même et sur un atterrissement du Nil. C'est là
que Zeus te rendra la raison en t'imposant sa main
calmante, d'un simple contact[3]. Et, pour rappeler
comment Zeus l'a mis au monde, celui que tu enfan-
teras sera le noir « Épaphos », qui cultivera tout le pays
qu'arrose le large cours du Nil. Cinq générations après
lui, cinquante vierges, sa descendance, reviendront
malgré elles à Argos, pour échapper à un hymen avec
des proches, leurs propres cousins. Eux, dans la fré-
nésie du désir, milans pressant des colombes, arriveront

à leur tour, chasseurs en chasse d'un hymen interdit[1].
Mais le Ciel leur refusera celles qu'ils convoitent, et la
terre pélasge les ensevelira, vaincus par le Meurtre à
la face de femme dont l'audace veille dans la nuit.
Chaque épouse arrachera la vie à son époux et trem-
pera dans son sang l'épée à double tranchant. Que de
telles amours aillent à mes ennemis! Une seule[2], eni-
vrée du désir d'être mère[3], se refusera à tuer le compagnon de son lit et laissera s'émousser son vouloir.
Entre deux maux, elle choisira d'être appelée lâche
plutôt que meurtrière. Et c'est elle qui, dans Argos,
enfantera une lignée royale. — Il me faudrait un long
récit pour dire clairement tout cela. Sache du moins
que de cette souche naîtra le vaillant[4], à l'arc glorieux,
qui me délivrera de ces maux. Tel est l'oracle que m'a
entièrement dévoilé ma mère, Thémis, la sœur des
Titans. Mais comment, par quelles voies se réalisera-t-il?
Te l'exposer demanderait longtemps, et toi, à tout
apprendre, tu ne gagnerais rien.

Un frisson secoue Io.

Io. — ✕ Ah! ah! encore! Un spasme soudain, un
accès délirant me brûlent. Le dard du taon me taraude,
tel un fer rougi. Mon cœur épouvanté piétine mes
entrailles. Mes yeux roulent convulsivement. Emportée
hors de la carrière par un furieux souffle de rage, je ne
commande déjà plus à ma langue, et mes pensées
confuses se heurtent en désordre au flot montant d'un
mal hideux! » ✕

Elle s'enfuit éperdue.

Très soutenu.

LE CHŒUR. — *Oui, c'était un sage, un vrai sage, le premier dont l'esprit pesa et la langue formula*[1]

que « s'allier selon son rang » est de beaucoup le premier des biens ; et donc ne pas convoiter, quand on n'est qu'un artisan, une alliance avec des gens infatués de leur richesse ou enivrés de leur lignage.

Ah! puissiez-vous ne jamais, ne jamais me voir, Parques, vous sans qui rien ne s'achève, tenir la place d'une épouse dans le lit de Zeus!

Puissé-je même ne jamais connaître les embrassements d'un mari habitant du ciel. Je frémis, quand je vois Io, la vierge rebelle à l'amour, s'épuiser, grâce à Héra, dans ce dur vagabondage de douleur.

Plus vif.

Pour moi, qui m'offre hymen à ma mesure, seul ne m'effraie pas. Que l'amour de l'un des grands dieux ne jette pas sur moi un de ces regards auxquels on ne se dérobe pas!

C'est là une guerre dure à guerroyer, qui ne laisse espérer que le désespoir, et où je ne vois point de quelle adresse je pourrais bien user : je ne sais pas de moyens d'échapper au vouloir de Zeus!

Long silence.

PROMÉTHÉE. — Un jour viendra, j'en réponds, où Zeus, pour opiniâtre que soit son cœur, sera tout hum-

ble, car l'hymen auquel il s'apprête le jettera à bas
de son pouvoir et de son trône, anéanti. Elle sera dès
lors de tout point accomplie, la malédiction dont l'a
maudit Cronos, son père, le jour où il tomba de son
trône antique. Et le moyen d'éloigner tel revers, nul
dieu, si ce n'est moi, ne le lui saurait révéler clairement.
Seul, je sais l'avenir et comment il se peut conjurer.
Après cela, qu'il trône donc sans crainte, se fiant au
fracas dont il emplit les airs, agitant dans ses mains le
trait embrasé : nul secours ne l'empêchera de choir
ignominieusement d'une chute intolérable — si fort
est l'adversaire qu'à cette heure il se prépare à lui-
même, être prodigieux avec qui la lutte est ardue,
inventeur d'un feu plus puissant que la foudre, d'un
fracas formidable à couvrir le tonnerre; par qui même
le fléau marin qui ébranle la terre, le trident, arme de
Poseidôn, doit voler en éclats[1]. Le jour où il butera
contre ce malheur, il apprendra quelle distance sépare
« régner » de « servir ».

LE CORYPHÉE. — Ce sont tes désirs dont tu fais des
oracles pour Zeus.

PROMÉTHÉE. — Je dis ce qui sera, mais ce qu'aussi
je souhaite.

LE CORYPHÉE. — Devons-nous nous attendre à voir
Zeus aux ordres d'un maître?

PROMÉTHÉE. — Et ses épaules porter des peines
plus lourdes que celles-ci mêmes.

LE CORYPHÉE. — Tu n'as donc point peur de lancer
pareils mots?

PROMÉTHÉE. — Que peut craindre celui qui ne
saurait mourir?

LE CORYPHÉE. — Il te peut procurer une épreuve encore plus cruelle.

PROMÉTHÉE. — A son gré! je m'attends à tout.

LE CORYPHÉE. — Ceux-là sont sages qui s'inclinent devant Adrastée[1]

PROMÉTHÉE. — Adore, implore, flagorne le maître du jour. Pour moi, je me soucie de Zeus encore moins que de rien. Qu'il agisse et règne à sa guise pendant ce court délai : il ne sera pas longtemps le maître des dieux. — Mais j'ai devant les yeux le courrier de Zeus, le serviteur du jeune tyran. Une chose est sûre : il nous vient annoncer du nouveau.

Hermès, porté par des sandales ailées, vient de voler jus-
qu'à Prométhée.

HERMÈS. — Toi — oui, toi, le malin, le hargneux entre les hargneux, l'offenseur des dieux, qui as aux éphémères livré leurs privilèges, le voleur du feu — écoute! Mon père t'ordonne de parler : quel est cet hymen dont tu fais un épouvantail? et par qui doit-il être jeté à bas de son pouvoir? Cette fois, plus d'énigmes! appelle chaque chose par son nom. Et ne m'inflige pas un second voyage, Prométhée : tu le vois, ce n'est pas ainsi qu'on adoucit Zeus.

PROMÉTHÉE. — Voilà de bien grands mots et un ton plein de superbe — celui qui convient à un valet des dieux! Jeunes, vous exercez un pouvoir bien jeune, et vous pensez habiter un château inaccessible à la douleur. Mais n'en ai-je pas vu, moi, chasser déjà deux monarques? Et le troisième, le maître d'aujourd'hui, ces yeux le verront aussi chassé plus honteusement et

plus brusquement encore! Eh bien! te semblé-je avoir
peur et me terrer d'effroi devant les jeunes dieux? Il
s'en faut de beaucoup — du tout au tout, plutôt. Va
donc, hâte-toi, et refais la route qui t'a conduit ici : tu
ne sauras rien de ce que tu viens chercher près de moi.

Hermès. — Ce sont pourtant ces façons obstinées
d'antan qui t'ont conduit à ce mouillage de douleurs.

Prométhée. — Contre une servitude pareille à la
tienne, sache-le nettement, je n'échangerais pas mon
malheur. J'aime mieux, je crois, être asservi à ce roc
que me voir fidèle messager de Zeus, père des dieux!
C'est ainsi qu'à des orgueilleux il sied de montrer leur
orgueil!

Hermès. — Tu parais bien fier du sort qui t'est fait!

Prométhée. — Fier! Puissé-je voir mes ennemis
être fiers de la sorte — et je te mets parmi eux.

Hermès. — Me fais-tu donc, à moi aussi, grief de
tes malheurs?

Prométhée. — Je suis franc : je hais tous les dieux;
ils sont mes obligés, et par eux je subis un traitement
inique!

Hermès. — Je comprends : tu délires! La maladie
est grave.

Prométhée. — Maladie, soit! s'il faut être malade
pour haïr ses ennemis.

Hermès. — Tu eusses été intolérable, si tu avais
réussi.

Prométhée. — Hélas!

Hermès. — Voilà un mot qu'ignore Zeus.

Prométhée. — Il n'est rien que le temps n'enseigne, en vieillissant.

HERMÈS. — Pourtant, tu ne sais pas encore montrer la moindre raison.

PROMÉTHÉE. — En effet! eussé-je sans cela parlé à un valet?

HERMÈS. — Tu ne veux rien dire, je crois, de ce que désire mon père?

PROMÉTHÉE. — Ah! sans doute, je lui dois assez, pour le payer de ma reconnaissance!

HERMÈS. — Tu me railles ici, vraiment, comme un enfant.

PROMÉTHÉE. — Et n'es-tu pas enfant, plus simple même qu'un enfant, si de moi tu espères apprendre quelque chose? Il n'est outrage ni ruse par quoi Zeus puisse me décider à déclarer ce qu'il désire, avant qu'il n'ait d'abord desserré ces infâmes liens. Ainsi, qu'on lâche donc sur moi la flamme dévorante! que sous la neige à l'aile blanche, au fracas d'un tonnerre souterrain[1], Zeus confonde et bouleverse l'univers! rien ne me pliera à lui révéler le nom de celui qui le doit chasser de sa puissance.

HERMÈS. — Vois donc si un tel langage se révèle utile à ta cause.

PROMÉTHÉE. — Tout est vu, depuis longtemps — et délibéré.

HERMÈS. — Daigne donc, pauvre fou, daigne enfin raisonner plus juste en face de ces maux.

PROMÉTHÉE. — Tu me fatigues et perds ta peine, comme à faire la leçon au flot. Ne t'imagine pas qu'un beau jour, effrayé de l'arrêt de Zeus, je me ferai un cœur de femme, et m'en irai, singeant les femmes, supplier, les mains renversées[2], celui que plus que tout

j'abhorre de me détacher de ces liens. Il s'en faut du
tout au tout!

HERMÈS. — S'en tenir à parler serait, je crois, parler
longuement pour rien. Pas un instant tu n'es touché
ni adouci par des prières venues de moi. Mordant le
frein au contraire, comme un poulain novice au joug,
tu résistes, tu te bats contre les rênes. Mais ta rage se
fie à une impuissante ruse. L'opiniâtreté, chez qui rai-
sonne mal, seule, peut moins que rien. Considère donc,
si mes raisons ne savent te convaincre, quel ouragan,
quelle triple lame de maux va t'assaillir, inévitable[1].
Cette âpre cime d'abord, mon père, avec son tonnerre
et la flamme de sa foudre, la fera voler en éclats;
ton corps enfoui n'aura plus d'autre lit que l'étreinte
du roc; et une longue durée de jours s'achèvera, avant
que tu reviennes à la lumière. Mais alors le chien ailé
de Zeus, l'aigle fauve, taillant férocement ton corps,
n'en fera qu'un vaste lambeau — convive accouru
sans être invité, qui s'attarde au festin la journée tout
entière! — et du noir régal de ton foie il se repaîtra à
plaisir. A cette peine-là n'espère point de terme, à
moins qu'un dieu ne se révèle prêt à succéder à tes
souffrances et ne s'offre à descendre dans l'Hadès clos
à la lumière, au cœur profond du noir Tartare[2]. Ainsi
consulte-toi. Il ne s'agit pas ici d'un vain épouvantail,
mais de mots bel et bien prononcés. Et la bouche de
Zeus ne sait pas mentir : elle réalise tout ce qu'elle
énonce. Regarde autour de toi, médite, et ne crois pas
qu'opiniâtreté jamais puisse valoir sage réflexion.

LE CORYPHÉE. — Pour nous, Hermès parle un
langage qui manifestement n'est pas sans à-propos.

Il t'invite à laisser là toute opiniâtreté pour interroger la sage réflexion. Va, crois-le. Pour un sage, une erreur est une honte.

Dans un mouvement plus large jusqu'à la fin de la pièce.

✗ PROMÉTHÉE. — Je connaissais le message dont il me vient harceler. Mais être traité en ennemi par des ennemis n'a rien d'infamant. Allons! que la tresse de feu à double pointe[1] soit donc lâchée sur moi, l'éther ébranlé par la foudre et la fureur convulsive des vents sauvages; que leur souffle, secouant la terre, l'arrache avec ses racines à ses fondements; que la houle des mers, d'un flux hurlant et rude, aille effacer au firmament les routes où croisent les astres; puis que, pour en finir, il me jette donc au ténébreux Tartare[2], dans les tourbillons d'une impitoyable contrainte! une chose est sûre : il ne peut, à moi, m'infliger la mort.

HERMÈS. — Voilà bien les pensées, le langage qu'on peut ouïr des déments. Quel symptôme de délire manque donc à de pareils vœux? Modère-t-il ses accès? Mais, prenez garde, vous qui compatissez à ses maux, éloignez-vous de ces lieux, en hâte, si vous ne voulez que la stupeur soudain ne vous prenne au mugissement d'un tonnerre implacable.

LE CORYPHÉE. — Parle un autre langage, et donne des avis qui sachent me convaincre. Dans le flot de ton discours vient de passer un mot qu'assurément je ne puis tolérer. Quoi! tu m'engages donc à cultiver la vilenie? Non, avec lui, je veux souffrir. J'ai appris à haïr les traîtres : il n'est point de vice que j'exècre plus.

HERMÈS. — Mais, prenez garde, rappelez-vous mes prédictions, et n'allez pas, une fois la proie du Malheur, vous plaindre de votre sort, ni prétendre que Zeus vous a jetées dans un désastre imprévu. Non, n'accusez que vous-mêmes. Vous êtes averties : ce n'est point brusquement, à l'improviste, que vous vous trouverez prises au filet sans issue du Malheur, victimes de votre sottise.

Hermès sort. On entend un grondement souterrain.

PROMÉTHÉE. — Mais voici des faits et non plus des mots : la terre vacille; dans ses profondeurs, en même temps, mugit la voix du tonnerre; en zigzags embrasés la foudre jaillit éclatante; un cyclone fait tourbillonner la poussière; tous les souffles de l'air s'élancent à l'attaque les uns des autres; la guerre est déclarée entre les vents, et l'éhter déjà se confond avec les mers. Voilà donc la rafale qui, pour m'épouvanter, manifestement vient sur moi, au nom de Zeus. O Majesté de ma mère, et toi, Éther, qui fais rouler autour du monde la lumière offerte à tous, voyez-vous bien les iniquités que j'endure?

Sous un nouveau coup de tonnerre les rochers s'écroulent ensevelissant Prométhée.

ORESTIE

ORESTIE

AGAMEMNON

NOTICE

Agamemnon est le drame de l'angoisse. L'angoisse y va
croissant de scène en scène. Un mot du Veilleur laisse
déjà entendre que le palais enferme un secret inquiétant.
Les vieillards qui forment le Chœur exposent bientôt plus
clairement ce qui fait l'objet de leurs craintes. Ils ignorent
encore le triomphe des Grecs, mais ils le savent certain,
puisque Pâris a offensé Zeus, en violant les lois de l'hospitalité. Malheureusement ils savent aussi le nombre de vies
humaines dont se paiera la victoire, ainsi que l'indignité
de celle à qui les Atrides sacrifient leurs guerriers; et,
comme des préparatifs de fête semblent annoncer une heureuse nouvelle, ils évoquent le souvenir du présage qui, au
départ du Roi, leur a, avec le succès, prédit les maux
effrayants. Une partie de ces maux s'est déjà réalisée :
faut-il, si Troie est prise, redouter maintenant les autres?

Dans le présage des aigles dévorant une hase pleine avec
toute sa portée, Calchas a su reconnaître un avertissement
d'Artémis. Artémis protège les faibles; ils sont à elle et
doivent être épargnés. Si Agamemnon veut détruire toute
la race troyenne et immoler des innocents, qu'il en donne
donc d'abord à la déesse le prix qu'elle exige, le sang
d'Iphigénie! Aveuglé par l'ambition, sans révolte, le Roi a
accepté le marché : les Grecs ont vu de leurs yeux le « sacrifice monstrueux » prédit par le devin, et c'est ce souvenir qui, douloureusement, hante à cette heure l'esprit des
vieillards. La sagesse populaire l'a proclamé depuis longtemps : « Il faut souffrir pour comprendre. » Quelle souffrance nouvelle viendra faire comprendre à Agamemnon
son erreur? Calchas l'a laissé prévoir : « Une intendante
perfide garde la maison, la Colère, qui n'oublie pas et

veut venger une enfant. » Clytemnestre, dans l'ombre, prépare-t-elle déjà l'expiation?

Son langage du moins le laisse craindre. A peine a-t-elle proclamé la nouvelle reçue de Troie et justifié sa foi dans le messager de feu qu'elle se plaît à dénombrer toutes les raisons qui peuvent maintenant faire craindre un retour de fortune. Elle imagine Troie livrée au pillage et au massacre, elle voit les temples des dieux dévastés, elle rappelle les vies sacrifiées — à Aulis comme devant Troie. Il ne suffit pas d'être vainqueur : il faut pouvoir jouir de la victoire. Et le Chœur, qui veut chanter le succès des Grecs, en vient peu à peu à exprimer les mêmes inquiétudes. Les lois divines sont inflexibles; Pâris a été frappé pour sa démesure : une démesure égale aurait-elle été le fait des vainqueurs?

La réponse est donnée, franche et brutale, par le Héraut qui précède Agamemnon : les Grecs ont fait ce que prévoyait Clytemnestre; ils ont détruit tous les temples des dieux, ils ont anéanti un peuple, ils ont fait « payer au double » la faute des coupables. Le Héraut peut ensuite déclarer que « la peine est passée », que l'heure est venue pour l'armée de « se rendre gloire à la face du Soleil » : il n'est personne qui ne comprenne qu'au contraire le châtiment est désormais certain. Le message qu'envoie Clytemnestre à son époux est un message de mort, et le récit de la tempête qui a dispersé la flotte achéenne montre à la fois les Grecs poursuivis par la colère des dieux et Agamemnon privé de son frère, seul recours qui pût le sauver.

C'est ici, au centre du drame, au moment même où va paraître le Roi, que le poète a tenu à formuler en termes précis sa pensée. Agamemnon n'est point la victime de dieux jaloux; la prospérité n'enfante pas nécessairement le malheur, comme on le dit et croit : non, le malheur toujours est le fils du crime, il n'est jamais qu'un châtiment; c'est la Justice qui « mène tout à son terme ». Le mot éclaire toute la suite du drame; il grandit Clytemnestre et accroît la terreur qu'elle inspire : si elle est l'exécutrice d'une volonté divine, Agamemnon ne saurait lui échapper.

Il entre et, avec une insolence naïve, il dénonce lui-même l'excès de la vengeance qu'il a tirée des Priamides; la démesure éclate dans chacun de ses mots. Et il ose prendre encore l'attitude d'un justicier qui vient rétablir l'ordre à Argos! Le contraste est tragique de cette sottise arrogante et de la douceur perfide qui remplit le langage de Clytemnestre. Longuement elle dit son amour et sa joie — et sa joie n'est pas pur mensonge, puisqu'elle sent sa vengeance toute proche. Elle a tant souffert qu'elle a bien le droit de jouir de son bonheur sans provoquer l'envie. Elle entend que le vainqueur rentre dans sa maison sur un « chemin de pourpre », ainsi qu'on fait parfois pour la statue d'une divinité. Elle cherche sans doute à s'assurer la complicité des dieux, qu'aura de la sorte provoqués Agamemnon; elle prétend que, par un signe sensible, il se condamne lui-même. Le malheureux sent confusément le piège, le défi imprudent jeté au Ciel; il se défend, puis il cède. Et il cède — suprême ironie — à cet argument : se montrer docile à sa femme, c'est faire preuve d'humilité, c'est s'assurer contre le Destin! Il rentre donc dans son palais en foulant aux pieds la pourpre, et, derrière lui, Clytemnestre pousse un cri de triomphe : sa proie est dans le filet.

L'épouvante du Chœur est à son comble; il lutte contre un pressentiment qu'il ne sait comment exprimer : les dieux lui ont refusé le don accordé aux devins. Mais Cassandre est là, qui, elle, le possède; c'est elle qui va prédire le sort réservé à la maison des Atrides.

Ce qui fait la beauté du rôle de Cassandre, c'est qu'elle est à la fois un symbole et une femme. Elle est le symbole de la cité détruite, de tous les innocents sacrifiés à une vengeance sans mesure — les levrauts du présage qui provoquaient la pitié d'Artémis; elle est l'image vivante des fautes d'Agamemnon. Mais, en même temps, elle est une femme, une Troyenne, qui hait les Grecs, et une captive aimée de son maître, pour qui elle garde respect et pitié. Elle tait donc les fautes du Roi, et, en revanche, elle crie bien haut tous les crimes de la race, dont la mort d'Agamemnon n'est pour elle qu'une suite fatale. Elle voit, installée dans le palais, la troupe des Érinyes, qui chantent les forfaits anciens, l'adultère de Thyeste et le meurtre de ses enfants. Elle voit la mort qui lui est réservée, celle d'Agamemnon, mais aussi, dans un avenir plus lointain, celle de Clytemnestre, qui souillera d'un parricide le palais maudit. Puisque Troie ainsi est vengée, Cassandre peut mourir : bravement elle entre dans le palais, où l'attend Clytemnestre. Et, suivant le rythme constant de la pièce, la pensée du Chœur va d'elle à Agamemnon, des Troyens aux Grecs, et même à tous les hommes : qu'est-ce que le bonheur terrestre, toujours si proche du néant?

Le cri d'Agamemnon égorgé répond à cette question anxieuse. Tandis que les vieillards, impuissants, se concertent, Clytemnestre paraît, debout près de ses victimes, et se glorifie de son crime : elle n'a été qu'une justicière, elle a tué celui qui lui avait tué son enfant. Mais en même temps, aux menaces du Chœur elle oppose une autre menace : qu'il prenne garde! elle a désormais Égisthe pour défenseur. L'aveu cynique de l'adultère, les insultes qu'elle lance ensuite aux cadavres qu'elle a faits révèlent tout à coup en Clytemnestre autre chose qu'un instrument des dieux : c'est aussi une criminelle, dont la jalousie et la haine, autant que la Justice, ont armé le bras.

Nous sommes ici au point culminant du drame. A qui imputer le crime? le Chœur se le demande avec désespoir sur le cadavre d'Agamemnon. A Hélène, cause première de tout le mal, puisqu'elle a déchaîné la guerre troyenne? Ou plutôt n'est-ce pas une même divinité hostile aux Atrides qui a voulu que les deux frères fussent également victimes de « femmes aux âmes pareilles »? et n'est-ce pas elle qui triomphe maintenant sous les traits de Clytemnestre? — Ce n'est là qu'une façon de désigner les filles de Tyndare comme les mauvais génies de Ménélas et d'Agamemnon. Mais Clytemnestre feint de l'entendre autrement : oui, la divinité qui frappe aujourd'hui l'Atride, c'est celle qui est attachée à sa race, celle qui poursuit le meurtre des fils de Thyeste : par la main de Clytemnestre, elle vient de venger les enfants massacrés. — Le Chœur repousse, indigné, cette explication. Le génie vengeur (*alastôr*) a peut-être été le « complice » du crime : l'heure sans doute était venue aussi de punir le forfait d'Atrée. La mort d'Agamemnon n'en est pas moins l'œuvre de Clytemnestre. — Dès lors, celle-ci ne s'en défend plus; elle le proclame au contraire à voix haute : oui, elle a vengé Iphigénie. — Le Chœur, à ce coup, ne peut plus répliquer. Un vertige s'empare de lui; il voit la maison s'effondrer dans le sang; au-delà du crime achevé, il aperçoit le châtiment, qui sera un crime nouveau. A l'angoisse du cœur succède l'angoisse de l'esprit : « Prononcer est tâche ardue! » Une seule chose est sûre, c'est que les meurtres vont continuer : « La race est rivée au Malheur! » Et l'orgueil de la Reine cette fois fléchit. Elle prend peur à son tour. Elle voudrait éloigner du palais le Génie qui y souffle cette « fureur de mutuels homicides ». Ah! s'il consentait seulement à accepter en échange une partie des trésors de la maison!

Ce long dialogue lyrique est la clef de la tragédie : le poète y a rapproché à dessein deux conceptions différentes des faits. L'une est peut-être celle de la tradition épique : Agamemnon paie les fautes de ses pères; c'est le Génie vengeur du crime d'Atrée qui le frappe. L'autre est sans doute en partie originale : Agamemnon paie ses propres erreurs, Clytemnestre venge Iphigénie. Il ne les a pas mises toutefois sur le même plan; il donne nettement Clytemnestre pour la meurtrière, le Génie vengeur tout au plus pour son « complice ». Il est vrai que les personnages, à la fin de la scène, s'attachent de préférence à l'idée d'un Génie châtiant des crimes anciens — le Chœur, parce qu'elle excuse Agamemnon, Clytemnestre, parce qu'elle l'excuse elle-même et aussi lui offre l'espoir de composer avec une divinité prête peut-être à accepter une rançon. Mais toute la tragédie est ordonnée de façon à mettre en

lumière l'autre conception : au début, les tableaux de la
hase dévorée par les aigles et d'Iphigénie égorgée; à chaque scène nouvelle, une affirmation toujours plus franche
de la démesure du Roi; au milieu de la pièce, la déclara-
tion du poète que le crime seul enfante le malheur; puis
la plainte déchirante des vaincus chantée par Cassandre;
le serment de la Reine par les dieux de la vengeance à qui
elle a immolé un père meurtrier; enfin l'impuissance du
Chœur à réfuter l'argument contenu dans le seul nom
d'Iphigénie; tout cela dit assez clairement la pensée
d'Eschyle. Et le rôle entier de Clytemnestre répond à la
même idée. L'implacable volonté qui fait sa grandeur,
Clytemnestre la doit à la Justice, dont elle sert les desseins,
à la foi farouche qu'elle a dans son droit : elle est une
« mère en furie », qui venge son enfant. La vengeance achevée, elle redevient une femme; elle s'effraie de la folie
sanglante qui règne au palais et peut la frapper elle-
même. Une lassitude la prend; elle aspire à la paix.

Mais, au moment même où elle exprime ce vœu, Égisthe
paraît, et sa personne, son langage, sa lâcheté passée et son
insolence présente rappellent de nouveau à tous au prix
de quelles hontes la justicière est arrivée à ses fins. Les
personnages un instant s'étaient élevés au-dessus d'eux-
mêmes et de leurs querelles; ils avaient entrevu ensemble
avec effroi les puissances mystérieuses dont ils étaient les
jouets; leurs volontés chancelaient et leurs cœurs s'apai-
saient. La trêve est brusquement rompue; la violence
reprend ses droits. Tous retombent au niveau de la vie.
Une fois encore, la Reine, toujours meurtrie, cherche à
arrêter les insultes et les menaces. Mais la dispute se prolonge; il faut reprendre la lutte qu'impose le crime accompli : au défi du Chœur, Clytemnestre répond, elle aussi,
par un défi. Les événements vont donc suivre leur cours;
le meurtre d'Agamemnon produira ses fruits.

PERSONNAGES

LE VEILLEUR.

CHŒUR des Vieillards d'Argos.

CLYTEMNESTRE, fille de Tyndare et de Léda, femme d'Agamemnon.

UN HÉRAUT.

AGAMEMNON, fils d'Atrée, roi d'Argos et de Mycènes.

CASSANDRE, fille de Priam et d'Hécube, captive d'Agamemnon.

ÉGISTHE, fils de Thyeste, cousin germain d'Agamemnon, amant de
Clytemnestre.

AGAMEMNON

Au fond de l'orchestre, le palais des Atrides. Sur la terrasse du toit, le veilleur est étendu.

LE VEILLEUR. — J'implore des dieux la fin de mes
peines, depuis de si longues années qu'à veiller sur ce
lit, au palais des Atrides, sans répit, comme un chien,
j'ai appris à connaître l'assemblée des étoiles nocturnes,
et ces astres surtout qui apportent aux hommes et
l'hiver et l'été, princes lumineux des feux de l'Éther,
dont je sais et les levers et les déclins. Et me voici
encore épiant le signal du flambeau, la lueur enflammée qui, de Troie, nous portera la nouvelle, le mot
victorieux : ainsi commande un cœur impatient de
femme aux mâles desseins. Mais, lorsque je suis là,
sur cette couche pénétrée de rosée, qui me retient la
nuit loin de chez moi, qui ne connaît point, elle, la
visite des songes, — car, au lieu du sommeil, c'est la
peur qui seule s'en approche et me défend de joindre
mes paupières pour un sommeil paisible — quand je
veux donc chanter ou fredonner, me faire avec des
refrains un remède contre la torpeur, alors j'éclate en
sanglots, déplorant le sort de cette maison, où ne
règne plus le bel ordre d'antan. Ah! puisse donc luire
aujourd'hui l'heureuse fin de mes peines et le feu messager de joie illuminer les ténèbres!

Une lueur apparaît dans le lointain. Le Veilleur se soulève à demi. — Avec émotion :

Salut, flambeau, qui fais naître le jour au milieu de la nuit et d'innombrables chœurs se former dans Argos pour fêter le succès!

Il se lève brusquement et lance à pleine voix un cri prolongé.

Iou! iou! je préviens à grands cris la femme d'Agamemnon, pour que, levée en hâte de sa couche, elle fasse, en réponse à ce flambeau, monter de ce palais un long cri d'allégresse : Ilion est prise, le signal de feu est là qui le proclame. Et c'est moi le premier qui, en dansant, vais ouvrir la fête. Les bons coups de mes maîtres, je les porte à mon compte[1] : avec ce fanal-là, j'amène trois fois six!... En tout cas, que je puisse, le jour où rentrera le maître, soulever de ma main sa main chérie. Je n'en dis pas plus : un bœuf énorme est sur ma langue[2]. Si la voix lui était donnée, ce palais, de lui-même, dirait l'entière vérité. Moi, si je parle à ceux qui savent, pour les autres, exprès, j'oublie tout.

Il disparaît dans le palais. — Par la droite, douze vieillards entrent lentement dans l'orchestre.

Le Coryphée. — ✗ Voici dix ans déjà que Priam a vu un terrible adversaire, les rois Ménélas et Agamemnon, fils d'Atrée, couple puissant, honoré par Zeus d'un double trône et d'un double sceptre, lever de ce pays une flotte argienne de mille vaisseaux, pour prêter à leur cause le secours des armes.

Terribles, ils criaient la guerre du fond de leur cœur irrité, semblables aux vautours qui, éperdus du deuil

de leur couvée, tournoient au-dessus de l'aire, battant
l'espace à grands battements d'ailes, frustrés de la
peine prise à garder leurs petits au nid.

Et au-dessus d'eux, une divinité — est-ce Apollon,
ou Pan, ou Zeus? — entendant, clamée en langue
d'oiseau, la plainte aiguë de ces hôtes du ciel[1], tôt ou
tard dépêche aux coupables l'Érinys vengeresse.

Ainsi le puissant Zeus Hospitalier[2] dépêche à Alexandre les deux fils d'Atrée; et bientôt, pour une femme
qui fut à plus d'un homme, des bras vont s'engourdir
en des luttes sans trêve, des genoux toucher la poussière, des lances se briser dès l'entrée au combat, selon
le lot que Zeus réserve aux Troyens et aux Danaens
à la fois.

Dans quelque voie qu'à cette heure marche l'avenir,
son but est fixé par le sort. Nourris ton feu, de bois
par-dessous, d'huile par-dessus : rien n'apaisera l'inflexible courroux des offrandes dont la flamme ne veut
pas[3].

Pour nous, dont le vieux corps ne peut payer sa
dette et que l'armée partie pour soutenir nos droits a
laissés derrière elle, nous demeurons ici, guidant sur un
bâton des forces pareilles à celles de l'enfance. La sève
qui monte en de jeunes poitrines est toute pareille à
celle des vieillards : Arès n'est pas là chez lui! Et, de
même, qu'est-ce qu'un très vieil homme, quand son
feuillage se flétrit? Il marche sur trois pieds et, sans
plus de vigueur qu'un enfant, il erre ainsi qu'un songe
apparu en plein jour.

A toi de parler, fille de Tyndare, reine Clytemnestre[4]:
qu'y a-t-il? qu'as-tu donc appris? sur la foi de quel

message tes ordres vont-ils partout provoquer des
sacrifices?

Tous les dieux de la ville, dieux du ciel et des enfers,
dieux de la maison et de la place publique, voient leurs
autels chargés de tes dons.

Et, de tous côtés, jaillit jusqu'au ciel, au stimulant
appel d'une huile sainte dont la douceur n'est pas
trompeuse[1], la flamme des offrandes royales tirées du
fond du palais.

De tout cela daigne me dire ce qu'il m'est possible
et permis d'apprendre, et guéris mon âme anxieuse,
qui tantôt se torture, et tantôt devant les sacrifices
dont tu fais jaillir les lueurs, voit l'espoir écarter d'elle
le dévorant souci, insatiable de ma peine.

Large.

LE CHŒUR. — *Je puis dire du moins quel tout-puissant présage salua le départ de nos hommes en pleine
vigueur — les dieux laissent encore une force à notre
âge, la foi qu'inspirent ses chants —*

*et comment les deux puissants rois des Achéens, dont les
volontés unies commandent à la jeunesse grecque, lance
et bras prêts à la vengeance, sont partis pour la Teucride
accompagnés d'un présage guerrier : deux rois des oiseaux apparus aux rois des nefs, l'un tout noir, l'autre
au dos blanc.*

*Ils apparurent près du palais, du côté du bras qui
brandit la lance, perchés bien en vue, en train de dévorer,
avec toute sa portée, une hase pleine, frustrée des chances
d'une dernière course.*

Mordant.

Dis le chant lugubre, lugubre ; mais que triomphe le sort heureux !

Et, à cette vue, le sage devin de l'armée, dans ces belliqueux dévoreurs de lièvres, reconnut soudain les deux fils d'Atrée aux vouloirs pareils, les chefs mêmes de l'expédition ! Et il dit, interprétant le prodige :

« Oui, avec le temps, ils s'empareront de Troie, ceux qui partent à cette heure, et les trésors d'antan que derrière ses remparts tout un peuple amassa, le Destin, brutal, les mettra à sac. Mais prenez garde que quelque dépit divin ne vienne, prenant les devants, frapper et couvrir de son ombre le terrible mors qui doit brider Troie,

l'armée ici prête. Car, émue de pitié, la pure Artémis en veut aux chiens ailés de son père, qui ont immolé avant sa délivrance la malheureuse hase avec sa portée : elle abhorre le festin des aigles.

Mordant.

Dis le chant lugubre, lugubre ; mais que triomphe le sort heureux !

Je m'arrête : c'est là tout ce qu'en sa bonté la Toute-Belle[1], qui met ses complaisances aussi bien dans les faibles fruits des lions farouches que dans les tendres nourrissons de toutes les bêtes des champs, m'invite à expliquer des signes que ces oiseaux nous apportent — apparitions d'espoir et d'alarme à la fois !

*Ah! c'est le dieu qu'on invoque avec des cris aigus,
c'est Péan que j'implore, pour qu'Artémis aux nefs des
Danaens n'envoie pas de vents contraires, qui les arrêtent
au port dans une longue attente, exigeant à son tour un
sacrifice monstrueux, dont la victime lui restera entière,
qui fera naître la discorde au sein des familles et ne
respectera même pas un époux. Car, prête à se redresser
un jour terrible, une intendante perfide garde la maison,
la Colère, qui n'oublie pas et veut venger une enfant. »
Tels furent les destins sinistres, joints à des biens sans
prix, qu'en face des présages du départ Calchas pro-
clama pour la maison de nos princes.*

*Et, d'accord avec ces présages, dis le chant lugubre,
lugubre; mais que triomphe le sort heureux!*

Ferme et sonore.

*Zeus!... quel que soit son vrai nom, si celui-ci lui
agrée, c'est celui dont je l'appelle. J'ai tout pesé : je ne
reconnais que Zeus propre à me décharger vraiment
du poids de ma stérile angoisse.*

*Un dieu fut grand jadis[1], débordant d'une audace
prête à tous les combats : quelque jour on ne dira plus
qu'il a seulement existé. Un autre vint ensuite[2], qui
trouva son vainqueur et sa fin. Mais l'homme qui, de
toute son âme, célébrera le nom triomphant de Zeus aura
la sagesse suprême.*

*Il a ouvert aux hommes les voies de la prudence, en
leur donnant pour loi : « Souffrir pour comprendre. »
Quand, en plein sommeil, sous le regard du cœur, suinte
le douloureux remords[3], la sagesse en eux, malgré eux,*

*pénètre. Et c'est bien là, je crois, violence bienfaisante[1]
des dieux assis à la barre céleste!*

C'est ainsi qu'en ces temps-là l'aîné des chefs de la
flotte achéenne, plutôt que de critiquer un devin, se faisait
le complice du sort capricieux. Voiles pliées, ventres
creux, les Achéens s'énervaient, arrêtés en vue de Chalcis,
au milieu des brisants d'Aulis.

Plus vif.

*Les vents soufflaient du Strymon, portant avec eux
les retards funestes, la famine, les mouillages périlleux,
la dispersion des équipages, l'usure des coques et des
câbles, et, par des délais toujours renouvelés, déchiraient
dans l'attente la fleur des Argiens. Et, quand le devin,
se couvrant du nom d'Artémis, vint encore proclamer un
remède plus douloureux aux chefs que la tempête amère[2],
à ce coup les Atrides, frappant le sol de leurs bâtons, ne
continrent plus leurs larmes.*

*Et l'aîné des rois parle ainsi : « Cruel est mon sort,
si je me rebelle; mais cruel est-il aussi, si je dois sacrifier mon enfant, le joyau de ma maison, et, près de l'autel,
souiller mes mains paternelles au flot sanglant jailli d'une
vierge égorgée. Est-il donc un parti qui ne soit un malheur? Puis-je, déserteur de ma flotte, manquer à mes
alliés? Si ce sacrifice, ce sang virginal enchaîne les vents,
avec ardeur, ardeur profonde, on peut le désirer sans
crime. Qu'il tourne à notre salut! »*

*Et, sous son front une fois ployé au joug du destin,
un revirement se fait, impur, impie, sacrilège : il est prêt
à tout oser, sa résolution désormais est prise. Car, à la*

*source de tous les maux, la funeste démence aux desseins
honteux est là pour souffler l'audace aux mortels. Il osa,
lui, sacrifier son enfant*[1] *— pour aider une armée à
reprendre une femme, ouvrir la mer à des vaisseaux!*

*Ses prières, ses appels à son père, tout cela — même
son âge virginal! — elle le vit compté pour rien par ces
chefs épris de guerre. Et, les dieux invoqués, le père aux
servants fait un signe, pour que, telle une chèvre, au-
dessus de l'autel, couverte de ses voiles et désespérément
s'attachant à la terre, elle soit saisie, soulevée, cependant
qu'un bâillon fermant sa belle bouche arrêtera toute
imprécation sur les siens —*

*Cela par la force, la brutalité muette d'un frein! Mais,
tandis que sa robe teinte de safran coule sur le sol, le
trait de son regard va blesser de pitié chacun de ses bour-
reaux. Elle semble une image, impuissante à parler,
elle qui, tant de fois, dans la salle des banquets paternels,
chantait et, de sa voix pure de vierge aimante, entonnait
pour la troisième libation l'heureux péan de son père
aimé*[2] *!*

*Ce qui a suivi, je ne l'ai point vu, je ne peux le dire.
Mais l'art de Calchas n'est pas vain, et ce n'est qu'à
celui qui a souffert que la Justice accorde de comprendre.
L'avenir, il sera temps de le connaître, quand il arrivera
au jour. Jusque-là, qu'il aille sa route! autant vouloir
gémir d'avance. Il se révélera assez clairement au soleil
qui le verra naître. Du moins puisse maintenant se lever
le succès qu'appelle de ses vœux celle*[3] *qui, placée le plus
près du maître, demeure ici le seul rempart protégeant
encore la terre d'Apis*[4] *!*

Clytemnestre vient de paraître à une porte du palais.

LE CORYPHÉE. — Je suis venu rendre hommage à ton autorité, Clytemnestre : il est juste d'honorer une épouse royale, quand est vide le trône de l'époux. Mais as-tu quelque heureuse nouvelle? ou l'Espérance est-elle la douce messagère qui t'invite à sacrifier? Je t'entendrai avec joie, mais, si tu te tais, ne saurai t'en vouloir.

CLYTEMNESTRE. — Douce messagère, si le proverbe est vrai[1], puisse l'être l'Aurore, fille de la Nuit douce! Ta joie va dépasser toutes tes espérances : les Argiens ont conquis la ville de Priam.

LE CORYPHÉE. — Comment? Je comprends mal, tant j'ai de peine à croire.

CLYTEMNESTRE. — Troie est aux mains des Grecs : parlé-je clairement?

LE CORYPHÉE. — La joie pénètre en moi et me tire des larmes.

CLYTEMNESTRE. — Oui, tes yeux disent bien tes loyaux sentiments.

LE CORYPHÉE. — Mais de cela, vraiment, as-tu un sûr indice?

CLYTEMNESTRE. — Je l'ai — à moins qu'un dieu n'ait voulu me jouer.

LE CORYPHÉE. — Ton crédule respect se fierait-il aux songes?

CLYTEMNESTRE. — Je crois mal aux visions de l'esprit endormi.

LE CORYPHÉE. — Une rumeur subite t'enfle donc de chimères?

CLYTEMNESTRE. — Tu me crois une enfant pour me railler ainsi!

LE CORYPHÉE. — Depuis quand Ilion serait-elle conquise?

CLYTEMNESTRE. — Depuis la nuit qui vient de nous donner ce jour.

LE CORYPHÉE. — Quel messager si prompt a donc franchi l'espace?

CLYTEMNESTRE. — Héphaistos, de l'Ida lâchant la flamme claire! Après quoi, comme des courriers de feu, chaque fanal tour à tour dépêchait un fanal vers nous. L'Ida dépêche au roc d'Hermès, à Lemnos, et l'éclatant signal qui part alors de l'île reçoit acceuil du mont Athos, où règne Zeus, — troisième relais. Puis, d'un bond vigoureux qui franchisse la croupe des mers, le puissant flambeau voyageur, à cœur joie, s'élance[1] . . . .

. . . .

la torche se hâte de transmettre sa clarté d'or, soleil de la nuit, à la guette du Makistos[2]. Le mont ne tarde pas : il n'a pas, messager étourdi succombant au sommeil, laissé passer son tour, et la lueur de son fanal part au loin vers l'Euripe rapide porter l'avis aux gardiens du Messapios[3]. Ceux-ci aussitôt ont fait luire leur réponse et transmis plus loin le message, en mettant le feu à un tas de bruyères sèches. Toujours ardent et sans faiblir, le flambeau, d'un seul élan, franchit la plaine de l'Asôpos[4], pareil à la lune brillante, et, sur le roc du Cithéron, réveille le coureur de feu appelé à le relayer. La garde s'empresse à fournir une lueur capable d'une longue étape, en brûlant plus encore qu'elle n'en avait ordre. La lueur s'élance par-dessus le lac Gorgôpis[1], et, atteignant l'Égiplancte[2], invite le feu prescrit à ne pas perdre de temps. On allume un brasier d'une ardeur dévorante, et l'on dépêche une gerbe de flamme assez puissante pour que le flamboiement en aille au loin dépasser le promontoire qui surveille le détroit Saronique[3]. La voici qui s'élance, la voici qui atteint le mont d'Arachné, guette proche d'Argos, et la voici enfin qui s'abat sur ce toit des Atrides, lueur issue en droite ligne de la flamme de l'Ida. Telles étaient les lois fixées à mes lampadéphores; pour y satisfaire, ils se sont passé tour à tour la torche, et la victoire est au premier aussi bien qu'au dernier coureur[4]. Et c'est là « l'indice », crois-moi, le signal que mon époux m'a lui-même transmis de Troie.

Le Coryphée. — Tout à l'heure, femme, je rendrai grâce aux dieux; mais que me dis-tu là? je voudrais de nouveau l'entendre et m'en émerveiller à loisir.

Clytemnestre. — A cette heure, les Grecs tiennent Troie. Je m'imagine entendre la cité retentir de deux clameurs qui jamais ne se fondent. Verse vinaigre et huile dans un même vase : ils s'écartent l'un de l'autre; tu dirais de deux ennemis. Ainsi vaincus et vainqueurs ne confondent pas plus leurs voix que leurs destins. Les uns tombés à terre, étreignent des cadavres de frères, ou, enfants, de vieillards jadis heureux pères, et, du fond d'une gorge désormais esclave, gémissent sur la mort de tout ce qu'ils aimaient. Les autres, le vagabondage épuisant du combat nocturne les rassemble affamés autour de ce que la ville peut fournir à leur repas matinal. Mais point de signe de ralliement pour les grouper : c'est d'après le sort tiré par chacun dans l'urne du hasard qu'ils s'installent déjà dans les maisons conquises des Troyens, enfin délivrés des gelées et des rosées du bivouac — et avec quel bonheur ils vont dormir la nuit entière sans avoir à se garder! Que leur piété respecte seulement les dieux nationaux du pays vaincu et leurs sanctuaires, et ils n'auront pas à craindre la défaite après la victoire. Mais qu'un désir coupable ne s'abatte pas d'abord sur nos guerriers; qu'ils ne se livrent pas, vaincus par l'amour du gain, à de sacrilèges pillages! Ils ont encore à revenir sans dommage à leurs foyers, à courir en sens inverse la piste déjà courue[1]; et l'armée partirait-elle même pure d'offense envers les dieux, que le mal fait aux morts[2] peut se réveiller à son tour, s'il ne s'est déjà pas trahi par des coups immédiats. Voilà les pensées d'une simple femme. Mais puisse le bonheur l'emporter sans conteste! Nos succès sont grands : je ne demande plus que le droit d'en jouir.

LE CORYPHÉE. — Tu parles avec sens, femme, autant qu'homme sage. J'en crois tes sûrs indices et m'apprête à glorifier les dieux : une joie digne de nos peines enfin nous est donnée.

Clytemnestre rentre dans le palais.

✕ O Zeus Roi, ô Nuit amie qui nous a conquis de telles splendeurs!

Vous avez jeté sur les murs de Troie un filet enveloppant, et ni enfant ni homme fait n'a pu s'évader du vaste réseau d'esclavage où le Malheur les a tous faits prisonniers.

Oui, c'est Zeus Hospitalier, dieu redoutable, que j'adore : seul, il a tout fait et n'a si longtemps gardé l'arc tendu contre Alexandre que pour épargner à son trait, tombant en deçà du but ou lancé au-delà des astres, un vol inutile à travers l'espace.

Animé.

Le Chœur. — *Ils peuvent dire que le coup vient de Zeus ; il est aisé de remonter jusqu'à l'origine : leur sort est celui que Zeus a voulu.*

Le Ciel ne daigne avoir souci, dit-on, des mortels qui foulent aux pieds le respect des choses sacrées. C'est là langage d'impie.

La Ruine se révèle fille des audaces interdites, chez ceux qui respirent un orgueil coupable, du jour où leur maison déborde d'opulence.

La mesure est le bien suprême[1] : souhaitons fortune sans péril qui suffise à une âme sage.

Un peu retenu.

Nul rempart ne sauvera celui qui, enivré de sa richesse, a renversé l'auguste autel de la Justice : il périra.

Il subit les violences d'une funeste Persuasion[2], odieuse fille de l'égarement qui l'entraîne ;

et, dès lors, tout remède est vain. Le dommage ne se dissimule plus : clarté funèbre, il apparaît à tous les yeux. Et lui, telle une mauvaise monnaie, noircie par l'usage et les heurts, il subit la peine due à qui, pour suivre, pareil à l'enfant, un oiseau qui vole[1]*, a infligé à sa ville une effroyable disgrâce :*

aucun dieu n'écoute ses prières; s'il s'est complu à de tels crimes, le coupable est anéanti.

Un peu retenu.

C'est ainsi que Pâris, entré sous le toit des Atrides, souilla la table de son hôte par un rapt adultère.

Laissant à son pays vaisseaux à armer, boucliers et lances à froisser dans les mêlées,

apportant pour dot à Ilion la mort, légère, elle a franchi les portes, osant ce qu'on n'osa jamais. Les devins du palais profondément gémissaient et disaient :

« Las! las! palais, palais et princes! Las! las! épouse partie sur les pas d'un amant!

Nous voyons déjà le silence humilié, dédaigneux d'invective, d'un homme assis immobile à l'écart[2]*.*

L'amour le veut : seul, le fantôme de celle qui est outre-mer semblera désormais commander dans cette maison.

Un peu retenu.

La grâce des belles statues n'est plus qu'odieuse à l'époux : elles n'ont pas de regard, tout leur charme amoureux a fui.

Et, dans ses rêves, des apparitions douloureuses ne lui apportent que vaines joies;

car c'est bien vanité, si du bonheur qu'on croit voir

*la vision glisse rapide entre vos bras, pour s'enfuir à
tire-d'aile sur le sillage du sommeil.* »

Tels sont les chagrins qu'aux pieds mêmes de son
foyer enferme cette demeure — tels, et plus cruels encore.

Dans toutes les maisons d'où des guerriers partirent
loin de la terre grecque règne un calme patient. Un souci
obsédant cependant point les cœurs.

Un peu retenu.

On se rappelle le visage de ceux que l'on a vus partir;
mais au lieu d'hommes, ce sont des urnes, de la cendre,
qui rentrent dans chaque maison!

Arès, changeur de mort[1], dans la mêlée guerrière a
dressé ses balances,

et, d'Ilion, il renvoie aux parents, au sortir de la flamme, une poussière lourde de pleurs cruels : en guise
d'hommes, de la cendre, que dans des vases il entasse
aisément!

On gémit, en vantant tel guerrier si habile au combat,
tel autre glorieusement tombé dans la lutte sanglante —
pour une femme qui ne lui était rien; mais cela, à voix
basse, et la douleur sourdement chemine, mêlée de haine
contre les fils d'Atrée, champions de la vengeance.

Un peu retenu.

D'autres, autour des murs mêmes qui les ont vus lutter,
reposent, corps intacts, dans le sol troyen[2] : la terre ennemie a caché ses vainqueurs.

Le renom est lourd que vous fait le courroux de tout un

pays ; il faut qu'il paye sa dette à la malédiction du peu-
ple.

   Mon angoisse pressent quelque coup ténébreux : qui
a versé des flots de sang retient le regard des dieux ; les
noires Erinyes finissent,

   avec le cours des changeantes années, par anéantir
l'homme dont le bonheur offensait la justice, et en ceux
qu'elles détruisent nulle force ne subsiste plus. Trop
grande gloire est périlleuse : ce sont les têtes[1] que frappe
la foudre de Zeus.

Un peu retenu.

   Je veux que mon bonheur n'excite pas l'envie : puissé-
je n'être, moi, ni destructeur de villes, ni esclave soumis
aux caprices d'autrui !

   — L'heureuse nouvelle apportée par le courrier de feu
se répand rapide à travers la ville ; mais est-ce vérité ou
mensonge divin, qui le pourrait dire ?

   — Est-il un homme assez enfant ou d'esprit assez
troublé pour s'enflammer d'espoir à d'étranges messages de
feu, quitte à souffrir, déçu, quand changeront les choses ?

   — Il est bien du gouvernement d'une femme d'ap-
plaudir à ses vœux plus qu'à la réalité. Trop crédule en
son désir, la femme va très vite au-delà des faits ; mais très
vite aussi périssent les nouvelles qu'a proclamées sa voix.

Le Coryphée regarde vers la droite.

LE CORYPHÉE. — Nous saurons bientôt si ces flambeaux éclatants, avec leurs signaux et leurs relais de
feu, ont dit la vérité, ou si la lueur séduisante d'un

songe est venue seule éblouir nos esprits. Je vois du rivage s'avancer un héraut, le front ombragé de rameaux d'olivier, et la sœur de la boue, sa jumelle altérée, la poussière, m'en est ici garante : ce n'est plus par un muet langage, la fumée ardente d'un feu de bois flambant sur une cime, qu'il te va signifier son message; mais, en termes clairs, sa voix nous invitera, ou bien à donner encore plus libre cours à notre allégresse, ou au contraire — ah! l'idée me fait horreur!... Que des succès s'ajoutent aux succès qui nous luisent déjà! Si quelqu'un fait ici d'autres vœux pour la ville, qu'il recueille le fruit du crime de son cœur!

Entre le Héraut.

LE HÉRAUT. — Ah! terre de mes pères, pays d'Argolide, après dix ans, elle a donc lui, l'heure où je te revois! Pour tant d'espoirs brisés, un seul a tenu bon. Je ne me flattais plus d'obtenir à ma mort le lot, qui me semblait si doux, d'une tombe en terre argienne. Salut donc, ô patrie; salut, lumière du soleil, et toi, Zeus, qui d'en haut veilles sur cette terre, et toi, seigneur de Pythô, archer dont les traits, j'espère, ne sont plus pour nous; assez longtemps, près du Scamandre, tu fis notre détresse : aujourd'hui sois pour nous salut et guérison, ô sire Apollon! Je vous invoque aussi, tous, dieux de la cité, et toi, divin patron, Hermès, héraut, cher orgueil des hérauts; et vous, ô demi-dieux, qui avez protégé le départ de l'armée, accueillez donc maintenant avec faveur ce qu'en a épargné la guerre. Ah! palais de mes rois, demeure chérie; sièges augustes; images ensoleil-

lées de nos dieux! plus encore qu'aux temps passés,
gardez ce radieux visage pour recevoir comme il
convient le roi longtemps absent. Il vient faire briller
le jour en pleine nuit, pour vous, pour tous ceux-ci,
le roi Agamemnon. Faites-lui donc tous fête : il le
mérite bien, le destructeur de Troie, à qui Zeus a
prêté son hoyau justicier pour retourner le sol, détruire
les autels et les temples des dieux, anéantir la race
entière du pays. C'est ainsi qu'il a passé le joug sur le
cou d'Ilion, le roi qui nous revient, aîné des fils d'Atrée,
héros favorisé du sort, et de tous les vivants le plus
digne d'un culte. Pâris et sa cité, avec lui condamnée,
ne pourront dire que la peine est restée au-dessous du
crime. Convaincu de rapt et de vol, il a vu lui échapper
son butin, et il a entraîné sous la faux destructrice la
maison paternelle et sa patrie entière : les Priamides
ont deux fois payé leurs fautes.

LE CORYPHÉE. — Sois heureux, cher héraut de
l'armée achéenne.

LE HÉRAUT. — Je suis heureux; aux dieux j'abandonne ma vie.

LE CORYPHÉE. — Le regret du pays a travaillé ton
âme?

LE HÉRAUT. — Crois-en les pleurs de joie qui rem-
plissent mes yeux.

LE CORYPHÉE. — Vous connaissez alors le doux mal
de nos cœurs.

LE HÉRAUT. — Que dis-tu? instruis-moi, que je
comprenne mieux.

LE CORYPHÉE. — Vous brûliez du désir de qui vous
désirait.

LE HÉRAUT. — Cette terre pleurait ses fils qui la pleuraient?

LE CORYPHÉE. — Et de mon cœur en deuil jaillissaient les sanglots.

LE HÉRAUT. — Quelle amère souffrance occupait donc vos âmes?

LE CORYPHÉE. — Depuis longtemps, me taire reste mon seul remède.

LE HÉRAUT. — Voyant tes rois absents, tu redoutais quelqu'un?

LE CORYPHÉE. — Comme à toi, la mort même me serait un bienfait.

LE HÉRAUT. — C'est que mes vœux aujourd'hui sont comblés. Mais on peut bien le dire, tout ce qui se prolonge, à côté d'heureuses chances, comporte aussi quelques disgrâces : les dieux seuls voient sans souffrance s'écouler leur vie éternelle. Si je vous disais nos fatigues, la pénible façon dont nous étions parqués, les passavants étroits où nous couchions sur la dure[1]! quelle heure du jour ne nous a pas vus gémir et nous plaindre? Et, sur terre, c'était pire ennui encore : nous campions sous les murs mêmes de l'ennemi, et, du ciel, de la terre, la rosée des prés sur nous faisait pleuvoir un constant dommage, emplissant de vermine le poil de nos manteaux. Et si l'on vous disait l'hiver, tueur d'oiseaux, l'hiver intolérable que nous faisait la neige de l'Ida! ou bien la torpeur de l'été, quand la mer à midi, nulle brise ne soulevant ses flots, sur sa couche retombe et s'endort! Mais pourquoi s'en attrister encore? La misère est passée — bien passée; les morts ne songent plus à se lever de terre : à quoi bon

compter les disparus, pour faire souffrir les vivants au
rappel d'un sort hostile? Mon avis, en tel cas, est de
dire au passé un adieu sans retour. Pour nous, les
survivants de l'armée argienne, le profit l'emporte et
compense la peine. Aussi nous pouvons nous rendre
gloire, en présence de ce Soleil qui survole la terre et
les mers : « Conquérante de Troie, une armée d'Argos
a cloué dans leurs temples ces dépouilles vouées aux
dieux de la Grèce, antique et éclatant trophée. » Il
faut qu'à ouïr ce bruit on célèbre Argos et ses capitaines;
et, en même temps, on rendra hommage à la faveur
de Zeus, par qui le succès fut complet. J'ai tout
dit.

LE CORYPHÉE. — Je me rends à ton rapport, je
l'avoue : on n'est jamais trop vieux pour aller à l'école
de la vérité. Mais c'est surtout cette maison, c'est
Clytemnestre que touchent ces nouvelles : je n'ai droit
qu'à une part du trésor qui lui appartient.

Clytemnestre paraît sur le seuil du palais.

CLYTEMNESTRE. — Il y a longtemps déjà que j'ai
poussé un long cri d'allégresse, quand, le premier,
arriva dans la nuit le messager de feu annonçant la
conquête et la ruine de Troie. Alors, pleins de reproches,
des gens me disaient : « Pour des signaux de feu, te
voilà donc certaine que Troie est maintenant une ville
détruite? Il est bien d'une femme de s'exalter ainsi! »
De tels propos me faisaient apparaître folle. Et, malgré tout, j'ordonnais des sacrifices, et le cri rituel
des femmes, mes gens, dispersés à travers la ville, le
lançaient en accents joyeux, au fond des temples

divins où ils cherchaient à endormir la dévorante
ardeur des flammes parfumées. Quel besoin maintenant que tu m'en dises plus? j'apprendrai tout du
roi lui-même. Je ne veux plus songer qu'à recevoir
du mieux qu'il m'est possible l'époux respecté qui
rentre en sa demeure. Quel soleil luit plus doux à une
femme que la joie d'ouvrir les portes toutes grandes au
mari que les dieux ont sauvé de la guerre. A mon époux
rapporte bien ceci : « Qu'il se hâte de répondre aux désirs
de sa cité! Qu'il vienne retrouver aussi dans sa maison,
telle qu'il l'y laissa, une épouse fidèle, chienne de
garde à lui dévouée, farouche à ses ennemis, toujours
la même en tout et qui n'a point violé durant sa longue absence les dépôts confiés[1]. Le plaisir adultère,
même un simple bruit médisant, sont choses que
j'ignore tout autant que l'art de teindre le bronze[2]. »
Si l'éloge paraît orgueilleux, il est trop plein de vérité
pour choquer sur des lèvres de noble femme.

Elle rentre dans le palais.

Le Coryphée. — Tu l'as entendue, comprends-la
bien : pour un clairvoyant interprète, c'est un langage
spécieux! — Mais, dis-moi, héraut : Et Ménélas? puis-
je savoir s'il est sauvé et va revenir avec vous, lui, le
roi cher à ce pays.

Le Héraut. — Je ne puis inventer de séduisants
mensonges, dont le profit pour vous, amis, soit bien
durable.

Le Coryphée. — Ah! puisse joie pour nous être
aussi vérité! La joie qui n'est pas vraie vite est désa-
busée.

Le Héraut. — Le roi et son vaisseau ont tous deux disparu de l'armée argienne : voilà la vérité.

Le Coryphée. — Était-il donc parti d'Ilion devant vous? ou un même ouragan vous a-t-il séparés?

Le Héraut. — Comme un habile archer tu as touché le but et résumé d'un mot un immense désastre.

Le Coryphée. — Parmi vos compagnons dans la flotte des Grecs, le croyait-on vivant ou à jamais perdu?

Le Héraut. — Personne n'en a plus de nouvelles certaines, si ce n'est le Soleil, nourricier de la terre.

Le Coryphée. — Dis-moi donc l'ouragan que le courroux des dieux déchaîna sur la flotte et quelle en fut l'issue.

Le Héraut. — Il ne convient guère de souiller un jour de joie par un langage de deuil : chaque divinité veut être honorée à son heure. Quand un messager, la tristesse au front, vient apporter à sa ville l'abominable douleur de savoir son armée détruite; quand il lui apprend qu'une plaie à tous commune s'est ouverte aux flancs du pays, en même temps qu'à des foyers sans nombre des guerriers sans nombre ont été arrachés et voués au trépas, tout cela par le double aiguillon[1], trop cher à Arès, fléau divin à deux pointes, couple meurtrier — alors, sans doute, au messager chargé de pareilles douleurs il convient d'entonner, comme tu le demandes, le péan des Érinyes. Mais, entrant, messager de salut, dans une ville toute à la joie du triomphe, dois-je mêler la tristesse au bonheur, en vous contant une tempête qui ne peut que nous révéler des dieux irrités contre nous. Nous avons vu, en effet, deux ennemis jusqu'ici irréconciliables, la mer et le feu, se conjurer et montrer leur alliance en détruisant la pauvre armée des Argiens. C'est dans la nuit qu'en vagues cruelles le malheur se levait pour nous. Le vent de Thrace choquait nos vaisseaux les uns contre les autres. Eux, se heurtant de front avec violence, sous le déchaînement de la tourmente, sous le fouet de grêle de l'ouragan, pâtre de malheur[1], tournoyaient puis disparaissaient, anéantis. Quand se leva la radieuse lumière du matin, la mer Égée foisonnait et de cadavres de Grecs et de débris de vaisseaux. Pour nous, notre nef gardait sa carène intacte. Qui l'avait dérobée à la mort? qui avait obtenu sa grâce? Une divinité — pas un homme à coup sûr — qui avait pris en main son gouvernail : la Fortune Libératrice s'était plu à s'asseoir au banc du pilote et, grâce à elle, nous ne sentîmes, ni, au mouillage, l'assaut furieux de la houle, ni, en marche, le heurt d'un écueil rocheux. Mais, échappés à la mort sur les eaux, nous hésitions encore, quand brilla le jour, à jouir de notre bonheur, car nos cœurs nourrissaient une douleur nouvelle : notre armée si durement meurtrie! A cette heure même, s'il en reste sur terre un survivant, sans doute parle-t-il de nous comme de morts, tandis qu'ici nous lui prêtons même destin. Qu'il en soit pour le mieux! Et Ménélas, d'abord et surtout, attends-toi à le voir reparaître ici. Ou, du moins, si un rayon de soleil le sait quelque part bien vivant et les yeux ouverts à la lumière, par l'opération de Zeus, qui se refuse à anéantir la race d'Atrée, l'espoir nous reste qu'il rentre un jour en son palais. Tu viens d'entendre, sache-le, l'entière vérité.

Il entre dans le palais.

Bien marqué.

LE CHŒUR. — *Qui donc, sinon quelque invisible qui, dans sa prescience, fait parler à nos lèvres la langue du Destin, donna ce nom si vrai à l'épousée qu'entourent la discorde et la guerre, à Hélène?*

Plus soutenu.

Elle est née en effet[1] pour perdre les vaisseaux, les hommes et les villes, celle qui, soulevant ses luxueuses courtines, s'est enfuie sur la mer au souffle puissant du zéphyr,

cependant qu'innombrables, d'étranges chasseurs armés du bouclier s'élançaient sur la trace évanouie de sa nef, pour aborder aux rives verdoyantes du Simoïs, instruments de la Querelle sanglante?

Une colère aux desseins infaillibles pousse vers Ilion celle dont l'alliance allie à la mort[2]. Le mépris de la table hospitalière et de Zeus qui la protège, tôt ou tard, elle entend le faire payer à tous ceux qui, à pleine voix, chantèrent le chant d'hyménée

Plus soutenu.

qu'en l'honneur de l'épousée se sont trouvés en ce jour avoir entonné ses beaux-frères. Après l'hymne de joie elle apprend l'hymne de deuil, la vieille cité de Priam, et, douloureusement, en maudissant « Pâris aux funè-

bres amours », *elle pleure sur sa vie vouée aux souffrances
et aux chants de deuil, depuis qu'elle a dû voir, en un
cruel massacre, périr ses citoyens.*

Un peu plus libre.

*C'est ainsi qu'un homme a, dans sa maison, nourri
un lionceau, tout jeune privé du lait de sa mère,*

*et dans ses premiers jours l'a vu, plein de douceur.
caresser les enfants, amuser les vieillards;*

*plus d'une fois même rester dans ses bras, comme un
nouveau-né, joyeux et flattant la main à laquelle sa faim
le fait obéir.*

*Mais, avec le temps, il révèle l'âme qu'il doit à sa
naissance. Pour payer les soins de ceux qui l'ont nourri,*

*il s'invite lui-même à un festin de brebis massacrées.
La demeure est trempée de sang,*

*pour tous ceux qui l'habitent incurable fléau, carnage
ruineux. C'est un prêtre d'Até, envoyé par le Ciel, qu'a
nourri la maison.*

Plus vif.

*Ce qui d'abord entra dans Ilion, ce fut, si je puis dire,
la paix d'une embellie que ne trouble aucun vent, un
doux joyau qui rehausse un trésor, un tendre trait qui
vise aux yeux[1], une fleur de désir qui enivre les cœurs.*

Soutenu.

*Mais, soudain, tout change; amer est le dénouement
des noces : c'est pour perdre qui la reçoit, c'est pour*

perdre qui l'approche qu'elle est venue aux Priamides ;
Zeus Hospitalier conduisait cette Érinys dotée de pleurs !

Depuis longtemps les mortels vont répétant un vieux
dicton : le bonheur humain, s'il s'élève assez haut, ne
meurt pas stérile : de la prospérité germe un insatiable
malheur.

Soutenu.

A l'écart des autres, je reste seul et pense : Non, c'est
l'acte impie qui en enfante d'autres, pareils au père dont
ils sont nés ; car, aux foyers de justice, la prospérité n'a
que de beaux enfants, toujours.

Plus franc.

Mais toujours, en revanche, la démesure ancienne,
chez les méchants, fait naître une démesure neuve, tôt ou
tard, quand est venu le jour marqué pour une naissance
nouvelle[1],
et, avec elle, une divinité indomptable, invincible,
impie, Até, cruelle aux maisons, qui a tous les traits de sa
mère.

La Justice cependant brille sous les toits enfumés et
honore les vies pures. Mais, des palais semés d'or où
commande une main souillée, elle détourne les regards,
pour s'attacher à l'innocence, sans égard au pouvoir
de l'or, à sa contrefaçon de gloire ; et c'est elle qui mène
tout à son terme.

Agamemnon entre par la droite. Il est debout sur son
char. Sur un autre char se tient Cassandre immobile
et les yeux fixes.

LE CORYPHÉE. — ✕ Ah! roi, fils d'Atrée, destructeur de Troie, comment te saluer? comment te dire
mon respect, sans aller au-delà, sans rester en deçà
de l'hommage qui te revient? Tant de mortels, soucieux
surtout d'apparences, dépassent la juste mesure!

L'homme malheureux trouve chacun prêt à gémir
sur lui, sans que nul chagrin pénètre et morde les
cœurs; et, pour se donner l'air de partager vos joies,
plus d'un contraint au sourire un visage qui n'en
voulait pas[1].

Mais l'homme clairvoyant qui connaît son troupeau
ne se laisse pas duper par des regards qui semblent
révéler un cœur tout dévoué et dont la caresse trahit
une amitié qui n'est pas sans mélange.

Jadis, quand, pour Hélène, tu levas une armée, je ne
saurais te le cacher, tu fus par moi classé comme extra-
vagant et incapable de tenir le gouvernail de ta raison :
sacrifie-t-on des guerriers pour ramener une impudique
partie de son plein gré[2]!

Mais aujourd'hui, du fond du cœur, en ami vrai, à
ceux qui ont mené leur tâche à bien, j'offre mon
dévouement. Tu connaîtras plus tard, si tu veux t'informer, qui eut une conduite loyale, ou fâcheuse,
parmi les citoyens demeurés au logis.   ✕

AGAMEMNON. — Je dois saluer d'abord Argos et ses
dieux : ils ont aidé à mon retour, comme au châtiment
que j'ai tiré de la cité de Priam. Les dieux n'ont pas
laissé plaider la cause : unanimement, ils ont été mettre

dans l'urne sanglante un suffrage de ruine pour Troie
et de mort pour ses guerriers. De l'urne de clémence la
main qui s'approchait ne portait que l'espoir et laissait
l'urne vide[1]. La fumée marque maintenant où fut la
ville conquise. La tourmente d'Até seule vit encore,
tandis qu'Ilion s'éteint dans la cendre mourante d où
montent des vapeurs lourdes de sa richesse. C'est donc
aux dieux que nous devons une gratitude fidèle, si
nous avons tiré du rapt une vengeance sans mesure et,
si, pour une femme, une ville a péri sous le monstre
argien, issu des flancs d'un cheval, troupe au bouclier
agile, qui, aux jours où se couchent les Pléiades[2], a
pris son élan et, bondissant par-dessus les remparts,
ainsi qu'un lion cruel, a tout son soûl humé le sang
royal. Et c'est pourquoi je prolonge ici d'abord mon
salut aux dieux. — Quant aux sentiments que tu as
exprimés, je les retiens et les partage, et, avec toi,
je le déclare : il est peu d'hommes enclins à rendre
hommage, sans quelques mouvements d'envie, au succès d'un ami. Quand le poison de haine a attaqué un
cœur, c'est double souffrance pour celui qui le porte
en soi : il sent le poids de ses propres malheurs et
gémit au spectacle du bonheur d'autrui. Je sais ce
dont je parle; je connais le miroir de l'amitié : elle
s'est révélée le fantôme d'une ombre, l'affection de
ceux que je croyais mes vrais amis! Seul, Ulysse,
d'abord parti contre son gré[3], une fois attelé, tira
bravement la longe à mes côtés — qu'il soit mort ou
vivant, je lui rends témoignage. Pour ce qui regarde
la ville et les dieux, nous ouvrirons dans l'assemblée
des débats publics, et nous consulterons. Le bien, il

faudra consulter comment le rendre durable et perma-
nent. Mais là où besoin sera de remèdes salutaires,
brûlant et taillant pour le bien de tous, nous essaierons
de détourner le fléau de la contagion. Pour l'instant,
j'entrerai dans le palais et, au foyer de ma demeure, je
saluerai d'abord les dieux qui, après m'avoir accompagné au loin, m'ont ramené ici. Et, puisque la Victoire a fini par suivre mes pas, qu'à jamais elle me
demeure fidèle!

*Clytemnestre sort du palais. Des esclaves la suivent char-
gées d'étoffes et de tissus précieux.*

CLYTEMNESTRE. — Citoyens qu'on respecte entre
les Argiens, j'exprimerai sans rougir devant vous mes
amoureux transports : le temps étouffe la timidité
dans les cœurs. Je ne récite pas une leçon apprise;
c'est ma propre vie que je vous dirai, ma lourde peine
tout le temps que cet homme fut sous Ilion. Pour
une femme, rester au foyer, sans époux, délaissée,
c'est déjà un mal affolant. Et, quand là-dessus vient
un messager, puis un autre, toujours portant pires
nouvelles, et tous clamant du malheur pour la maison!...
Si cet homme avait reçu autant de blessures que, par
des canaux divers, le bruit en arrivait à sa maison,
son corps aurait maintenant plus de plaies qu'un
filet de mailles. Et, s'il était mort aussi souvent que les
récits allaient s'en multipliant, il pourrait se vanter,
nouveau Géryon[1], d'avoir eu trois corps et donné à
tous trois le manteau de la tombe, en succombant
tour à tour sous chacune de ces enveloppes! Voilà les
rumeurs cruelles qui me firent suspendre plus d'une

fois mon col à un lacet, auquel on ne m'arrachait
qu'en usant de violence. Et c'est aussi pourquoi ton
fils n'est pas ici, comme il eût convenu, Oreste, le
garant de notre foi. Ne t'en étonne point : un hôte
ami l'élève, Strophios de Phocide, qui m'alléguait des
périls inquiétants, ta mort sous Ilion, ici l'émeute
populaire qui jetterait bas le Conseil, piétiner l'homme
à terre étant un besoin inné aux mortels. La ruse n'a
pas place en de telles raisons. Pour moi, j'ai vu se tarir
les flots jaillissants de mes pleurs; je n'ai plus une
larme. J'ai brûlé mes yeux au cours des longues veilles
où je pleurais sur toi, dans l'obstiné silence des
signaux enflammés. Et, dans mes songes, le vol léger
et harcelant du moucheron m'éveillait, les yeux encore
pleins des maux que j'avais vus t'assaillir, plus nombreux que les minutes de mon rêve[1]. Après tant de
peines, l'âme enfin libre d'angoisses, je puis bien
appeler cet homme le chien de l'étable, le câble sauveur du navire, la colonne soutien de la haute toiture,
le fils seul enfant de son père — et aussi[2] la terre ines-
pérée apparue au matelot, la lumière si douce après la
tempête, la source vive qui désaltère le voyageur.
Qui triomphe du sort goûte joie sans mélange : ces
noms sont ceux qui lui conviennent. Et que l'envie
ici se taise : nous avons, pour cette joie, supporté
assez de misères! Et maintenant, tête chérie, descends
de ce char, sans poser à terre, ô maître, ce pied qui
renversa Troie. Que tardez-vous? captives à qui j'avais
confié le soin de joncher de tapis le sol qu'il doit fouler.
Que sur ses pas naisse un chemin de pourpre, par où la
Justice le mène dans un séjour qui passe son attente[3]!

Le reste, une pensée que le sommeil ne dompte pas le réglera comme il convient, avec l'aide des dieux, dans le sens voulu du Destin.

AGAMEMNON. — Fille de Léda, gardienne de mon foyer, ton discours s'est mesuré sur mon absence : tu l'as prolongé bien longtemps. Si des louanges nous sont dues, n'oublie pas que l'hommage nous en doit venir des autres. Et puis, ne m'entoure pas, à la manière d'une femme, d'un faste amollissant; ne m'accueille pas, ainsi qu'un barbare, genoux ployés, bouche hurlante; ne jonche pas le sol d'étoffes, pour me faire un chemin qui éveille l'envie. Ce sont les dieux qu'il faut honorer de la sorte[1] : mortel, je ne puis sans crainte marcher sur ces merveilles brodées. Je veux être honoré en homme, non en dieu. « Tissus brodés » et « essuie-pieds » sont choses trop distinctes — leurs noms mêmes le disent — et la prudence est le plus grand des dons du ciel. Celui-là seul doit être estimé heureux dont la vie s'est achevée dans la douce prospérité. Je le répète, ce que tu veux, je ne le puis faire sans appréhension.

CLYTEMNESTRE. — Réponds-moi donc ici avec pleine franchise.

AGAMEMNON. — La franchise, de moi, toujours tu l'obtiendras.

CLYTEMNESTRE. — Eusses-tu, en péril, fait tel vœu à des dieux?

AGAMEMNON. — Si une voix autorisée me l'eût prescrit.

CLYTEMNESTRE. — Victorieux, que crois-tu que Priam aurait fait?

AGAMEMNON. — Je crois qu'il eût marché sur des tissus brodés.

CLYTEMNESTRE. — De quoi donc as-tu peur? Du blâme des mortels?

AGAMEMNON. — De la voix de mon peuple : grande en est la puissance.

CLYTEMNESTRE. — Qui n'est pas envié n'est pas digne de l'être.

AGAMEMNON. — La femme ne doit pas désirer le combat.

CLYTEMNESTRE. — Même aux heureux il sied parfois d'être vaincus.

AGAMEMNON. — Tiendrais-tu, toi aussi, à vaincre en ce débat?

CLYTEMNESTRE. — Crois-moi, et laisse-moi de plein gré la victoire.

AGAMEMNON. — Eh bien! puisque ainsi tu le veux, qu'on me délie promptement ces sandales, servantes du pied qui les chausse, et qu'au moment où je mettrai le pied sur ces tissus de pourpre, un regard envieux, de loin, ne tombe pas sur moi! C'est une grande honte que de ruiner sa maison en gâchant sous ses pas un tel luxe d'étoffes achetées à prix d'or... Mais assez là-dessus. Tu vois cette étrangère : accueille-la avec bonté. Pour qui commande avec douceur, les dieux ont, de loin, des regards complaisants. Nul ne porte aisément le joug de l'esclavage, et c'est un joyau de choix entre maints trésors — un don de mon armée — qui m'a suivi, moi. — Allons! puisque je me suis laissé vaincre à tes paroles, je rentrerai donc au fond de mon palais en marchant sur la pourpre.

Il entre lentement dans le palais, tandis que Clytemnestre répond avec emphase.

CLYTEMNESTRE. — Il y a la mer — et qui l'épuisera?
— la mer qui nourrit et toujours renouvelle la sève
précieuse d'une pourpre infinie pour teindre nos étoffes.
Grâces aux dieux, la maison, seigneur, est en état
d'avoir de tout cela; notre demeure ne connaît pas
la pauvreté. J'eusse offert dans mes vœux bien d'autres
étoffes à fouler aux pieds, si, dans les temples fatidiques, l'avis m'en eût été donné, quand je m'évertuais
à chercher comment racheter une vie si chère. Tant
qu'il y a racine, le feuillage toujours revient sur la
maison étendre son ombre protectrice de la canicule:
de même, ton retour au foyer domestique, pour nous,
c'est vraiment, en hiver, un retour de l'été; et, dans
les jours où Zeus nous fait le vin avec la grappe acide,
si la fraîcheur soudain règne dans la maison, c'est
que le maître, l'homme achevé, est dans ses murs...
Zeus, Zeus, par qui tout s'achève, achève mes souhaits, et songe bien à l'œuvre que tu dois achever.

Elle entre dans le palais. La porte reste ouverte.

Bien marqué.

LE CHŒUR. — *Pourquoi cette épouvante qui se lève
ainsi devant mon cœur prophète et, obstinément, vole
autour de lui? Pourquoi, sans ordre ni salaire, mon chant
joue-t-il le devin?*

*Pourquoi enfin ne puis-je pas cracher, comme on
fait pour un songe obscur[1], et sentir une persuasive assurance s'asseoir au siège de mon cœur?*

Le temps est vieux déjà, où, sous les amarres rame-
nées à bord, s'envolait le sable[1], alors que vers Ilion
s'élançaient nos marins en armes.

Et c'est de mes yeux que j'apprends leur retour, j'en
suis moi-même le témoin ; et pourtant mon cœur au fond
de moi-même chante le thrène sans lyre, que nul jamais
ne lui apprit, le thrène de l'Érinys !

Il ne sent plus, pleine et douce, la confiance de l'espoir.
Or, le fond de notre être ne nous trompe jamais, et le
cœur qui danse une ronde folle sur des entrailles[2] qui
croient à la justice

toujours annonce une réalité. Mais puisse tout cela
n'être que mensonge et, de ma pensée anxieuse, aller se
perdre hors du monde réel !

Un peu plus agité.

Oui, trop florissante, la santé inquiète, car la maladie,
sa voisine, toujours s'apprête à la jeter à bas[3]...
La prospérité triomphante heurte soudain un écueil
invisible.
Si du moins une crainte sage, manœuvrant prudem-
ment la grue, sait décharger un peu des richesses acquises,
la maison ne sombre pas toute, malgré sa charge
d'opulence : la mer épargne la barque ;
Zeus et les sillons de l'année, par de nombreux et
d'amples dons, savent éloigner la famine.

Mais le sang noir d'un être humain une fois répandu
à terre, nul enchanteur ne le rappellerait dans les veines
dont il sortit.

Celui même qui avait appris à ramener les morts du
royaume des ombres[1], ne se vit-il pas arrêté par Zeus
— pour notre bien?

Ah! si les dieux n'avaient étroitement borné le lot
de chacun[2],

mon cœur préviendrait ma langue et déborderait, au
lieu de gémir dans l'ombre et la douleur,

sans pouvoir espérer qu'un avis salutaire se déroule
jamais de ma poitrine en feu.

Clytemnestre reparaît sur le seuil du palais.

CLYTEMNESTRE. — Entre, toi aussi — n'entends-tu
pas, Cassandre? Puisque Zeus clément a voulu que,
dans ce palais, tu eusses avec nous part à l'eau lustrale, debout au milieu de nombreux esclaves, près
de l'autel qui protège nos biens, va, descends de ce
char, et ne fais plus la fière. Le fils d'Alcmène lui-
même jadis fut vendu[3], dit-on, et dut se résigner à
vivre du pain de l'esclave. Pour qui est, en tout cas,
contraint à pareil sort, c'est une grande chance que de
trouver des maîtres riches de vieille date. Ceux qui,
sans s'y attendre, ont fait belle récolte sont durs pour
leurs esclaves, toujours, et rigoureux. De nous tu peux
attendre les égards coutumiers.

Un silence.

LE CORYPHÉE *(à Cassandre)*. — C'est à toi qu'elle
vient de parler, et en termes clairs. Tu es prise au
filet du sort : obéis, si tu dois obéir — ou voudrais-tu
désobéir?

CLYTEMNESTRE. — Si elle n'a pas un langage inconnu de barbare, comme l'hirondelle[4], j'essaierai volon-

tiers de faire entrer dans son cœur les avis de la raison.

LE CORYPHÉE (*à Cassandre*). — Suis-la; l'avis qu'elle te donne, dans ton état, est le meilleur. Obéis, quitte ton siège sur ce char.

Nouveau silence.

CLYTEMNESTRE. — Je n'ai pas le loisir de perdre mon temps ici à la porte. Déjà, au cœur de la maison, devant le foyer, les victimes sont prêtes, attendant le couteau. Si tu dois m'écouter, ne perds pas de temps. Si, fermée à notre langage, tu n'entends pas mes raisons, à défaut de la voix, parle-nous en gestes barbares.

LE CORYPHÉE. — C'est d'un clairvoyant interprète que l'étrangère aurait besoin, je crois. Elle a les façons d'une bête qu'on viendrait de capturer.

CLYTEMNESTRE. — Elle est folle à coup sûr et elle obéit au délire, si, arrachée d'hier à sa ville conquise, elle ne sait porter le mors, sans exhaler sa fougue en écume sanglante. Je ne subirai pas l'affront de gaspiller plus de mots.

Elle rentre dans le palais. La porte reste ouverte.

LE CORYPHÉE. — Moi, j'ai trop de pitié pour me mettre en colère : allons! malheureuse, abandonne ton char et, cédant au destin, fais l'épreuve du joug.

Cassandre est restée immobile, les yeux fixés sur l'image d'Apollon, dieu des routes, qui est placée à la porte du palais. Tout à coup, sans un geste, toujours immobile sur son char :

Agité.

CASSANDRE. — *Hélas! ah! terre et ciel! Apollon! Apollon!*

LE CORYPHÉE. — Pourquoi gémir ainsi au nom de Loxias? son culte ne veut pas du thrène funéraire.

CASSANDRE. — *Hélas! ah! terre et ciel! Apollon! Apollon!*

LE CORYPHÉE. — Sa lugubre clameur invoque encore le dieu dont la place n'est point dans les chants de douleur.

Accentué.

CASSANDRE. — *Apollon! Apollon, dieu des routes! Apollon qui me perds[1] ! Tu me perds — et sans peine! — pour la seconde fois.*

LE CORYPHÉE. — Voudrait-elle prédire sa propre destinée? Le souffle du dieu vit dans son âme d'esclave.

Accentué.

CASSANDRE. — *Apollon! Apollon, dieu des routes! Apollon qui me perds! Où m'a menée ta route? ah! dans quelle maison?*

LE CORYPHÉE. — Celle d'Atrée; je te le dis, si tu l'ignores; tu peux le répéter sans crainte de mentir.

CASSANDRE. — *Ah! dis plutôt une maison haïe des dieux, complice de crimes sans nombre, de meurtres qui ont fait couler le sang d'un frère, de têtes coupées... un abattoir humain au sol trempé de sang!*

Accentué.

LE CORYPHÉE. — L'étrangère, je crois, a le nez d'une chienne : elle flaire la piste et va trouver le sang.

CASSANDRE. — *Ah! j'en crois ces témoignages : ces enfants que je vois pleurer sous le couteau et ces membres rôtis dévorés par un père!*

Accentué.

LE CORYPHÉE. — Va, nous connaissons tous ton renom prophétique; mais de devin ici nous n'avons nul besoin.

CASSANDRE. — *Dieux! que prépare-t-on là? quelle terrible douleur encore prépare-t-on en ce palais? oui, terrible et cruelle, intolérable aux proches, irrémédiable — et le secours est loin!*

LE CORYPHÉE. — Ce qu'elle prédit là, je ne puis le saisir; le reste m'est connu : tout le pays le crie.

CASSANDRE. — *Ah! misérable, tu oses donc cela!... Tu baignes l'époux qui partage ton lit, puis — comment dire la fin?... l'heure est proche, qui la verra — deux bras, l'un après l'autre, avidement se tendent pour frapper!*

LE CORYPHÉE. — Je comprends moins encore : aux énigmes succèdent des oracles obscurs, et je reste interdit.

CASSANDRE. — *Ah! horreur! horreur! que vois-je? n'est-ce point un filet d'enfer[1]?... Mais non, le vrai filet, c'est la compagne de lit devenue complice de meurtre! Allons! que la troupe attachée à la race[2] salue donc du cri rituel[3] le sacrifice d'infamie!*

LE CORYPHÉE. — Pourquoi sur ce palais provoquer la clameur de l'Érinys? ta voix cette fois m'épouvante.

Le Chœur. — *Vers mon cœur se précipite un flot aux teintes jaunâtres[1], pareil à celui qui, chez les guerriers abattus, accompagne les dernières clartés de la vie, à l'heure où la mort vient à pas rapides.*

Cassandre. — *Attention! attention! gare-toi de la vache! Dans le piège d'un voile elle a pris le taureau aux cornes noires; elle frappe, et il choit dans la baignoire pleine... Apprends l'histoire de la cuve traîtresse et sanglante.*

Le Coryphée. — Je ne suis certes pas grand connaisseur d'oracles; mais, sous des mots pareils, je prévois un malheur.

Le Chœur. — *D'un oracle, pour les mortels, sort-il jamais une nouvelle joyeuse? C'est par des malheurs que l'art verbeux des prophètes fait entendre le vrai sens de la terreur qu'il inspire.*

Cassandre. — *Hélas! hélas! infortunée! quel est mon malheureux destin? C'est mon propre lot de douleurs que je verse à son tour au cratère de mes chants. Où donc m'as-tu conduite[2] en m'amenant ici, malheureuse? où sinon à la mort — moi aussi?*

Accentué.

Le Chœur. — *Tu délires, jouet d'un dieu, pour chanter ainsi sur toi-même un chant si peu enchanteur! Tel le rossignol fauve, jamais las d'appeler : « Itys! Itys! » gémit, hélas! en son cœur douloureux, sur une vie trop riche de douleurs[3].*

CASSANDRE. — *Hélas! hélas! n'évoque pas le sort du rossignol mélodieux; d'un corps ailé les dieux l'ont revêtu; sa vie — n'étaient ses plaintes — ne serait que douceur : moi, je suis réservée au fer qui fend les fronts*[1] !

Accentué.

LE CHŒUR. — *Qui te révèle donc les catastrophes aveugles amassées ainsi par les dieux, et te fait moduler ces effrayants oracles à la fois en appels lugubres et en chants suraigus? Qui te révèle les mots sinistres dont se jalonne le chemin de tes prophéties?*

Accentué.

CASSANDRE. — *Las! hymen, hymen de Pâris, qui perdit tous les siens! Las! Scamandre, où s'abreuvait ma patrie! j'ai grandi sur tes rives, formée par tes soins. Mais bientôt le Cocyte, les bords de l'Achéron m'entendront seuls prophétiser encore.*

LE CHŒUR. — *Ah! quel est ce trop clair oracle! un enfant, cette fois, comprendrait! Je ressens comme une morsure sanglante la pensée de ton douloureux destin, quand je t'entends clamer ces plaintives souffrances, qui déchirent mon propre cœur.*

Accentué.

CASSANDRE. — *Las! misères, misères de ma ville à jamais disparue! hécatombes où mon père, pour sauver nos remparts, immolait par milliers les bœufs de nos*

*prairies ! Et tout remède a été vain ! La ville de Priam a
subi son destin ; et je vais, l'âme en feu, m'abattre sur le sol !*

Le Chœur. — *Cet oracle nouveau s'enchaîne aux
précédents. Il faut qu'un dieu haineux se soit de tout son
poids abattu sur ta tête, et te fasse lui-même chanter ces
gémissantes et mortelles douleurs. Mais je me perds à
deviner la fin.*

Cassandre descend de son char.

Cassandre. — Va, l'oracle maintenant ne se mon-
trera plus à travers un voile[1], ainsi qu'une jeune épousée. D'un souffle éclatant, il va bondir au-devant du
soleil qui monte et fera déferler vers sa lumière la
vague d'un malheur plus terrible encore. Je vous ins-
truirai alors sans énigmes ! En attendant, rendez-moi
témoignage que, le nez sur la piste, j'ai suivi sans écart
la trace des forfaits anciens. C'est que cette maison,
un chœur jamais ne la déserte, dont les voix, pour
s'accorder, n'en sont pas plus douces à l'oreille : car
elles sont bien loin d'entonner des louanges ! Ah ! elle
a bu, pour se donner plus d'audace, elle a bu du sang
humain, la bande joyeuse qui s'attarde en ce palais
et ne s'en laisse pas aisément déloger[2], la bande des
Érinyes de la race ! Attachées à cette demeure, elles
y chantent le chant qui dit le crime initial[3], puis, à son
tour, flétrissent la couche fraternelle, cruelle à qui la
souilla[4]. Ai-je mis la flèche au but ? ou l'ai-je manqué ?
Suis-je une radoteuse qui va frappant de porte en
porte avec de fausses prophéties ? Avant de le prétendre, commence par jurer que tu n'as jamais rien
entendu dire des vieilles fautes de ce palais.

Le Coryphée. — Ah ! l'assurance du serment le

mieux assuré serait-elle donc un remède? Mais j'admire comment, élevée sur des rives lointaines, étrangère à notre langage, tu rencontres partout la vérité, comme si tes yeux l'avaient vue.

CASSANDRE. — Apollon le devin m'a commis cette tâche.

LE CORYPHÉE. — Tout dieu qu'il est, l'amour l'avait-il donc blessé?

CASSANDRE. — J'aurais rougi jadis de parler de ces choses.

LE CORYPHÉE. — On fait le délicat dans les jours de bonheur.

CASSANDRE. — Il luttait pour m'avoir, tout embrasé d'amour.

LE CORYPHÉE. — Et, tout comme les autres, vous fîtes œuvre de chair?

CASSANDRE. — Je promis à Loxias et trahis mon serment.

LE CORYPHÉE. — Possédais-tu déjà l'art qui t'inspire ici?

CASSANDRE. — Je prédisais déjà ses maux à ma patrie.

LE CORYPHÉE. — Quoi? le courroux du dieu ne te punit donc pas?

CASSANDRE. — Dès que je l'eus trompé, personne ne me crut.

LE CORYPHÉE. — Tes oracles pour nous ne sont que trop croyables!

CASSANDRE. — Hélas! hélas! ah! ah! misères! de nouveau le travail prophétique, terrible, me fait tourner sur moi-même et m'affole de son horrible refrain!

— Voyez ces jeunes hommes assis près du palais, pareils aux formes des songes : on dirait des enfants tués par des parents; les mains pleines de chairs — leur corps même offert en pâture! — ils portent une pitoyable charge d'entrailles et de viscères, qu'un père approcha de sa bouche! Voilà, je vous le déclare, ce dont quelqu'un médite la vengeance, un lion — mais un lion lâche qui reste à la maison et, vautré dans le lit, las! y attend le retour du maître — mon maître, puisqu'il me faut porter un joug d'esclave. Et le chef de la flotte, le destructeur de Troie, ne sait pas ce que l'odieuse chienne, dont la voix longuement dit et redit l'allégresse, sournoise puissance de mort, lui prépare pour son malheur! Telle est son effronterie! Femelle tueuse du mâle, je vois en elle... De quel monstre odieux — dragon à deux têtes, Skylla gîtée dans les rochers, fléau des marins — devrai-je emprunter le nom pour donner celui qu'elle mérite à cette mère en furie, sortie de l'Enfer, qui contre tous les siens ne respire que guerre sans trêve. Ah! le cri de triomphe qu'elle a poussé, la scélérate : le cri du guerrier devant la déroute ennemie! Et l'on s'imagine qu'elle exprime ainsi la joie d'un heureux retour! — Mais, croyez-moi ou non, peu m'importe! ce qui doit être sera, et, toi, qui bientôt vas en être témoin, plein de pitié, tu diras que j'étais trop véridique prophétesse.

LE CORYPHÉE. — Tu as parlé du festin préparé à Thyeste avec les chairs de ses enfants : j'ai compris et j'ai frissonné, et la terreur me prend, à ouïr la vérité crue et sans images. Mais, au reste de tes propos, mon esprit, égaré, court hors de la carrière.

CASSANDRE. — Je dis que tu verras la mort d'Agamemnon.

LE CORYPHÉE. — Ah! tais-toi, malheureuse! laisse
dormir ta voix!

CASSANDRE. — Nul ne saurait guérir les maux que
je prédis.

LE CORYPHÉE. — S'ils doivent voir le jour; mais
les dieux nous en gardent!

CASSANDRE. — Tu peux faire des vœux : eux préparent le meurtre.

LE CORYPHÉE. — Quel homme apprête donc ce
sacrilège infâme?

CASSANDRE. — Tu t'égares bien loin du sens de mes
oracles.

LE CORYPHÉE. — Je ne vois pas comment s'y pren-
drait l'assassin.

CASSANDRE. — Pourtant je sais parler la langue de
la Grèce.

LE CORYPHÉE. — Loxias aussi : obscurs pourtant
sont ses oracles.

CASSANDRE. — Ah! ah! quel est ce feu? Et il marche
sur moi... Apollon Lykéios, pitié, pitié pour moi! —
C'est elle, la lionne à deux pieds qui dormait avec le
loup en l'absence du noble lion, c'est elle qui va me
tuer, malheureuse! Dans la coupe où elle brasse le
poison, elle entend à sa vengeance mélanger aussi
mon salaire[1] : elle prétend, en fourbissant le poignard
contre un époux, le punir de mort pour m'avoir amenée ici! Pourquoi porter dès lors telle dérision, ce
bâton, ces bandelettes fatidiques tombant autour de
mon cou? Ah! je te détruirai, avant de périr moi-

même! *(Elle brise le bâton ; puis elle arrache de sa tête et jette à terre ses bandelettes.)* Soyez maudits : c'est ma revanche, à moi, de vous voir là, à terre. Allez donc enrichir de malheur une autre que moi! — Regardez; c'est Apollon lui-même qui me dépouille ici du manteau des prophètes, mais après s'être plu à me voir copieusement raillée sous cette parure et par mes amis et par mes ennemis, unanimement — et pour rien! J'ai dû m'entendre appeler : « Vagabonde! » comme une diseuse de bonne aventure, une pauvre mendiante affamée. Et voici qu'aujourd'hui le prophète qui m'a fait prophétesse m'a lui-même conduite à ce destin de mort : au lieu de l'autel au palais d'un père, un billot m'attend, empourpré du sang chaud de mon égorgement! — Mais les dieux du moins ne laisseront pas ma mort impunie; un autre viendra, un vengeur, un fils né pour tuer une mère et faire payer le meurtre d'un père. Exilé, errant, banni de cette terre, il reviendra mettre ce couronnement à l'édifice de maux élevé pour les siens. L'appel suppliant de son père abattu le conduira au but. Pourquoi dès lors, gémissante, m'apitoyer ainsi sur moi-même? Puisque, après avoir vu la ville d'Ilion traitée comme elle fut, je vois ses vainqueurs finir de la sorte par un décret du Ciel, allons! je serai forte et subirai la mort — les dieux n'en ont-ils pas juré un grand serment? Je salue dans ces portes les portes de l'Enfer, et je ne souhaite plus qu'un coup bien porté, qui, sans convulsion, dans les flots d'un sang qui tue doucement, vienne fermer mes yeux.

LE CORYPHÉE. — O femme trop malheureuse et

trop savante aussi, tu nous en as dit long! Mais, si vraiment tu sais où la mort t'attend, pourquoi, comme une génisse poussée par les dieux, marcher ainsi, bravement, à l'autel?

CASSANDRE. — Rien ne peut me sauver; pourquoi gagner une heure?

LE CORYPHÉE. — Mais de l'heure dernière le prix est infini.

CASSANDRE. — Non, le jour est venu : quel profit ai-je à fuir?

LE CORYPHÉE. — Sache que tel courage révèle une âme brave.

CASSANDRE. — Voilà qu'on ne dit pas aux heureux de ce monde!

LE CORYPHÉE. — Mourir glorieusement est un bienfait des dieux.

CASSANDRE. — Ah! pitié sur toi, père, et sur tes nobles fils!

Elle s'enveloppe la tête, et se dirige vers le palais; puis, brusquement, elle recule.

LE CORYPHÉE. — Qu'y a-t-il? quelle crainte a ramené tes pas?

CASSANDRE *(Avec horreur)*. — Ah! ah!

LE CORYPHÉE. — Pourquoi ce cri? quel monstre se forge donc ton âme?

CASSANDRE. — Ce palais sent le meurtre et le sang répandu.

LE CORYPHÉE. — Dis qu'il sent les offrandes brûlées sur le foyer.

CASSANDRE. — On dirait les vapeurs qui sortent d'un tombeau.

Le Coryphée. — Tu lui prêtes un parfum qui n'a rien de l'encens!

Cassandre. — Allons! j'irai donc gémir jusque chez les ombres et sur moi et sur Agamemnon. Assez de cette vie! *(Elle se dirige de nouveau vers le palais, mais de nouveau s'arrête et se retourne vers le Chœur.)* Ah! étrangers... Ne voyez pas en moi un oiseau qui pépie, effrayé, devant un buisson. Je veux seulement qu'après ma mort de tout ceci vous témoigniez pour moi, le jour où, pour prix de mon sang, le sang d'une femme, une femme aussi versera le sien, et où, pour prix d'un homme perdu par son épouse, un homme tombera. C'est le présent que de mes hôtes j'implore à l'heure de mourir.

Le Coryphée. — J'ai pitié, malheureuse, du sort que tu prévois.

Cassandre. — Plus qu'un mot encore — je ne veux pas chanter mon propre thrène. Au soleil — face à sa clarté suprême — j'adresse ma prière : puissent mes vengeurs comme mes meurtriers payer ensemble la dette[1] de l'esclave morte ici, qui fut une proie si facile!

Elle entre dans le palais, dont la porte se referme.

Le Coryphée. — Ah! triste sort des hommes! Leur bonheur est pareil à un croquis léger; vient le malheur : trois coups d'éponge humide, c'en est fait du dessin! Et c'est cela plus encore que ceci[2], qui m'emplit de pitié.

Du succès les mortels ne se rassasient jamais. Nul n'y renonce et, le doigt levé pour l'écarter de sa demeure, ne lui dit : « N'entre plus. »

C'est ainsi qu'à cet homme la grâce fut donnée par les dieux bienheureux de conquérir la cité de Priam; et le voilà qui rentre en sa patrie comblé des faveurs du Ciel. Mais, s'il doit maintenant payer le sang qu'ont répandu ses pères et, en mourant lui-même, après tant de morts, provoquer d'autres morts, châtiment de la sienne,

qui donc, qui donc, parmi les hommes, pourra, en l'apprenant, se flatter désormais d'être né pour un sort qui l'exempte de maux?

On entend tout à coup derrière la porte l'appel d'Agamemnon.

AGAMEMNON. — Hélas! un coup mortel a déchiré ma chair!

LE CORYPHÉE. — Écoutez! qui crie là, atteint d'un coup mortel?

AGAMEMNON. — Hélas! deux fois hélas! encore un autre coup!

LE CORYPHÉE. — Le crime est accompli : croyez-en les plaintes du roi! Allons, amis, réunissons ici de sûrs conseils.

DEUXIÈME CHOREUTE. — Mon avis, le voici : crier aux citoyens : « A l'aide! ici, tous! au palais! »

TROISIÈME CHOREUTE. — Et le mien : y bondir nous-mêmes au plus vite et surprendre le crime l'épée sanglante encore.

QUATRIÈME CHOREUTE. — Oui, je partagerai tout avis de ce genre : agir d'abord, ce n'est plus l'heure d'hésiter.

CINQUIÈME CHOREUTE. — On peut attendre et voir;

ce n'est là qu'un début, l'annonce de la tyrannie qu'ils préparent à la cité.

SIXIÈME CHOREUTE. — Parce que nous balançons! Eux, foulent aux pieds la gloire d'hésiter et ne laissent pas s'endormir leurs bras.

SEPTIÈME CHOREUTE. — Je ne sais vraiment quel conseil formuler; même à qui veut agir il appartient de consulter d'abord.

HUITIÈME CHOREUTE. — C'est aussi mon avis : car je ne crois pas que des mots puissent ressusciter un mort.

NEUVIÈME CHOREUTE. — Quoi donc! uniquement pour prolonger nos jours, plier devant des maîtres qui souillent ce palais!

DIXIÈME CHOREUTE. — Intolérable honte! mourir vaut encore mieux; la mort est plus douce que la tyrannie.

ONZIÈME CHOREUTE. — Oui, mais pourquoi, sans autre indice qu'une plainte, vouloir prophétiser la mort de notre roi!

DOUZIÈME CHOREUTE. — Ce n'est que lorsqu'on sait que l'on doit s'indigner : conjecturer n'est pas savoir.

LE CORYPHÉE. — Ma voix donne du moins le nombre à cet avis : savoir exactement le sort fait à l'Atride.

La porte centrale s'ouvre. On aperçoit Agamemnon, nu, étendu sur un large voile ensanglanté. Cassandre est couchée à ses côtés. Près des deux cadavres, Clytemnestre est debout, une épée à la main.

CLYTEMNESTRE. — La nécessité tout à l'heure m'a dicté bien des mots : je ne rougirai pas de les démentir.

Lorsque, sur ceux qu'on hait en semblant les aimer,
on se prépare à assouvir sa haine, est-il d'autre moyen
de dresser assez haut les panneaux du Malheur pour
qu'ils défient tout bond qui voudrait les franchir?
Cette rencontre-là, longtemps j'y ai songé : elle est
donc venue, la revanche[1] — enfin! et je demeure où
j'ai frappé : cette fois, c'est fini! — J'ai tout fait, je ne
le nierai pas, pour qu'il ne pût ni fuir ni écarter la
mort. C'est un réseau sans issue, un vrai filet à poissons
que je tends autour de lui, une robe au faste perfide.
Et je frappe — deux fois — et, sans un geste, en deux
gémissements, il laisse aller ses membres; et, quand il
est à bas, je lui donne encore un troisième coup, offrande
votive au Zeus Sauveur des morts qui règne sous la
terre[2]. Gisant, il crache alors son âme, et le sang qu'il
rejette avec violence sous le fer qui l'a percé[3] m'inonde
de ses noires gouttes, aussi douces pour mon cœur que
la bonne rosée de Zeus[4] pour le germe au sein du bouton. — Voilà les faits, citoyens respectés dans Argos :
qu'ils vous plaisent ou non, moi, je m'en fais gloire!
Si même il était admis qu'on versât des libations sur
un cadavre, ce serait bien justice ici — plus que justice
même : tant cet homme avait pris plaisir en ce palais
à remplir d'exécrations le cratère qu'à son retour il a
dû lui-même vider d'un seul trait!

Le Coryphée. — J'admire le langage de ta bouche
effrontée : se glorifier ainsi aux dépens d'un époux!

Clytemnestre. — Vous me tâtez, vous me croyez
une femme irréfléchie! Et je vous dis, moi, d'un cœur
qui ne tremble pas, vous le savez bien : — de vous,
louange ou blâme, c'est tout un pour moi. Celui-ci

est Agamemnon mon époux; ma main en a fait un
cadavre, et l'ouvrage est de bonne ouvrière. Voilà.

Agité.

LE CHŒUR. — *Quelle herbe empoisonnée nourrie des
sucs terrestres, quel breuvage jailli d'entre les flots marins
as-tu donc absorbé, que tu aies cru pouvoir, infligeant
tel trépas, écarter, supprimer les imprécations d'un
peuple? Non! désormais tu es sans patrie, et la haine
puissante de ta ville est sur toi.*

CLYTEMNESTRE. — Ainsi, tu me condamnes aujour-
d'hui à l'exil, à la haine d'Argos, aux imprécations
d'un peuple, tandis que contre lui tu ne t'insurgeais
guère, quand, insouciant comme un homme qui prend
une victime dans les brebis sans nombre de ses troupeaux laineux, il immolait sa propre fille, l'enfant
chérie de mes entrailles — pour enchanter les vents de
Thrace! N'était-ce pas lui qu'il fallait jeter hors de
cette ville, afin qu'il payât ses souillures? Et pour moi,
rien qu'à entendre ce que j'ai fait, tu deviens un juge
implacable. Mais voici la seule menace que je te permette, moi — car je suis prête à te la retourner —
c'est d'en appeler à la force : vainqueur, tu seras mon
maître; mais, si le Ciel en décide autrement, de tardives leçons t'apprendront la sagesse.

Agité.

LE CHŒUR. — *Ton âme est orgueilleuse, ton langage
insensé.* Aussi bien, après le meurtre qui l'a souillé, le

*cœur croit-il en son délire que sa sanglante tache n'est
que parure pour son front! Méprisée, privée d'amis, tu
devras payer coup pour coup.*

CLYTEMNESTRE. — Et toi, veux-tu entendre l'arrêt
de mes serments, à moi? Non, par la Justice qui, de ce
jour, a vengé mon enfant, par Até et par l'Érinys, à
qui j'ai immolé cet homme, non, non, l'inquiétude
timide n'entrera pas dans le palais, tant que, pour
allumer le feu de mon foyer, Égisthe sera là et me gardera ses bontés[1]. Il est le large bouclier en qui je mets
mon assurance. — Le voilà donc à terre, l'homme qui
m'outragea, les délices des Chryséis sous Ilion! Et elle
aussi, la captive, la devineresse, la voyante qu'il avait
mise en son lit, la voilà donc, fidèle, partageant maintenant sa couche, comme elle avait déjà partagé son
banc en mer! Tous deux ont eu le sort qu'ils avaient
mérité. Lui, est tombé sans un mot. Elle, au contraire,
comme un cygne, a gémi son suprême chant de mort,
avant de s'étendre, amoureuse, à ses côtés; et c'est à
moi que mon époux lui-même s'est trouvé l'avoir
conduite, pour pimenter mon triomphe!

Agité.

LE CHŒUR. — *Las! quelle mort viendra, rapide, sans
souffrance aiguë, sans lit d'agonie, apporter à nos cœurs
le sommeil que rien n'interrompt ni ne termine, puisqu'il
a succombé, celui dont la bonté veillait sur nous, celui
qui tant souffrit pour une femme et, maintenant, par une
femme perd la vie!*

✕ LE CORYPHÉE. — Ah! Hélène, folle Hélène, qui, seule, as détruit sous Troie des centaines, des milliers de vies!... ✕

Un peu retenu.

LE CHŒUR. — *Tu as donné à ton œuvre un suprême, inoubliable couronnement, en répandant un sang impossible à laver. Oui, c'était bien une Querelle[1] qui en ce temps habitait la maison, une Querelle appliquée à la perte d'un époux.*

✕ CLYTEMNESTRE. — N'appelle pas la mort, parce que ce coup t'accable. Ne détourne pas ton courroux contre Hélène, en t'imaginant qu'elle ait, seule meurtrière, seule destructrice de Grecs par milliers, ouvert dans notre flanc une blessure qui ne se ferme pas. ✕

LE CHŒUR. — *Génie, qui t'abats sur la maison et les têtes des deux petits-fils de Tantale, tu te sers de femmes aux âmes pareilles[2] pour triompher en déchirant nos cœurs... Voyez-le-moi, qui perché sur le cadavre, tel un corbeau de malheur, se flatte de chanter suivant l'usage son chant de victoire!*

✕ LE CORYPHÉE. — Ah! Hélène, folle Hélène, qui, seule, as détruit sous Troie des centaines, des milliers de vies!... ✕

Un peu retenu.

LE CHŒUR. — *Tu as donné à ton œuvre un suprême, inoubliable couronnement, en répandant un sang impos-*

*sible à laver. Oui, c'était bien une Querelle qui en ce temps
habitait la maison, une Querelle appliquée à la perte d'un
époux.*

✗ CLYTEMNESTRE. — Ta bouche cette fois rectifie
ton erreur, en nommant le Génie qui largement
s'engraisse aux frais de cette race. C'est lui qui,
dans nos entrailles, nourrit cette soif du sang. Avant
même qu'ait fini le mal ancien, un abcès nouveau
apparaît. ✗

Assez vif.

LE CHŒUR. — *Oui, il est terrible, terrible pour cette
maison et cruel dans ses rancunes, le Génie que tu viens
de rappeler. Ah! rappel douloureux d'un sort insatiable
d'horreurs! Las! hélas! Et cela, par Zeus, qui seul tout
veut et tout achève! Rien sans Zeus, s'accomplit-il parmi
les hommes? Est-il ici rien qui ne soit œuvre des dieux?*
✗ LE CORYPHÉE. — Ah! mon roi, mon roi, comment
te pleurer? Du fond de ce cœur qui t'aime, quels mots
t'adresser?

Ton corps est là, gisant dans ces fils d'araignée, et
ton âme s'exhale sous un coup sacrilège! ✗

Un peu retenu.

LE CHŒUR. — *Las, hélas! tu gis là sur une couche
indigne, dompté par une mort traîtresse, sous l'arme à
deux tranchants brandie par une épouse!*
✗ CLYTEMNESTRE. — Tu prétends que c'est là mon
ouvrage : n'en crois rien. Ne crois même pas que je

sois la femme d'Agamemnon. Sous la forme de l'épouse
de ce mort, c'est l'antique, l'âpre Génie vengeur d'Atrée,
du cruel amphitryon, qui a payé cette victime[1],
immolant un guerrier pour venger des enfants. ✕

LE CHŒUR. — *Toi, innocente de ce meurtre! qui*
trouveras-tu pour en témoigner? Et comment? comment?
Mais le Génie vengeur de cette race peut bien être ton
complice. Si, brutal, le noir Arès fait couler à flots le
sang familial, c'est que l'heure est venue pour lui de
fournir aux enfants dévorés la justice que réclame leur
sang figé sur le sol.

✕ LE CORYPHÉE. — Ah! mon roi, mon roi, comment
te pleurer? Du fond de ce cœur qui t'aime, quels mots
t'adresser?

Ton corps est là gisant dans ces fils d'araignée, et
ton âme s'exhale sous un coup sacrilège! ✕

Un peu retenu.

LE CHŒUR. — *Las! hélas, tu gis là sur une couche*
indigne, dompté par un trépas perfide, sous l'arme à
deux tranchants brandie par une épouse!

✕ CLYTEMNESTRE. — Indigne, non! son trépas
même ne l'aura pas été. La mort perfide, n'est-ce pas
lui qui l'a jadis fait entrer dans sa demeure? Au beau
fruit que j'avais de lui, mon Iphigénie tant pleurée, le
sort qu'il a fait subir méritait bien le sort qu'il a subi
lui-même. Qu'il ne montre donc pas trop de superbe
dans l'Hadès : sa mort sous le fer tranchant n'a que
payé les crimes qu'il commit le premier. ✕

Plus vif.

LE CHŒUR. — *Je ne sais où j'en suis; tout conseil
sûr échappe à mon angoisse : où me tourner, quand
croule la maison? Je tremble au bruissement de l'averse
sanglante sous laquelle le palais s'effondre. Déjà c'est
un déluge! Et le Destin, en vue d'un châtiment nouveau,
sur des pierres nouvelles aiguise sa justice.*

LE CORYPHÉE. — Ah! Terre, Terre, pourquoi
n'est-ce pas moi que tu as reçu dans ton sein, avant
que j'eusse vu ce corps allongé dans le fond d'une baignoire d'argent?

Qui l'ensevelira? qui chantera son thrène? L'oseras-
tu, toi? oseras-tu, après avoir tué ton époux, l'accompagner de tes lamentations, et, pour rançon d'un
atroce forfait, perfidement apporter à son âme un
hommage qui ne serait qu'un outrage?

Un peu retenu.

LE CHŒUR. — *Et l'éloge funèbre, qui donc prendra
soin de le répandre avec ses larmes sur la tombe de ce
héros, d'un cœur qui ne mente pas?*

CLYTEMNESTRE. — Ce n'est pas à toi que ce souci
revient. C'est par moi qu'il est tombé, qu'il est mort
et qu'il sera enseveli — sans lamentations des siens.
Seule, Iphigénie, pleine de tendresse, Iphigénie, sa
fille, ira comme il sied, au-devant de son père, sur la
rive du fleuve impétueux des douleurs[1], et, jetant ses
bras autour de son cou, l'accueillera de son baiser!

LE CHŒUR. — *L'outrage répond à l'outrage : prononcer est tâche ardue. Qui prétendait prendre est pris, qui a tué paye sa dette. Une loi doit régner, tant que Zeus régnera : « Au coupable le châtiment. » C'est dans l'ordre divin. Ah! qui pourra donc extirper de ce palais le germe d'exécration? La race est rivée au Malheur.*

LE CORYPHÉE. — Ah! Terre, Terre, pourquoi n'est-ce pas moi que tu as reçu dans ton sein, avant que j'eusse vu ce corps allongé dans le fond d'une baignoire d'argent?

Qui l'ensevelira? qui chantera son thrène? L'oseras-tu, toi? oseras-tu, après avoir tué ton époux, l'accompagner de tes lamentations, et, pour rançon d'un atroce forfait, perfidement apporter à son âme un hommage qui ne serait qu'un outrage?

Un peu retenu.

LE CHŒUR. — *Et l'éloge funèbre, qui donc prendra soin de le répandre avec ses larmes sur la tombe de ce héros, d'un cœur qui ne mente pas?*

CLYTEMNESTRE. — Tu viens enfin de proclamer la vérité. Du moins je veux, moi, échanger des serments avec le Génie des Plisthénides[1], et au présent, si dur qu'il soit, me résigner, pourvu que désormais, sortant de cette maison, il s'en aille épuiser une autre race par ces meurtres domestiques. La moindre part me suffira des biens de cette demeure, si j'arrive à bannir du palais cette fureur de mutuels homicides.

> *Elle jette l'épée loin d'elle.* — Égisthe entre dans l'orchestre, suivi d'une troupe armée. Il s'arrête en face du cadavre d'Agamemnon.

ÉGISTHE. — Ah! la bonne lumière d'un soleil justicier! Désormais je puis dire qu'il est, pour venger les
mortels, des dieux qui, de là-haut, attachent leurs
regards aux forfaits de la terre, puisque aujourd'hui
j'ai vu, dans des voiles tissés par les Érinyes, cet
homme étendu, payant enfin, à ma profonde joie, les
violences perfides d'un père. C'est Atrée, en effet, roi
de ce palais et père de cet homme, qui, voyant Thyeste
— mon père à moi, son frère à lui, pour parler clair —
lui disputer le trône, le bannit à la fois de sa ville et
de sa maison. Revenu chez Atrée en suppliant de son
foyer, le malheureux Thyeste y trouva sans doute un
asile, puisqu'il ne fut pas tué sur place et que son sang
ne coula pas sur le sol de ses pères. Mais voici qu'en
revanche, hôte plus empressé que sincère, le père
impie de cet homme, Atrée, sous le prétexte de célébrer
gaiement un jour de sacrifice, à mon père fait un festin
avec les chairs de ses enfants! Il brisait les pieds, les
mains, avec leurs rangs de doigts; par-dessus[1] . . . .
. . . . assis seul à sa table. Sur ces restes
méconnaissables, Thyeste, trompé, aussitôt étend la
main et avale la nourriture — funeste, tu le vois, à la
race tout entière. Puis, comprenant trop tard le crime
exécrable, il pousse un gémissement et tombe en
arrière, crachant ces chairs égorgées. Sur les Pélopides
il appelle alors un destin d'horreur et, pour accompagner son imprécation, renversant la table du pied :
« Ainsi périsse, dit-il, toute la race de Plisthène! »
Voilà pourquoi tu vois ici cet homme à terre. J'étais
tout désigné, moi, pour ourdir ce meurtre. Treizième
enfant de mon malheureux père, Atrée m'exile avec

lui, tout jeune, encore au berceau ; mais j'ai grandi, et
la Justice m'a ramené dans ma patrie, et, sans franchir
sa porte, j'ai su atteindre l'homme, en formant tous
les nœuds du complot qui l'a perdu. Aussi la mort
même me semblerait douce, maintenant que je l'ai vu
dans le filet de la Justice.

LE CORYPHÉE. — Égisthe, l'insolence dans le crime
me révolte. Tu dis que tu as, délibérément, tué cet
homme, et, seul, machiné¹ ce meurtre lamentable :
je dis, moi, que ta tête n'échappera pas — sache-le —
à la juste vengeance du peuple, chargée de pierres et
d'imprécations.

ÉGISTHE. — C'est toi qui, du dernier banc des
rameurs, oses ainsi élever la voix ! Qui commande donc
à bord, sinon ceux qui sont sur le pont ? Malgré ton
âge, tu vas voir comme il est dur à un vieux d'être
mis au dressage, quand l'ordre est d'être raisonnable.
Pour dresser même la vieillesse, les fers, les tourments
de la faim sont des magiciens sans rivaux. Tes yeux
ne s'ouvrent pas à voir ce que tu vois ? Ne regimbe
donc pas contre l'aiguillon : si tu t'enferres, il t'en
cuira.

LE CORYPHÉE. — Et c'est toi — une femme ! puisque tu restes à la maison attendant que les hommes
reviennent du combat — c'est toi qui tout ensemble
souillas la couche d'un héros et machinas la mort d'un
chef d'armée !

ÉGISTHE. — Voilà encore des mots qui vont faire
naître des larmes. Ta voix est le contraire de la voix
d'Orphée : lui, par ses accents, enchaînait la nature
charmée ; toi, pour nous provoquer par de sots hurle-

ments, tu seras enchaîné, et la force t'apprivoisera.

LE CORYPHÉE. — Quoi! je te verrai roi d'Argos, toi
qui machinas le meurtre de cet homme, sans même
oser agir ni frapper de ton bras!

ÉGISTHE. — La ruse clairement revenait à la femme.
Moi, le vieil ennemi, j'aurais été suspect. Mais, avec
les biens de cet homme, je compte maintenant commander aux citoyens. Le rebelle, je l'attellerai sous
un joug pesant : qu'il ne compte pas être nourri d'orge
comme un poulain de volée! La faim cruelle associée
aux ténèbres le verra devenir plus doux.

LE CORYPHÉE. — Et pourquoi, dans ta lâcheté, ne
frappais-tu pas toi-même le héros? pourquoi est-ce
une femme, souillure du pays et des dieux du pays,
qui a été sa meurtrière? Mais Oreste — Oreste ne vit-il
pas toujours, pour revenir guidé par quelque heureuse
chance et les tuer tous deux de son bras vainqueur?

Dans un mouvement plus vif qui doit être conservé
jusqu'à la fin de la pièce :

ÉGISTHE. — C'est ainsi que tu prétends agir et
parler : eh bien! tu vas voir... Allons! gardes, voici de
l'ouvrage.

LE CORYPHÉE. — Allons! l'épée au poing! tous en
garde!

ÉGISTHE. — Soit! je suis prêt à mourir aussi l'épée
au poing.

LE CORYPHÉE. — Tu parles de mourir : j'y compte
et cours ma chance!

CLYTEMNESTRE. — Arrête, ô le plus cher des hommes,
n'ajoutons pas aux maux présents. Nous avons lié

déjà trop de gerbes de douleurs. C'est assez de misères ; n'entreprends plus rien : nous saignons encore ! Rentrez tous, sans retard, toi comme les vieillards, chacun dans la demeure que le destin lui donne, sans infliger ni subir rien de fâcheux. Les choses sont ce qu'elles devaient être. Si ces maux pouvaient suffire, nous ne nous en plaindrions pas : le Génie aux lourdes serres nous a assez cruellement meurtris. Tel est l'avis d'une femme, si l'on croit devoir l'entendre.

ÉGISTHE. — Quoi ! ces gens contre moi déploieraient pareille insolence ! ils défieraient le sort en lançant tels propos ! ils perdraient le sens au point d'outrager leurs maîtres !...

LE CORYPHÉE. — Non, non, jamais Argos ne flattera un lâche !

ÉGISTHE. — Va, je saurai t'atteindre dans les jours qui viendront.

LE CORYPHÉE. — A moins qu'un dieu ne guide Oreste jusqu'à nous !

ÉGISTHE. — On sait que l'exilé se repaît d'espérances.

LE CORYPHÉE. — Courage ! l'heure est bonne : va, gave-toi de crimes !

ÉGISTHE. — Ah ! tu me paieras cher ta folie de ce jour.

LE CORYPHÉE. — Hardi donc ! fais le beau, coq auprès de ta poule !

CLYTEMNESTRE. — Dédaigne ces vains aboiements. Maîtres de ce palais, toi avec moi, nous saurons bien rétablir l'ordre.

> Elle rentre dans le palais avec Égisthe. Le Chœur se retire lentement.

LES CHOÉPHORES

NOTICE

Agamemnon se terminait par une menace : « A moins
qu'un dieu ne guide Oreste jusqu'à nous ! » Quand commencent *Les Choéphores* (*Les Porteuses de libations*), Oreste
gravit le tertre du tombeau paternel : le Vengeur est prêt
à agir. Solennellement il invoque Hermès Infernal et le
mort au fond de sa tombe. Il a besoin de leur secours pour
punir les meurtriers. L'obtiendra-t-il ? La loi que formule
le Chœur, dès son entrée en scène, permet de l'espérer :
une tache de sang ne s'efface jamais et, pour être différé,
le châtiment d'un meurtre n'en est que plus terrible.

Le souvenir du mort tourmente aussi Clytemnestre ; elle
voudrait apaiser sa victime et prévenir la vengeance.
Inquiète d'un songe menaçant, elle a chargé Électre de
porter ses offrandes au tombeau d'Agamemnon. Électre a
obéi ; elle est devant le tertre, mais ne peut se résoudre à
déposer des dons ou à prononcer des mots qui, venant de
la meurtrière, ne pourraient être qu'une offense à la victime. Les captives du Chœur lui conseillent un détour :
qu'elle verse les libations envoyées par la Reine, mais en
les accompagnant d'une prière et d'une imprécation —
une prière pour les amis du mort, une imprécation pour
ses assassins — cependant qu'elles-mêmes, par des larmes
et des chants de deuil, effaceront le caractère sacrilège des
offrandes de Clytemnestre.

Le conseil est bon. A peine Électre l'a-t-elle suivi qu'un
indice lui permet de prévoir l'approche du Vengeur : sur
la tombe est déposée une boucle de cheveux. Or, il n'est
qu'un être sur terre, qui, avec Électre, doive cet hommage
au mort, c'est le fils d'Agamemnon : Oreste est donc à
Argos. La boucle, d'ailleurs, est de même teinte que les

cheveux d'Électre; la trace des pieds sur le sol a le même dessin que les pieds d'Électre. Électre pourtant hésiterait encore à croire à ce qu'elle espère, si Oreste ne paraissait en personne et ne lui offrait d'autres preuves : voici, dans sa chevelure, la place où a été coupée la boucle offerte au tombeau; voici, ajustée à son manteau, la broderie que jadis tissa pour lui sa sœur. Électre tombe dans ses bras; elle attend de lui qu'il agisse sans tarder. Il a pour lui le Droit et la force de ses bras : qu'il s'assure l'aide de Zeus, et la victoire est à lui.

Oreste élève donc d'abord sa prière vers Zeus : le dieu doit sauver la race royale qui lui offrit tant d'hécatombes. — Puis, à voix plus basse, il expose à Électre et au Chœur les raisons qui stimulent son ardeur. Le dieu de Delphes lui a interdit d'entrer en composition avec les assassins : « Sang pour sang », c'est la loi d'Apollon. Sinon, il périrait dans d'effroyables tourments. Et ces tourments, Oreste les connaît : d'autres oracles les ont déjà décrits. Celui qui se refuse au devoir de la vengeance contracte la même souillure que le meurtrier et, pour lui, l'expiation est la même : il est mis hors la loi et périt consumé par un mal mystérieux. Les désirs d'Oreste concordent en outre avec l'ordre du dieu. Il est donc prêt à la lutte. Il convient seulement d'en préparer tout d'abord le succès.

Pour cela, il faut à la fois affermir la volonté du Vengeur et réveiller l'âme du mort. Oreste, au moment d'agir, hésite et prend peur : il se sent faible et sans appui; bien qu'il évite d'en évoquer l'image, il recule sans doute devant le parricide. A ses craintes le Chœur oppose l'affirmation répétée de la loi du talion : le sang seul peut payer le sang. Le mort, en outre, aidera ses vengeurs. Mais pour qu'il retrouve le pouvoir que lui ont ravi les prudents sortilèges d'Égisthe et de Clytemnestre, il doit d'abord recevoir les honneurs funèbres dont ses meurtriers l'ont frustré; il doit entendre son thrène chanté longuement par ses enfants. Et, comme ceux-ci n'ont pas écouté un premier avis et qu'Oreste s'égare encore en vains gémissements, le Chœur, brusquement, leur donne l'exemple, et, en se frappant la poitrine, en se déchirant les joues, il entonne la lamentation rituelle. Le frère et la sœur lui font alors écho. Leurs voix alternent pour déplorer le sort d'Agamemnon et pour invoquer son secours; elles s'unissent pour gémir sur le sort de la maison et la lutte sanglante qui seule peut la délivrer.

Les dieux infernaux sont ainsi satisfaits, et Agamemnon, chez les ombres, a dû retrouver la force et les droits d'un mort pleuré selon les rites. Il reste à aiguillonner sa colère. Oreste et Électre montent sur le tombeau, frappent la terre des mains, et, avec une âpre insistance, rappellent au mort toute l'ignominie des traitements qu'on lui a fait subir. Il ne se survit que par ses enfants : à lui de les sauver, pour se sauver lui-même.

Le reste est l'affaire d'Oreste. L'action va marcher désormais avec une rapidité saisissante. Le songe de la Reine est, pour Oreste, un motif de confiance : le serpent qui, suspendu au sein de Clytemnestre, lui suçait le sang, c'est son propre fils. Il réalisera le présage; et, tandis qu'il va se préparer à la lutte, le Chœur flétrit le crime entre tous abominable, le « crime lemnien », celui de la femme qui tue son époux. — Déguisé en voyageur, Oreste frappe à la porte du palais. Clytemnestre accueille avec des pleurs hypocrites la nouvelle que son fils n'est plus. Comme le jour du retour d'Agamemnon, elle veut duper son hôte; mais c'est elle, cette fois, la dupe : elle introduit elle-même le Vengeur dans sa maison, tandis que le Chœur complice persuade à la Nourrice de transmettre à Égisthe l'avis de venir seul, sans ses gardes, puis lance un appel pressant à toutes les divinités intéressées à la vengeance, Zeus, Apollon, Hermès, ainsi qu'à celles qui veillent sur les trésors du palais. Qu'Oreste ait le courage de fermer l'oreille aux cris d'une mère et aille jusqu'au bout de sa tâche sanglante.

Égisthe accourt, toujours important et sot, et va à son tour donner dans le panneau. Un instant après, un serviteur affolé vient annoncer sa mort, et Clytemnestre sort du gynécée pour se trouver en face de son fils. Farouche, elle voulait combattre et réclamait une arme. Mais toutes les grandes passions se touchent : à la vue du cadavre d'Égisthe, elle passe de la fureur à l'épouvante, de la menace à la supplication; elle tombe aux pieds de son fils, en lui montrant le sein qui l'a nourri; et Oreste hésiterait à frapper, si Pylade ne lui rappelait l'ordre formel d'Apollon. Le parricide s'achève, et le Chœur chante la délivrance du palais.

Une fois de plus, la porte des Atrides s'ouvre pour laisser voir deux cadavres. Comme Clytemnestre naguère, Oreste veut se glorifier et se justifier. Il a retrouvé le voile qui servit à entraver son père au sortir de la baignoire et il le déploie devant tous. Ce n'est pas là un geste emphatique et vain : Oreste prétend prouver que tel engin est l'arme d'un bandit, et, d'après la loi, tout bandit, si son crime est flagrant, doit être exécuté sans jugement. Or les taches de sang dont le voile est couvert montrent assez que le crime est flagrant. En tuant Clytemnestre, Oreste n'a donc fait qu'un acte légitime. — Mais il a beau crier son innocence : sa raison peu à peu se perd. Il s'efforce de lutter contre le délire; il dénonce Apollon comme l'instigateur du meurtre qu'il a commis et déclare qu'il va chercher refuge à Delphes; il invite les Argiens à témoigner en sa faveur au jour où Ménélas reviendra à Argos... Il ne peut achever : les Érinyes apparaissent à ses yeux égarés et il s'enfuit épouvanté. Le châtiment cette fois a suivi sans délai le crime. Qu'adviendra-t-il de celui qu'on croyait être le sauveur de sa maison?

PERSONNAGES

ORESTE, fils d'Agamemnon et de Clytemnestre.

CHŒUR de captives.

ÉLECTRE, sœur d'Oreste.

UN ESCLAVE.

CLYTEMNESTRE, veuve d'Agamemnon, amante d'Égisthe.

LA NOURRICE.

ÉGISTHE, fils de Thyeste, cousin germain d'Agamemnon, amant de
Clytemnestre.

UN SERVITEUR.

PYLADE, fils de Strophios, roi de Phocide, et d'Anaxibia, sœur d'Agamemnon.

LES CHOÉPHORES[1]

Au fond de l'orchestre, le palais des Atrides, avec trois portes : une des portes de côté est celle du gynécée. Dans l'orchestre, un tertre : le tombeau d'Agamemnon. — Oreste et Pylade entrent ensemble par la gauche.

ORESTE. — Hermès Infernal, attache ton regard sur mon père abattu, et deviens le sauveur, l'allié que j'implore. Je rentre en ce pays, et je reviens d'exil[2]...

Il monte sur le tertre.

Sur le tertre de cette tombe, je somme mon père de me prêter l'oreille, et d'entendre...

Il se coupe une boucle de cheveux qu'il dépose sur la tombe.

A l'Inachos j'ai offert une boucle de mes cheveux, pour avoir nourri ma jeunesse : j'en offre une autre ici en hommage de deuil...

Je n'ai pas été là, pour pleurer ta mort, ô mon père; je n'ai pas étendu le bras, à l'heure où ton cadavre a quitté la maison...

Que vois-je? quel cortège de femmes s'avance ainsi en longs voiles funèbres? Quel malheur dois-je donc supposer? Une douleur nouvelle vient-elle frapper ce palais? Ou dois-je comprendre plutôt que ces femmes portent à mon père les libations qui apaisent les morts? Oui, c'est bien cela; car voici, je crois, Électre qui

s'avance, Électre, ma sœur, que trahit sa douleur
amère. Ah! Zeus, donne-moi de venger le meurtre
d'un père et deviens-moi franc allié. — Arrêtons-
nous, Pylade, à l'écart, que je sache exactement ce
que veulent ces femmes en pompe suppliante.

> Il se dissimule près de l'entrée de gauche avec Pylade.
> — Entre le Chœur avec Électre.

Animé.

LE CHŒUR. — *Un ordre m'envoie hors du palais
accompagner des offrandes funèbres d'un battement de
bras rapide. Voyez : sur ma joue aux entailles sanglantes
l'ongle a tracé de frais sillons — car les sanglots, c'est
chaque jour que s'en nourrit mon cœur — et, faisant
crier le lin des tissus, ma douleur a mis en lambeaux les
voiles drapés sur mon sein : toute joie m'a fuie à jamais
sous les maux qui m'ont frappée.*

*En un trop clair langage, auquel se dressent les che-
veux, le prophète[1] qui, dans cette demeure, parle par la
voix des songes, soufflant la vengeance du fond du sommeil, en pleine nuit, au cœur du palais, proclamant son
oracle en un cri d'épouvante, lourdement vient de s'abattre sur les chambres des femmes. Et, interprétant ces
songes, des hommes dont la voix a les dieux pour garants
ont proclamé que, sous terre, les morts âprement se plaignent et s'irritent contre leurs meurtriers.*

*Et c'est dans un ardent désir de voir « cet hommage »
— ou plutôt cet outrage! — « détourner d'elle le malheur » — ah! Terre mère! — qu'ici m'envoie la femme
impie. Mais j'ai peur de laisser tomber pareils mots :*

*existe-t-il donc un rachat du sang répandu sur le sol?
Ah! foyer riche de misères! palais anéanti! Fermées au
soleil, odieuses aux vivants, les ténèbres enveloppent les
maisons dont les maîtres ont péri.*

*Le respect d'antan, invincible, indestructible, inat-
taquable, qui pénétrait le cœur comme les oreilles du
peuple, maintenant s'est évanoui : la crainte règne seule.
Le succès, voilà ce dont les mortels font un dieu, plus
qu'un dieu. Mais la Justice vigilante atteint les uns
promptement en leur midi ; à d'autres, c'est l'heure frontière de l'ombre qui réserve de plus tardives souffrances ;
à d'autres enfin la nuit même n'apporte pas de sanc-
tion[1].*

*Mais que les gouttes en soient une fois bues par la
terre nourricière, et le sang vengeur se fige : il ne s'écou-
lera plus! Une ruine d'autant plus cruelle est la rançon
du délai et sait apporter au coupable une foison de maux
largement suffisante!*

*Qui a forcé la chambre d'une vierge n'a plus de remède
au mal qu'il a fait ; et, pour purifier l'homme aux mains
sanglantes, tous les fleuves ensemble, confondant leurs
routes, tenteraient en vain de laver sa souillure.*

*Pour moi, que les dieux ont enveloppée dans les maux
de ma ville et conduite en servage loin du toit paternel,
je dois à contre cœur — justes ou injustes — me résigner
aux ordres des puissants et contenir ma haine amère.
Mais, sous mes voiles, je pleure les coups aveugles du
sort qui ont frappé mes maîtres, et, du deuil que je cache,
mon cœur est glacé.*

Un silence. Électre s'est arrêtée devant le tombeau; elle semble hésiter; enfin elle se tourne vers le Chœur.

ÉLECTRE. — Captives, par qui l'ordre règne dans ce palais, puisque vous êtes mes compagnes dans cette pompe suppliante, soyez aussi mes conseillères. Que dire en répétant ces libations funèbres? Où trouver des mots qui agréent? en quels termes prier mon père? Vais-je dire qu'à l'époux aimé j'apporte les présents d'une épouse aimante... des présents de ma mère? Je n'en ai pas le cœur et ne sais plus que dire en versant cette offrande au tombeau paternel. — A moins que je n'emploie les termes consacrés et le prie d'accorder à qui lui envoie ces hommages « une heureuse récompense »..., une récompense digne de leurs crimes! Ou qu'en silence encore, outrageusement — puisque aussi bien c'est ainsi qu'a péri mon père — je ne verse tout d'un coup ces libations sur le sol qui les boira et ne m'en revienne, après avoir — tel un objet lustral qu'on jette après usage[1] — lancé cette urne au loin sans détourner les yeux. Quelle décision prendre? amies, assistez-moi, puisque dans ce palais nous cultivons la même haine. Ne me cachez pas le fond de vos cœurs : qu'avez-vous à craindre? le même sort est réservé à l'homme, qu'il soit libre ou esclave, au pouvoir d'un maître. Parlez, de grâce, si vous avez mieux à me dire.

LE CORYPHÉE. — Le tombeau de ton père pour moi est un autel : devant lui, pleine d'un saint respect, je te dirai, puisque tu me l'ordonnes, ce qu'ici me dicte mon cœur.

ÉLECTRE. — Parle comme t'inspire le respect de la tombe.

LE CORYPHÉE. — Verse, et prie à voix haute en faveur de qui l'aime.

ÉLECTRE. — Et qui, parmi les siens, puis-je ici désigner?

LE CORYPHÉE. — Toi d'abord, puis quiconque a la haine d'Égisthe.

ÉLECTRE. — C'est pour toi et pour moi alors que je prierai?

LE CORYPHÉE. — Réfléchis : c'est à toi d'entendre ma pensée.

ÉLECTRE. — Qui donc pourrais-je ici nous associer encore?

LE CORYPHÉE. — Rappelle-toi Oreste, tout exilé qu'il est.

ÉLECTRE. — Ah! bien dit! cette fois tu m'as ouvert les yeux.

LE CORYPHÉE. — Maintenant, souviens-toi, et contre les coupables...

ÉLECTRE. — Que dois-je demander? instruis mon ignorance.

LE CORYPHÉE. — Demande que surgisse enfin, dieu ou mortel...

ÉLECTRE. — Qu'ajouterai-je? un juge ou bien un justicier?

LE CORYPHÉE. — Ah! dis-le sans détour : un meurtrier comme eux.

ÉLECTRE. — Et pour les dieux ce vœu ne serait point impie?

LE CORYPHÉE. — C'est piété de payer le crime par le crime.

*Électre prend la coupe que lui tend une des captives,
s'y fait verser l'eau lustrale et commence à répandre
les libations sur le tombeau.*

ÉLECTRE. — Puissant messager des vivants et des
morts, entends-moi, Hermès Infernal, et charge-toi de
mon message : que les dieux souterrains, témoins
vengeurs du meurtre de mon père, prêtent l'oreille
à ma voix, et la Terre elle-même, qui, seule, enfante
tous les êtres, les nourrit, puis en reçoit à nouveau le
germe fécond — cependant qu'en versant cette eau
lustrale aux morts, j'adresserai cet appel à mon père :
« Aie pitié de moi et de ton Oreste : que nous soyons
maîtres en notre maison! A cette heure, nous sommes
de simples vagabonds, vendus par celle même qui nous
a enfantés; et, en échange, elle a pris un amant, Égisthe, son complice et ton meurtrier. Moi, on me traite
en esclave. Oreste est banni de ses biens, et eux, inso-
lemment, triomphent dans le faste conquis par tes
fatigues. Que quelque heureuse chance ici ramène
Oreste! voilà ma prière : ô père, entends-la. Et à ta
fille accorde un cœur plus chaste que celui de sa mère
et des mains plus pieuses. Tels sont mes vœux pour
nous; mais, pour nos ennemis, que surgisse enfin ton
vengeur, père, et que les meurtriers meurent à leur tour :
ce sera justice! Je m'en remets à ceux qui se sont réservé la vengeance[1]. Mais aux coupables seuls va l'imprécation de mort; à nous, au contraire, envoie la joie du
fond de l'ombre, avec l'aide des dieux, de la Terre, de la
Justice triomphante! » Voilà les vœux sur lesquels je
verse ici mes libations. A vous, selon l'usage, de les cou-
ronner de gémissements, en entonnant le péan du mort.

Agité.

LE CHŒUR. — *Éclatez en bruyants sanglots — sanglots de mort bien dus au maître mort — devant ce sûr rempart dans la peine et la joie*[1] *! Leur vertu expiatoire saura détruire l'effet des libations abominables qui viennent d'être versées. Et toi, écoute, ô Majesté! écoute, ô maître, l'appel de mon cœur en deuil! Las! las! hélas!*

Ah! quel libérateur viendra donc à cette maison, puissant guerrier, brandissant à la fois et l'arme scythe, que les mains ploient dans la bataille, et l'épée, où lame et poignée ne font qu'un, pour combattre de plus près?

ÉLECTRE. — La terre a bu nos libations et mon père les a reçues. Mais partagez maintenant ma surprise.

LE CORYPHÉE. — Ah! parle donc : mon cœur palpite d'épouvante.

ÉLECTRE. — Je vois sur le tombeau cette boucle coupée.

LE CORYPHÉE. — D'un homme ou d'une vierge à ceinture profonde.

ÉLECTRE. — La chose est bien facile à deviner pourtant.

LE CORYPHÉE. — A de plus jeunes donc d'instruire leurs aînées.

ÉLECTRE. — Personne autre que moi n'aurait-il pu l'offrir?

LE CORYPHÉE. — Il n'est que haine en ceux qui devraient telle offrande.

ÉLECTRE. — Oui, oui, pour la couleur, cette boucle est pareille...

Le Coryphée. — A quels cheveux? c'est là ce que je veux savoir.

Électre. — Aux miens : ce sont les miens que sa teinte rappelle!

Le Coryphée. — Serait-ce donc d'Oreste une offrande furtive?

Électre. — Oui, c'est à ceux d'Oreste que ces cheveux ressemblent.

Le Coryphée. — Comment a-t-il osé venir jusqu'à la tombe?

Électre. — Il a pu envoyer cette boucle en offrande.

Le Coryphée. — Ah! qu'as-tu dit? les pleurs jaillissent de mes yeux, si jamais plus son pied ne doit toucher ce sol.

Électre. — Moi aussi, un flux de bile vient heurter mon cœur[1], comme un coup porté en pleine poitrine; et de mes yeux des pleurs tombent, brûlants, débordement d'orage irrésistible, à la vue de cette boucle. Puis-je vraiment croire que ces cheveux soient ceux de quelque autre Argien? Encore moins est-ce la meurtrière qui a pu les couper — ma mère, il est vrai, mais qui dément ce nom, l'impie! par les sentiments qu'elle nourrit pour ses enfants. D'autre part, accepter sans réserve l'idée que cette offrande vienne ici du plus cher des mortels... — et, malgré tout, je sens l'espoir me caresser. Ah! si elle avait au moins la douce voix d'un messager, afin que je ne fusse plus ballottée entre deux pensées et que je pusse, en confiance, ou la jeter avec horreur, si elle fut coupée sur un front ennemi, ou, si elle est bien de mon frère, l'associer à mon deuil, pour orner cette tombe et

honorer un père! Mais les dieux que nous invoquons
savent, eux, quels orages nous emportent en leur
tourbillon comme des marins en détresse, et, s'ils veulent que nous échappions au naufrage, du plus petit
germe peut jaillir, immense, l'arbre du salut! *(Elle
replace avec soin la boucle sur le tombeau et, en se bais-
sant, elle aperçoit des traces de pas.)* Mais voici un
second indice : des empreintes!... analogues, semblables à celles de mes pas! Oui, ces traces trahissent
deux hommes : lui-même, sans doute, et un compagnon!
Talons, contour des muscles du pied, quand on les
compare, sont pareils à mes propres empreintes. Une
angoisse me prend, où ma raison succombe.

Oreste s'avance. Pylade reste à quelques pas derrière lui.

ORESTE. — Adresse au Ciel le vœu de conserver la
chance que toujours tu formules des vœux qu'il
réalise.

ÉLECTRE. — Quelle grâce vient donc de m'accorder le Ciel?

ORESTE. — Te voilà devant ceux que réclamaient
tes vœux!

ÉLECTRE. — Quel mortel sais-tu donc que mon
âme appelait?

ORESTE. — C'est Oreste, je sais, qu'invoquaient tes
transports.

ÉLECTRE. — En quoi mes vœux, ici, sont-ils donc
satisfaits?

ORESTE. — C'est moi : ne cherche pas un mortel
plus chéri.

ÉLECTRE. — Étranger, contre moi trames-tu quelque ruse?

ORESTE. — Contre moi-même alors j'en serais l'artisan.

ÉLECTRE. — Sans doute tu te veux rire de mes misères?

ORESTE. — Des miennes donc aussi, si je riais des tiennes.

ÉLECTRE. — Est-ce vraiment Oreste qui parle par ta voix?

ORESTE. — Ainsi, quand tu me vois, tu refuses de me reconnaître, et tout à l'heure, quand tu as aperçu cette boucle coupée en symbole de deuil, ton cœur s'est envolé de joie, et tu croyais alors me voir — et, de même, quand tu examinais l'empreinte de mes pas. Regarde : rapproche de la place où elle fut coupée cette boucle empruntée aux cheveux de ton frère, si semblables aux tiens. Vois ce tissu, ouvrage de tes mains; contemple donc les images de chasse qu'y tracèrent jadis les coups du battant[1]. *(Electre se jette dans ses bras. Il arrête le cri qu'elle va pousser.)* Contiens-toi; ne te laisse pas égarer par la joie; car, je le sais, ceux qui nous doivent leur amour ne nous paient ici que de haine.

ÉLECTRE. — O souci bien-aimé du foyer de ton père, espoir longtemps pleuré d'un rejeton sauveur, va, fais appel à ta vaillance et tu recouvreras le palais paternel. O doux objet, qui retiens quatre parts de ma tendresse! le Destin veut qu'en toi je salue un père, à toi revient l'amour dû à ma mère — elle, je la hais de toute mon âme — et à ma sœur immolée sans pitié; et

voici qu'en toi je trouve le frère fidèle qui va me
rendre le respect des mortels! Que seulement, avec la
Force et le Droit, Zeus très grand me prête aussi son
secours!

ORESTE. — Zeus, Zeus, viens contempler notre
misère. Vois : les petits de l'aigle ont perdu leur père;
il est mort dans les replis, les nœuds d'une vipère
infâme, et la faim dévorante presse ses orphelins, car
ils ne sont pas d'âge à rapporter au nid le gibier paternel. Même sort est le nôtre, à moi, à elle, Électre : en
nous tu peux voir des enfants sans père, tous deux
également bannis de leur maison. Si tu laisses mourir
cette couvée d'un père qui jadis fut ton prêtre et te
combla d'hommages, où trouveras-tu donc une main
aussi large à t'offrir de riches festins? Si tu faisais périr
la race de l'aigle, tu ne saurais plus envoyer à la terre
de signes qu'elle accueille avec foi; et, de même, si tu
laisses sécher jusque dans ses racines cette race royale,
qui donc servira tes autels dans les jours d'hécatombes? Protège-nous : notre maison est bas, tu peux
relever sa grandeur, toute déchue qu'elle semble
aujourd'hui.

LE CORYPHÉE. — Enfants qui sauverez le foyer
paternel, silence! craignez que quelqu'un ne vous
entende, mes enfants, et, pour le plaisir de parler,
n'aille tout révéler à nos maîtres. Ah! ceux-là, puissé-
je les voir morts, sur le bûcher flambant où bave la
résine!

ORESTE. — Non, il ne me trahira pas, l'oracle tout-
puissant de Loxias, qui m'ordonnait de franchir ce
péril, élevait ses clameurs pressantes et m'annonçait

des peines à glacer le sang de mon cœur[1], si je ne pour-
suivais les meurtriers d'un père par leurs propres voies
et n'obéissais à son ordre : tuer qui a tué, en écartant,
farouche, les peines qui ne privent que d'argent. Sinon,
déclarait-il, moi-même en paierais le prix de ma propre
vie au milieu de multiples et cuisantes douleurs. Déjà,
révélant aux mortels les vengeances de l'enfer irrité,
il nous a fait connaître ces maladies effroyables qui
montent à l'assaut des chairs, ces lèpres à la dent sauvage qui vont dévorant ce qui la veille était un corps,
tandis que des poils blancs se lèvent sur ces plaies.
Et sa voix nous annonce aussi les attaques des Érinyes
que provoque le meurtre d'un père et les visions d'effroi qui viennent la nuit s'offrir aux regards d'un fils
roulant dans l'ombre un œil en feu[2]. L'arme ténébreuse
des enfers, quand des morts de son sang l'implorent
— rage, délire, vaine épouvante issue des nuits — agite,
trouble l'homme, jusqu'à le chasser de sa ville, la chair
outrageusement meurtrie sous cet aiguillon de bronze[3].
Pour celui-là, plus de part aux cratères, aux doux
flots des libations : le courroux invisible d'un père
l'écarte des autels; nul ne peut l'accueillir ni partager
son gîte; méprisé de tous, sans amis, il succombe enfin,
pitoyablement desséché, à une mort qui le détruit
tout entier. A de tels oracles peut-on désobéir? Non;
et, ne serait-ce point par obéissance, l'œuvre n'en doit
pas moins être achevée. Bien des désirs en moi se
trouvent là d'accord : à côté des ordres du dieu, c'est
le deuil profond de mon père — sans parler du dénue-
ment qui me presse — c'est surtout le désir de ne pas
laisser mes concitoyens, les conquérants de Troie à

l'âme résolue, être ainsi les serfs de deux femmes; car son cœur est d'une femme : s'il ne le sait, il va l'apprendre.

Tous se tournent vers le tombeau.

LE CORYPHÉE. — ✕ Parques puissantes, que, de par Zeus, tout s'achève dans le sens où se porte aujourd'hui le Droit!

« Que tout mot de haine soit payé d'un mot de haine », voilà ce que la Justice, de chacun exigeant son dû, va clamant à grande voix.

« Et qu'un coup meurtrier soit puni d'un coup meurtrier : au coupable le châtiment », dit un adage trois fois vieux. ✕

Modéré.

ORESTE. — *O mon père, malheureux père, par quels mots, quelles offrandes, saurais-je de si loin atteindre jusqu'au lit qui te retient? Ombre et lumière offrent des lots qui s'équivalent : à nous aussi une lamentation pour seul hommage agrée, celle qui dira les Atrides aux portes de leur palais clos[1].*

LE CHŒUR. — *Fils, la dent féroce du feu ne dompte pas l'âme du mort; un jour ou l'autre il révèle ses colères. Que la victime soit pleurée, et le vengeur vite apparaît. Quand il s'agit d'un père, à qui l'on doit la vie, la lamentation des siens[2] le poursuit, irrésistible, d'un branle large et pressant.*

ÉLECTRE. — *Écoute donc aussi, père, mes gémissantes douleurs. Tes deux enfants sur ce tombeau font jaillir le sanglot du thrène. Nous aussi, c'est une tombe qui, seule, aujourd'hui nous accueille, suppliants et exilés. Où trouver là un réconfort? autre lot que des souffrances? Triomphe-t-on du Malheur?*

LE CORYPHÉE. — Mais un jour, de cette détresse, un dieu, s'il veut, peut faire naître de plus joyeuses clameurs. Au lieu du thrène sur une tombe, le péan peut, au palais de nos rois, ramener enfin l'allégresse d'un cratère de vin neuf[1].

ORESTE. — *Ah! que n'es-tu tombé, ô père, sous les murailles d'Ilion, déchiré par quelque lance lycienne! Laissant dans ta demeure un renom glorieux, et faisant à tes fils une vie qui, sur leur chemin, attirerait tous les regards, tu reposerais au pays d'outre-mer, sous un tertre immense, qui coûterait moins de pleurs à ta maison.*

LE CHŒUR. — *Et ainsi, là-bas, sous la terre, aimé de ceux qui l'aimèrent, comme lui morts glorieusement, il régnerait parmi eux, prince entouré d'un saint respect, ministre des puissants maîtres des enfers — car il fut roi, tant qu'il vécut; il fut de ceux à qui un décret du Destin a commis le pouvoir des armes et le sceptre des conseils!*

ÉLECTRE. — *Ou même, si, au lieu d'être tombé, père, devant les murailles de Troie, au milieu des autres guerriers qui ont succombé sous la lance, et d'avoir trouvé un tombeau sur la rive du Scamandre, c'était plutôt tes meurtriers qui eussent péri de la sorte, afin qu'on n'eût ici qu'à recevoir la nouvelle du sort qui les avait frappés au loin, sans connaître toutes ces angoisses!*

✕ Le Coryphée. — Enfant, tu veux plus que l'or, plus que le bonheur suprême, le lot des Hyperboréens[1] : à ta guise!

Mais n'entendez-vous pas le cinglement d'une double étrivière[2]? Des défenseurs déjà couchés sous terre, des maîtres aux mains souillées de sang : si le sort est cruel pour Lui, pour ses enfants, il l'est bien plus encore! ✕

Toujours modéré.

Oreste. — *Ce mot-là, comme un trait, va droit à mon oreille. Zeus, toi qui des enfers, tôt ou tard, fais surgir le Malheur pour tout mortel dont la main fut scélérate et perfide... — même une mère doit payer!*

Le Chœur. — *Ah! puissé-je donc enfin pousser à pleine voix le hurlement sacré[3] sur l'homme abattu, sur la femme immolée! Pourquoi cacher ma pensée, quand d'elle-même elle s'envole hors de moi et quand, devant mon visage, soufflent, comme une âpre bise, la colère de mon cœur et sa haine nourrie de rancunes[4]?*

Électre. — *Mais quand donc Zeus le Fort laissera-t-il tomber son bras? Ah! que les têtes qu'il frappera à ce pays redonnent confiance! Je réclame justice contre l'injustice : écoutez-moi, Terre et Puissances Infernales.*

✕ Le Coryphée. — Non, non, c'est une loi que les sanglantes gouttes, une fois répandues à terre, réclament un sang nouveau. Le meurtre appelle l'Érinys, pour qu'au nom des premières victimes, elle fasse au malheur succéder le malheur. ✕

ORESTE. — *Hélas! souverains des enfers, toutes-puissantes Imprécations des morts, voyez ce qui reste des Atrides, en quelle indicible misère, en quel humiliant exil! Où donc se tourner, ô Zeus?*

LE CHŒUR. — *Mon cœur de nouveau bondit, quand j'entends pareilles plaintes. Je perds alors tout espoir et mon âme à chaque mot s'assombrit. Des accents virils au contraire écartent de moi le chagrin; et tout dès lors m'apparaît plein d'espoir*[1].

ÉLECTRE. — *Par quels mots pourrais-je agir? Dirai-je les souffrances que nous devons à une mère? On peut essayer de les apaiser : pour elles, il n'est point de calmant! Ma mère elle-même a fait de mon cœur un loup carnassier que rien jamais n'apaisera.*

Un silence. Puis, brusquement, le Chœur éclate en sanglots et se frappe la poitrine.

Plus vif.

LE CHŒUR. — *Et moi, je bats sur ma poitrine le rythme du thrène arien*[2]. *Voyez donc : suivant le rite des pleureuses kissiennes, sans relâche, ma main errante bondit; elle va redoublant ses coups, frappant de haut et de loin, faisant gémir sous ses chocs mon front meurtri et douloureux.*

ÉLECTRE. — *Ah! mère imprudente et cruelle, tu as osé — cruelles funérailles! — ensevelir en silence un roi sans deuil de sa cité, un époux sans larmes pieuses!*

ORESTE. — *Tu nous rappelles toute l'infamie du passé. Mais ce sort infâme qu'elle a fait à mon père, eh bien! elle le paiera, de par les dieux, de par mon bras. Que je la tue — et que je meure!*

Le Chœur. — *Elle l'a mutilé[1], si tu veux tout savoir, et, l'ensevelissant en pareil état, elle entendait ainsi ménager à ta vie un lot d'intolérable honte! Telle fut l'infamie des traitements infligés à ton père.*

Électre. — *Tu parles du sort de mon père; mais moi, on me tenait à l'écart, humiliée, avilie; on me fermait le foyer, tout comme à un chien malfaisant; et, les larmes plus promptes à jaillir que le rire, je me cachais pour répandre des sanglots et des pleurs sans fin.* (A Oreste.) *Entends et inscris dans ton cœur.*

Le Chœur. — *Inscris et par tes oreilles laisse descendre mon avis jusqu'au fond calme de ta pensée. Le passé, le voilà! Ce qui doit suivre, que ta colère te l'enseigne! A qui descend dans l'arène sied un implacable courroux.*

Très franc.

Oreste. — *Père, c'est toi que j'appelle : prête secours à tes enfants.*

Électre. — *Je t'appelle aussi toute en pleurs.*

Le Chœur. — *Et nos voix unies font écho ici à leurs voix. Entends-nous : viens à la lumière, prête-nous ton secours contre nos ennemis.*

Oreste. — *La Force luttera contre la Force et le Droit contre le Droit.*

Électre. — *Dieux! que votre justice prononce suivant la justice!*

Le Chœur. — *Je tressaille à ces prières. Le Destin a longtemps tardé : à nos prières il peut paraître!*

Un peu plus librement.

*Ah! misère invétérée de la race! coup lugubre et san-
glant du Malheur! Hélas! intolérables et gémissantes
angoisses! hélas! souffrances sans terme!*

*Mais le remède à ces maux, ce palais le porte en lui.
Ce n'est point du dehors, c'est de lui qu'il le va tirer au
prix d'un farouche et sanglant débat. Et voilà l'hymne
que veulent les dieux infernaux!*

LE CORYPHÉE. — Allons, dieux qui régnez sous
la terre, entendez l'imprécation et, dans votre clémence, envoyez à ces enfants votre secours victorieux.

> Oreste et Électre montent sur le tertre, s'agenouillent
> et frappent la terre des mains.

ORESTE. — Père, père mort d'une mort indigne
d'un roi, je t'implore, fais-moi régner en ta maison.

ÉLECTRE. — Et voici ce que, moi, j'attends de toi,
père : échapper à ma dure peine pour l'infliger à
Égisthe.

ORESTE. — Alors, en ton honneur, s'établiront les
festins consacrés. Sinon, tu seras oublié, au jour des
gras banquets offerts par ce pays sur des autels fumants.

ÉLECTRE. — Et, sur ma part d'hoirie intacte, je
t'apporterai, moi, mes libations de jeune épousée,
lorsque je quitterai la maison paternelle. Et par-dessus
tout ta tombe me sera sacrée.

ORESTE. — Terre, ouvre-toi : mon père veut veiller
au combat

ÉLECTRE. — Perséphone, envoie-nous la brillante victoire.

ORESTE. — Souviens-toi du bain, père, où tu fus immolé.

ÉLECTRE. — Souviens-toi du filet de leurs ruses nouvelles.

ORESTE. — Des chaînes sans airain où tu fus prisonnier.

ÉLECTRE. — Et des voiles perfides de l'infâme complot.

ORESTE. — Père, t'éveilles-tu enfin à ces outrages?

ÉLECTRE. — Soulèves-tu enfin ta tête bien-aimée?

ORESTE. — Envoie donc la Justice combattre avec les tiens; ou, plutôt, laisse-les user des mêmes prises, si, naguère vaincu, tu veux vaincre à ton tour.

ÉLECTRE. — Écoute, enfin, père, mon suprême appel : Vois ta couvée blottie sur ce tombeau : prends pitié de ta fille ainsi que de ton fils; n'efface pas du sol les derniers Pélopides : par eux tu te survis jusque dans la mort.

ORESTE. — Les enfants d'un héros sauvent son nom de la mort, ainsi que le liège, retenant le filet, sauve des eaux profondes le réseau de lin. Entends-moi donc; c'est pour toi qu'ici je gémis : tu te sauves toi-même en te rendant à ma prière.

Ils s'écartent du tertre.

LE CORYPHÉE. — Votre longue prière a satisfait au rite et réparé l'oubli commis d'une plainte sur cette tombe. Et maintenant, puisque ta volonté s'est levée pour agir, à l'œuvre! fais l'épreuve du Destin.

ORESTE. — Oui; mais il n'est pas sans doute hors de

propos de demander d'abord pourquoi, par quel calcul, elle a ici envoyé ces libations et tenté d'apaiser trop tard un mal qu'on ne guérit pas. Au mort insensible, c'est un piètre hommage qu'elle adressait là. Je n'entends pas évaluer ces offrandes, mais je les sais au-dessous de la faute. Pour payer une goutte de sang, tu peux d'un seul coup verser tous tes biens : tu perdras ta peine. Voilà la vérité. Mais, je t'en prie, si tu le sais, dis-moi ce qu'il en est.

LE CORYPHÉE. — Je le sais, enfant, car j'étais là. Ce sont des songes, des terreurs inquiétant ses nuits, qui l'ont fait sauter de sa couche pour envoyer ces libations, la femme impie!

ORESTE. — Mais le songe lui-même, peux-tu me le conter?

LE CORYPHÉE. — Elle crut enfanter un serpent, disait-elle.

ORESTE. — Dis-moi la fin : comment se termine ce rêve?

LE CORYPHÉE. — Elle, comme un enfant, l'abritait dans des langes.

ORESTE. — Et de quoi vivait-il, le monstre nouveau-né?

LE CORYPHÉE. — Elle-même, en son rêve, lui présentait le sein.

ORESTE. — Et le sein n'était pas blessé par un tel monstre?

LE CORYPHÉE. — Si! un caillot de sang se mêlait à son lait.

ORESTE. — Voilà qui pourrait bien n'être pas un vain songe!

LE CORYPHÉE. — Elle s'éveille et pousse un cri d'effroi. Et les torches, à qui l'ombre avait fermé les yeux[1], aussitôt dans la maison jaillissent en foule à la voix de la maîtresse. C'est alors qu'elle envoie ces offrandes funèbres, espérant y trouver le remède à ses maux.

ORESTE. — Eh bien! je prie la Terre qui nous porte, je prie le tombeau de mon père de me laisser réaliser ce songe. Voyez, je l'interprète en le serrant de près : si, sorti du même sein que moi, ce serpent, ainsi qu'un enfant, s'est enveloppé de langes, a jeté ses lèvres autour de la mamelle qui jadis me nourrit et au doux lait d'une mère a mêlé un caillot de sang — tandis qu'elle, effrayée, criait de douleur — il faut, comme elle l'a donné au monstre qui l'épouvanta, qu'elle me donne aussi son sang, et c'est moi — le serpent! — c'est moi qui la tuerai, ainsi que le prédit son rêve.

LE CORYPHÉE. — Ah! je t'agrée aujourd'hui pour devin : ainsi en soit-il donc! Et maintenant donne tes ordres à tes amis; aux uns dis ce qu'ils doivent faire, aux autres ce dont ils doivent se garder.

ORESTE. — Simple est mon dessein. (*Il montre Électre.*) Je prie celle-ci de rentrer au palais; vous, vous couvrirez ici mes projets, afin qu'après avoir immolé par la ruse un héros révéré, de la ruse victimes à leur tour, ils soient pris et périssent dans le même filet, ainsi que Loxias l'a proclamé lui-même, sire Apollon, qui jamais jusqu'ici n'a menti. Semblable à un étranger, chargé de l'attirail complet d'un voyageur, j'arriverai aux portes de la cour avec Pylade que voici — hôte nouveau à côté du vieil hôte[2]. Tous

deux nous emploierons la langue du Parnasse, en
imitant l'accent du parler de Phocide. J'admets qu'aucun portier ne nous accueille avec un air joyeux : trop
d'angoisse règne dans la maison. Nous attendrons
donc sans bouger, afin que les passants s'interrogent
et disent : « Pourquoi Égisthe écarte-t-il le suppliant
de sa porte, puisqu'il est à Argos et doit être averti? »
Mais que je franchisse une fois le seuil des portes de la
cour, pour le trouver, lui, sur le trône de mon père —
ou encore qu'il veuille lui-même me parler en face et
se vienne ainsi mettre sous mes yeux — en tout cas,
sache-le, avant qu'il ait dit : « De quel pays est l'étranger? » j'en fais un mort, en l'enveloppant de l'airain
agile, et l'Érinys, gorgée de meurtres, boira pur ce
troisième sang[1]. Ainsi donc, surveille, toi, le dedans
du palais, pour que tout marche avec ensemble. A vous
je ne demande qu'une langue prudente, qui sache à
propos ou se taire ou dire les mots qu'il faut. Le reste,
c'est Lui *(Il montre le tombeau)* que je prie d'y veiller,
en assurant la victoire aux combats que livrera mon
épée.

Oreste et Pylade sortent par la gauche.

Vigoureux.

Le Chœur. — *Innombrables sont les fléaux d'effroi,
les monstres que nourrit la terre, et les bêtes cruelles à
l'homme qu'enferme le sein des mers.*

*Entre terre et ciel jaillissent des météores de feu. Et
tout ce qui vole ou marche peut parler du courroux ora-
geux des vents.*

Mais qui dira l'audace sans bornes de la créature
humaine, les amours éhontées des femmes au cœur impu-
dent,

amours vouées à des désastres? L'union qui joint les
couples est traîtreusement vaincue par le désir sans frein
qui dompte la femme, chez l'homme comme chez la bête[1].

Un peu moins bien marqué.

Que tous ceux qui n'ont point laissé s'envoler de leur
mémoire les histoires qu'on leur apprit se souviennent
du feu perfide que, meurtrière d'un fils, osa jadis allu-
mer la fille de Thestios[2], consumant dans la flamme le
tison ardent,

compagnon donné à son fils dès son premier cri au
sortir du sein maternel, et qui devait mesurer son passage
à travers la vie jusqu'au jour arrêté par le Destin.

Les vieux récits flétrissaient aussi la sanglante Skylla,
qui à des ennemis immola un père et, séduite par des
bracelets d'or crétois, présents de Minos,

arracha le cheveu qui le faisait immortel au front de
Nisos[3] endormi sans défiance — l'impudente chienne!
— et Hermès se saisit de lui[4].

Plus vif.

Et puisque j'ai ici rappelé ces tristes forfaits, n'est-ce
pas l'heure pour ce palais de honnir aussi l'épouse abo-
minable,

la traîtrise d'un cœur de femme à l'égard d'un guerrier,

d'un roi dont le courroux en imposait à ses ennemis mêmes[1],

tandis qu'il garde ses respects pour le foyer paisible où la femme exerce douce royauté?

Entre tous les crimes, l'histoire met à part celui qu'a vu Lemnos[2]. *La voix publique le maudit avec horreur ; les pires calamités*

sont encore appelées du nom de « lemnien ». La race où s'est commis ce crime haï des dieux périt dans le mépris des hommes :

il n'est personne qui honore ce qu'abominent les dieux. Quelle est de ces vérités celle que je n'aie pas le droit de rappeler ?

Le glaive aigu vise au cœur et le transperce,

au nom de la Justice. Elle a tous les droits sur ceux qui, contre tout droit, ont foulé aux pieds et violé la pleine majesté de Zeus.

L'autel de la Justice n'est pas plus tôt à terre que le Destin déjà forge son épée ;

et voici l'enfant des meurtres anciens qui à son tour entre dans la maison, sous la conduite de celle qui doit enfin en payer la souillure, l'Érinys fameuse par ses noirs desseins.

> Oreste et Pylade rentrent par la gauche et se dirigent vers le palais. Ils sont suivis d'un ou deux serviteurs qui portent leurs bagages.

ORESTE. — Esclave, esclave, entends frapper aux portes de la cour. N'y a-t-il personne au palais ? Esclave, esclave, encore un coup ! Voilà trois fois que j'appelle : que quelqu'un sorte enfin, si la maison, sous Égisthe, pratique l'hospitalité.

La porte s'ouvre.

L'ESCLAVE. — Voilà! j'écoute. De quel pays est l'étranger? d'où vient-il?

ORESTE. — Répète ces mots à ceux qui commandent ici et pour qui je viens porteur de nouvelles — mais hâte-toi, car le char ténébreux de la nuit se hâte aussi, et l'heure est venue pour le voyageur de laisser tomber l'ancre dans les logis ouverts à l'étranger — « Qu'un des maîtres de la maison daigne donc venir, une femme ayant autorité ici — ou plutôt un homme; car alors nulle gêne au cours de l'entretien n'obscurcit les propos : l'homme avec l'homme parle sans crainte et tient un clair langage. »

Clytemnestre sort du palais.

CLYTEMNESTRE. — Étrangers, dites ce qu'il vous faut. Vous trouverez dans ce palais ce qu'on est en droit d'y attendre : un bain chaud, un lit qui endormira vos fatigues, et l'accueil d'un regard loyal. Si vous venez pour chose sérieuse, c'est l'affaire des hommes, à qui nous en référerons.

ORESTE. — Étranger, je viens de Daulis, en Phocide. Mais, comme je faisais route vers Argos, chargé de mon bagage, dans l'équipage même où je débarque ici, soudain, sans me connaître et sans m'être connu, un homme m'aborde, et, après m'avoir parlé de son voyage, questionné sur le mien, voici ce que me dit Strophios de Phocide — j'appris son nom en causant — : « Puisque aussi bien tu vas à Argos, étranger, sans faute, songe à dire aux parents d'Oreste qu'il n'est plus; ne l'oublie pas de grâce. L'avis prévaudra-t-il parmi les siens de le ramener auprès d'eux? ou au contraire de l'enterrer chez nous, étranger devenu notre hôte à tout jamais? rapporte-moi leurs ordres. A cette heure, les flancs d'une urne d'airain enferment ses cendres pleurées comme il convient. » Je t'ai répété tout ce qu'il m'a dit. Parlé-je à des parents qualifiés pour m'entendre? je l'ignore; mais qui lui a donné le jour, sans doute, ne l'ignore pas[1].

CLYTEMNESTRE. — Malheur sur moi! tes paroles achèvent ma ruine. Ah! qu'il est malaisé de lutter contre toi, Imprécation tombée sur le palais! Que ta vue est perçante, si, ce que je croyais bien loin à l'abri, tu sais l'abattre de ton arc infaillible, me dépouillant ainsi de tous les miens, malheureuse! Aujourd'hui, c'est Oreste — Oreste, qui avait eu le flair de retirer son pied du bourbier sanglant — c'est le dernier espoir d'une pure allégresse capable de guérir à jamais ce palais, qui apparaît... et qu'Elle efface[2]!

ORESTE. — J'aurais voulu, à d'aussi nobles hôtes, apporter d'heureuses nouvelles, pour me faire connaître et accueillir d'eux. Est-il rien de mieux disposé qu'un hôte pour ses hôtes? Mais mon cœur eût trouvé quelque impiété à ne pas achever mon rôle auprès d'amis, après promesse faite et accueil reçu[3].

CLYTEMNESTRE. — Tu n'en seras pas moins traité suivant ton mérite et reçu en ami par cette maison. Un autre, tôt ou tard, nous eût porté même message. Mais l'heure est venue, pour les hôtes au bout de leur journée, de rencontrer des soins en rapport avec leur longue route. *(A une esclave.)* Conduis-le dans les chambres réservées à nos hôtes, avec ses serviteurs et ses compagnons[1]. Et qu'ils y trouvent tout ce qui convient à notre maison. Je t'avertis : songe, en m'obéissant, que tu m'en rendras compte. *(Oreste et Pylade, conduits par l'esclave, entrent dans le palais.)* Pour nous, nous rapporterons tout au maître du palais et, comme les amis ne nous manquent pas, nous consulterons sur l'événement.

Elle rentre.

LE CORYPHÉE. — ✕ Allons, amies, captives du palais, qu'attendons-nous, pour déployer, en faveur d'Oreste, notre seule force, celle de nos voix?

O sol auguste, auguste tertre, dont la haute masse aujourd'hui recouvre le corps d'un royal chef d'escadre, l'heure est venue : prête-nous l'oreille, prête-nous ton secours. Oui, l'heure est venue pour la Persuasion traîtresse de descendre avec eux dans la lice, et pour Hermès Infernal, pour Hermès Ténébreux aussi, de diriger la joute des épées meurtrières. ✕

La nourrice sort du palais.

L'étranger sans doute est en train de faire quelque mauvais coup : je vois là, toute en pleurs, la nourrice d'Oreste. Où vas-tu, Kilissa[2], hors du palais? Ta peine semble une suivante que tu n'avais pas commandée!

LA NOURRICE. — « Les étrangers, sans retard, demandent Égisthe » — tel est l'ordre de la maîtresse — « afin que plus nettement, d'homme à homme, il vienne écouter leur message ». Elle, devant ses serviteurs, s'est fait un visage sombre; mais ses yeux, en dedans cachent un sourire, car tout, pour elle, finit au

mieux, tandis que, pour ce palais, c'est la ruine complète que nous annoncent trop clairement ces étrangers. Sûrement, à les entendre, il aura, lui, le cœur ravi
de la nouvelle qu'il apprend! Mais moi, malheureuse...
Ah! que les vieux chagrins, tombant lourdement en
masse sur cette demeure d'Atrée, ont donc peiné jadis
mon cœur en ma poitrine! Pourtant jamais encore je
n'avais eu peine pareille à porter. Les autres, je les
épuisais patiemment. Mais mon Oreste, pour qui j'ai
usé ma vie, que j'ai reçu sortant de sa mère et nourri
jusqu'au bout!... Et la misère, à chaque instant, de
ces appels criards qui me faisaient courir des nuits
entières! J'aurais donc souffert tout cela pour rien!
Ce qui n'a pas de connaissance, il faut l'élever comme
un petit chien, n'est-ce pas? se faire à ses façons.
Dans les langes, l'enfant ne parle pas, qu'il ait faim,
soif, ou besoin pressant, et son petit ventre se soulage
seul. Il fallait être un peu devin, et, comme, ma foi!
souvent j'y étais trompée, je devenais laveuse de
langes; blanchisseuse et nourrice confondaient leurs
besognes. Mais je pouvais bien porter la double charge,
puisque j'avais reçu[1] Oreste pour son père! Et j'apprends aujourd'hui qu'il est mort — malheureuse!
Mais je vais trouver l'homme qui a perdu cette maison.
C'est sans peine, lui, qu'il apprendra la nouvelle!

Le Coryphée. — Mais en quel appareil veut-elle
qu'il paraisse?

La Nourrice. — Quel appareil? répète, que je
comprenne mieux.

Le Coryphée. — Avec toute sa garde? ou bien
seul, sans escorte?

LA NOURRICE. — Elle veut qu'il amène tous ses gardes en armes.

LE CORYPHÉE. — Ne transmets pas l'avis au maître que tu hais. Qu'il vienne seul, pour ne pas effrayer ceux qu'il doit entendre. Dis-lui cela, en hâte, et garde un cœur joyeux. Du messager dépend le succès d'un plan caché.

LA NOURRICE. — Mais peux-tu espérer après cette nouvelle?

LE CORYPHÉE. — Mais Zeus peut bien changer tous nos malheurs en joies.

LA NOURRICE. — Comment? Oreste est mort, l'espoir de ce palais.

LE CORYPHÉE. — Pas encore : qui le croit sera mauvais devin.

LA NOURRICE. — Que dis-tu? as-tu donc reçu d'autres nouvelles?

LE CORYPHÉE. — Va, crois-moi, acquitte-toi de ton message. Aux dieux de veiller à quoi ils doivent veiller.

LA NOURRICE. — J'irai et suivrai ton conseil. Que la faveur divine tourne tout au mieux!

> La nourrice s'éloigne du palais par la droite.

Animé.

LE CHŒUR. — *Maintenant, je t'en conjure, Zeus, père des dieux de l'Olympe*[1]. . . . .
. . . .

Plus soutenu.

Oui, fais triompher de ses ennemis, Zeus, celui qui est dans ce palais ; car, si tu l'exaltes et le fais puissant, de bon cœur il t'en paiera double et triple récompense.

Vois le jeune coursier, orphelin d'un héros qui te fut cher, attelé à un char de douleurs . . . .

. . . . .

Plus soutenu.

Oui, fais triompher de ses ennemis, Zeus, celui qui est dans ce palais ; car, si tu l'exaltes et le fais puissant, de bon cœur il t'en paiera double et triple récompense.

Et vous qui séjournez au fond du palais, dans l'éclat joyeux de l'or, dieux bienveillants, écoutez-moi. Allons !

. . . . .

effacez le sang des forfaits passés par une prompte vengeance. Que le vieux crime n'enfante plus dans la maison !

Plus soutenu.

Toi qui habites l'édifice splendide bâti autour de la bouche terrible[1], fais que la maison d'un héros puisse enfin relever la tête et voir de ses yeux fidèles l'éblouissant soleil de la liberté succéder à ce voile de ténèbres.

Et puisse Hermès, fils de Maïa, nous prêter l'aide qui lui revient ! Personne ne sait mieux que lui faire souffler les vents propices. . . . .

. . . .

Avec un mot obscur il répand sur les yeux les ombres de la nuit, et le jour même ne les dissiperait pas.

Plus soutenu.

Toi qui habites l'édifice splendide bâti autour de la bouche terrible, fais que la maison d'un héros puisse enfin relever la tête et voir de ses yeux fidèles l'éblouissant soleil de la liberté succéder à ce voile de ténèbres.

Alors, pour célébrer la maison délivrée, nous irons poussant par la ville la clameur dont les femmes saluent l'apparition des vents heureux[1] . . . .

. . . . .

Victoire! le profit, le profit est pour moi, quand le Malheur est loin de ceux que j'aime!

Plus soutenu.

Toi, hardiment, lorsque ton tour viendra d'agir si vers toi elle clame : « Enfant! » crie-lui, toi, ce que ton père te crie, et, en tuant[2], achève l'œuvre amère du Malheur.

Portant en ta poitrine l'inflexible cœur de Persée[3], et soucieux de plaire avant tout aux tiens, morts ou vivants. . . . .

. . . . .

même au prix d'un sanglant malheur, fais disparaître l'auteur responsable du meurtre.

Plus soutenu.

Toi, hardiment, lorsque ton tour viendra d'agir, si vers toi elle clame : « Enfant! » crie-lui, toi, ce que ton père te crie, et, en tuant, achève l'œuvre amère du Malheur.

Égisthe arrive par la droite.

ÉGISTHE. — Je reviens, non de moi-même, mais appelé par un message. On me dit que des étrangers nous apportent une nouvelle qui certes n'était point désirée, celle de la mort d'Oreste. Charger encore pareil fardeau sur ses épaules, il y a là de quoi pénétrer d'épouvante une maison qu'une première mort a laissée déjà saignante et meurtrie[1]. Mais faut-il estimer ce qu'on nous conte comme véridique et réel? Ne serait-ce point de ces propos peureux de femmes qui jaillissent et s'envolent, puis disparaissent sans plus de réalité? Que peux-tu m'en dire qui s'impose à mon esprit?

LE CORYPHÉE. — Nous avons entendu la nouvelle; mais entre, renseigne-toi auprès des étrangers. Nul messager ne vaut la démarche de qui va s'informer sur place en personne.

ÉGISTHE. — Je veux à mon tour voir et questionner le messager. Était-il lui-même auprès du mourant? ou parle-t-il d'après une rumeur confuse? Je le défie bien en tout cas de tromper ma clairvoyance.

Il entre dans le palais.

LE CORYPHÉE. — ✗ Zeus, Zeus, que dois-je dire? comment commencer ma prière, mon appel aux dieux?

Et, dans la ferveur de mes vœux, comment l'achever et dire juste ce qu'il convient de dire?

Car c'est maintenant que les glaives à la pointe meurtrière vont, en se souillant de sang, achever à jamais la ruine du foyer d'Agamemnon;

ou qu'allumant feux et clarté de délivrance, notre héros va recouvrer, avec son palais et son trône de souverain légitime, l'éclatante prospérité de ses pères.

Telle est la lutte que le divin Oreste, comme un athlète de réserve[1], va maintenant engager — seul contre deux : que ce soit pour la victoire!

On entend des cris derrière la porte.

ÉGISTHE. — *Ah! ah!*

LE CHŒUR. — *Ah! que se passe-t-il? Comment, dans le palais, tout s'est-il terminé?*

LE CORYPHÉE. — Éloignons-nous : l'entreprise s'achève; ne paraissons pas complices du meurtre; car, pour le combat, l'issue en est décidée.

> Le Chœur se retire dans un coin de l'orchestre. — Un serviteur sort, affolé, de la porte centrale et se précipite vers la porte du gynécée, qu'il heurte bruyamment.

LE SERVITEUR. — Hélas! ah! oui, hélas! le maître est frappé à mort! — Hélas! encore hélas! une troisième fois : Égisthe n'est plus! — Allons, ouvrez, vite! tirez les verrous du gynécée. — Ah! c'est un homme en pleine vigueur qu'il faudrait ici — non pas toutefois pour porter secours à qui n'est plus : à quoi bon? Holà! holà! — Je hurle à des sourds. Ils dorment : je crie sans succès, pour rien! Où donc est Clytemnestre? que fait-elle? Voici sa gorge, je crois, sur le tranchant

du rasoir et qui va, à son tour, justement frappée,
s'abattre sur le sol.

Clytemnestre sort du gynécée.

CLYTEMNESTRE. — Qu'est-ce? de quelles clameurs
remplis-tu la maison?

LE SERVITEUR. — Je dis que les morts frappent le
vivant.

CLYTEMNESTRE. — Malheur sur moi! je comprends
le mot de l'énigme. Nous allons périr par la ruse, ainsi
que nous avons tué. Personne ne me tendra donc vite
la hache meurtrière! Sachons enfin si nous sommes des
vainqueurs ou des vaincus — puisque j'en suis là de
mon triste destin.

Elle se dirige vers la porte centrale. Celle-ci s'ouvre brusquement. Oreste paraît, l'épée à la main. Pylade est
derrière lui. Le serviteur, épouvanté, a fui.

ORESTE. — Justement, je te cherche. Pour lui, il a
son compte.

CLYTEMNESTRE. — Hélas! tu es donc mort, ô mon
vaillant Égisthe.

ORESTE. — Tu l'aimes? eh bien, va donc t'étendre
près de lui. Même mort, je t'en réponds, tu ne le tra-
hiras pas.

Il s'élance, l'épée levée. Clytemnestre tombe à ses genoux,
déchire sa robe et lui montre son sein.

CLYTEMNESTRE. — Arrête, ô mon fils! respecte,
enfant, ce sein, sur lequel souvent, endormi, tu suças
de tes lèvres le lait nourricier.

Oreste laisse retomber son épée.

ORESTE. — Pylade, que ferai-je? puis-je tuer une
mère?

PYLADE. — Et que deviendraient désormais les oracles d'Apollon, les avis rendus à Pythô, et la loyauté, garante des serments? Crois-moi, mieux vaut contre soi avoir tous les hommes plutôt que les dieux.

ORESTE. — C'est toi qui as raison, je le reconnais, et ton conseil est juste. *(A Clytemnestre.)* Suis-moi : je veux t'égorger près de lui. Vivant, tu l'as préféré à mon père : dans la mort dors donc avec lui, puisqu'il est celui que tu aimes et que tu hais celui que tu devais aimer.

CLYTEMNESTRE. — Je t'ai nourri, je veux vieillir à tes côtés.

ORESTE. — Meurtrière d'un père, tu vivrais avec moi!

CLYTEMNESTRE. — Dans tout cela, mon fils, le Destin eut sa part.

ORESTE. — Et c'est donc le Destin qui prépara ta mort!

CLYTEMNESTRE. — Ah! crains d'être maudit, mon enfant, par ta mère.

ORESTE. — Une mère qui jette son fils à la misère!

CLYTEMNESTRE. — Je ne t'ai qu'envoyé dans la maison d'un hôte.

ORESTE. — Je fus deux fois vendu, moi, fils d'un père libre[1]!

CLYTEMNESTRE. — Où donc est le salaire que, moi, j'en ai reçu?

ORESTE. — J'ai honte à le nommer, ce salaire infamant.

CLYTEMNESTRE. — Dis tout, mais dis aussi les fautes de ton père.

ORESTE. — Accuser le soldat, toi, assise au foyer!

CLYTEMNESTRE. — Fils, il est dur aux femmes d'être loin du mari.

ORESTE. — Le labeur du mari nourrit la femme oisive.

CLYTEMNESTRE. — <u>Veux-tu vraiment tuer ta mère, ô mon enfant?</u>

ORESTE. — <u>Ce n'est pas moi, c'est toi qui te tueras toi-même.</u>

CLYTEMNESTRE. — Prends garde : songe bien aux chiennes de ta mère.

ORESTE. — Et celles de mon père, où les fuir, si j'hésite?

CLYTEMNESTRE. — Ah! je suis là, vivante, à prier un tombeau!

ORESTE. — Le sort fait à mon père te condamne à la mort.

CLYTEMNESTRE. — J'aurai donc enfanté et nourri ce serpent!

ORESTE. — La terreur de tes songes fut un devin sincère. Tu tuas ton époux, meurs sous le fer d'un fils.

Il entraîne sa mère dans le palais.

LE CORYPHÉE. — Je pleure, moi, sur leur sort à tous deux. Mais puisque, à cette heure, le malheureux Oreste a couronné la série meurtrière, je préfère du moins que l'œil de la maison ne se soit pas éteint à tout jamais.

LE CHŒUR. — *Elle est venue, la Justice; elle a fini par frapper les Priamides, et d'un lourd châtiment.*

*Et, de même, il est venu dans le palais d'Agamemnon,
je double lion, le double meurtre.*

*Il a poussé jusqu'au bout, l'exilé prédit par Pythô,
guidé dans son élan par les conseils d'un dieu!*

*Ah! jetez un cri d'allégresse sur le palais de vos maî-
tres enfin délivré de ses maux, ainsi que des deux sacrilèges qui, pour dévorer ses richesses, avaient pris un
chemin de mort!*

*Il est venu, celui qui, en luttant dans l'ombre, sait
par la ruse achever le châtiment. Et elle a touché son
bras*[1] *dans la lutte, la fille de Zeus,*

*celle que nous, mortels, nommons, du nom qui lui
revient, Justice, et qui sur ses ennemis souffle la vengeance et la mort.*

*Ah! jetez un cri d'allégresse sur le palais de vos maî-
tres enfin libéré de ses maux, ainsi que des deux sacrilèges
qui, pour dévorer ses richesses, avaient pris un chemin
de mort!*

*L'oracle que la voix puissante de Loxias Parnassien
avait naguère proclamé au fond de l'antre redoutable
attaque à son tour, par traîtrise sans traîtrise, la faute
longtemps impunie.*

C'est la volonté divine, pour moi, qui triomphe ici[2].
*On peut donc aujourd'hui ne plus servir le crime et
révérer comme il convient la puissance qui règne aux
cieux!*

*On peut enfin voir la lumière. J'ai senti tomber le dur
caveçon qui maîtrisait cette demeure. Allons, debout!
palais : trop longtemps tu restas à terre.*

*Bientôt l'heure décisive franchira le vestibule de cette
maison. Ce sera quand toute souillure aura été expulsée
du foyer par les rites expiatoires qui chassent les folles
erreurs* . . . .
. . . .
*Les étrangères[1] installées en cette demeure en seront
chassées à leur tour.*

*On peut enfin voir la lumière. J'ai senti tomber le dur
caveçon qui maîtrisait cette demeure. Allons, debout !
palais : trop longtemps tu restas à terre.*

> La porte centrale s'ouvre. On voit les deux cadavres
> d'Égisthe et de Clytemnestre étendus côte à côte. Par
> la droite le peuple accourt à ce spectacle.

ORESTE. — Contemplez les deux tyrans de la patrie,
assassins de mon père et ravageurs de mon foyer ! Ils
siégaient augustes, naguère, sur leurs trônes : maintenant encore ils restent unis — leur sort du moins invite
à le penser — et leur serment demeure, fidèle aux enga-
gements pris. Ensemble ils avaient juré de tuer mon
malheureux père; mais aussi de mourir ensemble : une
fois de plus ils tiennent parole. — *(Au peuple.)* Contemplez, vous qui n'avez qu'ouï nos maux, contemplez
enfin le piège qui enserra mon malheureux père, entra-
vant ses bras, enchaînant ses pieds. Déployez-le vous-
mêmes; approchez et, en cercle, étalez le voile qui
enveloppa le héros, afin que les forfaits infâmes de ma
mère soient bien mis sous les yeux du père — non du
père qui m'engendra, mais de celui qui voit tout, du
Soleil ! Il pourra ainsi témoigner pour moi en justice
que j'étais dans mon droit en poursuivant la vengeance
jusqu'au meurtre d'une mère — je ne parle pas de

celui d'Égisthe : adultère, il a subi la peine que porte
la loi. Mais celle qui imagina telle horreur contre un
homme dont elle avait porté les enfants sous sa ceinture — fardeau d'amour jadis, de haine aujourd'hui,
il le prouve lui-même! — que te semble-t-elle? Murène
ou serpent? un être en tout cas capable d'infecter
sans morsure, au simple contact, par le seul effet de son
audace et de son orgueil naturels... Et cela, de quel
nom l'appeler pour rencontrer juste, tout en usant
des termes les plus doux? Piège à fauve? draperie de
cercueil, entourant le mort jusqu'aux pieds? Non,
filet, bien plutôt, panneau, voile entrave, instrument
d'un bandit qui tromperait ses hôtes et vivrait de
rapines, et, grâce à tel engin, trouverait d'autant plus
de joie qu'il détruirait plus de victimes. Ah! que telle
compagne n'entre jamais dans ma maison! Les dieux
me fassent plutôt mourir sans postérité!

LE CORYPHÉE. — Hélas! hélas! tristes forfaits! Tu as succombé à une mort cruelle[1]!

Hélas! hélas! le châtiment qui s'est fait attendre ne
s'en épanouit un jour que plus terrible!

ORESTE. — A-t-elle ou non frappé? Voici mon
témoin : ce voile qui déclare que sa teinte est due à
l'épée d'Égisthe. Le sang qui l'a taché travaille avec
le temps à détruire ses couleurs multiples. Ah! maintenant je puis ouvertement m'applaudir, ouvertement
me lamenter! Au moment où je proclame ce voile
assassin de mon père, je gémis à la fois et sur le forfait
et sur le châtiment, et sur ma race entière; car de
cette victoire je ne garde pour moi qu'une atroce
souillure[2].

Le Coryphée. — ✕ Aucun mortel ne traversera, sans payer sa part, une vie exempte de douleurs.

Hélas! hélas! telle peine aujourd'hui, telle autre demain! ✕

Oreste. — Mais, sachez-le bien — car je ne sais, moi, comment tout finira : il me semble conduire un attelage emporté hors de la carrière; mes esprits indociles m'entraînent, vaincu, tandis que l'Épouvante est là, devant mon cœur, toute prête à chanter, et lui à bondir[1], bruyant, à sa voix — mais, encore maître de ma raison, je crie bien haut à tous les miens : Oui, j'ai tué ma mère, à bon droit : elle avait tué mon père, elle n'était que souillure, exécration des dieux; et j'affirme que le grand stimulant de mon audace fut le prophète de Pythô, Loxias, qui me prédit qu'à agir comme j'ai fait je ne risquais pas d'être accusé de crime, tandis qu'à négliger son ordre — je ne vous dirai pas le châtiment : la portée de nos arcs ne va pas jusqu'à telles souffrances. — Et maintenant, voyez comment, avec ce rameau ainsi paré de laine, je vais prendre la route du temple bâti autour de l'Ombilic du monde[2], sol de Loxias, où brille la lueur du feu impérissable, pour fuir le sang d'une mère : c'est vers ce seul foyer que Loxias m'a prescrit de diriger mes pas. Et, plus tard, à tous les Argiens je demande de dire eux-mêmes comment sont nés ces malheurs et de me prêter témoignage, le jour où Ménélas rentrera à Argos. Pour moi, errant, banni de cette terre, je fuirai par le monde, vivant ou mort, ne laissant que ce renom.

Le Coryphée. — Tu as triomphé : ne mets pas tes lèvres au service d'un langage amer; ne te maudis pas toi-même, le jour où tu as délivré le pays argien, en tranchant d'un coup heureux la tête de ces deux serpents.

Oreste, qui se dirigeait vers la sortie de gauche, recule tout à coup épouvanté.

ORESTE. — Ah! ah! captives... là, là... des femmes, vêtues de noir, enlacées de serpents sans nombre... Je ne puis plus rester.

LE CORYPHÉE. — Devant quels vains fantômes tournoies-tu ainsi, toi, de tous les mortels le plus cher à ton père. Courage! que peut craindre un vainqueur tel que toi?

ORESTE. — Non, ce ne sont pas de vains fantômes qui font ici mon tourment. Ah! il n'est que trop clair : les voilà, les chiennes irritées de ma mère!

LE CORYPHÉE. — Le sang est encore tout frais sur tes mains : de là le trouble qui s'abat sur ton âme.

ORESTE. — Sire Apollon, les voilà qui fourmillent! De leurs yeux goutte à goutte coule un sang répugnant.

LE CORYPHÉE. — Il est un moyen de te purifier : va toucher Loxias, il te délivrera de ton tourment.

ORESTE. — Vous ne les voyez pas, vous, mais, moi, je les vois. Elles me pourchassent, je ne puis plus rester.

LE CORYPHÉE. — Adieu donc, et qu'un dieu, te suivant de ses regards propices, te garde pour des jours meilleurs.

Il sort, éperdu, par la gauche.

✕ Voilà donc le troisième orage dont le souffle brutal vient de s'abattre soudain sur le palais de nos rois!

Des enfants dévorés ouvrirent — tristement pour Thyeste! — la série de nos maux.

Puis, ce fut le sort fait à un royal héros : le chef des armées grecques périt égorgé dans son bain. Et maintenant encore, pour la troisième fois, vient de venir à nous — que dois-je dire? la mort? ou le salut? Où donc s'achèvera, où s'arrêtera, enfin endormi, le courroux d'Até?

LES EUMÉNIDES

NOTICE

Les Érinyes qui apparaissent à Oreste à la fin des *Choé-phores* ne sont que de « vains fantômes », qui traduisent la révolte de la conscience en face du parricide dicté par Apollon : dans les *Euménides* (les *Bienveillantes*), elles sont de véritables divinités en lutte contre le prophète de Delphes. Le drame va se jouer désormais entre les dieux. Mais, comme il doit se terminer par un accord qui réconciliera les adversaires, Eschyle a voulu que la pièce commençât dans une atmosphère de sérénité et de paix. La première partie du prologue esquisse une histoire du sanctuaire delphique d'où toute violence est exclue. Apollon ne s'est point emparé par la force du trône prophétique, comme l'admet la tradition courante : il l'a reçu comme un don de Phoibé, ainsi que Phoibé l'avait reçu de Thémis, et Thémis de Gaia; nul conflit jamais n'a divisé les dieux qui s'y sont assis tour à tour. Nul conflit ne les a davantage séparés des autres dieux : Apollon au contraire est l' « interprète de Zeus ».

Mais, si Apollon parle au nom de Zeus, si la doctrine de Delphes est celle de tous les Olympiens, ce sont tous les Olympiens qui sont responsables de l'acte d'Oreste et la lutte dès lors est engagée entre eux et les déesses pour qui le parricide est le crime inexpiable, les Érinyes. Deux groupes divins vont désormais s'affronter.

Souillé du sang de sa mère, Oreste s'est assis en suppliant dans le temple d'Apollon : il demande à être purifié. Apollon fait couler sur ses mains le sang d'un jeune porc; sa souillure est ainsi lavée; il peut se mêler aux autres hommes. Le dieu l'invite toutefois à s'éloigner de la Grèce, à fuir à travers l'Europe et l'Asie. Il ne veut pas

seulement qu'Oreste se dérobe aux Érinyes, il veut surtout qu'il achève de se purifier par un exil volontaire.
Quand l'expiation sera complète, Oreste se dirigera vers
Athènes; il embrassera la statue de Pallas, et Pallas saura
trouver les juges, puis les mots apaisants qui le délivre-
ront des Furies. En attendant, Hermès guidera le suppliant
d'Apollon. Les dieux Olympiens pratiquent la pitié
comme la justice; il n'est point pour eux de crime qui ne
puisse se pardonner; ils protègent qui les implore, et
Zeus lui-même se plaît à être appelé le « dieu des suppliants ».

Mais, si Oreste est purifié au regard des dieux et des
hommes, il n'est pas quitte du côté de sa victime. Quelle
satisfaction a-t-il donnée à sa mère? Pourquoi les Érinyes
s'arrêteraient-elles donc dans leur poursuite? L'Ombre de
Clytemnestre vient le leur rappeler au milieu de leur sommeil : la victime aussi a un droit de « recours »; et Clytemnestre recourt naturellement aux déesses à qui les Olympiens ont, en vertu d'un antique traité, abandonné les parricides. A sa voix, les Érinyes se réveillent et s'indignent
bruyamment : Apollon leur a dérobé leur bien; il a violé le
traité; il s'est souillé, lui, le dieu pur, au contact d'un assassin. Mais Apollon paraît, qui s'indigne à son tour :
que font-elles donc dans son sanctuaire, elles qui person-
nifient une justice sans pitié et qui se complaisent aux
plus atroces supplices? Et la position des deux parties se
marque nettement dans le débat qui suit. Apollon prend
la responsabilité du parricide : tout crime doit être châtié,
quel que soit le criminel; il protégera jusqu'au bout Oreste,
qui n'a fait que suivre son ordre. Pour les Érinyes au
contraire, il n'est qu'un crime, celui qui est commis sur
un être du même sang; elles n'ont pas poursuivi la femme
qui tua son mari, mais rien ne les arrêtera dans la poursuite d'un fils qui a tué sa mère. Aucun des deux adversaires ne peut ici céder : Apollon est lié par la loi du talion
qu'il a lui-même proclamée, ainsi que par le rite de la supplication.

Des mois se sont écoulés. Le temps a fait son œuvre :

Oreste a « usé » sa souillure au contact des hommes; il est assez pur maintenant pour implorer Pallas. Le voici à Athènes aux pieds de la déesse. Mais les Érinyes déjà l'ont rejoint; elles ont formé la « chaîne » autour de lui : il est cette fois leur prisonnier. Qui oserait le leur arracher? Comme elles le crient bien haut, en menant leur ronde sauvage autour du malheureux, leur rôle est de « décharger » les Olympiens du soin de punir les criminels dont le contact souillerait leur pureté; le Destin leur a attribué ce lot, et les dieux, qui ont confirmé le partage, ne peuvent se déjuger. Aucun secours divin ne saurait donc sauver le parricide.

L'entrée d'Athéna forme un contraste voulu avec celle d'Apollon dans la scène précédente. Athéna ne crie ni ne menace. Elle retient même les mots désobligeants que pourrait lui inspirer l'aspect des Érinyes. Son attitude calme et courtoise décide les intraitables déesses à accepter son arbitrage. Elle se refuse toutefois, après avoir entendu les parties, à rendre une sentence. Elle ne se croit pas en droit de prononcer sur un meurtre « dicté par un courroux vengeur ». Elle ne veut en outre ni frapper son suppliant, en condamnant Oreste, ni, en l'absolvant, attirer sur sa ville la colère des Érinyes. Dès lors elle remettra le soin de décider à un tribunal humain, qui prêtera serment et jugera selon l'équité. Elle s'éloigne donc pour recruter des juges parmi les Athéniens; et, pendant ce temps, le Chœur exhale sa colère inquiète : si la cause est perdue, c'est le bouleversement de toutes les lois anciennes; aucune crainte ne retenant plus les hommes, la violence va partout se déchaîner.

Les débats sont sur le point de s'ouvrir, quand soudain paraît Apollon. Il déclare venir à la fois en témoin et en défenseur. Oreste avoue le meurtre; mais le meurtre était « justifié », et c'est Apollon qui le prouvera. La preuve cependant se réduit à une affirmation : le meurtre a été juste parce qu'il a été voulu par Zeus. Cette « justification » doit suffire; Apollon n'en a pas d'autre à donner; rien ne saurait prévaloir sur la volonté de Zeus. Il ne s'agit donc

point ici de présenter des arguments de droit, mais bien
plutôt de proclamer un droit nouveau en face du droit
ancien ; et Apollon s'en tiendrait là, si les sarcasmes du
Chœur ne provoquaient son irritation et ne l'amenaient
à révéler sur quel sentiment se fonde ce droit nouveau. Ce
sentiment, c'est une révolte contre l'affirmation qu'il
n'existe pas de lien plus fort que celui du sang : celui du
mariage n'est-il donc pas tout au moins aussi fort?

C'est là l'idée essentielle du drame. Eschyle pourtant ne
l'a pas développée ici, sans doute parce qu'il l'avait déjà
exprimée avec assez de force par la bouche du même Apollon en face des mêmes Érinyes. Il a préféré donner à la
scène moins l'allure d'une discussion logique que celle
d'une dispute passionnée entre des adversaires qui ne
peuvent se comprendre. C'est ainsi qu'Apollon utilise une
théorie physiologique à la mode pour contester l'importance du lien qui unit la mère à l'enfant, et qu'il finit par
adresser un appel direct à l'intérêt des juges, en promettant à leur pays l'alliance éternelle d'Argos, si Oreste est
acquitté. Rien ne ressemble moins à un débat juridique
que le plaidoyer d'Apollon. On dirait qu'Eschyle a affai-
bli à dessein la thèse que défend le dieu : s'il lui avait
donné trop de force logique, la sentence indécise du tribunal eût paru moins vraisemblable, tandis qu'elle est
la seule naturelle en présence de deux adversaires dont
les arguments ne se répondent pas.

Les débats sont clos. Avant que l'on passe au vote,
Athéna consacre pour l'éternité le tribunal qui va « le
premier connaître du sang versé ». Puis l'on va aux voix.
Athéna vote après les autres juges, et vote ouvertement
en faveur d'Oreste. Ici encore, point d'argument de droit
mais une simple raison de sentiment : la déesse n'a point
eu de mère, elle est donc pour Agamemnon. On dépouille
les votes ; le nombre des voix est le même des deux côtés ;
en vertu de la règle proclamée d'avance par Athéna,
Oreste est acquitté ; il reprend, joyeux, le chemin d'Argos
en jurant, au nom de tous ses descendants, une reconnaissance fidèle au peuple d'Athènes, qui lui a rendu sa patrie.

Les Érinyes sont vaincues, on leur a enlevé leur proie, on les a dépouillées de leurs privilèges ; on a violé le pacte antique. Leur colère éclate contre le peuple à qui elles doivent cette humiliation. Elles déchaîneront sur lui une de ces plaies divines qui répandent sur un pays la stérilité et la mort. Pourtant, à la voix toujours calme d'Athéna, leur obstination irritée finit peu à peu par céder ; un nouveau pacte se conclut : en échange des privilèges qui leur ont été ravis, elles en obtiendront d'autres ; fixées désormais à Athènes, elles y recevront un éternel tribut d'honneurs ; Athéna elle-même le leur garantit : elle cesserait de protéger son peuple, si celui-ci manquait à la promesse donnée aux Érinyes.

Les déesses « avides d'hommages » renoncent donc à leur colère. Elles ne seront plus de féroces justicières, mais des dispensatrices de prospérité pour les Athéniens ; elles feront croître leurs moissons, leurs troupeaux et leurs enfants. Dès maintenant elles répandent sur eux des souhaits qui, dans leur bouche, sont des prophéties : le sol attique leur révélera un trésor, et surtout, la paix civile régnera parmi eux, seul remède à tous les maux. Pallas leur assure la sécurité, les Érinyes leur donneront l'abondance.

Un cortège s'organise pour mener à leur nouvelle demeure les déesses qui seront désormais les bienfaitrices du pays. Athéna le conduit elle-même. Il se déroule à la clarté des torches dans un silence recueilli, coupé seulement par des chants pieux et des clameurs rituelles. « La paix est faite » entre les Érinyes et le peuple d'Athènes, et « c'est ainsi que s'achève l'accord de la Parque avec Zeus, dont l'œil voit tout ». L'ordre ancien et l'ordre nouveau, les Érinyes et les Olympiens sont réconciliés grâce à l'instrument de justice créé pour jamais par l'État athénien.

PERSONNAGES

LA PYTHIE, Prêtresse et interprète d'Apollon à Delphes.
APOLLON, fils de Zeus et de Létô, dieu du Soleil.
ORESTE, fils d'Agamemnon.
L'OMBRE DE CLYTEMNESTRE.
CHŒUR des Érinyes.
ATHÉNA, fille de Zeus, déesse de la Sagesse.
LES JUGES athéniens, personnages muets.

LES EUMÉNIDES[1]

A Delphes, devant le temple d'Apollon. La Pythie entre
par la droite et se dirige vers la porte fermée du temple.
Mais avant d'entrer, elle s'arrête et, pieusement, s'in-
cline.

LA PYTHIE. — Ma prière, parmi les dieux, fait une
place à part en premier lieu à la première prophétesse,
à la Terre; après elle, à Thémis, qui s'assit la seconde
au siège prophétique laissé par sa mère, comme l'affirme un vieux récit. La troisième à son tour, avouée de
Thémis, sans violence faite à personne, une autre
Titanide, fille de la Terre, s'y assit ensuite, Phoibé,
et c'est elle qui l'offre, en don de joyeuse naissance, à
Phoibos — Phoibos, qui doit à Phoibé ce surnom.
Délaissant donc Délos, son lac et sa croupe rocheuse,
il s'en vient aborder aux rives de Pallas, familières
aux nefs[2], pour gagner cette terre et le Parnasse, son
nouveau séjour. Il y trouve une escorte et d'éclatants
honneurs; les enfants d'Héphaistos[3] lui ouvrent son
chemin, apprivoisant pour lui le sol sauvage. Il arrive
et reçoit ici le franc hommage du peuple et de son roi,
Delphos, pilote du pays. Et Zeus, lui emplissant le
cœur de divine science, l'assied sur ce siège, quatrième
prophète : Loxias, ici, parle pour Zeus son père. Voilà
donc par quels dieux commenceront mes prières. *(Elle
se retourne et porte les yeux successivement dans chacune*

*des directions où elle peut saluer un des dieux qu'elle
invoque.)* Mais Pallas Pronaia, dans nos vieux récits,
tient également une place à part[1]. Et je salue aussi les
Nymphes de l'antre Corycien[2], asile des oiseaux,
retraite d'un dieu : là règne Bromios — je me garde
de l'oublier ! — depuis le jour où sa divinité conduisit
au combat les Bacchantes et à Penthée trama la mort
d'un lièvre[3]. J'invoque enfin et les eaux du Pleistos[4],
et Poseidon puissant et Zeus Suprême, sans qui rien
ne s'achève, avant de prendre place, prophétesse,
sur mon siège. Daignent ces dieux bénir, aujourd'hui
plus encore que jamais, mon entrée au saint lieu. Si
quelques pèlerins nous sont venus de Grèce, qu'ils
s'approchent, ainsi qu'il est de règle, dans l'ordre
indiqué par le sort : je prophétise, moi, dans celui
que me dicte le dieu.

> Elle entre dans le temple et en ressort presque aussitôt,
> épouvantée, défaillante, s'appuyant à la porte, aux
> murs, aux colonnes.

Ah ! horrible à dire, horrible à voir de ses yeux le
spectacle qui me rejette hors du temple de Loxias — si
horrible que me voici là impuissante, incapable de me
tenir droite, et que mes mains courent seules, pour mes
jambes alourdies. Une vieille qui prend peur est sans
force ; ou, plutôt ce n'est qu'une enfant. J'allais vers
le lieu saint, encombré d'offrandes, quand je vois, de
l'Ombilic[5], un homme chargé d'une souillure, accroupi
en suppliant, les mains dégouttantes de sang, avec
une épée frais sortie d'une blessure, et un long rameau
d'olivier, dévotement entouré d'un épais réseau de
bandelettes[6] — une vraie toison blanche, le mot sera

plus clair. En face de l'homme, une troupe étrange de
femmes dort, assise sur les sièges. Mais que dis-je, des
femmes? Des Gorgones plutôt... Et encore, non! ce
n'est pas l'aspect des Gorgones que je rapprocherai du
leur... J'ai bien vu naguère, en peinture, les Harpyes
ravissant le repas de Phinée[1]; mais celles-ci sont sans
ailes; leur aspect de tout point est sombre et repoussant; leurs ronflements exhalent un souffle qui fait
fuir; leurs yeux pleurent d'horribles pleurs[2]; leur
parure[3] enfin est de celles qui ne sont pas plus à leur
place devant les statues des dieux que dans les
maisons des hommes. Non, je n'ai jamais vu la race
à laquelle appartient telle compagnie, et ne sais quelle
terre peut bien se vanter de l'avoir nourrie sans en
être punie et regretter sa peine. Qu'en doit-il advenir?
je m'en remets au maître de cette demeure, à Loxias
tout-puissant : il sait guérir par ses oracles, interpréter les prodiges, purifier même les maisons d'autrui.

Elle s'éloigne par la droite. La porte du temple s'ouvre :
on aperçoit Oreste accroupi près de l'Ombilic. Apollon
est debout près de lui. Les Érinyes dorment sur des
sièges.

APOLLON. — Non, je ne te trahirai pas; sans relâche,
veillant sur toi, à tes côtés comme de loin, je ne serai
pas tendre à tes ennemis. Déjà tu vois ici domptées
ces furieuses. Les voilà, vaincues par le sommeil, les
vierges maudites, les vieilles filles d'un antique passé,
que jamais n'approche dieu, homme ni bête. Nées
pour le mal, elles ont en partage l'Ombre, où se plaît
le mal, et le Tartare souterrain, exécrées et des hommes et des dieux de l'Olympe. Fuis pourtant, ne te

relâche pas. Elles vont te poursuivre à travers tout
un continent, te chassant tour à tour de chaque terre
ouverte à tes pas vagabonds, puis par-delà la mer et
les cités des îles. Mais ne te lasse pas de paître ainsi
ta peine, avant d'avoir atteint la cité de Pallas. Alors
tombe à genoux, étreins l'antique image, et là, avec
des juges, des mots apaisants, je saurai trouver le
moyen de te délivrer à jamais de tes peines. N'est-ce
pas moi qui t'ai décidé à percer le sein d'une mère?

ORESTE. — Sire Apollon, tu sais être juste : dès lors,
apprends aussi à être vigilant, et ta puissance est
garante de tes bienfaits.

APOLLON. — Ne l'oublie pas, la peur ne doit pas
abattre ton âme. Et toi, frère, en qui coule le sang de
notre père, Hermès, veille sur lui. *(Hermès apparaît.)*
Justifie ton nom, sois le Guide qui conduira mon suppliant. Tu le sais, Zeus pratique lui-même ce respect
des proscrits qui va porter aux mortels le secours
d'un guide propice[1].

Apollon disparaît. Hermès et Oreste sortent du temple
et s'éloignent par la gauche. L'Ombre de Clytemnestre
se montre brusquement au milieu du temple.

L'OMBRE DE CLYTEMNESTRE. — Dormez donc à
votre aise : ah! j'ai vraiment grand besoin de dormeu-
ses! Et, tandis qu'entre les morts vous me réservez
tels mépris, l'injure « Meurtrière! » ne m'est pas épargnée,
à moi, chez les ombres, et j'erre là dans la honte...
Oui, vous dis-je, de mes actes on me fait grand crime
là-bas, et, en revanche, après le sort atroce que j'ai
subi d'un fils, aucun dieu ne s'indigne en faveur d'une
mère qu'égorgea un bras parricide. Vois : que ton cœur

contemple mes plaies — dans le sommeil l'âme mortelle est toute éclairée d'yeux, à qui le don de voir
est refusé quand vient le jour[1]. N'avez-vous pas souvent humé de mes offrandes, libations sans vin, sobres
breuvages apaisants? N'ai-je pas offert plus d'une
victime, la nuit, à vos saints repas, sur l'autel flambant,
à une heure ignorée de tous les autres dieux[2]? Et tout
cela, aujourd'hui, je le vois foulé aux pieds! Lui,
s'évade, disparaît comme un faon, et, d'un bond
léger, le voilà hors du filet, qui vous salue d'une magnifique grimace! Entendez-moi : il y va de ma vie[3], à
moi! Reprenez donc vos sens, déesses de l'Enfer. Du
fond de vos songes, Clytemnestre vous appelle.

Grondement du Chœur.

Ah! vous pouvez gronder! l'homme a disparu, lui,
et court au loin. Les miens ont à qui recourir — et
moi, non!

Grondement du Chœur.

Vraiment, tu dors trop, sans pitié pour ce que j'endure. Et mon assassin, le parricide Oreste, a disparu!

Cri inarticulé du Chœur.

Tu cries, tu dors : allons, vite, debout! T'aurait-on
alloué d'autre lot que de faire souffrir?

Cri inarticulé du Chœur.

Le sommeil, la fatigue, conjurés invincibles, ont
épuisé la fougue du farouche dragon.

Double grondement strident du Chœur[4].

LE CHŒUR. — Attrape! attrape! attrape! attrape!
Gare!

L'Ombre de Clytemnestre. — Tu poursuis la
bête en songe et tu donnes de la voix comme un chien
hanté sans répit par le soin de sa besogne : qu'as-tu
donc? debout! que la fatigue n'ait pas raison de toi!
Ne va pas, amollie par le sommeil, méconnaître le
tort qui t'est fait. Laisse ton cœur endurer de justes
reproches : ce sont les aiguillons du sage. Puis, sur cet
homme, exhale ton haleine sanglante, dessèche-le au
souffle embrasé de ton sein. Suis-le, exténue-le par une
poursuite nouvelle.

L'Ombre disparaît.

Le Coryphée. — Eh toi! réveille, réveille celle-là,
comme je fais pour toi. Tu dors : debout! repousse
du pied le sommeil et voyons s'il n'y a pas dans ce
présage quelque part d'illusion.

> *Une à une, les Érinyes se réveillent et s'agitent bruyamment.*

Agité.

Le Chœur. — *Ah! malheur! malheur! quelle souffrance, amies!*

— *J'ai déjà pourtant assez souffert pour rien.*

— *Ah! la douloureuse souffrance! Las! l'intolérable peine!*

— *La bête hors des rets a sauté et disparu.*

— *A céder au sommeil j'ai perdu ma proie.*

— *Ah! fils de Zeus, tu n'es qu'un larron.*

— *Tu es jeune, et tu écrases d'antiques divinités!*

— *Et tu gardes tes respects pour le suppliant, l'impie cruel à sa mère!*

— *Tu es dieu, et tu nous veux dérober un parricide!*
— *Qui trouverait là ombre de justice?*

Du fond de mes songes un outrage est venu — brutal comme l'aiguillon qu'un cocher empoigne en plein manche — me frapper au cœur, au foie. Oui, je sens en moi, comme sous le fouet d'un bourreau féroce, passer un cruel, trop cruel frisson.

Voilà donc les façons de ces jeunes dieux, qui veulent régner sur le monde sans souci de la Justice. Ah! le trône ensanglanté[1]! au pied, à la cime, oui, je le vois, l'Ombilic du monde, chargé de la souillure terrifiante d'un meurtre.

Le foyer de sa demeure, le Devin l'a sali lui-même: qui l'y forçait? qui l'en priait? Il a passé outre à la loi des dieux et, pour honorer des mortels, déchiré l'antique partage[2].

Il y gagne ma haine, sans m'arracher son protégé: même s'il fuit sous la terre, l'homme ne sera pas libéré. Avec sa souillure, où il ira, il trouvera un vengeur[3] prêt à son tour à s'abattre sur son front.

Apollon apparaît soudain, l'arc tendu.

APOLLON. — Dehors! je l'ordonne; vite, hors de chez moi! Débarrasse le sanctuaire prophétique, si tu ne veux que t'atteigne le serpent à l'aile blanche, qui, bondissant de l'arc d'or, te fera cracher douloureusement la noire écume que tu dois aux humains et rendre en lourds caillots tout le sang que tu tiras d'eux. Il ne vous sied pas d'approcher de cette demeure. Votre place est aux lieux où la justice abat des têtes et arrache des yeux, où l'on ouvre des gorges, où, pour tarir

leur fécondité, la fleur de leur jeunesse est ravie aux
enfants, où on mutile, où on lapide, et où gronde la
longue plainte des hommes plantés sur le pal. Voilà,
entendez-vous, monstres en horreur aux dieux! —
les fêtes qui font vos délices. Et tout votre aspect y
répond. C'est dans l'antre d'un lion buveur de sang
qu'il vous convient de vivre, au lieu de venir en ce
temple fatidique infliger votre souillure à autrui.
Allez, allez paître sans berger : d'un troupeau pareil
nul dieu n'a souci.

LE CORYPHÉE. — Sire Apollon, entends-moi à mon
tour. Tu es toi-même, non complice, mais bien seul, et
de tout, entièrement coupable.

APOLLON. — Et comment? ne réponds qu'à ma
seule question.

LE CORYPHÉE. — Ton oracle à ton hôte dicta le
parricide.

APOLLON. — Mon oracle lui dit : « Va, venge un
père » : eh bien?

LE CORYPHÉE. — Tu promis d'accueillir sa sanglante
souillure.

APOLLON. — Et lui dis de chercher ici son seul
refuge.

LE CORYPHÉE. — Et son cortège alors, pourquoi
l'invectiver?

APOLLON. — C'est que cette demeure n'est pas faite
pour lui.

LE CORYPHÉE. — Je ne fais rien pourtant que de
remplir ma tâche.

APOLLON. — Quel est donc ce beau rôle? Va, chante-
m'en la gloire!

Le Coryphée. — C'est nous qui, de leur toit, chassons les parricides.

Apollon. — Et la femme qui tue son époux, celle-là?...

Le Coryphée. — Son crime n'a pas fait couler son propre sang.

Apollon. — Ah! tu mets donc bien bas — tu réduis à rien! — un pacte dont les garants sont Zeus et Héra, déesse de l'hymen. Et Cypris, ton bel argument la rejette avec dédain, elle à qui les mortels doivent leurs plus douces joies! La couche nuptiale où le Destin unit l'homme et la femme est sous la sauvegarde d'un droit plus puissant que celui du serment. Si ta faiblesse est telle pour ceux qui s'entretuent que tu ne leur accordes ni pensée ni regard de courroux, moi, je déclare inique ta poursuite d'Oreste, puisque, à côté de crimes que tu prends tant à cœur, il en est donc d'autres dont tu es clairement moins pressée de tirer vengeance. Pallas appréciera les droits des deux parties.

Le Coryphée. — Ne crois pas que jamais je renonce à ma proie.

Apollon. — Poursuis-la donc; ajoute encore à tes fatigues.

Le Coryphée. — Ne prétends pas d'un mot abolir mes honneurs.

Apollon. — Ce sont là des honneurs dont je ne voudrais pas!

Le Coryphée. — Tu jouis bien de ta puissance, assis aux côtés de Zeus : moi — le sang d'une mère me pousse — je poursuivrai cet homme comme un chien à la piste.

APOLLON. — Et moi, je défendrai, je sauverai celui qui m'implora. Terrible pour les dieux comme pour les mortels est le courroux du suppliant contre celui qui l'a sciemment trahi.

> *Le Chœur sort par la gauche. La porte du temple se referme sur Apollon.*
> *La scène change. C'est maintenant l'Acropole d'Athènes. Dans l'Orchestre, en avant d'un temple, une statue d'Athéna. Oreste entre en courant par la gauche et se jette aux pieds de la statue.*

ORESTE. — Souveraine Athéna, c'est sur l'ordre de Loxias que je suis ici : accueille le maudit avec bienveillance. Ce n'est plus un suppliant aux mains impures : ma souillure s'est émoussée, s'est usée au contact des hommes qui m'ont reçu à leur foyer ou rencontré sur les chemins, dans ma course à travers la terre et la mer. Docile aux commandements prophétiques de Loxias, j'arrive à ton sanctuaire et, attaché, déesse, à ton image, j'attends ici l'arrêt de la justice.

> *Le Chœur entre par la gauche.*

LE CORYPHÉE. — Bien ! voici un clair indice : obéis aux avis de ce dénonciateur muet. Comme un chien un faon blessé, nous suivons l'homme à la piste du sang qu'il perd goutte à goutte... Mais, sous tant de fatigues, mes membres sont brisés, mon sein est haletant. Il n'est point de lieu sur la terre où n'ait passé mon troupeau. Attachée à sa poursuite, j'ai volé, sans ailes, par-dessus les flots, aussi vite qu'aucun navire. Cette fois, il est ici tapi quelque part : l'odeur du sang humain me rit.

Agité.

LE CHŒUR. — *Prends garde, prends bien garde!
examine de tous côtés, si tu ne veux que le parricide,
furtif, ne t'échappe, laissant sa dette impayée.*

Un groupe de choreutes aperçoit Oreste.

— *Ah! il a, ma foi! encore trouvé un refuge! Les
bras jetés autour de la statue d'une déesse immortelle,
il veut être jugé pour l'acte de son bras.*

— *Impossible Le sang maternel une fois à terre, il
n'est pas si aisé de le rappeler, hélas! Ce qui a, fluide,
coulé sur le sol, est perdu pour jamais.*

— *C'est toi qui, en revanche, dois, tout vif, fournir
à ma soif une rouge offrande puisée dans tes veines.
Qu'en toi je trouve à m'abreuver de cet atroce breuvage!*

— *Desséché vivant, je t'entraînerai sous la terre, pour
que tu sois là, parricide, puni des peines que tu as méri-
tées.*

— *Tu verras là les sacrilèges qui ont sciemment
offensé divinité, hôte ou parent : chacun subit le châtiment que réclame la justice.*

— *Hadès, sous la terre, exige des humains de terribles
comptes, et son âme, qui voit tout, de tout garde fidèle
empreinte.*

Sans tourner la tête vers les Érinyes, Oreste continue
d'implorer Athéna.

ORESTE. — Instruit dans le malheur, je sais plus
d'une façon dont on peut se purifier, et je sais aussi
bien où l'on doit se taire et où l'on a droit de parler.
Dans le cas présent j'ai reçu d'un sage maître l'ordre
d'élever la voix. Le sang sur ma main s'endort et

s'efface; la souillure du parricide est lavée. Elle était
fraîche encore quand, au foyer de Phoibos, l'offrande
purificatrice d'un pourceau immolé l'a chassée loin
de moi. Et le compte entier serait long de tous ceux
que j'ai approchés, sans que mon contact leur ait fait
le moindre mal. Il n'est rien que le temps en vieillissant n'efface. Je puis donc, à cette heure, d'une bouche
pure, invoquer sans sacrilège celle qui règne en ce
pays : qu'Athéna vienne à mon aide et, sans effort
guerrier, elle conquerra Oreste et sa terre et le peuple
d'Argos, qui lui sera sûr allié, loyalement et pour toujours. Soit donc qu'au pays libyen, près du fleuve
Triton[1], dont les bords l'ont vue naître, elle aille,
ouvertement ou voilée d'ombre[2], au secours des siens;
soit qu'elle inspecte, ainsi qu'un hardi chef de guerre,
la plaine de Phlégra[3] — un dieu entend les plus loin-
tains appels — ah! qu'elle vienne à moi, et, de celles-
ci, me délivre enfin!

LE CORYPHÉE. — Non, pas plus qu'Apollon, la force
d'Athéna ne te sauvera. Tu périras, délaissé de tous,
l'âme à jamais désertée par la joie — ombre vidée
de sang qui aura repu des déesses. — Tu ne réponds
pas; tu rejettes en crachant mes paroles, toi, victime
engraissée pour mes sacrifices! Tout vivant, sans
égorgement à l'autel, tu me fourniras mon festin. Et
d'abord tu vas entendre l'hymne qui t'enchaînera.

Le Chœur se rapproche d'Oreste.

✗ Allons, nouons la chaîne dansante : nous voulons
clamer notre chant d'horreur,

et dire comment notre troupe distribue leurs lots aux mortels.

Nous nous estimons droites justicières et, quand un homme étale des mains pures, jamais notre courroux ne marche contre lui; il traverse la vie sans souffrance.

Mais, quand un criminel, pareil à celui-ci, cache ses mains ensanglantées,

témoins véridiques, nous venons au secours des morts, et, devant lui, pour qu'il paie sa dette de sang, implacables, nous surgissons.

> *Les Érinyes entourent la statue de Pallas, formant la chaîne autour d'Oreste.*

Vigoureux.

LE CHŒUR. — *O ma mère, mère Nuit, toi qui m'as enfantée pour châtier également ceux qui voient la lumière et ceux qui l'ont perdue, entends ma voix! Le fils de Létô veut m'humilier,*

en m'arrachant ce lièvre[1], seule offrande qui puisse expier l'assassinat d'une mère.

Fiévreux.

Mais, pour notre victime, voici le chant délire, vertige où se perd la raison, voici l'hymne des Érinyes, enchaîneur d'âmes, chant sans lyre, qui sèche les mortels d'effroi[2].

Le lot que pour jamais m'a filé la Parque inflexible, c'est de faire escorte au mortel qu'une fureur a jeté dans les voies du meurtre,

jusqu'à ce qu'il descende aux enfers; et, pour lui, la

mort même ne sera pas — tant s'en faut! — la déli-vrance.

Fiévreux.

Mais, pour notre victime, voici le chant délire, vertige où se perd la raison, voici l'hymne des Érinyes, enchaî-neur d'âmes, chant sans lyre, qui sèche les mortels d'effroi.

Large.

Le sort, à notre naissance, nous attribua ce lot : nul Immortel n'y doit porter la main. Aussi n'en voit-on point prendre part à nos banquets[1].

Mais les voiles blancs en revanche me sont refusés[2], interdits[3]...

Fiévreux.

J'ai pris pour moi la ruine des demeures où, admis au foyer, Arès frappe un frère. A sa poursuite alors, oh! nous bondissons et, si puissant qu'il soit, nous l'anéan-tissons sous sa souillure fraîche[4].

Nous sommes là, empressées à épargner à d'autres ce souci : nous voulons, par nos soins, en décharger les dieux, et qu'ils n'aient pas besoin d'instruire tels procès.
Zeus écarte de son audience l'engeance exécrable de tous ceux qu'a tachés le sang.

Fiévreux.

J'ai pris pour moi la ruine des demeures où, admis au foyer, Arès frappe un frère. A sa poursuite alors, oh!

*nous bondissons et, si puissant qu'il soit, nous l'anéan-
tissons sous sa souillure fraîche.*

*Les gloires humaines les plus augustes sous les cieux
fondent et se perdent humiliées dans la terre*

*sous l'assaut de nos voiles noirs et les maléfices de nos
pas dansants.*

Fiévreux.

*D'un pied puissant au plus haut je bondis, pour
retomber d'un poids plus lourd — et fugitifs de chan-
celer sous le faix pesant du malheur[1].*

*Il tombe et ne s'en doute pas, dans le délire qui le perd :
telle est la nuit que sa souillure, volant autour de lui,
étend sur ses yeux,*

*cependant qu'une nuée sombre s'abat sur sa maison,
ainsi que le proclame une douloureuse rumeur.*

Fiévreux.

*D'un pied puissant au plus haut je bondis, pour
retomber d'un poids plus lourd — et fugitifs de chan-
celer sous le faix pesant du malheur.*

Plus vif.

*Mon lot reste immuable : adresse et ténacité, mémoire
fidèle des crimes, tout cela a été donné aux Redoutables,
avec un cœur fermé aux prières humaines, pour leur
permettre de poursuivre la tâche humble et méprisée,*

qui les tient éloignées du Ciel, dans le bourbier[1] ténébreux,
*   aussi cruel aux pas des morts que des vivants.*

*   Quel mortel peut donc entendre sans respect ni trem-*
blement la loi que m'a fixée la Parque et qu'ont ratifiée
les dieux? A moi est réservé un antique apanage, et je
ne suis pas dépourvue d'honneurs,
*   pour avoir ma place sous terre, dans une nuit close*
au soleil.

Paraît Athéna.

ATHÉNA. — J'ai de loin entendu l'appel d'une voix : sur les bords du Scamandre, je prenais possession du pays que les rois et les chefs de la Grèce m'ont attribué comme une riche part de leur butin de guerre et dont le sol désormais est à moi, lot de choix accordé aux enfants de Thésée[2]. C'est de là que j'ai porté ici mes pas infatigables, laissant, en guise d'ailes, frémir aux vents mon égide gonflée, char magique attelé de robustes coursiers[3]. Mais à voir cette troupe nouvelle en ce pays, si mon cœur ne tremble pas, mon regard du moins s'étonne. Qui donc êtes-vous? Je m'adresse à tous également : à cet étranger accroupi devant mon image; à vous aussi, qui ne ressemblez à nulle créature : les dieux ne vous voient point au nombre des déesses, et vous n'avez rien de l'aspect des mortelles... Mais insulter autrui, alors qu'on n'a rien à lui reprocher, est acte d'injustice, éloigné d'équité.

LE CORYPHÉE. — Tu sauras tout en peu de mots, fille de Zeus : nous sommes les tristes enfants de la Nuit; dans les demeures souterraines on nous nomme les Imprécations.

ATHÉNA. — Bien! je sais votre race et le nom qu'on vous donne.

LE CORYPHÉE. — Apprends donc maintenant quels honneurs sont les miens.

ATHÉNA. — Soit! si tu veux du moins parler un clair langage.

LE CORYPHÉE. — C'est nous qui de son toit chassons le meurtrier.

ATHÉNA. — Et, pour lui, à quel terme s'arrête la poursuite?

LE CORYPHÉE. — Au royaume où la joie jamais ne fut connue.

ATHÉNA. — Voilà donc où vos cris prétendent traquer l'homme!

LE CORYPHÉE. — Oui, car il a osé égorger une mère.

ATHÉNA. — Était-ce donc contrainte? ou peur d'une vengeance?

LE CORYPHÉE. — Quel aiguillon peut poindre jusques au parricide?

ATHÉNA. — Je vois là deux parties, mais n'entends qu'une voix.

LE CORYPHÉE. — Ni de nous ni pour lui il ne veut de serment.

ATHÉNA. — Tu veux passer pour juste plus que l'être en effet.

LE CORYPHÉE. — Comment donc? instruis-moi : tu es riche en sagesse.

ATHÉNA. — Les serments ne font pas triompher l'injustice.

LE CORYPHÉE. — Fais ton enquête alors et juge droitement.

ATHÉNA. — Vous me remettez donc le soin de prononcer.

LE CORYPHÉE. — Oui, pour te rendre ainsi l'hommage qui t'est dû.

ATHÉNA. — A cela, étranger, que veux-tu répondre à ton tour? Mais dis-moi d'abord ton pays, ta race, tes malheurs, avant de te défendre sur ce dont on t'accuse. Si tu as vraiment foi dans la justice, quand tu te tiens assis près de mon foyer, embrassant mon image, suppliant respecté comme fut Ixion[1], fais-moi sur tous ces points une réponse claire.

ORESTE. — Souveraine Athéna, je t'allégerai d'abord du lourd souci qu'ont trahi tes derniers mots. Je ne suis pas un être impur; ce n'est point une souillure aux mains que je me suis assis aux pieds de ta statue. Je t'en fournirai une bonne preuve. La loi, il est vrai, défend au meurtrier d'élever la voix, mais jusqu'au jour seulement où, par les soins d'un purificateur du sang répandu, le sang d'une jeune bête égorgée a coulé sur lui. Et il y a longtemps déjà que j'ai usé ma souillure au contact d'autres foyers et sur tous les chemins de la terre et des mers. Aussi, je le répète, écarte ce souci. Pour ma naissance, apprends-la sans tarder. Je suis Argien, et mon père t'est bien connu, Agamemnon, qui arma la flotte des Grecs et t'aida toi-même à faire une cité de ruines de la cité des Troyens. Il a péri, ce roi, et d'une mort indigne, quand il rentrait à son foyer. Ma mère aux noirs desseins l'a tué, en l'enserrant dans un riche filet, qui témoignait assez du crime accompli dans le bain. Et moi, longtemps exilé, rentrant enfin dans ma patrie,

j'ai tué ma mère — je ne le nierai pas — pour qu'un
meurtre payât le meurtre de mon père adoré. Mais de
ma conduite Loxias est responsable aussi, dont les
oracles, aiguillons de mon âme, ne me prédisaient que
douleurs, si je n'exécutais pas tous ses ordres contre
les coupables. Ai-je eu tort? ai-je eu raison? à toi d'en
décider : je suis en ta puissance; quoi qu'il fasse de
moi, j'accepte ton arrêt.

ATHÉNA. — Si l'on trouve la cause trop grave pour
que des mortels en décident[1], il ne m'est pas davantage
permis à moi-même de prononcer sur des meurtres
dictés par un courroux vengeur — alors surtout que
tu as su du moins venir en suppliant, soumis et purifié,
sans danger pour ma demeure, et que je te tiens aussi
pour libre de tout tort à l'égard de ma ville. Mais, de
leur côté, celles-ci ont des droits qu'on ne saurait
écarter à la légère, et, si elles n'obtiennent pas de voir
triompher leur cause, sur le sol de ce pays, plus tard,
va s'abattre le trait de leur dépit, un intolérable et
triste fléau. J'en suis donc là : que je les accueille ou
que je les repousse, les deux me réservent d'inévitables
maux. Pourtant, puisque la chose en est arrivée là,
je vais faire ici choix de juges du sang versé; un serment les obligera, et le tribunal qu'ainsi j'établirai
sera établi pour l'éternité. Vous, faites appel aux témoignages, aux indices, auxiliaires assermentés du droit[2].
Je reviendrai, quand j'aurai distingué les meilleurs
de ma ville, pour qu'ils jugent en toute franchise,
sans transgresser leur serment d'un cœur oublieux
d'équité.

Elle sort par la droite.

Décidé.

Le Chœur. — *Ce jour verra donc l'avènement de lois nouvelles, si la cause — le crime — de ce parricide doit ici triompher!*

A tous les mortels un si bel exploit va donner désormais le ton des licences permises.

Mille bonnes blessures, taillées dans leur chair par leurs propres fils, voilà le lot réservé aux parents dans l'avenir qui vient!

Et cela, parce que les Furies qui surveillaient les mortels auront cessé, elles aussi, de mettre aucun courroux en marche contre de tels crimes. Au meurtre sous toutes ses formes, de ce jour, je lâche la bride.

Les hommes iront alors se demander l'un à l'autre, chacun ayant à la bouche le récit des maux d'autrui,

où donc trouver une fin, une trêve à telles misères, et ne pourront, les malheureux, que se conseiller vainement des remèdes bien peu sûrs.

Que personne n'appelle à l'aide, quand le sort le frappera, et ne clame : « O Justice! ô trônes des Érinyes! »

Cette plainte gémissante, ceux qui la gémiront peut-être, ce seront un père, une mère, victimes d'un sort inouï : la Justice en ce jour voit crouler sa demeure!

Il est des cas où l'Effroi est utile et, vigilant gardien des cœurs, y doit siéger en permanence. Il est bon d'apprendre à être sage à l'école de la douleur.

Qui donc, homme ou cité, s'il n'est rien sous le ciel dont la crainte habite en son âme, garderait le respect qu'il doit à la Justice?

Plus soutenu.

*Ne consens pas plus à vivre dans l'anarchie que sous
le despotisme. Partout triomphe la mesure : c'est le privilège que lui ont octroyé les dieux, le seul qui restreigne
leur pouvoir capricieux[1].*

*Et n'est-il pas à propos de le répéter ici? s'il est avéré
que la démesure est fille de l'impiété, la saine raison au
contraire a pour fils le bonheur aimé qu'appellent tous
les vœux humains.*

*Je te le répète aussi, et c'est la loi suprême : vénère
l'autel de la Justice, ne va pas outrageusement, séduit
par quelque gain, le renverser d'un pied impie. Le châtiment viendra : inéluctable reste le dénouement.*

*Ainsi donc observe avant tout le respect dû aux parents,
et honore bien les hôtes qui entrent dans ta demeure.*

*Qui, de soi-même, sans contrainte, sait être juste,
n'ignorera pas le bonheur et jamais ne périra tout entier.*

*Mais le rebelle audacieux, dont la cargaison criminelle
est faite de trésors pêle-mêle amassés en dépit de la Justice,*

*un beau jour, j'en réponds, se verra forcé d'amener sa
voile, quand l'angoisse le saisira devant l'antenne qui se
brise.*

*Il appelle — sans qu'on l'écoute — dans l'étreinte
du tourbillon irrésistible. Et le Ciel rit en voyant l'insolent,*

*qui ne prévoyait pas cette heure, en proie à des maux
sans remède et impuissant à surmonter le flot.*

Son long bonheur d'antan, il l'a précipité contre

*l'écueil de la Justice, et, sans que nul le pleure, le voilà
mort, anéanti.*

> Athéna rentre par la droite. Derrière elle un héraut intro-
> duit les juges. Ceux-ci s'asseyent face au public. Le
> Chœur se groupe d'un côté de l'Orchestre; Oreste se
> place en face de lui.

ATHÉNA. — Héraut, fais ton office, en contenant la
foule. Et que, jusqu'au ciel la trompette perçante
d'Étrurie[1] fasse aux oreilles du peuple éclater sa voix
aiguë. A l'heure où ce Conseil s'assemble, il convient
de faire silence et de laisser la cité tout entière entendre
les lois qu'ici j'établis, pour durer à jamais, et, dès
aujourd'hui, pour permettre à ces hommes de prononcer un juste arrêt.

> Paraît Apollon.

LE CORYPHÉE. — Sire Apollon, reste sur tes terres.
Qu'as-tu à voir, toi, dans cette cause?

APOLLON. — Je viens en témoin, d'abord : cet
homme est, suivant la loi, mon suppliant, l'hôte de
mon foyer; je l'ai moi-même purifié du sang dont il
s'agit. Je viens en défenseur aussi : je suis responsable
du meurtre de sa mère. *(A Athéna.)* Ouvre le débat,
et, suivant ta sagesse, règle cette affaire.

> Athéna se tourne vers les Érinyes.

ATHÉNA. — La parole est à vous; je déclare le débat
ouvert : à l'accusateur, parlant le premier, de nous
instruire d'abord exactement des faits.

LE CORYPHÉE. — Si nous sommes nombreuses,
nous saurons parler bref. A chaque question donne
réponse nette. Et, d'abord, dis-moi, n'as-tu pas tué
ta mère?

Oreste. — Je l'ai tuée; cela, je ne le nierai pas.

Le Coryphée. — Sur trois manches[1], en voilà une
déjà gagnée.

Oreste. — Je ne suis pas à terre : ne te vante donc pas.

Le Coryphée. — Il te faut pourtant dire comment
tu l'as tuée.

Oreste. — Mon bras, tirant le fer, lui a tranché la
gorge.

Le Coryphée. — Mais qui t'avait poussé? quels
conseils suivais-tu?

Oreste. — Les oracles du dieu aujourd'hui mon
témoin.

Le Coryphée. — C'est le devin qui te dictait le
parricide?

Oreste. — Et je ne me plains pas jusqu'ici de mon
sort.

Le Coryphée. — Quand l'arrêt t'atteindra, tu
changeras d'avis.

Oreste. — Mon père — en lui j'ai foi! — m'enverra
son secours.

Le Coryphée. — Mets ta foi dans les morts, toi qui
tuas ta mère!

Oreste. — Elle s'était souillée de deux crimes
ensemble.

Le Coryphée. — Et comment? instruis ceux qui te
doivent juger.

Oreste. — En tuant son époux, elle a tué mon père[2].

Le Coryphée. — Mais tu vis, tandis qu'elle, de son
meurtre, elle est quitte.

Oreste. — Mais, tant qu'elle a vécu, l'as-tu pour-
suivie, elle?

Le Coryphée. — Non, car elle n'était pas du sang de sa victime.

Oreste. — Eh quoi? serais-je donc, moi, du sang de ma mère?

Le Coryphée. — Comment t'a-t-elle alors nourri sous ta ceinture, assassin? Renies-tu le doux sang d'une mère?

Oreste. — A toi de témoigner. Éclaire-moi, Apollon : l'ai-je tuée justement? Le fait en lui-même, je ne le nie pas. Mais à ton esprit le meurtre paraît-il, ou non, justifié? Prononce, et à ceux-ci je le ferai savoir.

Apollon. — C'est à vous, noble tribunal établi par Athéna que je répondrai moi-même : « Justifié », et, prophète, je ne saurai mentir. Sur mon trône fatidique, je n'ai jamais rendu d'oracle sur homme, femme ou cité, qui ne fût un ordre de Zeus, père des Olympiens. La justification a sa valeur : je vous engage à la peser et à suivre les volontés de mon père. Nul serment ne prévaut sur Zeus.

Le Coryphée. — C'est donc Zeus, à t'entendre, qui t'a dicté l'oracle prescrivant à Oreste de venger le meurtre d'un père, sans rien accorder au respect d'une mère.

Apollon. — Oui, car tout autre chose est la mort d'un noble héros qu'entourent les respects dus au sceptre, présent de Zeus — et cela sous le bras d'une femme, qui n'a pas tué avec l'arc à longue portée de l'Amazone guerrière, mais de la façon que vous allez apprendre, Pallas, et vous tous qui siégez ici pour décider par vos suffrages en ce débat. Il rentrait de la

guerre, ayant presque partout remporté le succès. Elle
l'accueille avec des mots d'amour, le conduit au bain;
puis, comme il sort de la baignoire[1], elle déploie sur
lui un grand linon et frappe l'époux, pris dans le voile
brodé comme en un piège sans issue. Voilà quelle fut
la fin du héros auguste entre tous, du chef de l'armée
navale. J'en ai dit ce que j'ai dit, afin d'éveiller le
courroux des hommes ici chargés de décider en cette
cause.

LE CORYPHÉE. — Si l'on t'écoute, Zeus a grand
souci du père. Mais lui-même enchaîna son vieux père
Cronos. Comment accordes-tu ceci avec cela? *(Aux
juges.)* Vous, je vous adjure, prêtez bien l'oreille.

APOLLON. — Monstres haïs de la nature entière, exé-
crables aux dieux, des entraves, Zeus sait les délier!
Il y a remède à cela; bien des moyens existent de s'en
dégager. Mais lorsque la poussière a bu le sang d'un
homme, s'il est mort, il n'est plus pour lui de résur-
rection. Mon père contre ce mal n'a point créé de
charmes, lui qui bouleverse le monde sans s'essouffler
à la peine!

LE CORYPHÉE. — Vois donc de quelle façon tu
soutiens son innocence! C'est le sang de sa mère, celui
qui coule en ses veines, qu'il a répandu sur le sol : et il
habiterait Argos, le palais paternel! A quels autels
publics sacrifierait-il donc? quelle phratrie[2] lui permettrait d'user de son eau lustrale?

APOLLON. — Écoute encore ma réponse, et vois la jus-
tesse de mon argument. Ce n'est pas la mère qui enfante
celui qu'on nomme son enfant : elle n'est que la nourrice du germe en elle semé. Celui qui enfante, c'est

l'homme qui la féconde; elle, comme une étrangère,
sauvegarde la jeune pousse, quand du moins les dieux
n'y portent point atteinte. Et de cela je te donnerai
pour preuve qu'on peut être père sans l'aide d'une
mère. En voici près de nous un garant, fille de Zeus
Olympien et qui n'a point été nourrie dans la nuit du
sein maternel : quelle déesse pourtant saurait produire un pareil rejeton? Pour moi, Pallas, ma sagesse
saura par ailleurs faire grands ton peuple et ta ville;
mais j'ai dès cette heure conduit ce suppliant au foyer
de ton temple, pour qu'éternellement il te soit fidèle,
que tu aies des alliés, déesse, en lui et en ses fils, et
qu'à jamais même fidélité te soit gardée encore par
les fils de ses fils.

Athéna s'adresse aux Érinyes.

ATHÉNA. — Puis-je inviter maintenant ces juges à
porter dans l'urne, suivant leur conscience, un suffrage
équitable? Avez-vous tout dit?

LE CORYPHÉE. — Notre carquois à nous maintenant est vidé. J'attends l'arrêt qui doit terminer le
débat.

Athéna se tourne vers Apollon et Oreste.

ATHÉNA. — Et vous? que dois-je faire pour prévenir vos blâmes?

APOLLON *(Aux juges.)* — Vous avez entendu ce
que vous avez entendu. En portant vos suffrages,
gardez bien en vos cœurs le respect du serment,
étrangers.

ATHÉNA. — Écoutez maintenant ce qu'ici j'établis,
citoyens d'Athènes, appelés les premiers à connaître
du sang versé. Jusque dans l'avenir le peuple d'Égée

conservera, toujours renouvelé, ce Conseil de juges.
Sur ce mont d'Arès, où les Amazones jadis s'établi-
rent et plantèrent leurs tentes, aux jours où elles
firent, en haine de Thésée[1], campagne contre Athènes
— en face de sa citadelle alors elles dressèrent les
remparts élevés d'une autre citadelle; elles y sacri-
fiaient à Arès, et le rocher, le mont en ont gardé le
nom d'Arès — sur ce mont, dis-je, désormais le Respect et la Crainte, sa sœur, jour et nuit également,
retiendront les citoyens loin du crime, à moins qu'ils
n'aillent eux-mêmes encore bouleverser leurs lois :
qui trouble une source claire d'afflux impurs et de
fange n'y trouvera plus à boire. Ni anarchie ni despotisme, c'est la règle qu'à ma ville je conseille d'observer avec respect. Que toute crainte surtout ne soit
pas chassée par elle hors de ses murailles; s'il n'a rien
à redouter, quel mortel fait ce qu'il doit? Si vous
révérez, vous, comme vous devez, ce pouvoir auguste,
vous aurez en lui un rempart tutélaire de votre pays
et de votre ville tel qu'aucun peuple n'en possède ni en
Scythie ni sur le sol de Pélops[2]. Incorruptible, véné-
rable, inflexible, tel est le Conseil qu'ici j'institue,
pour garder, toujours en éveil, la cité endormie. Voilà
les avis que j'ai voulu en termes exprès donner à mes
citoyens pour les jours à venir. Maintenant vous
devez vous lever, porter votre suffrage et trancher le
litige en respectant votre serment. J'ai dit.

Les juges se lèvent et se dirigent vers les urnes.

Le Coryphée. — Prenez garde! ma présence sera
lourde à ce pays : je vous le conseille, n'en méprisez
pas la menace.

APOLLON. — Et moi je vous dis : mes oracles sont
ceux de Zeus; craignez d'en détruire le fruit.

LE CORYPHÉE. — Les causes de sang ne sont point
de ton lot : pourquoi les prends-tu à cœur? Tu n'auras
plus la bouche pure pour dispenser tes oracles.

APOLLON. — Mon père alors s'est trompé en ses
calculs, le jour où Ixion, le premier meurtrier, vint à
lui en suppliant?

LE CORYPHÉE. — C'est toi qui l'as dit! — Mais,
moi, si je n'ai pas gain de cause, ce pays en retour
sentira le poids de ma présence ici.

APOLLON. — Dieux nouveaux ou dieux anciens,
nul ne t'honore : c'est moi qui triompherai!

LE CORYPHÉE. — C'est ainsi que tu en agis déjà
dans le palais de Phérès : tu persuadas les Parques de
rendre immortels des humains[1].

APOLLON. — N'est-il pas naturel d'obliger qui vous
honore, surtout à l'heure où il en a besoin?

LE CORYPHÉE. — C'est toi qui déchiras l'antique
partage et usas du vin pour tromper d'antiques
déesses.

APOLLON. — C'est toi qui, bientôt frustrée de l'arrêt
attendu, ne cracheras plus qu'impuissant venin sur
tes ennemis.

LE CORYPHÉE. — Tu te plais à écraser, jeune dieu,
notre vieillesse : soit! j'attends, moi, d'ouïr l'arrêt et
je retiens jusque-là mon courroux contre ce pays.

ATHÉNA. — C'est à moi qu'il appartient de prononcer la dernière. Je joindrai mon suffrage à ceux qui
vont à Oreste. Je n'ai point eu de mère pour me mettre
au monde. Mon cœur toujours — jusqu'à l'hymen du

moins — est tout acquis à l'homme : sans réserve je
suis pour le père. Dès lors je n'aurai pas d'égard
particulier pour la mort d'une femme qui avait tué
l'époux gardien de son foyer. *(Elle met son suffrage
dans l'urne.)* Pour qu'Oreste soit vainqueur, il suffira
que les voix se partagent. Faites vite tomber les suffrages des urnes, juges à qui est commis ce soin.

ORESTE. — O Phoibos Apollon, que sera la sentence ?

LE CORYPHÉE. — O sombre nuit, ma mère, vois-tu
ce qui se passe ?

ORESTE. — Me faudra-t-il me pendre ou voir encore
le jour ?

LE CORYPHÉE. — Devrons-nous disparaître ou
garder nos honneurs ?

APOLLON. — Comptez exactement les suffrages qui
tombent, étrangers ; en les triant, veillez à éviter la
fraude. Un suffrage qui manque provoque un désastre,
comme une voix de plus relève une maison.

Les juges chargés du dépouillement présentent à Athéna
les tableaux sur lesquels ils ont classé les suffrages.

ATHÉNA. — Cet homme est absous du crime de
meurtre : le nombre des voix des deux parts est égal.

ORESTE. — O Pallas, toi qui viens de sauver ma
maison, j'avais perdu jusqu'au sol de mes pères, et tu
me l'as rendu. Et l'on dira dans la Grèce : « Le voici
de nouveau citoyen d'Argos et maître de son patrimoine, grâce à Pallas et grâce à Loxias » — et
grâce à l'arbitre suprême, au dieu Sauveur[1], qui, ayant
égard au meurtre paternel et voyant celles-ci plaider
pour ma mère, m'accorde le salut. Mais à ce pays,
à ton peuple, pour l'avenir et la durée sans fin des

jours, voici, moi, le serment que je fais, au moment
de rentrer dans ma demeure : Jamais un roi placé au
gouvernail d'Argos ne portera en ces lieux des armes
vouées au triomphe. Moi-même alors du fond de mon
tombeau, à ce transgresseur de la foi qu'ici je te jure,
par d'irrémédiables revers, décourageant sa marche
et plaçant sur sa route des présages de deuil, je me
chargerai de faire regretter son entreprise. Mais, en
revanche, si mes serments sont observés, si mon pays
à la cité de Pallas ne cesse de rendre l'hommage de
ses armes alliées, alors je lui serai clément. Adieu donc !
adieu, Pallas, adieu, peuple d'Athènes, puissent tes
attaques, irrésistibles à tes ennemis, sauver ta
ville et glorifier tes armes !

Il sort. Apollon a déjà disparu.

Animé.

Le Chœur. — *Ah ! jeunes dieux, vous piétinez les
lois antiques, et vous m'arrachez ce que j'ai en main.
Soit ! l'infortunée qu'on humilie fera sentir à cette terre
— ah ! malheur ! — ce que pèse son courroux. Mon venin,
mon venin, cruellement, me vengera. Chaque goutte qui
en coulera de mon cœur coûtera cher à cette ville : une
lèpre en sortira, mortelle à la feuille, mortelle à l'enfant[1],
qui, s'abattant sur votre sol — Vengeance ! Vengeance !
— infligera à ce pays plus d'une plaie meurtrière. —
Mais je gémis ! comment agir plutôt ? Soyons lourdes
à cette cité. Ah ! elles ont, hélas ! subi un terrible affront,
les tristes filles de la Nuit, cruellement humiliées !*

ATHÉNA. — Écoutez-moi : épargnez-vous de lourds sanglots. Vous n'êtes pas des vaincues : un arrêt indécis, seul, est sorti de l'urne, pour satisfaire la vérité, non pour vous humilier. D'éclatants témoignages étaient là, émanés de Zeus, et celui-là même nous les apportait, qui avait prédit à Oreste que de tels actes n'encourraient nul châtiment. Vous voulez, sur ce pays, cracher un pesant courroux : réfléchissez, ne vous emportez pas; ne rendez pas ce sol stérile, en laissant dégoutter de vos lèvres divines une écume sauvage, rongeuse de tous germes. Moi, je vous offre sans réserve le séjour, l'asile qui vous conviennent en ce pays et où, sur le trône de vos autels luisants[1], vous siégerez environnées du respect de ces citoyens.

LE CHŒUR. — *Ah! jeunes dieux, vous piétinez les lois antiques, et vous m'arrachez ce que j'ai en main. Soit! l'infortunée qu'on humilie fera sentir à cette terre — ah! malheur! — ce que pèse son courroux. Mon venin, mon venin, cruellement, me vengera. Chaque goutte qui en coulera de mon cœur coûtera cher à cette ville : une lèpre en sortira, mortelle à la feuille, mortelle à l'enfant, qui, s'abattant sur votre sol — Vengeance! Vengeance! — infligera à ce pays plus d'une plaie meurtrière. — Mais je gémis! comment agir plutôt? Soyons lourdes à cette cité. Ah! elles ont, hélas! subi un terrible affront, les tristes filles de la Nuit, cruellement humiliées!*

ATHÉNA. — Vous n'êtes point humiliées; dans l'excès de votre colère, ne vous en prenez pas, déesses, à des hommes; ne rendez pas la terre sourde à leurs

appels. Moi, je m'assure en Zeus, et — faut-il le dire? —
seule entre les dieux, je sais ouvrir la chambre où la
foudre dort scellée[1]. Mais ici point n'en est besoin.
Va, crois-moi; que ta bouche furieuse ne lance pas sur
ce sol des mots dont le seul fruit serait pour tout la
mort! Endors la fougue amère de ce noir flux de haine;
reçois ta part d'honneur et viens vivre avec moi. En ce
vaste pays, désormais toutes les prémices, offrandes
de naissance et offrandes d'hymen[2], te seront réservées,
et tu ne cesseras de louer mon conseil.

Agité.

LE CHŒUR. — *Moi, subir cs sort, moi, l'antique
déesse! Moi, habiter ce pays en être impur et méprisé,
ah!... Non, je ne respire que colère et vengeance. Las!
Terre et Ciel! ah! quelle souffrance, quelle souffrance
entre donc dans mon cœur! Entends-moi, ô Nuit, ma
mère : mes antiques honneurs, des dieux aux ruses
méchantes me les ont ravis et réduits à rien.*

ATHÉNA. — A tes colères, je veux être indulgente,
car tu as l'âge pour toi. Mais, si tu en sais plus que
moi sans doute, à moi aussi Zeus a donné quelque
sagesse. Si vous allez dans une autre contrée, vous
regretterez ce pays. Écoutez mon oracle : le flot
montant des jours fera grandir la gloire de ma ville,
et toi, fixée sur son sol glorieux, à côté de la demeure
d'Érechtée[3], tu verras des cortèges d'hommes et de
femmes t'offrir ce qu'aucun autre peuple ne te saurait
donner. Mais, de ton côté, en ces lieux que j'aime, ne
pousse pas ces aiguillons sanglants qui ravagent les
jeunes poitrines, et, sans vin, les enivrent de folles

fureurs. Ne va pas, comme on fait pour les coqs, attiser
la colère au cœur de mes citoyens et mettre en eux
cette soif de meurtre qui lance frères contre frères, en
leur soufflant mutuelle audace. Vienne la guerre
étrangère, toujours à la portée de ceux qu'anime un
fervent désir de vraie gloire — mais fi des combats
entre oiseaux de la volière! Voilà donc ce qu'il t'est
loisible de tenir ici de ma main : bénédictions à répandre, bénédictions à recevoir, bénie et adorée du pays
pieux entre tous dont tu deviendras citoyenne.

LE CHŒUR. — *Moi, subir ce sort, moi l'antique*
déesse! Moi, habiter ce pays en être impur et méprisé,
ah!... Non, je ne respire que colère et vengeance. Las!
Terre et Ciel! ah! quelle souffrance, quelle souffrance
entre donc dans mon cœur! Entends-moi, ô Nuit, ma
mère : mes antiques honneurs, des dieux aux ruses
méchantes me les ont ravis et réduits à rien.

ATHÉNA. — Non, je ne me lasserai pas de te dire
ton intérêt, de peur que tu n'ailles prétendre que ma
jeune divinité et les hommes de cette ville ont chassé
sans honneur et banni de ce sol une antique déesse. Si
tu sais respecter la Persuasion sainte, qui donne à ma
parole sa magique douceur, va, tu resteras ici. Mais, si
tu t'y refuses, vraiment tu serais inique en laissant
tomber sur ce pays dépit, courroux ou vengeance qui
seraient cruels à mon peuple, alors qu'il t'est permis
de jouir sans conteste du droit de bourgeoisie au milieu
d'une cité qui à jamais t'honorera.

LE CORYPHÉE. — Souveraine Athéna, que sera mon
séjour?

ATHÉNA. — Exempt de toute peine : accepte-le, crois-moi.

LE CORYPHÉE. — Mettons que je l'accepte : quels honneurs m'y attendent?

ATHÉNA. — Sans toi, nulle maison ne pourra prospérer[1].

LE CORYPHÉE. — Tu sauras m'assurer une telle puissance?

ATHÉNA. — Je ne protégerai que qui t'honorera.

LE CORYPHÉE. — Et cet engagement vaut pour l'éternité?

ATHÉNA. — Qui me force à promettre, si je ne puis tenir?

LE CORYPHÉE. — Tu charmes mon courroux : je renonce à ma haine.

ATHÉNA. — Alors tu vas ici te faire des fidèles.

LE CORYPHÉE. — Quels vœux m'ordonnes-tu de chanter sur ta ville?

ATHÉNA. — Ceux qui appelleront un triomphe sans tache[2]. Et d'abord que toutes les brises qui se lèvent de la terre, de l'onde marine ou du ciel, viennent, aux rayons d'un soleil propice, souffler sur ce pays! Que la riche fécondité du sol et des troupeaux jamais ne se lasse de rendre ma cité prospère! Que la semence humaine y soit aussi protégée! Les impies, en revanche, sarcle-les sans scrupule; j'aime à voir, comme un bon jardinier, le Juste croître à l'abri de cette ivraie. Voilà les vœux qui te regardent. Pour les nobles luttes guerrières, c'est moi qui veillerai à ce que toujours elles fassent honneur à ma cité, triomphante parmi les hommes!

Décidé.

LE CHŒUR. — *Oui, je veux vivre avec Pallas et ne point dédaigner la ville dont Zeus tout-puissant et Arès font par leur présence le donjon des dieux, éclatant rempart des saints autels de la Grèce. Sur elle j'épands mes vœux en oracles propices. Que tous les bonheurs qui font une vie prospère, de son sol, jaillissent en foule à la clarté d'un soleil resplendissant !*

ATHÉNA. — J'obéis à l'amour que je porte à ce peuple en fixant ici de puissantes et intraitables déesses, dont le lot est de tout régler chez les hommes. Qui n'a point su se concilier ces divinités terribles, ne peut comprendre d'où viennent les coups qui s'abattent sur sa vie. Ce sont les crimes de ses pères qui le traînent devant elles, et un trépas muet, en dépit de son fier langage, l'anéantit sous leur implacable courroux.

LE CHŒUR. — *Que jamais souffle empesté ne vienne flétrir nos arbres ! ce sera là mon bienfait : le feu qui consume les jeunes bourgeons ne franchira pas vos frontières. Et que le triste mal dont meurent les moissons ne s'approche pas d'ici ! Que la terre nourrisse de belles brebis, chacune mère de deux agneaux au temps fixé ! Et que le produit du trésor que ce sol vous a révélé jamais ne cesse de faire honneur au don des dieux[1] !*

ATHÉNA. — Entendez-vous, gardiens de la cité, ce qu'elle s'apprête à faire pour vous ? La puissance est grande de l'auguste Érinys, auprès des Immortels comme auprès des dieux infernaux ; et, pour les hommes, ce sont elles qui, clairement et pleinement,

aux uns donnent les chansons, aux autres une vie
embuée de larmes.

Plus soutenu.

Le Chœur. — *J'écarte de vous les destins qui vont
fauchant les jeunes hommes. Accordez aux vierges aima-
bles de vivre aux côtés d'un époux, arbitres du sort des
humains, Parques, filles de notre mère, ô divines distri-
butrices d'équité, qui, fixées dans toute maison, à toute
heure y faites sentir le poids de vos présences justicières,
vous, de toutes les divinités les plus entourées de respect!*

Athéna. — A entendre ce qu'en leur bonté elles
assurent à ma ville, je me sens la joie au cœur, et je
bénis la persuasion, dont les regards guidaient mes
lèvres et ma langue en face de leurs farouches refus.
Le dieu de la parole, Zeus, l'a emporté, et mon obstination bienfaisante triomphe pour l'éternité.

Le Chœur. — *Et que jamais, dans cette ville, ne
gronde la Discorde insatiable de misères! Que la poussière abreuvée du sang noir des citoyens ne se paye pas,
en sa colère, du sang de ces représailles qui font la ruine
des cités! Que tous entre eux n'échangent que des joies,
remplis d'un mutuel amour et haïssant d'un même cœur!
A bien des maux humains il n'est pas d'autre remède.*

Athéna. — Dira-t-on qu'elles se refusent à trouver la voie des souhaits propices? De ces visages
effrayants je vois pour ce peuple sortir un splendide
avantage. Si votre amour à leur amour répond par
d'éclatants et d'éternels hommages, vous vous mon-

trerez au monde, tous ensemble, menant votre pays,
votre peuple, par les chemins de la droite justice. ✕

Plus animé.

Le Chœur. — *Adieu, vivez heureux au milieu des
dons bénis de la richesse, vivez heureux, habitants de
cette cité, assis aux côtés de la Vierge de Zeus, lui rendant
son amour et apprenant chaque jour la sagesse! Ceux
que Pallas abrite sous son aile sont respectés de son père.*

✕ Athéna. — Adieu, vivez heureuses aussi! Je
dois marcher devant vous et vous montrer votre
demeure, aux pieuses clartés du cortège qui s'avance.
Allez, avec ces victimes saintes, descendez donc sous
la terre; retenez loin de nous le malheur, et envoyez-
nous le bonheur, pour le triomphe de ma ville.

Et vous, maîtres de cette cité, enfants de Cranaos,
montrez la route à celles qui reçoivent ici le droit de
séjour; et que mes citoyens, pour leur propre bonheur,
ne forment que d'heureux desseins! ✕

Le Chœur. — *Adieu, vivez heureux, je répète mon
vœu, vous tous qui résidez en cette ville, mortels ou divinités. Déjà votre cité est celle de Pallas : qu'elle honore
celles à qui elle octroie le droit de séjour, et vous n'aurez
pas à vous plaindre du sort que vous fera la vie.*

Athéna. — J'applaudis au langage de vos vœux
et je vais vous conduire, à la clarté des torches écla-
tantes[1], jusqu'aux lieux qui s'ouvrent en bas, sous la
terre. Avec moi, viendront mes servantes, gardiennes
de mon image. Leur place est là : c'est l'œil même de

tout le pays de Thésée que j'invite à sortir ici, noble
troupe de femmes, d'enfants[1], pieux cortèges de vieilles
femmes[2]... *(Aux prêtresses qui sortent du temple.)* Allons,
venez, suivez mes pas, honorez ces déesses en vous
enveloppant dans des robes de pourpre[3], et faites
jaillir la clarté du feu, afin que leur présence propice
parmi nous se manifeste en riches floraisons humaines.

Assez large.

LE CORTÈGE. — *Mettez-vous en marche, puissantes
déesses avides d'hommages, enfants inféconds de la
féconde Nuit, sur les pas d'un cortège ami — et que tous
dans la cité se recueillent ! —*

*pour gagner l'antre souterrain où vous trouverez, parmi
les offrandes et les rites antiques, un culte sans pareil.
— Et que tous dans la cité se recueillent !*

*Propices, loyales à l'égard de ce pays, allez donc, ô
Redoutables, et laissez-vous réjouir par l'éclat des torches
dévorées du feu qui vous montrent le chemin. — (Au
peuple.) Et maintenant lancez le cri rituel en réponse à
notre chant !*

Cri prolongé.

*La paix, pour le bonheur de ses foyers[4], est aujourd'hui
acquise au peuple de Pallas, et ainsi s'achève l'accord de
la Parque avec Zeus dont l'œil voit tout. — (Au peuple.)
Et maintenant lancez le cri rituel en réponse à notre
chant !*

Cri prolongé.

DATES PRINCIPALES
DE LA VIE D'ESCHYLE

525. Naissance d'Eschyle.

500. Débuts au théâtre.

490. Prend part à la bataille de Marathon.

484. Première victoire d'Eschyle au théâtre.

480. Prend part à la bataille de Salamine.

476 (?) ou 470 (?). Voyage en Sicile.

472. *Les Perses* obtiennent le premier prix.

468. *Première victoire de Sophocle au théâtre.*

467. La tétralogie thébaine dont fait partie *Les Sept* est couronnée.

458. Nouvelle victoire d'Eschyle grâce à l'*Orestie*.

Après 458. Nouveau voyage en Sicile.

456-455. Mort d'Eschyle à Géla.

NOTES

LES SUPPLIANTES

Page 57.

1. Les cinquante filles de Danaos (les Danaïdes), accompagnées
de leurs suivantes, qui constituent le Chœur, sont venues *supplier* le
roi d'Argos de leur prêter asile et assistance; d'où le titre de la pièce.

2. L'Égypte, appelée plus loin (p. 79) « la terre de Zeus où
naissent tous les fruits ».

3. Le texte est conjectural; mais l'idée qu'exprime la conjecture
adoptée dans la traduction est en parfait accord avec la conception
générale du rôle des Danaïdes dans la trilogie d'Eschyle.

4. C'est-à-dire d'Io. Cf. p. 48.

Page 58.

1. Le rameau des suppliants est une branche d'olivier, longue et
droite, qu'on entoure de bandelettes de laine blanche.

2. Les héros, défenseurs du pays où ils ont leur tombeau.

3. Le temps de la gestation. Il a été pour Io d'une longueur
anormale. Le *toucher* de Zeus, seul, y a mis fin, et on a, *tout
naturellement,* donné le nom d'Épaphos (le « Toucher ») à l'enfant
né de ce geste — geste de médecin, geste guérisseur et non geste
d'époux, geste procréateur, comme on le croit généralement. « Le
jeune taureau né de Zeus et de la génisse » est cet Épaphos, assimilé
ainsi à Apis, le dieu à forme de taureau.

Page 59.

1. Térée, roi de Thrace, avait pour femme Procné, fille du roi
athénien Pandion. Procné voulut faire venir près d'elle sa sœur
Philomèle. Térée s'en éprit, la violenta, et, pour l'empêcher de rien
révéler, lui coupa la langue. Philomène trouva cependant le moyen

d'avertir sa sœur, et toutes deux se vengèrent en servant à Térée les membres de son fils Itys. Depuis ce jour, Térée, métamorphosé en épervier, poursuit éternellement Procné devenue rossignol et Philomèle changée en hirondelle. — Dans une forme récente et plus répandue de la légende, Térée est changé en huppe, Procné en hirondelle, et Philomèle en rossignol.

2. Il s'agit de l'Égypte ; mais le sens exact de l'éphithète, qui s'applique ailleurs à d'autres pays, n'est pas certain pour nous et ne l'était pas davantage pour les anciens, qui en proposaient des interprétations très diverses.

3. Danaos et ses filles n'ont fui vers l'Argolide qu'après une guerre malheureuse contre les Égyptiades. Cf. *Notice*, p. 49.

Page 60.

1. Le coupable se croit protégé par la *nuit* de l'oubli quand il voit luire soudain dans l'ombre la volonté vengeresse de Zeus. — Il se peut qu'Eschyle veuille évoquer aussi la *nuit* sanglante où doivent périr ensemble tous les fils d'Égyptos.

Page 61.

1. Sur ce nom, voyez p. 66.

2. Il s'agit ici d'une véritable incantation. En pareil cas, les formules n'agissent que si elles sont prononcées avec une intonation correcte. Les Danaïdes éprouvent tout à coup la crainte que leur accent étranger n'empêche la terre argienne d'entendre leur appel.

Page 62.

1. L'épithète indique clairement qu'il s'agit d'Artémis, déesse de la chasteté.

2. La jalousie d'Héra.

3. La violence de la bourrasque qui annonce l'ouragan permet de prévoir que celui-ci sera terrible et ne peut venir que d'Héra. La bourrasque, c'est la guerre qui a chassé les Danaïdes d'Égypte ; l'ouragan, c'est le sort qui attend maintenant les fugitives.

Page 63.

1. On tient le rameau suppliant (voyez note 1 de la p. 58) dans la saignée du bras gauche, en même temps que de la main droite on touche l'autel ou la statue du dieu que l'on implore.

Page 65.

1. Il s'agit du dieu de la mer, Poseidon.

2. Les Égyptiens en effet le représentent tout autrement. L'Hermès égyptien, Theuth, a une tête d'ibis. Les Danaïdes reconnaissent sans doute le dieu à son bâton de héraut.

3. L'horreur physique que les Danaïdes éprouvent à l'égard des Égyptiades leur fait attribuer à la passion une poursuite dont elles donneront plus loin au Roi les véritables raisons, l'ambition et la cupidité. Danaos adopte leurs vues.

4. Allusion aux doctrines orphiques et pythagoriciennes.

5. Le Roi a nom Pélasgos, comme il le dira plus loin.

6. Le proxène est le représentant dans sa propre cité d'une cité étrangère. Il sert à celle-ci de répondant auprès des pouvoirs politiques ou devant les tribunaux, ainsi que dans les relations commerciales. Son rôle est assez analogue à celui d'un *agent consulaire* dans notre monde moderne.

Page 66.

1. Le pays que traverse le Strymon (ou Strouma), c'est la Thrace. Eschyle veut frapper l'imagination en indiquant tout de suite l'extrême limite nord de l'empire pélasgite. Mais, d'autre part, il sait que les Thraces n'ont jamais été des Pélasges, et il rectifie en ajoutant : « du côté du Couchant ». La frontière partant du Strymon se dirige donc vers l'Ouest et englobe les Perrhèbes, au nord de la Thessalie, puis les régions au-delà du Pinde, limitrophes des Péoniens (peuple d'archers qu'Homère situe sur les bords du Vardar, mais qu'Eschyle semble plutôt placer le long du cours supérieur de la Vistrizza), et, en particulier, les montagnes de Dodone, berceau traditionnel des Pélasges. Cette limite nord de l'empire est enfin coupée par le mer. Tout ce qui est en deçà d'elle appartient à Pélasgos.

Page 68.

1. Cf. *Prométhée*, p. 231.

Page 70.

1. Le texte dit littéralement : « Qui achèterait ses maîtres de façon à les aimer ? » c'est-à-dire : « Qui donc aimerait ses maîtres, quand il a dû les acheter ? » C'est un argument traditionnel contre l'institution de la dot. Les Danaïdes se refusent à donner leur héritage pour devenir des esclaves.

2. Quand le Roi s'adresse solennellement à son peuple aux pieds des dieux de la ville, il évoque l'image du pilote qui tient la barre du vaisseau de l'État. Cf. *Sept*, p. 157.

Page 71.

1. Thémis sert souvent de *parèdre* à Zeus. Elle personnifie, suivant les cas, tel ou tel aspect du dieu. Ici elle représente Zeus Suppliant, et, à ce titre, elle demandera à Zeus Répartiteur des destins la prospérité promise à qui respecte les suppliants.

Page 72.

1. Litt. « qui fait pencher la balance d'un côté », mais avec l'idée sous-entendue : « aussi bien de l'un que de l'autre » ; et l'image se poursuit dans les vers suivants.

Page 73.

1. Eschyle pensait ici aux pêcheurs d'éponges.

Page 74.

1. Il ne s'agit pas ici d'Arès, dieu de la guerre, mais d'Arès, dieu de la peste, exécuteur des vengeances divines. Quand les cités ont contracté une souillure, de grandes plaies s'abattent sur elles, frappant à la fois les hommes, les troupeaux et les moissons : c'est là l'œuvre d'Arès.

2. Le texte est ici très douteux.

3. La pensée est elliptique ; sous-entendez : Et c'est bien de la guerre, c'est du sang de mon peuple qu'il s'agit.

Page 78.

1. Les Danaïdes s'adressent à Zeus, à la fois parce qu'il est le Tout-Puissant et parce qu'il est le fondateur de leur race : il doit son secours aux enfants d'Io. Une magnifique litanie de Zeus ouvre le chant, une autre litanie le termine ; entre les deux un long récit des souffrances d'Io et du miracle qu'il l'en a délivrée rappelle à Zeus qu'il a déjà fait pour l'aïeule ce que les petites filles lui demandent aujourd'hui.

2. C'est-à-dire : *le vaisseau noir* (épithète usuelle du vaisseau dans l'épopée) *qui nous apporte le malheur*.

3. La Pamphylie et la partie montagneuse de la Cilicie forment un tout aux yeux du poète : c'est pourquoi il nomme la Cilicie avant la Pamphylie, au mépris de la géographie. Io ne rencontre là que des

torrents, souvent desséchés. Mais elle descend ensuite dans la Cilicie des plaines et se trouve en face des « fleuves qui ne tarissent jamais », le Saros, le Pyramos, etc. Enfin elle arrive au pays fertile consacré à Aphrodite, la Phénicie.

Page 79.

1. L'Égypte doit sa fertilité aux crues du Nil, et les crues du Nil sont dues à la fonte des neiges de l'Éthiopie. Les anciens ne l'ignoraient pas. La théorie sera exposée avec précision par Anaxagore, quelque vingt-cinq ans après *Les Suppliantes* ; mais l'expression d'Eschyle prouve qu'elle était déjà en faveur à Athènes au commencement du Ve siècle.

2. Sans le Nil, le sol d'Égypte serait desséché par le vent du désert, qui l'assaille sans répit de son souffle brûlant. C'est ce que symbolise le mythe de Typhon auquel fait allusion ici Eschyle.

3. Allusion non seulement à la descendance d'Épaphos, mais aussi à son rôle de fondateur de villes. « Innombrables sont les cités fondées en Égypte par la main d'Épaphos. » (Pindare, *Ném.* X 5). Ce sont ces facultés créatrices qui révèlent en lui le fils de Zeus.

Page 81.

1. Le « courroux de Zeus » est souvent personnifié en un génie vengeur, qui s'engraisse du sang des victimes qu'exige le dieu offensé (cf. *Agamemnon*, p. 311). Mais ici, par une hardiesse qui n'est pas sans dureté, c'est la souillure elle-même qui est identifiée avec le dieu chargé de l'infliger, et le poète la compare à une bête monstrueuse que la ville coupable doit nourrir de douleurs.

2. Si les Danaïdes avaient été repoussées, elles eussent demandé à Zeus Suppliant de déchaîner Arès sur les Argiens (cf. *supra*, n. 1 de p. 74), et Arès les eût frappés à la fois dans leurs enfants, leurs moissons, leurs troupeaux. Puisque les Argiens les ont accueillies, elles demandent au contraire à Zeus Hospitalier de faire prospérer leurs enfants, leurs moissons, leurs troupeaux. Leur bénédiction est donc une imprécation retournée, composée suivant une formule traditionnelle. Mais le poète écrit sous l'impression de la catastrophe que vient de subir Argos (cf. *Notice*, p. 47) ; la cité est « veuve de ses hommes » (Hérodote VI 83) ; elle a été dépeuplée au point qu'elle a dû introduire dans la classe de ses citoyens des vassaux et des esclaves : Eschyle développe donc uniquement le premier élément de la formule, la dépopulation, et réduit les deux autres à deux phrases brèves.

Page 82.

1. Le Conseil (*gérousia*) siège autour du feu de la cité. Après les pertes subies par Argos, on peut craindre qu'un jour la ville ne manque de vieillards pour le composer.

Page 83.

1. Le prytanée est en quelque sorte le sanctuaire de Zeus Hospitalier, puisque c'est là que l'État reçoit ses hôtes. Or, la prospérité d'une ville dépend de Zeus Hospitalier, qui, de toute antiquité, ne l'accorde qu'à celles qui pratiquent le respect des hôtes.

2. Il ne s'agit pas ici des grandes épidémies, dont l'idée a déjà été indiquée, mais plutôt des maladies infantiles, qui enlèvent aux villes tant de futurs défenseurs, mais contre lesquelles Argos peut invoquer la protection d'Apollon Lycien, qui est à la fois un dieu national et un dieu guérisseur.

Page 84.

1. Eschyle se représente les vaisseaux égyptiens comme les trières athéniennes, qui portaient deux yeux sur leur proue, et il est de fait que cet usage n'est pas particulier à la Grèce. « Aujourd'hui encore, les marins italiens peignent parfois un œil à l'avant de leur vaisseau. En Orient également, toute embarcation appartenant à un Chinois, depuis le sampan jusqu'au bateau à hélices de construction européenne, porte une paire d'yeux peinte à l'avant, pour qu'il puisse reconnaître sa route et apercevoir les rochers submergés ou autres dangers de l'abîme. » (Frazer, *Sur les traces de Pausanias*, p. 188.)

Page 85.

1. Allusion à la guerre que les Danaïdes ont déjà soutenue en Égypte contre leurs cousins (cf. n. 3 de p. 59).

Page 86.

1. « Les Égyptiens sont des mangeurs de papyrus » (schol.). La racine du *souchet à papier* ou *papyrus* est encore aujourd'hui considérée comme comestible ; mais les Égyptiens mangeaient la tige elle-même — ou du moins la partie inférieure de la tige (Hérodote, II 92). Pélasgos, plus loin, opposera le vin grec à la bière égyptienne.

Page 87.

1. Il semble être tombé ici un ou plusieurs vers, dont on restitue par conjecture le sens général.

2. La terre d'Argos, dont les Danaïdes ont déjà imploré la protection en mettant le pied sur ces rivages et qu'elles viennent de couvrir de bénédictions, leur doit maintenant son appui. C'est à elle que tout naturellement s'adresse leur premier appel de détresse.

3. L'image est celle d'une mer avant la tempête.

Page 89.

1. Le texte de toute la scène qui suit nous est parvenu mutilé et altéré. La plus grande partie en est inintelligible. Le mouvement général de la scène se laisse cependant entrevoir.

2. Il veut dire qu'elles seront traitées comme des esclaves fugitifs, que l'on marque au fer rouge. Cela semble indiquer que les Égyptiades prétendent avoir des droits souverains sur les Danaïdes. Il ne s'agirait donc pas seulement d'une tutelle légale, qui leur permettrait de les prendre pour épouses sans leur consentement ni celui d'un tiers. Leur père, Danaos, étant vivant, l'hypothèse n'est d'ailleurs pas vraisemblable. Peut-être les Égyptiades ont-ils d'abord soutenu que Danaos, n'ayant pas d'héritier mâle, ses filles devaient être considérées dès maintenant comme des *épiclères* et accordées en mariage à leurs plus proches parents. Mais, les armes leur ayant ensuite donné la victoire, ils voient dès lors dans leurs cousines de simples captives, sur lesquelles ils ont droit de vie et de mort.

Page 90.

1. Il n'est guère douteux que ces mots ne fassent allusion aux vertus prolifiques qui étaient attribuées à l'eau du Nil, ainsi que l'atteste Aristote (cité par Strabon). Les Danaïdes craignent-elles donc des maternités trop fréquentes ? Ce n'est pas impossible, puisque Eschyle a voulu les représenter comme des révoltées : elles ne voudraient pas plus être mères qu'épouses, et c'est là surtout ce qui les distinguerait de leur sœur Hypermestre. — Une autre interprétation est cependant possible. Le scholiaste prétend que l'eau du Nil favorise la naissance des mâles : c'est après en avoir bu que Zeus engendra Arès. Les Danaïdes auraient alors horreur du Nil parce que ses eaux ont donné la vie à une race de mâles brutaux, comme celle des Égyptiades.

2. Il s'agirait, d'après le scholiaste, du cap Sarpédonien, qui se trouve sur la côte de Cilicie, en face de Chypre.

3. Elles invoquent un dieu barbare, parce qu'elles savent le héraut insensible à la menace des dieux helléniques.

Page 91.

1. Le texte de tout ce passage est très douteux.

Page 92.

1. Voyez *supra*, n. 6 de p. 65.

Page 93.

1. Le héraut veut dire : Prends bien garde : c'est la guerre ! et Arès ne juge pas comme un juge ordinaire, qui entend les témoins, puis fixe l'indemnité que recevra la partie lésée : il faut ici payer avec des vies humaines.

2. Cf *supra*, n. 1 de p. 86.

Page 94.

1. Dans la plupart des cités grecques, l'étranger domicilié (*métèque*) devait avoir un répondant citoyen, un patron (*prostatès*). Pour les Danaïdes, ce répondant est le Roi lui-même, avec tout le peuple argien, qui a accueilli les suppliantes et a déclaré les prendre sous sa protection.

Page 95.

1. Le texte ainsi traduit est conjectural. Le passage est profondément altéré dans le seul manuscrit qui nous ait transmis la pièce.

Page 96.

1. Les fleuves représentent les forces nourricières d'un pays. Ils ont droit à l'hommage de quiconque vient y vivre, même peu de temps. Les Danaïdes les ont déjà invoqués, en mettant le pied sur le rivage d'Argos. Elles se déclarent maintenant leurs fidèles à tout jamais.

Page 98.

1. Expression proverbiale. Le troisième *tiers* de bonheur aurait été que la guerre n'eût pas lieu. S'il manque aux Danaïdes, elles se contenteront des deux autres, c'est-à-dire ici d'avoir trouvé des défenseurs et d'obtenir la victoire. Cette victoire est la « juste sentence » qu'elles attendent des dieux.

LES PERSES

Page 109.

1. Ou encore : *à tout homme nouveau (pour lui)*. Héraclite (fr. 97) exprime la même idée avec le même verbe : la même construction grammaticale : « Les chiens aboient à l'homme qu'ils ne connaissent pas. » Mais la comparaison du cœur avec un chien inquiet qui aboie à tout venant est un souvenir d'Homère, *Odyssée*, XX, 13-15.

2. La Kissie est une *région* montagneuse de la Susiane, qui s'étend entre Suse et Ecbatane. Mais les mots employés par Eschyle, ici et plus loin, indiquent qu'il considère Kissia comme une *ville forte*.

3. On a beaucoup discuté sur la valeur historique qu'il convient d'attribuer aux noms des chefs perses, tels que nous les a transmis le texte d'Eschyle. La question s'était déjà posée dans l'antiquité : une scholie prétend que plusieurs de ces noms sont « forgés ». Pourtant, si on les examine un à un, on constate que la plupart sont authentiques et garantis par d'autres documents, d'autres très légèrement altérés, d'autres inconnus, mais justifiés par l'analogie. Aucun ne semble être une invention d'Eschyle. En revanche les attributions de nationalité sont tout à fait arbitraires, parfois même contradictoires. Tel guerrier, comme Ariomardos, est ici égyptien et là doit être considéré comme lydien, puisque sa mort met Sardes en deuil. Arcteus, en revanche, est ici chef des Égyptiens et là chef des Lydiens. Les noms des principaux généraux de Xerxès étaient évidemment connus des Athéniens, mais le rôle de chacun d'eux dans l'armée ennemie l'était beaucoup moins.

Page 110.

1. Les vers précédents ne concernaient que des chefs perses. Ici commence l'énumération des alliés et des vassaux. En tête viennent les Égyptiens, qui constituent un des éléments les plus importants de l'armée navale.

2. L'empire lydien n'existait plus à l'époque des guerres médiques : la Lydie était devenue une province du Grand Roi. Mais les Perses avaient l'habitude de gouverner par l'intermédiaire des chefs indigènes : la noblesse lydienne était donc restée à la tête des provinces qui avaient formé l'ancien empire lydien, et Sardes demeurait la capitale de toute l'Asie antérieure. C'est en ce sens que les Lydiens « commandent à tous les peuples de leur continent ».

3. L'idée de la *lance*, dans cette pièce, est toujours liée à celle de l'armée grecque ; l'antithèse de la *lance* et de l'*arc* est un des thèmes de la tragédie. Sous les coups de la *lance* grecque les deux héros mysiens resteront aussi fermes que l'*enclume* sous le marteau.

Page 111.

1. L'Hellespont doit son nom à Hellé, fille d'Athamas, qui, fuyant avec son frère Phrixos leur marâtre Ino, se noya en franchissant le détroit sur le dos d'un bélier.

2. Pour la description du pont de bateaux jeté par Xerxès sur l'Hellespont, voyez Hérodote, VII 36. Un premier pont ayant été détruit par la tempête, le roi des Perses fit donner trois cents coups de fouet à l'Hellespont.

3. L'éponyme de la nation perse est Persée, fils de Danaé et de Zeus, descendu vers elle sous la forme d'une *pluie d'or*.

4. L'image est celle d'un gibier que les chasseurs ont rabattu au milieu de panneaux trop hauts pour que la bête puisse les franchir d'un bond et s'enfuir : elle est prise au piège. Pour les Perses le piège a été la mer. Até, la déesse de l'Erreur, y a entraîné Xerxès, et l'empire tout entier risque d'y périr. — Le mouvement général du morceau est le suivant : « *Sans doute*, Xerxès est déjà parvenu en Europe. *Mais* qui peut échapper à Até ? *Or*, le Destin imposait aux Perses de guerroyer sur le continent, et ils se sont *au contraire* lancés sur la mer. *C'est pourquoi* j'ai peur. » Cf. *Notice*, p. 102.

Page 112.

1. Il s'agit de la flotte, non du pont de bateaux.

Page 113.

1. Le Chœur énonce l'ordre du jour de la séance du Conseil : « le sort de Xerxès », c'est-à-dire les mesures à prendre selon le sort qu'auront subi Xerxès et son armée. Les Fidèles sont responsables de l'ordre, comme le leur rappellera plus loin la Reine.

2. La nation perse doit son nom à Persée, l'aïeul du Perséide Xerxès. Cf, *supra*, n. 3 de p. 111.

3. C'est-à-dire Atossa.

4. Le poète oppose la richesse (*ploutos*) au bonheur (*olbos*). La richesse peut être un élément du bonheur ; mais une richesse excessive peut aussi provoquer la ruine du bonheur.

Page 115.

1. Le songe de la Reine signifie d'abord qu'entre l'Europe et l'Asie il y a une antipathie irréductible : jamais Xerxès ne pourra les

réunir sous sa domination ; l'Europe brisera plutôt le char de Xerxès, c'est-à-dire la puissance perse. D'où l'apparition de Darios, fondateur de cette puissance. On verra même le milan grec attaquer audacieusement l'aigle perse et le réduire à sa merci. L'aigle épouvanté, pelotonné, incapable de se défendre, évoque par avance l'image de Xerxès abandonné, désarmé, tel qu'il apparaîtra dans la dernière scène.

Page 116.

1. Il s'agit des mines de Maronée. Cf. *Euménides*, p.415 et la note correspondante.

Page 119.

1. Silénies est probablement le long promontoire rocheux de Salamine qui est placé à l'entrée même du détroit. C'est là que les Grecs élevèrent leur trophée après la bataille.

2. Salamine. Mais la périphrase indique peut-être que, pour Eschyle, Ajax a contribué à défendre son île.

3. L'expression doit désigner, non pas Salamine, mais un îlot, qu'il ne nous est plus possible d'identifier.

4. Les Mages sont une tribu mède (cf. Hérod. I 101).

Page 120.

1. Ville inconnue, que les anciens identifient, sans raison probante à Lyrnesse, en Troade.

Page 121.

1. Alcée avait déjà dit : « Des hommes courageux sont le rempart de leur cité », et l'expression avait sans doute passé en proverbe. Mais ce que veut exprimer ici Eschyle, c'est l'idée même qui avait guidé Thémistocle le jour où il avait conseillé aux Athéniens d'abandonner leur ville : la véritable Athènes n'est pas où sont ses murs, mais où sont ses citoyens.

2. Il s'appelait Sikinnos et était le pédagogue des enfants de Thémistocle. Celui-ci n'étant pas arrivé à convaincre les Grecs de la nécessité de livrer combat, envoya en secret Sikinnos à Xerxès, pour lui conseiller d'établir le blocus de l'île et empêcher ainsi la retraite — déjà décidée — de la flotte (Hérod. VIII 75).

3. La flotte de Xerxès était mouillée à Phalère.

4. C'est-à-dire *les rameurs*, expression un peu emphatique et critiquée comme telle par Aristote, mais à laquelle il serait aisé de

trouver des analogues en français : ainsi l'expression *maîtres de hache* désignait autrefois les charpentiers occupés aux constructions navales.

5. Les combattants proprement dits, ou *épibates*.

Page 122.

1. Suivant l'ordre de Xerxès, le gros de la flotte garde les passes, le reste fait le blocus de l'île. On peut donc admettre qu'un certain nombre de vaisseaux perses sont déjà entrés dans le détroit pendant la nuit. Ils font face à la côte de Salamine, où est rangée la flotte grecque. Quand la bataille commence, l'aile droite des Grecs est au fond de la baie de Salamine. Elle se détache la première du rivage, peut-être pour parer à un enveloppement par la flotte perse.

2. Le combat a lieu dans le détroit, qui est relativement large. Mais les vaisseaux perses y pénètrent par une passe assez étroite, et les Grecs ne leur permettent pas de se déployer : ils les enveloppent aussitôt et les rejettent les uns sur les autres, avant qu'ils aient pu se mettre en ligne.

Page 123.

1. Les mêmes faits sont rapportés par Hérodote (VIII 76 et 95). Il semble d'après son témoignage que ce succès ait été dû à l'initiative personnelle d'Aristide. C'est peut-être pour cela qu'Eschyle a développé l'épisode avec une certaine complaisance. — L'îlot dont il va être question est celui de Psyttalie, qui est situé à l'entrée du détroit, entre Salamine et la côte attique.

Page 124.

1. Probablement au pied du mont Aigaléos, qui domine le détroit au point où il est le plus resserré.

Page 125.

1. J'emprunte cette expression, qui traduit assez exactement celle d'Eschyle, à V. Hugo, *La fin de Satan,* III 2 :

« Et l'ours, las de ses courses,
       Vint boire avec la biche à la clarté des sources. »
Le poète veut sans doute faire allusion ici à la légende, si souvent rappelée par Hérodote, d'après laquelle l'armée perse desséchait les cours d'eau.

2. Le mont Pangée, la terre des Édoniens sont de l'autre côté du Strymon. Les Perses les voient, mais n'y peuvent atteindre qu'en franchissant le fleuve.

Page 126.

1. Le suicide est presque de règle chez les rois d'Orient, quand ils ont subi une défaite irréparable. Il est donc naturel que telle soit la première idée qui se présente à l'esprit de la Reine.

Page 127.

1. Entendez : Pourquoi faut-il que le règne de Darios ait été si favorable, celui de Xerxès si funeste aux Perses ? — Darios a été le roi *archer*; Xerxès a voulu être le roi *marin* : il a ainsi perdu l'empire. Cf. *Notice*, p. 102 et suiv.

Page 128.

1. Le texte grec dit simplement « les rivages de Kykhreus », mais Pausanias (I 36, 1) nous rapporte que Kykhreus, héros honoré à Salamine, était apparu aux Athéniens au milieu de la bataille sous la forme d'un serpent : il défendait le sol où était son tombeau. La périphrase employée ici par Eschyle pour désigner Salamine fait très probablement allusion à cette tradition, qui remonterait en ce cas aux années qui ont suivi immédiatement la bataille. Nombreuses étaient les légendes relatives à l'intervention des héros pendant les guerres médiques. Cf. *Notice*, p. 102.

2. La mer. Cette manière de désigner les choses par une épithète est assez fréquente en grec, aussi bien dans le style des oracles que dans la langue populaire. Mais il est assez curieux de noter ici que l'épithète traduit justement une idée particulière à la religion perse. Les mages enseignaient qu'il ne faut pas souiller les éléments, le feu, la terre et l'eau. Ils interdisaient à la fois la crémation et l'enterrement des morts, à plus forte raison leur immersion. L'Avesta appelle la mer *la Pure*. Il semble bien qu'Eschyle prête ici la même idée aux Fidèles : les cadavres perses souillent la pureté des flots.

Page 130.

1. Une incantation n'a de succès que si elle atteint celui à qui elle s'adresse, et, pour se faire écouter de lui, elle doit lui parler sa langue (cf. *Suppliantes*, n. 2 de p. 61). Les fidèles parlent le *barbare* : Darios peut donc comprendre ce que signifie leur appel. Eschyle s'est appliqué dans tout ce chœur à employer des mots ou des formes qui donnent à l'ensemble une couleur exotique.

2. Autre nom d'Hadès, déjà employé par Homère.

Page 131.

1. La tiare est la coiffure nationale des Perses. C'est un bonnet conique, le plus souvent en feutre, dont la pointe retombe en arrière. Seuls, les rois peuvent la porter à droite, et, pour eux, elle se termine, d'après notre texte, par une sorte de bouton (litt. de *bossette*).

2. Le Chœur semble vouloir dire : « Toi qui es plus puissant que Xerxès lui-même. » Mais le texte de tout ce morceau est assez douteux.

3. Nos manuscrits ont ici trois vers qui sont irrémédiablement gâtés. Aucune des corrections proposées jusqu'ici ne présente la moindre vraisemblance. Il est même impossible de soupçonner l'idée qui se cache sous les mots altérés.

Page 133.

1. Comme on le voit, Eschyle ne désigne pas par ce nom le détroit que nous appelons ainsi, mais bien l'Hellespont, c'est-à-dire les Dardanelles.

Page 134.

1. Les vieillards forment une élite indispensable à une cité : cf. *Suppliantes,* p. 82. Mais ici le texte est très incertain.

Page 137.

1. Le sens du passage est fort contesté.

2. La victoire de Platée fut due avant tout aux troupes lacédémoniennes.

3. Darios avait donné l'ordre qu'à chacun de ses repas un esclave lui répétât trois fois : « Maître, souviens-toi des Athéniens. » (Hérod. V 105). Aujourd'hui le souvenir d'Athènes ne doit plus être pour les Perses une excitation à la vengeance, mais une invitation à modérer leurs convoitises. — Eschyle avait fait déjà plus haut allusion au même mot.

Page 139.

1. Ni le texte ni l'interprétation de ce passage ne sont tout à fait sûrs. Il semble pourtant que l'idée soit celle qu'a déjà exprimée le Chœur au début de la pièce (p. 112) : les traditions de la Perse, c'étaient les guerres continentales, les sièges, les chevauchées conquérantes ; le Grand Roi n'avait qu'à laisser faire ses armées : le succès les suivait partout, et toujours elles rentraient victorieuses.

L'erreur de Xerxès a été de renoncer aux vieux usages, d'emmener lui-même ses armées au-delà des mers et de jouer le sort des Perses dans un combat naval.

2. L'Halys est la frontière naturelle entre l'empire mède et la Lydie.

3. Il s'agit des villes que Cimon venait justement d'arracher aux Perses dans sa campagne de Thrace. Aussitôt après cette victoire, les Athéniens avaient essayé de fonder une colonie dans cette région ; mais elle avait été détruite par les tribus thraces voisines. La mention des « bourgades thraces » est peut-être un souvenir de cette aventure.

4. Il y avait à Chypre une ville de Salamine, qui avait été fondée, disait la tradition, par Teucros, frère d'Ajax et fils de Télamon, chassé par son père de l'autre Salamine, pour n'avoir pas su défendre ou venger Ajax.

Page 141.

1. Les Mariandyniens sont une tribu de Bithynie. Les poètes athéniens comparent souvent les thrènes tragiques aux lamentations rituelles en usage dans certains cultes orientaux. Cf. *Choéphores*, p. 344.

Page 142.

1. Allusion au dénombrement que Xerxès fit de son armée en Trace et qui donna comme résultat un total de 1 700 000 hommes (Hérod. VII 60). On rassembla d'abord dix mille hommes ; on les serra autant qu'il fut possible ; puis on traça les contours de la masse ainsi formée. Cette myriade dispersée, on éleva suivant la ligne tracée une clôture atteignant environ la moitié de la hauteur d'un homme. On y fit alors entrer successivement toutes les troupes du Roi et on les dénombra ainsi *par myriades*.

2. On pourrait induire de la façon dont s'exprime Eschyle qu'il n'y avait qu'un « Œil du Roi ». Ce serait une erreur. Ce titre était donné à tous les délégués du Grand Roi qui allaient inspecter en son nom les différentes provinces de l'empire. Il semble même d'après Xénophon (*Cyropédie*, VIII 2, 11) qu'on appelât parfois ainsi tous les agents personnels et secrets du Roi, qui lui adressaient directement leurs rapports.

3. Le texte présente ici une lacune de quelques mots.

4. Les Mardes étaient une tribu perse nomade (Hérod. I 125).

5. Les Perses se servaient pour leurs voyages d'un véhicule que les Grecs appelaient *harmamaxa*, c'est-à-dire *char-chariot* : l'avant

rappelait en effet un char de combat ; mais le train d'arrière portait une sorte de tente, où le voyageur pouvait s'enfermer et se dérober à toute indiscrétion. Le Grand Roi en usait et pour lui-même et pour son harem.

Page 143.

1. Il montre son carquois.

LES SEPT CONTRE THÈBES

Page 158.

1. Il s'agit de Tirésias.
2. Au char d'Adraste, dans la *Thébaïde,* est attaché un cheval divin, Arion (cf. Pausanias VIII 25, 8). Les Sept savent qu'il ne peut succomber : quel que soit le sort de la bataille, il ramènera sûrement le char à Argos.

Page 160.

1. Le texte de ce passage est loin d'être sûr.
2. Le bouclier rond peint en blanc est une pièce caractéristique de l'armement des Argiens.
3. Le jour où Arès donna en mariage à Cadmos sa fille Harmonie.

Page 161.

1. Les Thébains descendent de Cadmos et d'Harmonie. Or, Harmonie est une fille d'Arès et d'Aphrodite. Celle-ci est donc l'aïeule commune de la race tout entière.
2. L'épithète de *Lykéios,* souvent appliquée à Apollon, est d'origine inconnue, comme la plupart des épithètes rituelles. Les modernes veulent en général y retrouver une racine désignant la *lumière.* Les anciens y voyaient le plus souvent un adjectif dérivé du mot *lykos, loup,* et ils entendaient : *le tueur de loups.* Sophocle est sur ce point d'accord avec Eschyle.
3. Artémis, que la tradition représente souvent combattant aux côtés de son frère, Apollon.

Page 162.

1. Il s'agit évidemment de Niké, la Victoire, dont le nom est presque toujours associé à celui de Zeus et qui peut être considérée

comme l'exécutrice de ses volontés. Et, comme les Athéniens
invoquent le plus souvent la Victoire sous la forme d'Athéna Niké,
le poète instinctivement rapproche ici Niké de l'Athéna thébaine,
Pallas Onka. Quant à ce nom d'Onka, il semble indiquer une origine
phénicienne.

2. Il y a entre les Béotiens et les Argiens une différence de
dialecte plutôt que de *langue*; mais les Grecs sentaient très vivement
ces sortes de différences et y voyaient la preuve d'une différence de
race.

Page 163.

1. C'est-à-dire *de fer*. Pour un ancien, le feu, qui réduit le
minerai, est le véritable créateur du fer.

Page 166.

1. Cf. *Agamemnon*, p. 296.
2. La source de Dirké est identifiée par les archéologues avec une
source qui jaillit d'une petite grotte au S.-O. de la Cadméia,
l'Acropole thébaine. Elle donne naissance à un ruisseau du même
nom qui longe le flanc O. de l'acropole. — L'Isménos coule presque
parallèlement au ruisseau de Dirké le long du flanc E., mais en
dehors des remparts; c'est pourquoi on verra plus loin Tydée arrêté
devant l'Isménos par l'ordre d'Amphiaraos, au moment où il se
dispose à attaquer la porte Proitide.

Page 167.

1. *Les enfants de Téthys* et d'Océan, ce sont les Océanides, les
nymphes des eaux. D'après Hésiode (*Théogonie*, 364), elles sont au
nombre de trois mille. Toutes les sources de la terre jaillissent par la
grâce de Poseidon ou des filles d'Océan.

Page 168.

1. L'expression est purement métaphorique : la troupe des captives qu'entraînent leurs vainqueurs marche vers un destin qui, pour
elles, équivaut à la mort.
2. C'est-à-dire l'*ardeur guerrière* qui emporte les vainqueurs. Cf.
Racine, *Andromaque*, I 2 : « La victoire et la nuit, plus cruelles que
nous, Nous excitaient au meurtre et confondaient nos coups. »
3. Pour l'image, cf. *Agamemnon*, p. 270.

Page 169.

1. Courir pour un roi est une véritable inconvenance, qu'excuse seule la gravité de la situation.

2. Tydée, devant l'Isménos qu'il ne peut franchir, est comparé à un cheval de course que son cavalier retient avec peine devant la ligne de départ et qui mord son frein en attendant le signal que doit donner la trompette (cf. Platon, *Phèdre*, 255 e). — Le *devin* dont il s'agit est Amphiaraos.

Page 170.

1. Le lot de Tydée sera la *nuit* de la mort : Mélanippe le tuera. Mais Mélanippe tombera lui-même aussitôt, et Tydée mourant dévorera son crâne. Les derniers mots du Chœur (p. 171) sont une allusion à ces faits bien connus des spectateurs.

Page 171.

1. Litt, *des hommes semés* : il s'agit des hommes nés des dents du dragon semées par Cadmos. Cinq d'entre eux seulement avaient survécu.

Page 172.

1. Les cavales veulent pousser droit devant elles : pour tromper leur ardeur, le guerrier les *fait tourner*, comme dans un manège.

Page 173.

1. Cf. *supra*, n. 1 de p. 162.

Page 174.

1. C'est-à-dire : il courra sa chance, quand les événements l'exigeront, et il n'entend pas se vanter d'avance de sa victoire, comme le fait plus haut son adversaire.

2. Nos manuscrits ont ici quelques vers qui développent la même idée et qui devaient prendre la place du dernier vers de la tirade, dans une autre édition de la pièce :

« Tels sont leurs divins patronages. Or, nous sommes du côté des vainqueurs, eux des vaincus, s'il est vrai que Zeus au combat est plus fort que Typhée. Il est donc probable que les deux champions rencontreront chacun un sort pareil, et Hyperbios, ainsi que le veut son blason, trouvera sans doute un sauveur dans le Zeus de son bouclier. »

Page 176.

1. Littéralement : « C'est du dehors au-dedans qu'elle fera ses plaintes à celui qui la porte, quand elle subira un fréquent martelage au bas de notre acropole. »

2. Tydée avait dû s'exiler à la suite d'un meurtre commis sur un parent ; mais le degré de parenté et le nom de la victime varient suivant les auteurs : pour les uns, il s'agirait de son propre frère, pour d'autres de son oncle, pour d'autres de deux cousins.

3. Quand l'Érinys vient faire payer leur dette aux coupables, Tydée est à ses côtés, comme le *témoin instrumentaire* aux côtés du créancier. Sa présence trahit donc toujours celle de l'Érinys invisible. *Recors* est une traduction assez inexacte, mais le mot grec (*klétèr*) n'a pas d'équivalent en français.

4. Le texte est très douteux et n'a jamais pu être corrigé de manière satisfaisante. La seule chose claire, c'est qu'Amphiaraos décompose le nom de Polynice, pour en accentuer la valeur étymologique : « l'homme aux mille querelles ».

Page 177.

1. Ici s'est introduit dans le texte un beau vers emprunté soit à une autre pièce d'Eschyle, soit à un autre tragique : « Dans le champ de l'Erreur se moissonne la Mort. » Le vers est inadmissible à cette place. Le danger dont il est question ici est celui qu'offrent de *mauvais compagnons*, non celui qui vient de l'*Erreur*. L'idée de (Até) s'accorderait mal d'ailleurs avec le portrait d'Amphiaraos, qui a justement toutes les qualités opposées. Enfin Amphiaraos ne subira pas la *mort* : les dieux permettront qu'au moment où il va être atteint par la lance de Lasthène, la terre s'entrouvre et l'engloutisse vivant avec son char.

2. C'est-à-dire : partis pour une expédition dont aucun ne reviendra. Mais le texte est douteux.

Page 178.

1. Polynice a adopté le bouclier rond des Argiens (cf. n. 2 de p. 160). Aussi porte-t-il un bouclier neuf.

Page 179.

1. Cf. n. 4 de p. 176.

Page 181.

1. Sur ces imprécations, cf. *Notice*, p. 150, et n. 1 de p. 184.

Page 183.

1. Le désir d'avoir des enfants. La privation de postérité était chose particulièrement cruelle pour les anciens : c'était le foyer familial éteint et, pour le père lui-même, l'absence des sacrifices funèbres que réclament les morts aux enfers.

2. Il s'agit de Jocaste et de Laïos.

3. L'oracle d'Apollon est aussi menaçant pour Thèbes que pour la race de ses rois. Cf. *Notice*, p. 150.

Page 184.

1. Dans la *Thébaïde*, Œdipe maudissait deux fois ses fils. Polynice plaçait un jour devant lui la table d'argent et la coupe d'or de Cadmos. A la vue de ces objets, qui venaient de Laïos, Œdipe se jugeait délibérément outragé par Polynice et lançait contre ses fils une imprécation . « Ils ne se partageraient pas ses biens avec égards et affection, et ce ne serait à jamais entre eux que guerre et combats » (Athénée, XI 465 e). Plus tard sans doute — car la gradation est évidente — ses fils lui envoyaient, après un sacrifice, non l'épaule, mais la hanche de la victime : ils lui refusaient donc la part réservée au roi, ils proclamaient sa déchéance ! Œdipe demandait alors à Zeus qu'ils « descendissent dans l'Hadès sous les coups l'un de l'autre » (schol. Soph. *Œd. à Col.* 1375). Eschyle a condensé ces deux malédictions en une seule. Les fils d'Œdipe ont été maudits pour leurs « piètres soins » — allusion à la seconde des deux scènes rappelées plus haut — et Œdipe leur a prédit que « le Fer scythe leur partagerait les biens paternels » ce qui, pour l'expression, rappelle la première imprécation de la *Thébaïde,* mais n'en évoque pas moins aussi l'idée de la seconde, le double fratricide.

Page 185.

1. Ces vers sont suivis d'un *doublet* : « La ville est sauvée ; mais des deux rois frères la terre a bu le sang répandu par un meurtre mutuel. »

2. Il s'agit de Zeus Sauveur : cf. *Suppliantes*, p. 58.

Page 186.

1. Cf. note 4 de p. 176. Le sort de Polynice ne se sépare pas de celui de son frère, et son nom prédit leur destin commun.

2. Entendez : lancée par Œdipe et attachée à sa race.

Page 187.

1. Le poète inconnu à qui est due la scène qui termine la pièce (cf. p. 149), a introduit ici quelques vers, pour préparer l'entrée des deux filles d'Œdipe, par qui il voulait faire chanter le chant funèbre qui va suivre :

« Mais voici déjà Antigone et Ismène, prêtes à une tâche cruelle, le chant funèbre de leurs frères. J'imagine, à n'en pouvoir douter, que, de leurs seins charmants, aux draperies profondes, elles vont exhaler une juste douleur. Pour nous, le rite veut, qu'avant toute autre voix, nous fassions retentir l'hymne lugubre d'Érinys, pour entonner ensuite le péan odieux d'Hadès. Hélas ! ô vous qui avez souffert dans vos frères plus qu'aucune autre de celles qui autour de leur robe nouent une ceinture, je pleure, je gémis, et ce n'est pas une feintise qui m'arrache tout droit du cœur ces clameurs aiguës. »

La faiblesse prétentieuse de ces vers trahit suffisamment le faussaire.

2. Texte purement conjectural, destiné à suppléer à une courte lacune de nos manuscrits.

Page 188.

1. Étéocle et Polynice ne laissent point de postérité. Il ne s'agit donc pas de *leurs descendants,* mais des *générations suivantes* en général. Eschyle toutefois se sert ici du terme par lequel la tradition désignait les fils des Sept chefs, les Épigones. Il ne peut se dégager entièrement des souvenirs de l'épopée, alors même que le plan de sa trilogie exclut toute idée d'une revanche argienne. Cf. *Notice,* p. 151.

2. Le *médiateur,* c'est Arès, et les proches des deux frères ont bien quelque reproche à lui faire, puisqu'il n'a mis fin à leur querelle et égalisé leurs parts qu'en les frappant mortellement tous les deux.

3. Les funérailles comportent un thrène et un éloge funèbre. Le thrène est cette fois d'autant plus amer qu'il *gémit sur lui-même,* c'est-à-dire que la famille, tout entière détruite, mène son propre deuil. Et l'éloge funèbre est d'autant plus douloureux qu'il doit mentionner des *citoyens* parmi les ennemis immolés par les deux frères.

Page 189.

1. Ce duo est attribué à tort par nos manuscrits d'Eschyle à Antigone et à Ismène. Il s'agit en réalité d'un chant alterné de deux demi-chœurs.

Page 190.

1. Le texte des deux vers qui suivent est corrompu. Il en est de même des vers correspondants (p. 191). Le sens ne s'en laisse même pas entrevoir. Tout ce dialogue nous est d'ailleurs parvenu dans un état déplorable. Le texte traduit est en grande partie conjectural.

Page 193.

1. L'interpolateur s'est trahi par cette allusion manifeste à la tragédie de Sophocle.

PROMÉTHÉE ENCHAÎNÉ

Page 207.

1. Un grammairien ancien, dans l'*Argument* de la pièce, fait remarquer avec raison que le lieu de la scène n'est pas le Caucase, comme il le sera dans le *Prométhée délivré*, mais l'extrême nord de l'Europe : il est facile de s'en rendre compte par tout ce que dit Prométhée à Io.

Page 209.

1. Les dieux se sont naguère partagé le monde (cf. p. 215) : aucun d'eux ne peut sortir du domaine qui lui a été alors attribué. Seul, le lot du roi des dieux n'a pas été défini. Zeus, seul, est donc vraiment libre.

Page 210.

1. « Prométhée » signifie *celui qui comprend avant* (comme « Épiméthée », *celui qui comprend après,* c'est-à-dire *trop tard*). La traduction adoptée n'est qu'un « à peu près », qui ne rend pas le vrai sens du texte.

Page 211.

1. La férule dont il s'agit (*narthex*) est une ombellifère, dont la tige renferme une moelle fibrineuse, qui prend feu assez aisément et peut alors se consumer à l'intérieur de la tige, sans brûler l'écorce.

Page 212.

1. Téthys, l'épouse d'Océan, est à la fois la mère des Fleuves et des Océanides (Hésiode, *Théogonie,* 337-370).

Page 213.

    1. Cronos et les Titans. Prométhée est un Titan.

    2. Pour ce secret, cf. *Notice*, p. 200.

Page 214.

    1. Tout le récit qui suit fait évidemment allusion à une épopée sur la lutte de Zeus et des Titans qui ne nous est pas parvenue. Aussi plus d'un détail reste-t-il obscur pour nous. Nous ignorons, en particulier, l'origine de cette « discorde » qui s'était élevée entre les dieux. La *Théogonie* hésiodique expose les faits d'une manière assez différente.

Page 215.

    1. Sur les raisons qui ont conduit Eschyle à identifier ces deux divinités, que distinguent les autres poètes — et Eschyle lui-même dans une autre pièce — voyez p. 201.

    2. Prométhée veut dire que, dans l'incertitude où il était de l'avenir, le plus sûr lui parut de régler sa conduite sur les prédictions de sa mère. Les Titans ne voulant user que de la force doivent être vaincus ; Prométhée va donc se ranger aux côtés de Zeus. Peut-être même lui fournit-il l'idée d'une ruse qui assure son triomphe ; mais le détail des faits ne nous est pas connu.

    3. Cf. *supra*, n. 1 de p. 209.

Page 218.

    1. Dans la *Théogonie* hésiodique, le père d'Océan est Ouranos, sa mère Gê (le Terre) ; le père de Prométhée est Japet, frère d'Océan, fils d'Ouranos et de Gê, sa mère Clymène. Dans Eschyle, les deux dieux ont également pour mère Gê ; ce sont simplement deux Titans : Eschyle évite de nommer le père de Prométhée.

Page 219.

    1. Nous ne savons avec précision de quels faits veut parler Eschyle. Il n'est pas douteux, en tout cas, qu'il ne suive ici une *Titanomachie* perdue, et il faut conclure de notre passage que son modèle représente Océan donnant son coucours à Prométhée dans les diverses entreprises pour lesquelles le Titan a été châtié par Zeus. C'est ce rôle dans l'épopée qui explique sans doute la place qu'Eschyle fait à Océan dans son drame.

2. Prométhée use avec Océan de l'ironie la plus blessante. C'est un trait de caractère qui aide mieux à comprendre l'ensemble du rôle.

3. Typhée était né de la Terre, « après que Zeus eut expulsé les Titans du ciel » (Hésiode, *Théog.* 820).

Page 220.

1. Le premier séjour de Typhée avait été le pays des Arimes, qu'on croit être une région volcanique de la Cilicie. — Tout le passage qui suit rappelle une description analogue de Pindare (*Pyth.* I 15-29). S'il y a là imitation, l'imitateur est sans doute Eschyle. Il est plus probable cependant que les deux poètes s'appliquent également à rivaliser avec un même modèle épique.

Page 221.

1. Prométhée veut dire : « Sois tranquille, on dira peut-être un jour que j'ai été fou par excès de bonté ; on ne le dira pas de toi ! »

2. Le sarcasme fait comprendre à Océan qu'il n'a plus qu'à se retirer.

Page 222.

1. Le rocher auquel est cloué Prométhée est situé en Europe, mais l'Asie est toute proche, et les peuples des deux continents s'unissent pour gémir sur le sort du bienfaiteur des hommes.

2. Les Amazones : cf. p. 233.

3. La mer d'Azov.

4. Eschyle place les Arabes dans les montagnes d'Arménie, qui leur forment comme une « citadelle de rocs escarpés » (la même image se retrouve appliquée à cette région dans les récits des voyageurs modernes). Ces confusions géographiques sont fréquentes en Grèce, « surtout », dit Strabon, « quand il s'agit de noms barbares ». Trois siècles et demi après Eschyle, le savant stoïcien Posidônios attribuera de même une origine commune aux Arméniens, aux Araméens et aux Arabes, à cause de la première syllabe commune de leurs noms (Strabon, 784).

5. Nos manuscrits ont ici quelques vers manifestement interpolés, qui semblent avoir été inspirés par deux autres passages de la pièce :

Je n'ai vu encore qu'un autre Titan dompté par l'ignominie de ces liens d'acier, le divin Atlas, qui, le dos ployé sous une force supérieure, inflexible, et sous le poids des cieux, sourdement gémit.

Page 223.

1. Prométhée est représenté dans ce morceau comme l'inventeur de tous les arts. Pourtant aucune des inventions qui lui sont attribuées ici ne lui est attribuée ailleurs. On a supposé qu'Eschyle suivait un modèle aujourd'hui perdu. On a même conjecturé que ce modèle était Héraclite, à cause du rôle prépondérant que tient le feu dans le système de ce philosophe. L'hypothèse n'est pas démontrée, et elle n'est guère vraisemblable. L'idée d'un Prométhée initiateur de toute civilisation est plutôt une conception d'Eschyle lui-même. Cf. *Notice,* p. 200.

2. Cette prééminence attribuée à la science du nombre marque l'influence de l'école pythagoricienne.

Page 224.

1. Les paroles dont ceux qui les prononcent ne comprennent pas la portée, mais qui, pour les intéressés, sont des avertissements du Ciel.

2. Après les présages tirés de l'observation des oiseaux — ce qui est la forme de la divination la plus ancienne — Prométhée passe à ceux qui se tirent de l'examen des chairs des victimes, en particulier de l'examen du foie, et surtout du *lobe* du foie, que les devins appelaient aussi *tête* du foie. Cette tête pouvait présenter des anomalies diverses : être double, offrir des fissures, manquer complètement. Chacune avait un sens.

Page 225.

1. Cf. *Notice* p. 200.

Page 226.

1. Les divinités secondaires sont tenues comme les mortels de rendre hommage aux grands dieux de l'Olympe.

2. Le poète veut dire que l'impuissance des hommes est pareille à celle du dormeur, qui, dans un rêve, voudrait courir et sent ses jambes lui refuser tout service.

3. Ce mariage n'est pas de l'invention d'Eschyle. Nous savons que pour le vieux chroniqueur argien, Acusilaos — qui, sans doute, adaptait en prose quelque poème hésiodique — Hésione était aussi l'épouse de Prométhée. De cet hymen, selon lui, était né Deucalion. Hésione est une fille d'Océan. Son nom est peut-être une autre forme du mot *Asie.* Une fausse étymologie a pu également induire un poète

à faire d'Hésione (celle qui *envoie* des *profits*) la femme du bienfaiteur des hommes.

Page 227.

1. Cf. *Suppliantes,* p. 68. Io a bien été réellement pourchassée par un taon ; mais maintenant ce taon est assimilé au remords qui la suit depuis le meurtre d'Argos par Hermès.

2. Hermès avait endormi Argos avec sa syrinx et l'avait frappé pendant son sommeil. Les remords d'Io lui font revivre à chaque instant la scène du meurtre.

Page 229.

1. Il se refuse donc à revenir sur un récit qu'il vient de terminer. Il consentira seulement plus loin à dire à Io le nom de celui qui le frappe. Ce nom doit suffire à Io ; elle sait mieux que personne que les victimes de Zeus sont surtout des innocents.

Page 230.

1. Il y a quelques divergences ici entre le *Prométhée* et *Les Suppliantes.* Dans *Les Suppliantes,* c'est Héra qui change Io en vache pour la soustraire à la passion de Zeus. Ici au contraire il semble que ce soit Zeus lui-même qui métamorphose Io pour la dérober à Héra.

Page 231.

1. Io emploie ici le mot par lequel on désignait les bêtes consacrées à un dieu, qu'on laissait errer en liberté dans l'enceinte des sanctuaires.

2. Source située sur la route d'Argos à Tégée.

3. Io, par pudeur, brouille à dessein les faits. Zeus, dans ses songes, l'appelait à Lerne, et c'est à Lerne qu'elle court d'un bond, quand, changée en vache, délirante, elle quitte la demeure paternelle. Zeus satisfait donc sa passion (cf. p. 68) : Io est enceinte du dieu. Mais elle ne sera délivrée qu'en Égypte, lorsque Zeus, posant la main sur son front, lui rendra la raison avec sa forme première et aidera à la naissance d'Épaphos.

Page 232.

1. Les Chalybes sont généralement placés en Asie Mineure. Eschyle les transporte au nord du Caucase. Il peut y avoir là le souvenir d'une vieille tradition relative aux mines de l'Oural.

2. Le nom est formé sur *hybris, démesure.*

Page 233.

1. Eschyle cherche à concilier ici deux traditions qui placent les Amazones, l'une, au nord de Pont-Euxin, l'autre — la plus répandue — au sud.

2. Thémiskyre est une ville située dans la plaine du même nom, entre Sinope et Trébizonde, sur les bords du Thermodon (aujourd'hui le *Thermé*).

3. Salmydesse, en Thrace, est fort loin de Thémiskyre. Eschyle est-il mal renseigné sur ces régions ? ou a-t-il voulu faire entendre que, pour lui, le pays des Amazones s'étend sur toute la côte méridionale de la mer Noire, aussi bien à l'ouest qu'à l'est du Bosphore ?

4. Pour les Grecs, l'Asie commence au Bosphore cimmérien, c'est-à-dire tout de suite après la Crimée.

Page 235.

1. Lacune. On peut suppléer une idée comme celle-ci : (Et garde-toi de t'exposer encore aux ondes perfides), en traversant le fracas de la mer. Io ne doit donc pas traverser le Pont-Euxin. — Kisthène semble être un pays mythique, situé à l'extrémité du monde.

Page 236.

1. Les Griffons sont les « gardiens de l'or » contre les Arimaspes, qui cherchent sans cesse à le leur ravir (Hérod. IV 13 sqq.). Tous ces mythes appartiennent à la légende de Persée, qu'Eschyle lui-même avait traitée dans une trilogie.

2. C'est le nom donné au Nil dans la première partie de son cours (jusqu'aux Cataractes).

3. Les critiques anciens pensaient qu'Eschyle avait imaginé ce nom à cause du papyrus (*biblos*) qui abonde dans cette région.

Page 237.

1. Le sanctuaire de Dodone était situé sur la croupe du mont Tomaros, dans un pays qui nous est donné comme appartenant tantôt aux Thesprotes, tantôt aux Molosses (Eschyle rapproche les deux noms). A ceux qui venaient le consulter, Zeus répondait au moyen du feuillage d'un vieux chêne, dont ses prêtres interprétaient le murmure.

2. La mer Adriatique.

3. Cf. *Suppliantes*, n. 3 de p. 58.

Page 238.

1. Interdit, non pas parce qu'il s'agit de cousines, mais parce que le père de ces cousines et les cousines elles-mêmes refusent de consentir à ce mariage.

2. Hypermestre, qui épargnera Lyncée.

3. Cf. p. 52.

4. Héraclès, descendant d'Io à la treizième génération.

Page 239.

1. Il s'agit de Pittacos. Cf. Callimaque, *Épigrammes,* I.

Page 240.

1. Cf. *Notice,* p. 200.

Page 241.

1. Adrastée est une déesse analogue à Némésis. S'incliner devant Adrastée, c'est faire acte d'humilité, pour conjurer la colère des dieux.

Page 243.

1. Le fracas souterrain qui accompagne souvent les tremblements de terre.

2. C'est-à-dire la paume des mains tournée vers le ciel, comme tous les suppliants.

Page 244.

1. Le passage qui suit est destiné à annoncer tout ensemble le dénouement de la tragédie et le sujet de celle qui suivra, le *Prométhée délivré :* cf. *Notice,* p. 201.

2. Dans la pensée d'Hermès, la formule signifie : Ton supplice sera éternel. Mais, pour le spectateur, qui connaît la légende, c'est une allusion au rôle de Chiron, qui acceptera de se substituer à Prométhée (cf. p. 202).

Page 245.

1. Il s'agit du foudre de Zeus, tel qu'il est souvent représenté dans la main du dieu et qui ressemble en effet à une courte *tresse à deux bouts,* avec une poignée au milieu.

2. Tel a été déjà le sort de Cronos et des autres Titans.

Page 260.

1. Litt. *j'en ferai mon jeu*. On joue en plaçant les pions d'après le nombre de points qu'ont amené les dés. *Trois fois six* est le meilleur coup possible. C'est Agamemnon qui l'a fait ; mais le Veilleur compte bien en tirer profit : la nouvelle lui vaudra une récompense.

2. Proverbe. Entendez : Ma langue n'est pas libre.

Page 261.

1. Litt. *de ces métèques*. Les oiseaux sont comme des étrangers *domiciliés* dans l'Éther, le domaine des dieux. Ils doivent donc avoir des dieux pour répondants et protecteurs.

2. Entendez : *Zeus protecteur des hôtes*.

3. Quand les offrandes ne brûlent pas, on estime que le Ciel refuse de les agréer. C'est le pire des présages, celui qui trahit chez les dieux un *inflexible courroux*. La flamme qui jaillit haute et droite de l'autel est au contraire d'un heureux augure.

4. Les vieillards ne voient pas la reine ; mais ils ont rencontré ses serviteurs portant ses offrandes dans tous les sanctuaires. Et sans doute l'encens fume déjà dans le palais (cf. n. 3 de la p. 261).

Page 262.

1. Trop de *douceur* souvent fait craindre quelque *fausseté ;* mais l'huile n'est pas trompeuse : destinée à stimuler la flamme, elle use de sa douceur pour la réveiller, non pour l'endormir.

Page 263.

1. Artémis. Les levrauts appartiennent à la déesse et, à ce titre, sont épargnés des chasseurs (Xén. *Cynég.* V 14) : en dévorant les petits de la hase, les aigles ont offensé Artémis.

Page 264.

1. Il s'agit d'Ouranos.

2. Cronos. Son « vainqueur » est Zeus.

3. L'image est celle d'une plaie qui se rouvre et suppure, alors qu'on la croyait guérie.

Page 265.

1. Le remords est une de ces *violences bienfaisantes* par lesquelles les dieux ouvrent les yeux des hommes ; mais ce n'est pas la seule : il en est d'autres, plus terribles souvent ; et c'est pourquoi le

Chœur est inquiet. L'homme ne s'instruit qu'à ses propres dépens ; or, Agamemnon a commis une erreur criminelle en sacrifiant sa fille à son ambition : quel malheur viendra donc lui faire comprendre sa faute ? C'est ce que les vieillards se demandent avec angoisse.

2. Ce remède, c'est le sacrifice humain que Calchas avait déjà annoncé en termes mystérieux, lorsqu'il interprétait le présage des aigles, le sacrifice monstrueux où les restes de la victime ne seront point partagés pour le festin et qui doit provoquer la vengeance d'une mère. Ce sacrifice n'est pas imposé à Agamemnon ; la déesse en fait seulement une condition : s'il veut détruire Troie, qu'il paye la satisfaction accordée à son orgueil. La sagesse voudrait qu'il refusât ; mais la sagesse ne s'apprend qu'au prix de la douleur, et Agamemnon au contraire va trouver des sophismes pour justifier le sacrifice de sa fille ; il ne peut trahir ses alliés ; son devoir même lui ordonne de *désirer* la mort d'Iphigénie, si elle lui ouvre la mer !

Page 266.

1. Litt. *devenir le sacrificateur de sa fille*, et il est probable qu'il faut prendre l'expression à la lettre : Agamemnon tient lui-même le couteau.

2. C'est-à-dire au moment où, le repas étant terminé, commençait le *symposion*. On faisait alors trois libations, dont la dernière, toujours adressée à Zeus Sauveur, était parfois suivie du chant d'un péan.

3. Clytemnestre.

4. Le Péloponnèse : cf. *suppl.* p. 66.

Page 267.

1. Il s'agit évidemment d'un proverbe relatif aux ressemblances entre enfants et parents.

Page 268.

1. Il y a ici une lacune. Dans les vers perdus était probablement mentionné un autre relais.

2. Montagne d'Eubée, d'après le scholiaste.

3. En Béotie, près d'Anthédon.

4. Fleuve de Béotie.

Page 269.

1. Dans la région de Corinthe, d'après Hésychius.

2. L'Égiplancte n'est pas connu des autres textes.

3. Eschyle doit désigner ainsi la baie assez étroite qui forme l'extrémité N.-O. du golfe Saronique.

4. La démonstration est terminée : c'est bien le *même feu,* parti de Troie, que des fanaux successifs se sont transmis l'un à l'autre, semblables en cela aux lampadéphores, qui se passent tour à tour la même torche ; et, de même que, dans les lampadéphories attiques, la victoire appartient également à tous les coureurs de la même équipe — et à la tribu qui les a fournis — la victoire revient de même ici à tous les fanaux, au premier comme au dernier ; tous ont rempli leur rôle et achevé leur course, sans laisser s'éteindre le feu de l'Ida.

Page 270.

1. De même qu'au stade les coureurs qui se présentent à l'épreuve du *diaule* doivent couvrir toute la longueur de la piste, puis, en tournant la borne, revenir à leur point de départ.

2. Le Chœur entend sans doute : les Grecs tombés devant Troie, puisque c'est l'idée qu'il va développer lui-même plus loin (p. 273 et en particulier, p. 274). Mais Clytemnestre, en réalité, ne pense qu'à Iphigénie. De là les mots qui suivent : *s'il ne s'est pas trahi déjà par des coups immédiats* ; la longue impunité d'Agamemnon ne prouve pas que son crime soit oublié.

Page 271.

1. Texte conjectural.

2. L'action qu'exerce sur l'esprit de l'homme un excès de fortune est brutale, irrésistible : *persuasion* d'un nouveau genre, elle *violente* au lieu de séduire. C'est qu'elle a pour mère *Até,* la « démence aux desseins honteux » (p.266), envoyée par le Ciel à tous ceux qu'il veut perdre. Du jour où cette démence est devenue la *régente* d'un cœur, tout remède est vain : la démesure enfante le crime, et le crime le châtiment. — Eschyle corrigera plus loin (p. 284) cette conception tout empirique des faits : l'irrémédiable ne commence pas avec la fortune, mais seulement avec la démesure ; et, même dans l'opulence, le juste peut rester juste et éviter la démesure.

Page 272.

1. Allusion à la locution proverbiale, *courir après ce qui vole.*

2. Texte conjectural. Le sens du passage reste très incertain.

Page 273.

1. Le dieu de la guerre est comparé à un *changeur*; mais c'est un étrange changeur : il ne s'est pas installé sur l'agora, et ses balances ne pèsent pas l'argent; il a dressé sa table au milieu du champ de bataille; on lui donne des hommes et il rend de la cendre bien tassée dans des vases !

2. Les guerriers qui ont été enterrés sont opposés à ceux qui ont été brûlés sur le bûcher. Leurs corps ont bien gardé leur forme intacte; mais ils restent *cachés* dans le sol troyen; leurs proches ne reverrons pas plus leur visage que s'ils revenaient, eux aussi, réduits à quelques poignées de cendre dans le fond d'une urne.

Page 274.

1. Litt. *les yeux*. Le texte n'est pas sûr. Pourtant l'expression est moins surprenante en grec qu'en français. Le chef de famille, au milieu des siens, est l'*œil de la maison* (*Perses*, p. 114); un soldat glorieux est l'*œil d'une armée* (Pindare, *Ol.* VI 16) : un roi ne peut-il être dit l'*œil de son pays* ? Eschyle a peut-être choisi ici le duel *osse* pour évoquer l'image du « couple des Atrides » : Agamemnon et Ménélas sont les *deux yeux* d'Argos.

Page 277.

1. Le texte et le sens de ce passage sont fort douteux.

Page 279.

1. Litt. *qui n'a détruit aucun sceau*. Ce que nous mettons *sous clef*, les anciens le mettaient *sous scellés*; cf. *Euméen.* p. 412.

2. L'art de *patiner le bronze* était sans doute considéré comme un secret de métier.

Page 280.

1. Il semble que l'image de ce *double aiguillon* reprenne simplement l'idée des vers précédents : Arès frappe à la fois et le pays et chacun des foyers du pays.

Page 281.

1. Comme un troupeau de bêtes à cornes, qui s'affole sous le fouet du berger — ici, l'ouragan.

Page 282.

1. Eschyle joue sur le nom d'*Hélène*, qu'il rapproche du verbe grec *hélein*, qui signifie *prendre, détruire*.

2. Le mot grec *kédos* signifie à la fois *alliance* et *deuil*.

Page 283.

1. Ou, peut-être *jailli des yeux*. — Mais il me semble plus naturel de comprendre qu'il s'agit des *yeux* des hommes, comme il s'agit du *cœur* des hommes au vers suivant. En outre, c'est la personne d'Hélène, non tel ou tel de ses attraits, que désignent les autres images : une expression qui évoquerait seulement son regard serait ici peu à sa place.

Page 284.

1. Texte conjectural.

Page 285.

1. Dans le texte grec, la phrase est inachevée, et il faut probablement la compléter à peu près ainsi : « Plus d'un, contraignant au sourire un visage qui n'en voulait pas, (réserve au succès un accueil trop chaleureux). »

2. Littéralement : *une impudeur qui s'offre.* Cf. p. 261, *pour une femme qui fut à plus d'un homme.*

Page 286.

1. Litt. *de la seconde urne.* Les mots dont se sert Eschyle supposent le système de vote suivant : on dispose deux urnes, l'une pour les suffrages qui condamnent, l'autre pour ceux qui acquittent ; si l'on veut que le vote reste secret, il faut que chaque juge approche successivement la main des deux urnes — ou, encore, qu'il étende en même temps les deux mains sur les deux urnes — et fasse le simulacre de laisser tomber un suffrage dans celle où il ne met rien. La *main* qui *s'approche* de cette urne-là n'y apporte que l'*espoir* et ne la *remplit* pas.

2. C'est-à-dire probablement : *au début de l'automne.* Cf. L. Constans, *L'Énéide de Virgile,* Appendice I, p. 410.

3. Pour éviter d'aller à Troie, Ulysse, jeune marié, avait vainement simulé la folie.

Page 287.

1. Géryon, fils de Chrysaor et de Callirhoé, une Océanide, habitait l'île d'Érythie (Cadix). Son corps était formé de trois corps

d'homme réunis sur une seule paire de jambes. Il possédait un troupeau de bœufs roux, que gardaient le berger Eurytion et Orthus, chien à deux têtes, né de Typhon et d'Échidna. Héraclès, sommé par Eurysthée de lui ramener les bœufs de Géryon, assomma Orthus avec sa massue, tua le berger, et, comme Géryon accourait à leur secours, le perça de ses flèches à son tour.

Page 288.

1. C'est un fait d'observation courante que la rapidité avec laquelle les événements se succèdent dans un rêve ne saurait être comparée à aucune réalité.

2. La première série de comparaisons indiquait tout ce qu'Agamemnon représentait pour les siens ; la seconde va dire tout ce que son retour a pour eux d'inespéré.

3. Mot à double sens : le palais et l'Hadès.

Page 289.

1. C'est une idée assez répandue que les pieds d'un dieu ne doivent pas toucher le sol. Bien que nous n'ayons pas d'autres témoignages à ce sujet, ce passage nous indique qu'en Grèce on jonchait parfois d'étoffes précieuses le chemin que devait suivre la statue d'un dieu : Clytemnestre, pour obtenir le retour de son époux, Agamemnon, sous la menace d'un grand péril, aurait volontiers fait le vœu de fournir aux frais d'une pompe de ce genre. Mais pareil honneur ne convient pas à un mortel.

Page 291.

1. Geste apotropaïque.

Page 292.

1. Texte conjectural. Plusieurs passages de ce Chœur sont irrémédiablement gâtés.

2. Litt. *sur un diaphragme.* — Cf. *Prom.* p. 238, *mon cœur, dans son effroi, frappe du pied mon diaphragme,* le cœur qui palpite étant comparé à un danseur frappant le sol de ses pieds.

3. Le texte est profondément altéré ; mais l'idée qu'il exprimait est bien connue par les écrits hippocratiques : la santé est un équilibre, un juste milieu, et un excès de santé est très proche de la maladie.

Page 293.

1. Asclépios. Cf. Pindare, *Pyth.* III 54 suiv. : « L'or qui reluit en la main le tenta, lui aussi, pour un salaire magnifique, d'arracher à la mort un homme dont elle avait fait sa proie. Zeus, de ses mains, lança contre tous deux son trait et leur enleva le souffle de la poitrine ; la foudre ardente descendit leur apporter leur destin. »

2. Texte obscur. L'idée semble être que la Destinée n'a pas fait du Chœur un devin ; il n'a donc pas le moyen de se délivrer de ses pressentiments en les transformant en oracles salutaires : sa *langue* refuse ce service à son *cœur*.

3. A Omphale, reine de Lydie.

4. Pour les Grecs, toute langue barbare n'était que pépiement d'oiseau. D'un démagogue, qu'il accuse d'être étranger, Aristophane dira de même qu'une *hirondelle thrace* est perchée sur ses lèvres (*Grenouilles*, 682).

Page 295.

1. Elle rattache le nom d'Apollon au verbe *apollunai, faire périr,* comme elle rattachera plus loin au verbe *agein* le surnom *Aguiatès, dieu des rues.*

Page 296.

1. Le voile qui enserra Agamemnon.
2. Les Érinyes.
3. Il s'agit du cri rituel dont les femmes accompagnent la chute de la victime dans les sacrifices.

Page 297.

1. Voir *infra, Choéph.,* n. 1 de p. 340.
2. Ces mots s'adressent à Apollon.
3. Itys était fils de Procné ; il fut tué par sa mère, et celle-ci, changée en rossignol, pleure éternellement sur lui. Cf. supra, *Suppl.* n. 1 de p. 59.

Page 298.

1. Pour Eschyle, l'arme dont Clytemnestre frappe Agamemnon n'est pas une hache, mais une épée. Il n'est pas probable que le mot grec, de sens très large, employé ici (*doru*), désigne autre chose qu'une épée.

Page 299.

1. Elle prévoit elle-même une seconde crise de délire prophétique, où elle s'exprimera en termes plus clairs : c'est celle qui commencera p. 300. Une troisième éclatera p. 302. Cette série de trois crises a suggéré au poète une comparaison, qui n'est pas rare en grec (cf. Platon, *Rép.* 472 a), avec une série de trois lames successives (*trikumia*), dont chacune est plus forte que la précédente. Mais il ne l'a pas poussée jusqu'au bout et s'est arrêté à l'image d'une seconde vague apportant un malheur (la mort d'Agamemnon) plus terrible que le premier (celle de Cassandre).

2. Une *troupe de fête* chante des *louanges,* boit du *vin,* et *traverse* les maisons ; celle-là au contraire *flétrit* ceux qu'elle chante, boit du *sang,* et *s'attarde* dans la demeure qu'elle a choisie.

3. Le meurtre des enfants de Thyeste.

4. Les amours adultères de Thyeste et d'Aéropé, dont Atrée a tiré une si cruelle vengeance.

Page 302.

1. L'*épouse* trahie veut se venger en même temps que la mère.

Page 305.

1. Texte conjectural.

2. *Cela,* cette fragilité générale du bonheur humain, *plus que ceci,* le sort particulier de Cassandre.

Page 308.

1. Littéralement : *la passe de victoire.* Texte conjectural.

2. Cf. *supra* n. 2 de p. 266. La troisième libation, réservée à Zeus Sauveur, est, cette fois, pour le *Zeus des morts,* Hadès.

3. Cf. n. 1 de p. 298.

4. Cf. XXIII *Iliade,* 597 suiv. : « Ménélas sent se dilater son cœur, comme le blé sous la rosée, aux jours où grandit la moisson et où les champs se hérissent d'épis. »

Page 310.

1. C'est dire ouvertement qu'elle reconnaît Égisthe pour son époux et pour le maître du palais.

Page 311.

1. Texte obscur et douteux.

2. Les deux filles de Tyndare, Clytemnestre et Hélène.

Page 313.

1. Le Génie est identifié à la race. Il a commis le crime, et il le paye — aux frais de la race.

Page 314.

1. Elle joue sur le nom de l'Achéron, qu'elle rattache au mot *achos, douleur.*

Page 315.

1. Plisthène a été introduit tardivement dans la généalogie des Pélopides, et sa place y a toujours été flottante. Les *Catalogues* hésiodiques en faisaient le fils d'Atrée et le père d'Agamemnon. Mais Eschyle — pour qui Agamemnon est bien le fils, et non le petit-fils d'Atrée (voir *infra*) — le considère sans doute comme un fils de Pélops.

Page 316.

1. Lacune. On disait parfois que Thyeste avait compris la vérité en découvrant au fond du plat les *mains* de ses enfants. On peut donc suppléer quelque chose de ce genre : « Par-dessus (il entassait les chairs, coupées assez menu pour que nul n'y pût reconnaître des membres ; puis il faisait porter le plat à son frère, qui attendait) assis seul à table.

Page 317.

1. Les mots du Coryphée ont une signification juridique très précise : *kékon, délibérément,* indique qu'il s'agit d'un *meurtre volontaire* ; *bouleusai* se dit de l'*instigateur* du meurtre, et « l'instigateur est passible de la même peine que le meurtrier » (Andocide, I 94) ; aussi le Chœur reprend-il trois fois le mot avec une insistance menaçante.

LES CHOÉPHORES

Page 329.

1. Peu après le début de la pièce, le Chœur *porte des libations* au tombeau d'Agamemnon, d'où le titre *Les Choéphores.*

2. Le début du prologue manque dans le *Mediceus,* le seul manuscrit que nous ayons pour *Les Choéphores.* Les quatre

fragments qui précèdent les mots : « Que vois-je ?... » nous ont été
conservés, les deux premiers par Aristophane (*Grenouilles*, 1126
suiv.), les autres par des grammairiens anciens.

Page 330.

1. Ce « prophète », c'est le remord anxieux qui habite Clytemnestre. Le cri qu'il a poussé, dans la nuit, par la bouche de la reine,
est un « oracle » de mort, qui a fait passer sur le palais le « souffle
de la vengeance ».

Page 331.

1. Il ne faut se méprendre ni sur le sens de ces métaphores ni sur
le lien étroit qui unit cette phrase à celles qui suivent. La « nuit » ne
désigne pas ici la mort, et le poète ne veut pas dire que plus d'un
coupable meurt avant d'avoir subi son châtiment. Il déclare au
contraire que, dans cette vie même, tout meurtrier sera puni. La
suite des idées est celle-ci : « Ce sont des criminels qui règnent
aujourd'hui à Argos ; et on leur obéit par crainte, et non plus par
respect, comme au temps d'Agamemnon. Mais les criminels,
oubliant les dieux, peuvent bien ne voir que le succès : la Justice est
là qui veille et sait toujours les atteindre. Les uns sont frappés sur
l'heure ; d'autres plus tard ; d'autres enfin, qui pourraient croire
leurs crimes entièrement oubliés, n'échappent pas davantage au
châtiment qu'appelle le sang figé sur le sol, et ce châtiment est
d'autant plus douloureux qu'il a été longtemps différé... » Mais le
style lyrique juxtapose les idées, au lieu de les subordonner
logiquement les unes aux autres.

Page 332.

1. Tout objet employé à une purification est chargé des souillures
qu'il a servi à laver ; il est donc impur, et l'on s'en débarrasse en le
brûlant, en le noyant, en l'enterrant, ou, plus simplement, en le
jetant derrière soi, sans détourner les yeux, de façon à rompre le
charme qui peut encore en émaner.

Page 334.

1. Texte conjectural.

Page 335.

1. L'expression semble désigner le tombeau.

Page 336.

1. C'est-à-dire *je suis saisie d'un frisson* (cf. *infra* n. 1 de p. 340).

Page 338.

1. Dans un métier, le *battant* porte le *peigne*, et c'est le peigne qui fait en réalité la besogne qu'Eschyle attribue ici au battant. Mais, de loin, le battant, avec son mouvement régulier, qui rapproche les fils de la toile, peut être considéré comme l'organe essentiel qui tisse et dessine à la fois.

Page 340.

1. J'ai transposé l'expression grecque. Le texte dit : *mon foie chaud*. Pour beaucoup d'anciens (cf. Aristote, *Des parties des animaux*, 676 b 24), le foie était le siège « d'une partie de l'âme » : il est difficile en pareil cas de traduire autrement que par *cœur* (cf. *Agamemnon*, p. 299). D'autre part, la *chaleur* nécessaire à la santé était entretenue dans le corps par le *sang*. Au contraire, la bile était considérée comme froide, et c'était un afflux de bile dans le sang qui provoquait le frisson et la maladie. On pourrait donc traduire aussi : « des peines à faire frissonner », sans trahir le sens.

2. Le texte souffre d'une lacune, et le sens n'est pas sûr.

3. Cette folle terreur qui chasse de son pays le vengeur infidèle à son devoir est assimilée à l'« aiguillon » que l'on voit aux mains des « Euménides de tragédie » (Stobée, CXVII, 9) et dont l'image était déjà dans les mots : « l'arme ténébreuse des enfers ». Cet aiguillon est « en bronze », parce que le bronze a une valeur religieuse particulière et qu'il semble être plus spécialement consacré aux divinités infernales.

Page 341.

1. Le sort des Atrides restés sur la terre mérite un chant de deuil autant que celui de l'Atride mort. Ils sont chassés de leur foyer et réduits à gémir « devant la porte paternelle », comme le dit Sophocle, qui s'est souvenu de ce passage dans son *Électre*. Voyez aussi plus bas.

2. Litt. *une lamentation qualifiée*. Seuls, les enfants ont qualité pour chanter le thrène du mort ; mais ce thrène est d'un effet irrésistible, s'ils lui donnent l'« ampleur » voulue.

Page 342.

1. Le Coryphée évoque l'image des libations d'actions de grâces, acccompagnées du chant du péan, que versera Oreste victorieux ;

or, on ne peut, pour certaines libations, se servir d'un mélange dont les hommes ont déjà usé : il faut dans le cratère un « mélange neuf ».

Page 343.

1. Peuple mythique, image du bonheur parfait.

2. Cette « double étrivière » est le cinglant rappel à la réalité qu'expriment les mots qui suivent. Électre voulait que son père ne fût pas mort, alors qu'il est déjà « sous terre » ; Oreste, qu'il eût péri glorieusement, alors qu'il a été assassiné et que ses assassins sont encore maîtres du palais ; pour ses enfants, quelle honte, pire encore que, pour lui, la mort !

3. C'est-à-dire le cri rituel dont les femmes accompagnent la chute de la victime dans les sacrifices.

4. Le sens de ce passage n'est pas absolument sûr.

Page 344.

1. Le texte de cette fin de strophe est très corrompu et le sens en reste incertain.

2. Cf. *supra, Perses,* n. 1 de p. 141.

Page 345.

1. Le mot grec est plus précis et désigne un usage bien connu par d'autres témoignages. Le meurtrier coupait les extrémités du cadavre de sa victime et les lui attachait par un cordon autour du cou et sous les aisselles. Il s'assurait ainsi contre la vengeance du mort. C'est une croyance assez répandue chez nombre de peuples qu'un meurtrier n'a rien à craindre de sa victime, s'il l'a mutilée d'une façon qui mettrait un vivant hors d'état de nuire.

Page 349.

1. J'ai traduit littéralement l'expression grecque. André Chénier fait dire de même à une lampe : « ... Et son souffle envieux Me ravit la lumière et me *ferme les yeux.* »

2. Le « vieil hôte », c'est Pylade, qui, en sa qualité de fils de Strophios, doit être accueilli en ami dans la maison de Clytemnestre.

Page 350.

1. Le troisième meurtre qui va frapper la race — celui d'Égisthe après celui des enfants de Thyeste et celui d'Agamemnon — est comparé par Eschyle à la troisième libation, que l'on adresse à Zeus

Sauveur à la fin d'un repas et qui est toujours faite de *vin pur* : celle-ci sera faite de *sang pur* et adressée à l'Érinys. Cf. *Agam.* n. 2 de p. 308.

Page 351.

1. C'est-à-dire : le mariage est détruit par la violence du désir qui domine la femme, aussi impérieux chez elle que chez les femelles des animaux.

2. La fille de Thestios, roi de Pleuron, en Étolie, est Althaia. Le fils d'Althaia est Méléagre. La vie de Méléagre était attachée à un tison, que sa mère gardait dans un coffret. Le jour où elle apprit que ses frères venaient, à la suite d'une querelle, d'être tués par Méléagre, elle jeta ce tison dans la flamme, et Méléagre aussitôt mourut.

3. Nisos, fils de Pandion, roi de Mégare, avait au milieu de la tête un cheveu rouge. Un oracle avait déclaré qu'il mourrait le jour où ce cheveu lui serait enlevé. Minos, qui assiégeait Mégare, trouva le moyen de séduire la fille du roi, Skylla, qui arracha le cheveu magique et perdit ainsi son père et son pays.

4. Hermès conduit les âmes aux enfers.

Page 352.

1. Texte douteux.

2. Les Lemniennes avaient assassiné tous les hommes de leur île, et l'expression de « crime lemnien » avait passé en proverbe, pour désigner un forfait particulièrement odieux.

Page 354.

1. L'idée est : On m'a dit de m'adresser au père ou à la mère d'Oreste ; est-ce la mère qui est devant moi — celle même à qui je dois délivrer mon message ? je ne le sais pas, moi ; mais, si c'est elle, elle le sait et me le dira.

2. L'espoir, en grec, est parfois comparé à une *esquisse* légère : quelques coups d'éponge (cf. *Agam.* p. 305), et tout est effacé.

3. Promesse faite à Strophios et accueil reçu de Clytemnestre.

Page 355.

1. Formule polie pour dire : tout ce qu'il peut avoir de serviteurs ou d'amis. Elle voit bien que Pylade n'est pas un esclave.

2. C'est-à-dire *la Cilicienne* : les esclaves n'ont souvent pas d'autre nom que celui de leur pays d'origine.

Page 356.

1. C'est le mot favori des sages-femmes et c'est le mot favori de la vieille ; elle le répète avec une insistance naïve ; sa gloire, c'est d'avoir présidé à la naissance du fils de la maison, de l'*avoir reçu pour son père*. Cela vaut bien toutes les fatigues que lui a données le soin d'élever toute seule Oreste.

Page 357.

1. Le texte de ce Chœur est en grande partie perdu.

Page 358.

1. Le texte est loin d'être sûr. Il semble probable cependant qu'il s'agit d'Apollon et du sanctuaire delphique. La « bouche terrible » serait alors la fissure au-dessus de laquelle était placé le trépied prophétique et par où montaient les vapeurs qui inspiraient la Pythie.

Page 359.

1. L'interprétation de tout ce passage est assez incertaine.

2. J'adopte la belle correction d'A.-M. Desrousseaux : *kaînê* (au lieu du *kai* donné par les manuscrits).

3. Pour ne pas être pétrifié par le regard de la Gorgone, Persée, en la frappant, détournait la tête : de même, s'il veut conserver, au moment d'agir, une résolution aussi inflexible que celle de Persée, Oreste détournera la tête en frappant sa mère ; sinon, le respect ébranlera son courage. Ces mots font prévoir la péripétie prochaine : la dernière hésitation d'Oreste en face du parricide.

Page 360.

1. L'image est celle d'une bête de somme dont le dos a été meurtri par des charges trop lourdes et qui frémit de voir approcher un nouveau fardeau de sa plaie encore à vif.

Page 361.

1. L'*athlète de réserve* doit lutter contre le vainqueur de la lutte précédente ; mais ce vainqueur est ici un couple, Égisthe et Clytemnestre, et le péril est grand.

Page 363.

1. Oreste a été victime de sa mère à un double titre : elle l'a

dépouillé de ses droits à son double héritage de prince et de fils. Cf. *infra, Eum.* n. 2 de p. 403.

Page 365.

1. La justice dirigeait le bras d'Oreste. Il n'était que l'exécuteur de ses volontés.

2. Texte conjectural.

Page 366.

1. Les Érinyes (cf. *Agam.* p. 299). Mais le texte est douteux.

Page 367.

1. Il s'adresse au cadavre de Clytemnestre.

2. Maintenant qu'il a un *témoin* irrécusable et qu'il a prouvé le crime, il peut ouvertement *s'applaudir* de son acte — qui est juste, puisque le crime est patent — mais il peut aussi *se lamenter* — puisque le criminel est sa mère — et c'est ainsi qu'au moment même où il *proclame l'assassin* — qu'il appelle « le voile », confondant à dessein, pour ne pas nommer sa mère, l'instrument du meurtre et le meurtrier — il gémit à la fois sur le *forfait* commis, sur le *châtiment* qu'il en a tiré et qui est lui-même un forfait, enfin sur *toute la race*, où chaque génération doit donc se souiller d'un forfait et où des *victoires* comme la sienne ne procurent pas d'autres trophées qu'une affreuse *souillure* !

Page 368.

1. Cf. *supra, Agam.*, n. 2 de p. 292.

2. Cf. *infra, Eumén.*, n. 5 de p. 382.

LES EUMÉNIDES

Page 381.

1. Les Érinyes à la fin de la pièce se font les bienfaitrices d'Athènes et deviennent les *Euménides* (les *Bienveillantes*), nom de la tragédie d'Eschyle.

2. Près de Marathon, d'après la tradition athénienne.

3. Le roi athénien Érichtonios était fils d'Héphaistos.

Page 382.

1. Pallas avait ramené Apollon à Delphes, après sa longue

purification dans la vallée de Tempé. Aussi y était-elle elle-même honorée, sous le nom d'Athéna Pronaia (litt. *qui est devant le temple*), dans un sanctuaire qui était en effet situé *devant* celui d'Apollon pour les pèlerins arrivant par la Phocide.

2. Grotte du Parnasse consacrée à Pan et aux Nymphes.

3. Il s'agit de la légende qui fera plus tard le sujet des *Bacchantes* d'Euripide : Penthée, roi de Thèbes, déchiré vivant par des bacchantes de Delphes.

4. Fleuve qui coule au pied du sanctuaire de Delphes.

5. L'Ombilic était une pierre conique, recouverte d'un réseau de bandelettes.

6. Cf. *supra. Suppl.*, n. 1 de p. 58.

Page 383.

1. Phinée était un roi-prophète, de Salmydesse, en Thrace. Les dieux l'avaient rendu aveugle, et des monstres ailés, les Harpyes, venaient chaque jour lui ravir les mets qui lui étaient servis ou les souiller d'excréments. Il fut délivré d'elles par les Argonautes, à qui, en échange, il indiqua la route de la Colchide. — Eschyle avait fait jouer en 472 une tragédie intitulée *Phinée*.

2. Des pleurs de sang : cf. *Choéph.* p. 369.

3. Les serpents que les Érinyes portent enroulés autour de la tête, des bras ou de la taille. Cf. *Choéph.* p. 369.

Page 384.

1. Les hommes respectent les suppliants, parce qu'ils sont sous la protection de Zeus — Zeus Suppliant (cf. *Suppl.* p. 75). C'est en ce sens que Zeus « respecte les proscrits » et, par là même, qu'il sert d'exemple à Hermès — Hermès Guide.

Page 385.

1. A l'état de veille, l'homme voit par les yeux ; pendant le sommeil, il voit par le *cœur* (cf. *Agam.* p. 264). Ce qui est vrai de l'homme l'est aussi des Érinyes : le sommeil des dieux n'est pas différent de celui des hommes.

2. Les dieux infernaux sont les seuls auxquels on sacrifie la nuit.

3. C'est-à-dire *il y va de tout pour moi* : l'expression était si courante que, pour un Grec, elle ne devait pas paraître surprenante dans la bouche d'un mort.

4. Cette indication scénique, comme les précédentes (*gronde-ment... cri inarticulé...*) ne vient pas du traducteur : elles se

trouvent toutes trois dans nos manuscrits et peuvent remonter à Eschyle.

Page 387.

1. C'est l'*Ombilic* qui est ici le « trône » d'Apollon (cf. n. 5 de p. 382).

2. Cf. *supra*, *Prom.* n. 1 de p. 209. Les dieux de l'Olympe n'ont rien à voir avec les affaires de meurtre : les Érinyes se les ont réservées (cf. p. 394). Apollon, en protégeant Oreste, viole le pacte d'après lequel chacun des dieux doit s'en tenir à son lot (cf. p. 402), en même temps qu'il contracte lui-même une souillure, en se laissant approcher par le meurtrier (cf. p. 408).

3. Le mot grec *miastôr* désigne tantôt l'homme qui *se souille* d'un crime, tantôt le dieu vengeur qui lui *inflige la souillure*, c'est-à-dire qui le marque pour le châtiment. Le sens a fini par s'étendre ensuite à tout *vengeur*, qu'il soit dieu ou mortel. Ici, il s'agit des divinités infernales et, d'abord, des Érinyes.

Page 392.

1. Pour expliquer un des plus anciens noms d'Athéna, *Tritogénie*, dont l'origine et le sens sont encore inconnus, on faisait naître la déesse sur les rives d'un fleuve libyen, le Triton — ou, plus souvent encore, d'un lac, le lac Tritônis.

2. Aucune explication entièrement satisfaisante n'a encore été proposée pour ce passage. J'ai adopté le seul sens qui me semble présenter quelque vraisemblance.

3. Phlégra est le champ de bataille mythique où les dieux avaient triomphé des Géants. On le localisait généralement dans la Chalcidique.

Page 393.

1. Elles montrent Oreste, « tapi » aux pieds de la statue.

2. Chacun de ces refrains était sans doute accompagné d'une ronde sauvage, qui devait former autour de la victime une sorte de « chaîne » magique.

Page 394.

1. Leurs « banquets » consistent à se gorger du sang de leurs victimes.

2. Cela ne signifie pas seulement qu'elles sont vêtues de noir (cf. p. 383 et 395), mais aussi et surtout que leur culte ne comporte pas de vêtements de fête, comme celui des Olympiens.

3. Lacune d'un vers.

4. Le texte n'est pas sûr. Mais le sens des mots *sang frais* doit être le même qu'à la p. 388, où ils désignent la souillure encore fraîche d'un meurtre. Le rôle des Érinyes, c'est de « s'abattre », sur le coupable pour lui infliger « la souillure » qu'il a méritée. Cette souillure agit ensuite d'elle-même : elle consume, elle détruit peu à peu celui qui en est marqué. Aussi peut-elle être personnifiée, comme elle l'est un peu plus bas, sous la forme d'un génie ailé qui « vole » autour du criminel, ou encore, comme dans *Les Suppliantes*, sous celle d'une bête monstrueuse qui vient réclamer « sa pâture de douleurs ».

Page 395.

1. Le texte et le sens de ce refrain ne sont pas entièrement sûrs. L'image en tout cas est celle d'un troupeau de bêtes en fureur chargeant le coupable et l'écrasant sous leur poids.

Page 396.

1. Expression empruntée aux sectes orphiques, qui désignaient ainsi la partie des enfers où étaient relégués les non-initiés.

2. Il s'agit du promontoire de Sigée, à l'entrée de l'Hellespont ; Athéna y avait un sanctuaire. La position était importante pour les Athéniens, qui faisaient venir du Pont une grande partie de leur blé. Elle leur avait été longtemps disputée. Eschyle affirme ici les droits de son pays sur Sigée ; et nous voyons en effet Sigée huit ans plus tard au nombre des cités tributaires d'Athènes.

3. Ces « coursiers » ne sont autres que les vents.

Page 398.

1. Ixion était considéré à la fois comme le premier meurtrier et le premier suppliant (cf. *Eum.* p. 408). Il avait tué son beau-père Dionée, pour ne pas avoir à lui fournir les présents d'usage en échange de sa fille. Zeus avait cependant accueilli sa supplication, l'avait purifié et même admis dans l'Olympe. Mais, là, il s'était épris d'Héra et lui aurait fait violence, si Zeus n'avait substitué à la déesse une nuée formée à son image. Pour son châtiment, il était écartelé sur une roue qui tournait éternellement. C'est à cette ingratitude d'Ixion à l'égard de Zeus que font allusion plus loin les Érinyes. — Eschyle avait composé une tragédie intitulée *Ixion*

Page 399.

1. L'affaire est trop grave pour être réglée par un *arbitre,* mortel ou immortel ; mais elle peut l'être par un *tribunal,* et même par un tribunal humain. Il n'y a donc pas de contradiction entre ces premiers mots d'Athéna et la décision qu'elle prendra à la fin du couplet.

2. Les *indices* sont fournis par les *témoignages,* et les témoins à Athènes, dans les affaires de meurtre — et dans celles-là seules — sont tenus de prêter serment.

Page 401.

1. Entendez que les dieux eux-mêmes ont limité leur puissance en posant ce principe que, partout et toujours, triompherait la mesure.

Page 402.

1. Ou, peut-être *des Tyrsènes.* L'instrument appelé en Grèce *trompette tyrrhénienne* était une longue trompette droite, terminée par un pavillon recourbé. A Rome, on l'appelait *lituus,* à raison de sa ressemblance avec le bâton augural des Étrusques. On en attribuait l'invention, tantôt aux Étrusques, tantôt aux Tyrsènes de Lydie.

Page 403.

1. Un athlète n'était déclaré vainqueur à la lutte que si son adversaire avait *trois fois* touché la terre.

2. C'est par un raisonnement analogue qu'Oreste a pu dire à sa mère (*Choéph.* p. 363) : « Je fus vendu *deux fois…* », entendez : *à un double titre,* à la fois comme fils et comme prince (cf. *supra, Choéph.* n. 1 de p. 363). De même, en frappant Agamemnon, Clytemnestre a frappé à la fois un époux et un chef de famille. Un seul crime fait contracter au coupable autant de souillures qu'il se trouve avoir offensé de droits différents.

Page 405.

1. Le texte est à la fois altéré et mutilé.

2. La phratrie, à Athènes, est un groupement religieux, qui rapproche un certain nombre de familles pratiquant des cultes communs.

Page 407.

1. Le motif de cette haine varie suivant les témoignages : était-ce le rapt de leur reine (Antiope ou Hippolyte) ? était-ce l'affront fait à cette reine, que Thésée, après l'avoir épousée, aurait abandonnée pour Phèdre ? la légende présente des variantes nombreuses, et il est difficile de savoir celle qu'Eschyle a ici dans l'esprit. L'établissement de l'armée assaillante sur le rocher de l'Aréopage semble du moins un épisode inspiré du siège de l'Acropole par les Perses en 480.

2. Les Scythes et les Doriens étaient également considérés comme des modèles d'*eunomie*, c'est-à-dire comme possédant les institutions les plus sages.

Page 408.

1. Allusion à la légende d'Admète. Apollon avait obtenu des Parques que la mort fût épargnée à Admète, et il avait dû pour cela enivrer les déesses. Mais cette forme de la légende ne nous est pas autrement connue. Euripide, *Alceste,* 32, semble cependant y faire allusion.

Page 409.

1. Il s'agit de Zeus : cf. *Suppl.* p. 58.

Page 410.

1. Sur ces grandes plaies mystérieuses, vengeances d'un dieu irrité, qui frappent un pays dans ses enfants comme dans ses moissons, cf. *supra, Suppl.* n. 1 de p. 74.

Page 411.

1. L'autel était considéré comme le trône de la divinité et, pour le faire paraître brillant, la piété des fidèles l'arrosait d'huile.

Page 412.

1. Cf. *supra, Agam,* n. 1 de p. 279.

2. La veille du mariage, le père de la fiancée offrait un « sacrifice préliminaire », appelé *proteleia.* D'après le scholiaste, les Érinyes étaient les divinités auxquelles s'adressait ce sacrifice, au moins à Athènes. Le renseignement doit être exact, à condition d'entendre que les Érinyes n'étaient pas les seules divinités invoquées. Nous savons que les Parques, par exemple, étaient souvent invoquées aussi à cette occasion : mais la p. 396 nous montre justement les

Érinyes demandant le concours des Parques pour assurer le mariage des jeunes Athéniennes.

3. L'Érechtéion sur l'Acropole — ou peut-être l'Acropole elle-même, considérée comme le séjour des anciens rois d'Athènes.

Page 414.

1. Les Érinyes donnent la prospérité matérielle, et il n'est pas au pouvoir d'Athéna de rien ajouter à ce privilège. Mais un pays prospère ne jouit pas de sa prospérité, s'il est menacé par un ennemi, et le préserver d'un désastre n'appartient qu'à Athéna. En promettant sa protection au peuple qui honorera les Érinyes, Athéna lui fournit donc une raison décisive de s'attacher au culte de ces déesses.

2. Entendez : un triomphe qui ne soit pas celui d'une faction. C'est le thème de la *concorde*, déjà indiqué par Athéna et qui sera repris plus tard par les Érinyes elles-mêmes.

Page 415.

1. Il s'agit des mines de Maronée, dont la découverte au Ve siècle (cf. *Perses*, p. 116 ; Aristote, *Constitution d'Athènes*, XXII 7) a été un véritable « don des dieux ». Plus elles produisent, plus elles « font honneur » aux dieux à qui Athènes les doit.

Page 417.

1. L'insistance avec laquelle Eschyle souligne le rôle des torches dans la cérémonie qui se prépare semble indiquer qu'il s'agit d'un trait caractéristique de la fête des Euménides à Athènes.

Page 418.

1. Il ne s'agit pas d'*enfants mâles,* mais de *jeunes filles* attachées au service d'Athéna et, sans doute, plus particulièrement, des arrhéphores.

2. Il y a ici une lacune dans le texte.

3. D'autres comprennent que l'on met ici des manteaux de pourpre sur les épaules des Érinyes ; mais cette interprétation semble moins vraisemblable : l'emploi des manteaux de pourpre dans les processions ou les sacrifices solennels est attesté à la fois par les textes et les documents.

4. Texte conjectural.

L'ANTIQUITÉ
DANS *FOLIO*

COLLECTION FOLIO

Dernières parutions

Impression Bussière à Saint-Amand (Cher),
le 30 décembre 1991.
Dépôt légal : décembre 1991.
1ᵉʳ dépôt légal dans la collection : février 1982.
Numéro d'imprimeur : 3656.
ISBN 2-07-037364-9./Imprimé en France.

le 30 décembre 1991.
Dépôt légal : décembre 1991.
1er dépôt légal dans la collection : mars 1982